唐浩明全集

唐浩明

唐　浩　明　全　集

唐浩明评点曾国藩家书

下卷

精装典藏版

唐浩明 著

SPM 南方传媒 | 广东人民出版社
·广州·

目录

下卷

咸丰十年至同治十年

（一八六〇—一八七一）

□ 致沅弟　咸丰十年九月二十三日

沅弟左右：

接二十日午刻信并伪文二件，知安庆之贼望援孔切，只要桐城、青草塥少能坚定，自有可破之理。

此间诸事如常。有寄希庵一书未封口，交弟阅后封寄。次青十六日回祁，仅与余相见一次。闻其精神尚好，志气尚壮，将来或可有为，然实非带勇之才。弟军中诸将有骄气否？弟日内默省，傲气少平得几分否？天下古今之庸人，皆以一惰字致败；天下古今之才人，皆以一傲字致败。吾因军事而推之，凡事皆然，愿与诸弟交勉之。此次徽贼窜浙，若浙中失守，则不能免于吴越之痛骂，然吾但从傲惰二字痛下工夫，不问人之骂与否也。

评点　庸人以惰致败，才人以傲致败

这封信里曾氏又谈到他的一个阅历：“天下古今之庸人，皆以一惰字致败；天下古今之才人，皆以一傲字致败。”他从军事而推之于其他方面，得出的结论都一样，故郑重其事地告诉九弟。

细读家书，可知曾氏与子弟们谈得最多的莫过于“勤”“谦”二字。勤能补拙，谦可受益，这是颠扑不破的真理，向为曾氏所推重。常言说，笨鸟先飞。这“先飞”即是勤。庸常人要成功没有别的诀窍，就在一个“勤”字上。反之，则难以取胜。故曾氏由此得出“懒惰”将招致庸人失败的结论。

有才干的人，又往往容易骄傲。一旦骄傲，则总是过高地估计自己，又极易以轻慢的态度待人。前者导致师心自用，后者招人怨恨。

即便再有才干，到了这个地步，离失败也就不远了。

曾氏的这两句话，自然是针对老九的傲气而来的。这个曾老九也的确不是谦谦君子，此刻尚未建大功，便有点以海内英雄自居的味道。待到安庆、江宁之捷后，他更是目无余子了。这些，留待以后再说。

但曾氏为了不使老九产生抵触情绪，信的最后来了一句“吾但从傲惰二字痛下工夫”的话，表示以上所说乃是兄弟共勉，不仅仅是批评弟弟。这是曾氏家书的一贯风格：不摆大哥的架子，与诸弟处于同等地位。

□ 致沅弟季弟 咸丰十年九月二十四日

沅、季弟左右：

恒营专人来，接弟各一信并季所寄干鱼，喜慰之至。久不见此物，两弟各寄一次，从此山人足鱼矣。

沅弟以我切责之缄，痛自引咎，惧蹈危机而思自进于谨言慎行之路，能如是，是弟终身载福之道，而吾家之幸也。季弟信亦平和温雅，远胜往年傲岸气象。

吾于道光十九年十一月初二日进京散馆，十月二十八日侍祖父星冈公于阶前，请曰：“此次进京，求公教训。”星冈公曰：“尔的官是做不尽的，尔的才是好的，但不可傲。满招损，谦受益。尔若不傲，更好全了。”遗训不远，至今尚如耳提面命。今吾谨述此语诰诫两弟，总以除傲字为第一义。唐虞之恶人曰“丹朱傲”，曰“象傲”。桀纣之无道，曰“强足以拒谏，辨足以饰非”，曰“谓已有天命，谓敬不足行”，皆傲也。吾自八年六月再出，即力戒惰字以儆无恒之弊。近来又力戒傲字。昨日徽州未败之前，次青心中不免有自是之见，既败之后，余益加猛省。大约军事之败，非傲即惰，二者必居其一；巨室之败，非傲即惰，二者必居其一。

余于初六日所发之折，十月初可奉谕旨。余若奉旨派出，十日即须成行。兄弟远别，未知相见何日。惟愿两弟戒此二字，并戒各后辈常守家规，则余心大慰耳。

评点 戒傲戒惰

接到两弟虚心接受批评的信后，曾氏甚是欣慰，于是满怀深情地回忆二十多年前祖父的庭训。又引经据典，历数前贤是如何厌恶骄傲的。又再次谈到自己对李元度失事的反省。既有皇皇典册，又有蔼蔼祖训，态度恳挚，话语温婉。在这样的大哥面前，在这样的家书面前，老九、老幺能不心悦诚服吗？

□ 致澄弟 咸丰十年十月初四日

澄侯四弟左右：

八月二十四发去之信，至今未接复信，不知弟在县已回家否？余所改书院图已接到否？图系就九弟原稿改正，中间添一花园。以原图系点文章，一个板板也。余所改规模太崇闳。当此大乱之世，兴造过于壮丽，殊非所宜，恐劫数未满，或有他虑。弟与邑中诸位贤绅熟商。去年沅弟起屋太大，余至今以为隐虑，此事又系沅弟与弟作主，不可不慎之于始。弟向来于盈虚消长之机颇知留心，此事亦当三思。至嘱至嘱。

鲍、张二十六日进兵，二十九日获一胜仗，日内围扎休宁城外。祁门老营安稳，余身体亦好。惟京城信息甚坏，皖南军务无起色，且愧且愤。家事有弟照料，甚可放心，但恐黄金堂买田起屋，以重余之罪戾，则寸心大为不安，不特生前做人不安，即死后做鬼也是不安。特此预告贤弟，切莫玉成黄金堂买田起屋。弟若听我，我便感激尔；弟若不听我，我便恨尔。但令世界略得太平，大局略有挽回，我家断不怕没饭吃。若大局难挽，劫数难逃，则田产愈多指摘愈众，银钱愈多抢劫愈甚，亦何益之有哉？嗣后黄金堂如添置田产，余即以公牍捐于湘乡宾兴堂，望贤弟千万无陷我于恶。顺问近好。

兄国藩手草

评点 切莫玉成买田起屋事

大约在咸丰九年年底，在老九的主持下，曾家五兄弟析产分了家。黄金堂为曾家父、祖两辈居住的正房，自然顺理成章地归于长房长孙。故信中所言黄金堂自是曾氏小家的代号，欧阳夫人带着二子五女住在这里。按当时的家族规矩，虽分家，长期在外做事的兄弟的家属，其在老家的其他兄弟仍有照顾的义务，遇有大事，也有权力过问。

曾家目前兄弟四人，三人在外带兵，住在老家的老四澄侯不仅是自家的家长，对其他三个兄弟的家庭，他也可以叔伯之尊，提供很重要的意见。

欧阳夫人想买田起屋，本无可厚非，但曾氏所见比她更高明一层：大局安定，家中不愁日后没饭吃；若大局不保，世界必乱，田多房多更遭忌遭抢，反为不好。大约是欧阳夫人不接受丈夫的劝告，执意要买田起屋，故曾氏要老四切不要玉成，倘若添置了田产，他便要将它捐出去作为公产。

曾氏的这个观点本是很有道理的，但世俗难以接受，不但欧阳夫人不同意，他的几个兄弟也不赞同。老九早已盖起了豪宅，老四、老幺正眼热得很哩！事实上，曾氏自己后来也慢慢有所改变，同意家中为他起屋买田。同治六年，欧阳夫人母子督造的富厚堂壮丽宏阔，至今保存完好，只是他本人从来没有去住过罢了。

□致沅弟季弟 咸丰十年十月初四夜

沅、季弟左右：

朱祖贵来，接沅弟信，强中营勇回，接沅、季二信，皆二十五六日所发。自二十七日以后，弟处发信，想皆因中途有警折回矣。日内不知北岸贼情何如，至为系念。

此间鲍、张初二三并未开仗，唐桂生赴祁、建交界之区，亦未见贼也。季弟赐纪泽途费太多。余给以二百金，实不为少。余在京十四年，从未得人二百金之赠，余亦未尝以此数赠人，虽由余交游太寡，而物力艰难亦可概见。余家后辈子弟，全未见过艰苦模样，眼孔大，口气大，呼奴喝婢，习惯自然，骄傲之气入于膏肓而不自觉，吾深以为虑。前函以傲字箴规两弟，两弟不深信，犹能自省自惕；若以傲字诰诫子侄，则全然不解。盖自出世以来，只做过大，并未做过小，故一切茫然，不似两弟做过小，吃过苦也。

评点 深以子侄辈骄傲之气为虑

六月二十日，曾纪泽从老家来到安徽祁门探望父亲，九月初一离祁门回湘。原定过了十月十一日父亲五十大寿后再走，因徽州失守，祁门危急，故提前离开。此时其九叔、幺叔正驻兵安庆城外，他便取道安庆去看望二位叔父。离开安庆时，幺叔大约给了侄儿一笔较大的钱，从信中的语气看来，要大为超过二百两银子。于是曾氏就此发了一大通感慨。

二百两银子是个什么概念呢？当时的一个塾师，月薪约五两银子，一年下来也不过六十两银子。二百两，是一个塾师三年零四个月的全部薪水，故曾氏“实不为少”的话是实话。但在自领一营兵勇、动辄以数千两为计算单位的湘军将领眼里，几百两银子只是小菜一碟。为了表示兄弟情义，曾季洪拿出三五百两银子给侄儿，原本算不了什么，但曾氏却因此担忧。他担心曾家的小字辈，从生下来起，就处在极为优越的环境中，家中有权有势有财产，有奴婢供使唤，从而养成纨绔习气，最终变成一无所能的公子少爷。

曾氏所虑不是没有根据的。君子之泽，五世而斩。人性通例，是处逆境而发愤，处逸境而堕落，故世间富贵之家少有绵延四五代的。正因为虑及此，曾氏不仅在言语书信中不厌其烦地敲警钟，更在日常生活中以身作则，并限制子孙在物质方面的享受。

□ 谕纪泽纪鸿 咸丰十年十月十六日

字谕纪泽、纪鸿儿：

泽儿在安庆所发各信及在黄石矶、湖口之信，均已接到。鸿儿所呈拟连珠体寿文，初七日收到。

余以初九日出营至黟县查阅各岭，十四日归营，一切平安。鲍超、张凯章二军，自二十九、初四获胜后未再开仗。杨军门带水陆三千余人至南陵，破贼四十余垒，拔出陈大富一军。此近日最可喜之事。英夷业已就抚，余九月六日请带兵北援一疏，奉旨无庸前往，余得一意办东南之事，家中尽可放心。

泽儿看书天分高，而文笔不甚劲挺，又说话太易，举止太轻，此次在祁门为日过浅，未将一轻字之弊除尽，以后须于说话走路时刻刻留心。鸿儿文笔劲健，可慰可喜。此次连珠文，先生改者若干字？拟体系何人主意？再行详禀告我。银钱、田产最易长骄气逸气，我家中断不可积钱，断不可买田。尔兄弟努力读书，决不怕没饭吃。至嘱。澄叔处此次未写信，尔禀告之。

闻邓世兄读书甚有长进，顷阅贺寿之单帖寿禀，书法清润。兹付银十两，为邓世兄（汪汇）买书之资。此次未写信寄寅阶先生，前有信留明年教书，仍收到矣。

评点　戒轻易

在对人的要求上，曾氏讲究“厚”“重”二字。在中国传统文化观念中，“厚”“重”一直有很高的地位。曾氏指出儿子素日行为中的两大毛病，一为说话太易，二为举止太轻，都是由“厚重”而引发的批评。

说话太易，大概是指说话频率太快，词欠稳妥，表达较轻率，等等。举止太轻，可能是指走路过急，说话时手的动作较多，眼神多游移飘忽，等等。这些，在曾氏看来都属于不厚重的表现，都应慢慢克服。

曾氏对儿子的这个要求，从原则上看是对的；尤其对男人来说，举止厚重，能使人对其产生信任的感觉。但是，举止重与轻，毕竟不能说明一切。艺术家、诗人、作家感情丰富，思维敏捷，大多举止轻易，这并不影响他们事业上的成就和人际间的交往；即便对从政者而言，刘邦流氓习气严重，曹操简脱随意，这些与“厚重”相距甚远的品性，也并不妨碍他们成就一番帝业。可见，对子弟这种属于外化的举止行为，不必要求过苛。倘若他好动，何必一定要他安静？倘若他说话快急，何必强迫他缓慢？笔者以为，还是顺其自然为好。读者诸君以为如何？

□ 致澄弟 咸丰十年十一月十四日

澄侯四弟左右：

日内皖南局势大变。初一日德兴失守，初三日婺源失守，均经左季翁一军克复。初四日建德失守，而余与安庆通信之路断矣。十二日浮梁失守，而祁门粮米必经之路断矣。现调鲍镇六千人进攻浮梁，朱、唐三千人进攻建德。若不得手，则饷道一断，万事瓦裂，殊可危虑。

余忝窃高位，又窃虚名，生死之际，坦然怡然。惟部下兵勇四五万人，若因饷断而败，亦殊不忍坐视而不为之所。家中万事，余俱放心，惟子侄须教一勤字一谦字。谦者骄之反也，勤者佚之反也。骄奢淫佚四字，惟首尾二字尤宜切戒。至诸弟中外家居之法，则以考、宝、早、扫、书、蔬、鱼、猪八字为本，千万勿忘。顺问近好。

兄国藩手草

评点 坦然怡然对待生死

读这封信，我们读到的是一种临危不乱的心境。

咸丰十年六月十一日，曾氏将两江总督衙门兼前敌总指挥部移到安徽祁门。当时皖南各府州活跃着太平军英王陈玉成、忠王李秀成、侍王李世贤、辅王杨辅清等部三四十万人马，双方争城夺地，仗打得十分残酷。五个月来，祁门一直处于险象环生之中。八月中旬，宁国府失守；下旬，李元度丢失徽州府。从那以后，形势便变得更加严峻了。十月中旬，太平军前锋到达离祁门仅六十里的羊栈岭，老营仅两三千老弱残兵，人心惶惶，一片慌乱。城外小河边，每天夜里，都有不少人携带钱物乘船离去。到了十一月，建德、浮梁相继失守，祁门之倾覆，已是旦夕之间的事了。据野史说，曾氏将一柄剑埋在枕头下，随时做好自裁的准备。十月二十四日，他在给老九、老幺的信中说：“现讲求守垒之法，贼来则坚守以待援师，倘有疏虞，则志有素定，断不临难苟免。”一个文弱书生，不可能靠与敌人肉搏格斗去取胜活命，既不“苟免”，自杀是必定无疑了。联系到他先前的两次投江，看来野史所言，不是虚构。

人在危险之时，总免不了心慌神乱，会做种种坏的打算；倘若将最坏的猜测定在“死”上，并且不畏惧的话，也就是人们常说的“大不了一死”，心境倒反而会平静下来。此信中“忝窃高位，又窃虚名”的话，在日后的危难时，他也曾多次说过，意谓这一辈子已无遗憾了，死就死，故而处生死之际，他能坦然怡然。

勘破事理，看淡生死，坦怡面对危难，这是曾氏这封家信带给我们的启示。

□致沅弟季弟　咸丰十年十一月二十四日

沅、季弟左右：

专使至，接书并胡帅、袁帅二书，具悉一切。所应复者，条列如左：

一、二十日羊栈之战，实派人数得贼尸六百四十五具，其水淹者、屋内者、已埋者尚不在此。内贼目古隆贤，据报实已杀矣，岭外之贼胆应可稍寒。二十四日令鲍镇率马步六千人赴景镇会剿，扫清鄱阳、都昌一带，直至东流、建德。鲍镇去后，岭防仍不免有事，吾与凯章当坚守，静镇以待事机之转。唐、沈七营已回祁门，霆军亦留四营在渔亭，或足以资守御。

一、狗逆既未大创，希军万不可南渡。北岸怀、桐，狗所必争也。韦军在枞阳，亦系必应坚守之地，如无他军换防，亦不可令韦军南来。盖十七日建德之克，二十日羊栈之胜，南岸已大有转机；且闻湖口业已保守无恙，贼亦处处丧志，不必再抽动。北岸大局，弟与润帅、希公熟商可也。安庆贼之伪回文，尚未得见。

一、袁帅奏折，不为无见。然彼甘言蜜语，以师船助我打长毛，中国则峻拒之；彼若明目张胆，以师船助长毛打我中国，再哀求之，岂不更丑？余谓彼以爱兄之道来，诚信而喜之可也。下官也有一本，录稿寄阅，弟可抄送润帅一阅。

评点　资夷力，师夷智

这封信的最后一段谈到外交事，并说“下官也有一本”。我们来说说这段话的背景及曾氏的奏本。

咸丰十年十月十一日，躲在热河行宫的咸丰皇帝，给曾氏及江苏巡抚薛焕、浙江巡抚王有龄、漕运总督袁甲三等人发出一道上谕。上谕说，俄国公使对恭王说，该国愿派出三四百兵士协助中国军队进剿长毛，并愿出洋船代运漕粮。这两件事是否可行，命曾氏等人奏明。

信中所说的“袁帅奏折”，即漕运总督袁甲三针对这道上谕的奏折。附带说一下，这位袁甲三，就是袁世凯的叔祖。袁世凯的祖父袁树三有两个弟弟，甲三为其一。袁家之所以成为河南项城的望族，基础便是这位袁甲三打下的；后来其子袁保恒官居刑部侍郎，进一步将袁家推向兴旺。

曾氏这“一本”，实为中国近代史上的一道名奏章，它开启了一场亘古未有的大运动，不能不谈，但限于篇幅只能简略说说。

十一月初八日，曾氏以“遵旨复奏借俄兵助剿发逆并代运南漕”为题，拜发了这道奏章。鉴于“自古外夷之助中国，成功之后，每多意外要求”的先例，明确表示拒绝借俄兵助剿，而对于代运南漕一事，则认为可以答应。

答复了朝廷咨询的这两桩事后，曾氏就夷事发表自己的见解。他认为“驭夷之道，贵识夷情”，并对英、美、法、俄几个主要外夷作了分析：英最为狡黠，法次之，俄势力大过英、法，曾与英斗过，英怕俄。相比较而言，美“性质醇厚”。因此，这次俄国既然说美国商人愿意代运南漕，可以由薛焕出面与美国面订章程，妥为筹办。既可暗中杜绝俄国借此事讨好美国，又可以让美国知道我国对他们不存猜疑之心，有利于今后两国邦交。在奏章的最后，曾氏写下了两句话：“目前资夷力以助剿济运，得纾一时之忧，将来师夷智以造炮制船，尤可期永远之利。”

这两句话，很容易使人联想到魏源的名言“师夷之长技以制夷”。出于《海国图志》序言里的这句话，闪耀出一个卓越爱国者的思想光辉。但身为江苏巡抚衙门幕僚的一介文人，无权无势，这个伟大设想仅停留在字面上而已。二十年后，这个设想经大清江山的柱石人物说出，其分量便有一言九鼎之重，更何况此刻三十岁的年轻皇上正蒙受着洋人加给他的奇耻大辱，渴望强大以复仇，故而很快便接受了这个建议并化为国策。

一个月后，即咸丰十年十二月初十日，咸丰帝下令在京师成立总理各国通商事务衙门，办理与外国有关的各种事宜，由恭王奕䜣、大学士桂良负责。第二天，即十二月十一日，又命曾国藩、薛焕酌情办理购买洋人枪炮并学习制造事宜。

从此，一个史无前例的以学习洋人制造技术为主要内容、以徐图自强为目的的事业，在中国兴办起来，历史学家将它称为洋务运动。如果要将洋务运动定个起始点的话，这个点理应定在咸丰十年十一月初八日曾氏的这道奏章上。

□ 致澄弟 咸丰十年十二月二十四日

澄侯四弟左右：

十六日接弟十一月二十三日手书，并纪泽二十五日禀，具悉。弟病日就痊愈，至慰至幸。惟弟服药过多，又坚嘱泽儿请医守治，余颇不以为然。

吾祖星冈公在时，不信医药，不信僧巫，不信地仙。此三者，弟必能一一记忆。今我辈兄弟亦宜略法此意，以绍家风。今年白玉堂做道场一次，大夫第做道场二次，此外祷祀之事，闻亦常有，是不信僧巫一节，已失家风矣。买地至数千金之多，是不信地仙一节，又与家风相背。至医药，则合家大小老幼，几于无人不药，无药不贵。迨至补药吃出毛病，则又服凉药以攻伐之；阳药吃出毛病，则又服阴药以清润之，展转差误，不至大病大弱不止。弟今年春间多服补剂，夏末多服凉剂，冬间又多服清润之剂。余意欲劝弟少停药物，专用饮食调养。泽儿虽体弱，而保养之法，亦惟在慎饮食节嗜欲，断不在多服药也。洪家地契，洪秋浦未到场押字，将来恐仍有口舌。地仙、僧巫二者，弟向来不甚深信，近日亦不免为习俗所移。以后尚祈卓识坚定，略存祖父家风为要。天下信地、信僧之人，曾见有一家不败者乎？北果公屋，余无银可捐。己亥冬，余登山踏勘，觉其渺茫也。

此间军事平安。左、鲍二人在鄱阳尚未开仗。祁门、黟县之贼，日内并未动作。顺问近好，并贺新喜。

评点　不信医药僧巫地仙

曾氏对老四在家中的一些行事表示不满，搬来祖父的家训，予以批评。

“不信僧巫，不信地仙”，这两句话不用解释，大约读者都可理解并能接受。至于“不信医药”，似乎有点费解。其实细细地读完信，可知此医药，不是治病的医药，而是平时常吃的药，即补药、保健药。这一点，对今人仍有借鉴作用。这些年来，随着生活水平的大大提高，人们对生命的爱护观念、对身体的保健意识也大为增强，从而吃补药、吃保健药普遍成风，甚至打着各种旗号的春药也泛滥市场。迷信补药的人，应当读读这封信。笔者以为，曾氏所说的“虽体弱，而保养之法，亦惟在慎饮食节嗜欲，断不在多服药”这句话，比较合乎科学道理，值得我们重视。

□谕纪泽 咸丰十年十二月二十四日

字谕纪泽儿：

曾名琮来，接尔十一月二十五日禀，知十五、十七尚有两禀未到。尔体甚弱，咳吐咸痰，吾尤以为虑，然总不宜服药。药能活人，亦能害人。良医则活人者十之七，害人者十之三；庸医则害人者十之七，活人者十之三。余在乡在外，凡目所见者，皆庸医也。余深恐其害人，故近三年来，决计不服医生所开之方药，亦不令尔服乡医所开之方药。见理极明，故言之极切，尔其敬听而遵行之。每日饭后走数千步，是养生家第一秘诀。尔每餐食毕，可至唐家铺一行，或至澄叔家一行，归来大约可三千余步。三个月后，必有大效矣。

尔看完《后汉书》，须将《通鉴》看一遍。即将京中带回之《通鉴》，仿照余法，用笔点过可也。尔走路近略重否？说话略钝否？千万留心。此谕。

涤生手示

评点 药能活人亦能害人

这又是一封谈医药的信。

儿子痰中带咸味，看来的确有病，但曾氏还是不主张儿子服药，这是为什么呢？难道曾氏一概排斥医药吗？显然不是。这年七月初四家书中谈的就是熬黄耆党参汤治阳虚的事。那么，为什么曾氏不主张儿子吃药呢？原来，曾氏不太信任当时的医药界。

从信中可知，一百六十多年前中国的医术极不发达，那时西医尚未传入民间，中国人治病倚仗的仍是传统的医药医术。即便是良医，治愈率也只百分之七十；至于庸医，治愈率则只占百分之三十。而乡间医师，在曾氏看来都是庸医。正因为对儿子爱之深，故不让儿子去受庸医之害。曾氏阅历多，所言当是当时带普遍性的现象。中医中药的确是国粹，但它在许多方面又的确不如西医西药。西医西药的引进，对中国国民的健康和身体素质的提高起了巨大的作用。现在，治愈率只有百分之三十的庸医已经很少了。但如今又有不少人走向另一个极端：轻视中医，排斥中医。这也是极为片面的。中医中药自有它的宝贵价值，不能轻视，更不应排斥，正确的做法是中西医结合。

曾氏认为饭后走数千步是养生的第一秘诀，这确乎是经验之谈。曾氏的这个经验，一百多年来被广为传播，许许多多的人出于对曾氏的崇敬而加以仿效，都大有收益。

□致沅弟 咸丰十一年正月元日

沅甫九弟左右：

除夕发去一缄，是夕又接弟二十三夜发信，具悉一切，并京报、历缄均悉。

吴退庵事，余实不便失信。其确不可用，用必偾事之处，余亦殊无所见，不知意城诸君子何以烛照几先，遂能为此十成语？以余阅历多年，见事之成功与否，人之得名与否，盖有命焉，不尽关人事也。

东征局既以我为名，自应照我之札办事。今厉观察又来请示，札不可遵，缄则可遵乎？此事余颇厌烦，以后不必再提。

北岸贼至无为州等处，盖意中事。此间搜获伪文，亦言金陵调杨七麻、李寿成援安庆。杨本自立门户，李现在常山修城，均未必肯赴北岸。左、鲍二军，残年均未开仗。闻贼数实有五六万，鲍公请将留渔亭之四营调去。渔亭亦系前敌吃紧，不能调也。即问近好。

国藩手草

评点　成功得名不尽关人事

曾氏再一次谈到自己的这个人生体会，即事业之成功与否、人之成名与否，不完全由个人的努力而决定，这中间还有个命运的问题。

信命，认命，不与命运抗争，这是几千年来中国平民百姓代代信守的原则。倘若这些话出自于一个乡间农人，出自于一个市井小民，出自于一个三家村冬烘先生，那则毫不奇怪，甚至认为他们理应说这样的话，不这样说，反而有点出格。但是，这话出自曾氏的口中，却值得我们仔细玩味了。

曾氏多次说过，功可强成，名可强立；又说，天下事有所激有所逼而成者居其半。《年谱》中说他“既入词垣，遂毅然有效法前贤澄清天下之志”。这样的人像一个信命认命的人吗？

早年在京师，他不仅勤勉做好本职官务，而且热心公益，广为结交。他做了团练大臣以后，居然可以与地方官场、绿营将官抗争。这些表现，也绝不是一个信命认命的人所可以做得出的。

那么他是有意替吴退庵说话，驳斥意城（郭昆焘）的武断？有这层意思在内。但为了反驳幕僚的意见，而立下一个错误的论点，显然，曾氏不会付出如此大的代价。是曾氏年迈力衰，对人生再无追求而说的失意话？曾氏此时刚满五十，新任钦差大臣、两江总督、节制江南四省军务，正在规划收复大江南北的宏图，说他失意，自是不可。实事求是地说，这正是曾氏双重性格的一个表现：既有敢打敢拼的一面，也有知难而退的一面。但是，我们若是上升到文化的层面来看，则或许能有较深一点的认识。命，即各种机缘的偶合。人人都希望自己心想事成，但这个世界上生活的不只是你一个人，而是千千万万。这千千万万活动着的人群该有多大的变数！该有多少种形式的偶合！还有自然界许多不可预测、不可抗拒的东西在控制着人类，如地震，如洪水，等等。遇到外界的偶合对你有利，便是命好；遇到不利，便是命不好；遇到大不利，便是命苦。

从这个角度来看，信命认命，自有它的道理。曾氏在自身丰富的阅历中，多少次地感受到己身之外的因素的重要性，故而常常有“由命不由人”的感叹。他后来还甚至说过这样的话：“不信书，信运气，公之言，传万世。”

虽然有点过激，但也不是全无道理的。此老是一座人生智慧库，就“强成强立”与“认命”两个截然对立的命题解答中，我们亦可得到一些庸常外的启迪。

□ 致澄弟　咸丰十一年正月初四日

澄侯四弟左右：

腊底由九弟处寄到弟信并纪泽十一月十五、十七日等语，具悉一切。弟于世事阅历渐深，而信中不免有一种骄气。天地间惟谦谨是载福之道，骄则满，满则倾矣。凡动口动笔，厌人之俗，嫌人之鄙，议人之短，发人之覆，皆骄也。无论所指未必果当，即使一一切当，已为天道所不许。吾家子弟满腔骄傲之气，开口便道人短长，笑人鄙陋，均非好气象。贤弟欲戒子侄之骄，先须将自己好议人短、好发人覆之习气痛改一番，然后令后辈事事警改。欲去骄字，总以不轻非笑人为第一义；欲去惰字，总以不晏起为第一义。弟若能谨守星冈公之八字（考、宝、早、扫、书、蔬、鱼、猪）、三不信（不信僧巫，不信医药，不信地仙），又谨记愚兄之去骄去惰，则家中子弟日趋于恭谨而不自觉矣。

此间军事如常。左、鲍二军在鄱阳、建德交界之区尚未开仗，贼数太多，未知能否得手。祁门、黟县、渔亭等处尚属平安。余身体无恙，惟齿痛耳。顺问近好。

兄国藩手草

评点　不轻非笑人不晏起

笔者曾经说过，曾氏是把“金针”度与人的人。这封信，让我们看到了几根金针。骄傲，是大家都认为不好的东西，曾氏尤其担心子弟们染上这种坏的习气，苦口婆心地告诫，叮嘱他们勿骄勿傲。

骄傲之害，理论上易于明白，但在日常生活中，又容易表现出来。这其中有个原因，是不少人不太清楚哪些行为属于“骄”。于是曾氏告诉子侄们：开口便道人短长，笑人鄙陋，好发人覆等，都属于“骄”。曾氏又将这些归纳为“不轻非笑人”。如此，“不骄”就不流于空泛而有了具体可行的措施。用现在流行的语言说，即具有可操作性了。这“不轻非笑人”便是治“骄”的金针。同样，“不晏起”为克服“惰”的金针，“八字诀”与“三不信”为治家的金针。靠着这些金针，人也就立起来了，家也就立起来了。

这正是曾氏家教的典型特色：既讲大道理，又讲具体的小操作。

□ 谕纪泽 咸丰十一年正月初四日

字谕纪泽儿：

腊月二十九日接尔一禀，系十一月十四日送家信之人带回，又由沅叔处送到尔初归时二信，慰悉。尔以十四日到家，而鸿儿十八日禀中言尔总在日内可到，何也？岂鸿信十三四写就而朱金权于十八日始署封面耶？霞仙先生之令弟仙逝，余于近日当写唁信，并寄奠仪。尔当先去吊唁。

尔问文中雄奇之道。雄奇以行气为上，造句次之，选字又次之。然未有字不古雅而句能古雅，句不古雅而气能古雅者；亦未有字不雄奇而句能雄奇，句不雄奇而气能雄奇者。是文章之雄奇，其精处在行气，其粗处全在造句选字也。余好古人雄奇之文，以昌黎为第一，扬子云次之。二公之行气，本之天授。至于人事之精能，昌黎则造句之工夫居多，子云则选字之工夫居多。

尔问叙事志传之文难于行气，是殊不然，如昌黎《曹成王碑》《韩许公碑》，固属千奇万变，不可方物，即卢夫人之铭、女挐之志，寥寥短篇，亦复雄奇崛强。尔试将此四篇熟看，则知二大二小，各极其妙矣。

尔所作《雪赋》，词意颇古雅，惟气势不畅，对仗不工。两汉不尚对仗，潘、陆则对矣，江、鲍、庾、徐则工对矣。尔宜从对仗上用工夫。此嘱。

评点　文章雄奇之道

纪泽问父亲，文章如何才能做到雄奇。

父亲回答：要想文章雄奇，首先要注意的是行气，次在造句，再次为选字。什么是气？笔者以为，气，是指整篇文章的气势、气象、气韵，也就是给读者的整体感觉。曾氏告诉儿子，造就整篇文章的雄奇之气，是第一位的。但是，文章是由一句一句的话组成的，故而每一句话都不能忽视；每一句话又都是由一个一个的字组成的，故而每一个字也都不能忽视。所以，文章的雄奇与否，最终还是要落实到字上。笔者揣测，曾氏这封信的主旨，是在教导儿子要注意文章的遣词造句。故而他在谈到自己所喜欢的以风格雄奇见长的韩愈、扬雄时，特为指出，韩、扬的行气是天授，难以学到，所能学到的是人事方面的长处，即字、句的遣造功夫。

□致澄弟　咸丰十一年正月十四日

澄侯四弟左右：

正月十日接弟腊月十九信，借悉一切。

此间正月初六贼破大洪、大赤二岭而入。大洪岭距祁门六十里，经江军门带队击退。大赤岭距祁门八十里。初七日进犯历口。初八日进犯石门桥，距祁门仅十八里。经唐桂生带队迎剿，大获胜仗，追杀三十余里，直至历口。次日初九早，即追出赤岭。杀贼虽仅四五百人，而抢马百余匹、旗帜千余面、刀锚枪炮万余件。极大风波，顷刻即平，可为庆慰。左、鲍在鄱阳、洋塘一带，亦于初九日大获胜仗。贼目黄文金带六万余人，闻已杀死。次日，群贼全数溃退。

自十一月初至今七十余天，危险万状。至是稍稍苏息，危而复安。若再稳住三个月，安庆克复，则大局有转机矣。

弟思习大字，总以间架紧为主。写成之后，贴于壁上观之，则妍媸自见矣。弟体全愈，全家之福，至慰至慰。即问近好。

国藩手草

评点　大字以间架紧为主

抄录这封信的用意全在最后一段上，好让爱好写字的读者了解一下曾氏对大字的看法。他认为大字的要害在空间架构上，以紧凑为主。常言说："字怕挂。"字之好丑得失，一旦挂起来，便一目了然。这道理便是挂起来的字，其间架之疏密看得更清楚。

□ 谕纪泽　咸丰十一年正月十四日

字谕纪泽儿：

正月初十日接尔腊月十九日一禀，十二日又由安庆寄到尔腊月初四日之禀，具知一切。长夫走路太慢，而托辞于为营中他信绕道长沙耽搁之故。此不足信。譬如家中遣人送信至白玉堂，不能按期往返，有责之者，则曰被杉木坝、周家老屋各佃户强我送担耽搁了。为家主者但当严责送信之迟，不管送担之真与否也；况并无佃户强令送担乎？营中送信至家与黄金堂送信至白玉堂，远近虽殊，其情一也。

尔求抄古文目录，下次即行寄归。尔写字笔力太弱，以后即常摹柳帖亦好。家中有柳书《玄秘塔》《琅邪碑》《西平碑》各种，尔可取《琅邪碑》日临百字、摹百字。临以求其神气，摹以仿其间架。每次家信内，各附数纸送阅。

《左传》注疏阅毕，即阅看《通鉴》。将京中带回之《通鉴》，仿我手校本，将目录写于面上。其去秋在营带去之手校本，便中仍当寄送祁门。余常思翻阅也。

尔言鸿儿为邓师所赏，余甚欣慰。鸿儿现阅《通鉴》，尔亦可时时教之。尔看书天分甚高，作字天分甚高，作诗文天分略低，若在十五六岁时教导得法，亦当不止于此。今年已二十三岁，全靠尔自己扎挣发愤，父兄师长不能为力。作诗文是尔之所短，即宜从短处痛下功夫。看书写字尔之所长，即宜拓而充之。走路宜重，说话宜迟，常常记忆否？

余身体平安，告尔母放心。

涤生手示

评点　临摹柳帖以强笔力

为信使的一个托辞，曾氏不厌其烦地说了一大通闲话，可见曾氏此时的心情颇为轻松。

我们从前信中可以得知，月初，祁门形势又转危急。初八日，太平军已打到距祁门仅十八里（九千米）的地面，全靠唐桂生率部抗击。这场仗打下来，湘军大获全胜，老营转危为安。同一天，左宗棠、鲍超在江西鄱阳一带也获取胜仗。军事形势好转，主帅的心情自然也就轻松了些，于是可以打比方、说闲话了。

习字者若有笔力弱的欠缺，可照曾氏说的，临摹柳公权的《玄秘塔》《琅邪碑》等。察柳字之精神，仿柳字之结体，看能不能让笔下增加点气力。

□ 谕纪泽 咸丰十一年正月二十四日

字谕纪泽儿：

正月十四发第二号家信，谅已收到。日内祁门尚属平安。鲍春霆自初九日在洋塘获胜后，即追贼至彭泽。官军驻牯牛岭，贼匪踞下隅坂，与之相持，尚未开仗。日内雨雪泥泞，寒风凛冽，气象殊不适人意。伪忠王李秀成一股，正月初五日围玉山县，初八围广丰县，初十日围广信府，均经官军竭力坚守，解围以去，现窜铅山之吴坊、陈坊等处。或由金溪以窜抚、建，或径由东乡以扑江西省城，皆意中之事。余嘱刘养素等坚守抚、建，而省城亦预筹防守事宜。只要李逆一股不甚扰江西腹地，黄逆一股不再犯景德镇等，三四月间，安庆克复，江北可分兵来助南岸，则大局必有转机矣。目下春季必尚有危险迭见，余当谨慎图之，泰然处之。

余身体平安，惟齿痛时发。所选古文，已抄目录寄归。其中有未注明名氏者，尔可查出补注，大约不出《百三名家全集》及《文选》《古文辞类纂》三书之外。尔问《左传》解《诗》《书》《易》与今解不合。古人解经，有内传，有外传。内传者，本义也；外传者，旁推曲衍，以尽其余义也。孔子系《易》，小象则本义为多，大象则余义为多。孟子说《诗》，亦本子贡之因贫富而悟切磋，子夏之因素绚而悟礼后，亦证余义处为多。《韩诗外传》，尽余义也。《左传》说经，亦以余义立言者多。

袁臾生之二百金，余去年曾借松江二百金送季仙九先生，此项只算还袁宅可也。树堂先生送尔三百金，余当面言只受百金。尔写信寄营酬谢，言受一璧二云云。余在营中备二百金，并尔信函交冯可也。此字并送澄叔一阅，此次不另作书矣。

涤生手示

评点　《左传》解经何以与今解不同

曾纪泽在读《左传》时生发出一个疑问：为何《左传》中那些解释《诗》《书》《易》的话，与通常所见的《十三经注疏》中对《诗》《书》《易》的解释有不同呢？

凡读过《左传》的人都知道，《左传》中常有《诗》曰、《书》曰之类的话，尤在书中人物对话中出现较多。仔细琢磨那些被引用的《诗》《书》中的话，的确与通常的注疏有所出入。让我们随手举一个例子。

《成公八年》中说到这样一件事：八年，春天，晋国特使来鲁国，要鲁国将汶阳之田归还给齐国。鲁国大夫季文子私下对晋使说："盟主应当以公正处理各国事务的才干获得威望，如此诸侯才敬佩其德行而害怕讨伐，不敢心存二心。汶阳之田，本是鲁国的，鞍之战后，晋国同意齐国把它归还给鲁国，现在又下达不同的命令，令我国归还给齐国。盟主不讲信义，结盟就要解体。《诗》曰：'女也不爽，士贰其行。士也罔极，二三其德。'七年之中，一与一夺，这种反复无常，谁比得上？普通人多变，尚且丧失妻子，何况霸主？"

季文子引用的这四句诗出于《卫风·氓》，写的是一个弃妇对原先丈夫的怨愤。季文子将它引来讽刺晋国的反复无常，出尔反尔。显然与诗的原意不符，更与正统的《十三经注疏》相悖。

曾氏于是告诉儿子，古人对经文的解释，有内传、外传之分。内传为其本身的意义，外传为其延伸的意义。《左传》中在说到经文时，通常取其延伸之意义。按照曾氏所说的来看，季文子所引用的《卫风·氓》，也就可以理解了。原来季文子是将夫妻之结合比喻诸侯之结盟，"德"是联结彼此关系的纽带。

信中有一句话："孟子说《诗》，亦本子贡之因贫富而悟切磋，子夏之因素绚而悟礼后。"这话是什么意思，读者可能费解。笔者来略作笺释。

两个典故都出自《论语》。“子贡”句见《学而篇》：“子贡曰：‘贫而无谄，富而无骄，何如？’子曰：‘可也；未若贫而乐道，富而好礼者也。’子贡曰：‘《诗》云：“如切如磋，如琢如磨”，其斯之谓与？’子曰：‘赐也，始可与言《诗》已矣，告诸往而知来者。’”

子贡说的贫时如何、富时如何，只能算初级阶段，孔子所说的则是进了一步。于是子贡立时想到《诗经·卫风·淇奥》中两句诗，不正是夫子所说的这个意思吗？孔子对学生这种举一反三的联想能力十分称赞。

“子夏”句见《八佾篇》：“子夏问曰：‘“巧笑倩兮，美目盼兮，素以为绚兮。”何谓也？’子曰：‘绘事后素。’曰：‘礼后乎？’子曰：‘起予者商也，始可与言《诗》已矣。’”

子夏问孔子《诗经·卫风·硕人》中的诗句是什么意思。孔子答：“好比画画一样，先有白纸，然后再有绚丽的图画。”子夏很快就想到相对于“仁”而言，礼不也在其后吗？孔子高兴地说：“子夏呀，你启发了我，现在我可以和你谈诗了。”

孔子说诗可以兴、观、群、怨，看中的是诗的延伸意义。他所称赞的这两个学生，恰好具有这种联想到诗的延伸意义的才华。

曾氏认为孟子说《诗》，也是从延伸的角度来说的。

有如此通识而又能旁征博引加以阐释的父亲的指导，曾纪泽能不在《左传》以及《诗经》的学习上大有长进吗？

□ 致澄弟 咸丰十一年二月初四日

澄侯四弟左右：

二月初一日唐长山等来，接正月十四日弟发之信，在近日可谓极快者。

弟言家中子弟无不谦者，此却未然。余观弟近日心中即甚骄傲。凡畏人，不敢妄议论者，谦谨者也；凡好讥评人短者，骄傲者也。弟于营中之人，如季高、次青、作梅、树堂诸君子，弟皆有信来讥评其短，且有讥至两次三次者。营中与弟生疏之人，尚且讥评，则乡间之与弟熟识者，更鄙睨嘲斥可知矣。弟尚如此，则诸子侄之藐视一切，信口雌黄可知矣。谚云："富家子弟多骄，贵家子弟多傲。"非必锦衣玉食、动手打人而后谓之骄傲也，但使志得意满毫无畏忌开口议人短长，即是极骄极傲耳。余正月初四信中言戒骄字，以不轻非笑人为第一义；戒惰字，以不晏起为第一义。望弟常常猛省，并戒子侄也。

此间鲍军于正月二十六大获胜仗，去年建德大股全行退出，风波三月，至此悉平矣。余身体平安，无劳系念。

评点 讥评人短即是骄傲

好议论别人的短处，甚至议论与自己毫不相干、素昧平生之人的短处，这似乎是我们所常见到的普遍现象，大家习以为常，也不将它上升到"骄傲"的高度来认识。但曾氏却很不满意四弟这种毫无畏忌开口议人短长的习气，认为这就是"极骄极傲"。

背后议人短长，的确不是好事，它无形之间助长议者的骄矜自得之气，也让被议者获知后心理上极为反感。望有此习者戒之！

□ 致沅弟季弟　咸丰十一年二月二十二日

沅、季两弟左右：

二十一酉刻接十九早信。官相既已出城，则希庵由下巴河南渡以救省城，甚是矣。希庵既已南渡，狗逆必回救安庆，风驰雨骤，经过黄梅、宿松均不停留，直由石牌以下集贤关，此意计中事也。凡军行太速，气太锐，其中必有不整不齐之处，惟有一静字可以胜之。不出队，不喊呐，枪炮不能命中者不许乱放一声，稳住一二日，则大局已定。然后函告春霆渡江救援，并可约多军三面夹击。吾之不肯令鲍军预先北渡者，一则南岸处处危急，赖鲍军以少定人心；二则霆军长处甚多，而短处正坐少一静字。若狗贼初回集贤关，其情切于救城中之母妻眷属，拼命死战，鲍军当之，胜负尚未可知。若鲍公未至，狗贼有轻视弟等之心，而弟等持以谨静专一之气，虽危险数日，而后来得收多、鲍夹击之效，却有六七分把握。吾兄弟无功无能，俱统领万众，主持劫运，生死之早迟，冥冥者早已安排妥贴，断非人谋计较所能及。只要两弟静守数日，则数省之安危胥赖之矣。至嘱至要。

陈余庵闻二十一日可到景镇。左公日内可进剿乐平一带。祁门日来平安。凯章守休宁亦平安。惟宋滋九侍讲带安勇扎于前敌，被贼突来抄杀小挫，宋公受三伤。抚、建此二日无信。顺候近好。

抄二十一日复左信一件，可寄胡帅一阅。

再，群贼分路上犯，其意无非援救安庆。无论武汉幸而保全，贼必以全力回扑安庆围师；即不幸而武汉疏失，贼亦必以小支牵缀武昌，而以大支回扑安庆，或竟弃鄂不顾。去年之弃浙江而解金陵之围，乃贼中得意之笔。今年抄写前文无疑也。无论武汉之或保或否，总以狗逆回扑安庆时，官军之能守不能守以定乾坤之能转不能转。安庆之濠墙能守，则武昌虽失，必复为希庵所克，是乾坤有转机也；安庆之濠墙不能守，则武昌虽无恙，贼之气焰复振，是乾坤无转机也。弟等一军关系天地剥复之机，无以武汉有疏而遽为震摇，须待狗逆回扑，坚守之后再定主意。

评点　持以谨静专一之气应付危局

先来说说这封家书的背景。

咸丰三年正月，太平军靠着水师的力量，从武昌顺流东下，势如破竹，不过四十来天，便进入江宁。长江既可以让洪秀全顺利成事，长江同样也可以让清军轻易取胜，故而双方都将长江视为生命线。而长江的扼控点则在几个重要的码头，如武昌、黄州、田家镇、武穴、九江、安庆、池州、芜湖、江宁。其中尤以武昌、九江、安庆、江宁四个码头最为重要。当武昌、九江已为清军所占后，攻打安庆，便成为攻克江宁前所要进行的最重要的一场战争。同样地，太平军也深知安庆是保护天京的最重要的屏障。于是安庆成了两军激战的第一战场。

守安庆的是太平军名将叶芸来、刘玱林，攻打安庆的便是有“曾铁桶”（意谓能把城围得像铁桶样滴水不漏）之称的老九及其弟曾季洪。

曾老九率领吉字营于咸丰十年四月屯兵安庆城外集贤关，两军对峙，互有胜负。

天国领导集团想方设法欲解救安庆之危局。咸丰十年十月，陈玉成移师安庆，不利后退出。十一年正月，湖北巡抚胡林翼移营安徽太湖，目的是声援安庆。于是，陈玉成、李秀成决定以围魏救赵之计来救安庆。

二人分别从北岸和南岸同时向武昌进发，湖北的形势顿时变得严峻起来。信中所说的“官相（笔者注：即湖广总督官文）既已出城，则希庵由下巴河南渡以救省城”，正是指的当时湖北形势。

陈、李的这个军事意图，曾氏及湘军的另一主帅胡林翼都看得很清楚，从而做出即便丢掉武昌也要确保围安庆之军不撤的决定，并以此来坚定老九围城的信心。结果因南岸李秀成的误期，围武昌以救安庆的军事计划没有实现。不得已，陈玉成再回兵增援安庆。

在通常人的观念中，修炼心性、主静主诚的理学与攻城略地、不厌欺诈的军事完全是对立的、互不相干的两个领域，这中间如何沟通？理学除造就高谈阔论的学人外，它还能培养出可办实事的人才吗？

我们都知道，早年曾氏在京师做词臣时，曾拜倭仁、唐鉴为师，皈依理学，认认真真地修身养性，其主要功课为志、敬、静、谨、恒五字。笔者也曾在心里嘀咕过："敬""静""谨"这些东西，在平居时或许可以做到，乱时能做到吗？或者说，平居时所修炼来的这些功夫，乱时能发挥出它的作用吗？

读这封信，我们看到理学功夫在打仗时的运用了。曾氏批评鲍超霆军的短处在少一"静"字。又要九弟以"谨静专一之气"来面对危局。看似迂腐的学问，居然在血火刀兵的现实中产生作用，不能不令人惊奇。

本来，理学的最终目的是要造就人的完美人格。有了这个完美人格，世上什么事不能办好，何止带兵打仗！只是许许多多的理学夫子既没有把理学的精髓吃透，又没有实实在在地表里一致地加以修炼，故而流入空谈、流入虚伪、流入叶公一类。这是学者的悲哀，并非学问的悲哀！

□ 致澄弟 咸丰十一年二月二十四日

澄侯四弟左右：

上次送家信者，三十五日即到。此次专人，四十日未到。盖因乐平、饶州一带有贼，恐中途绕道也。

自十二日克复休宁后，左军分出八营在于甲路地方小挫，退扎景镇。贼幸未跟踪追犯，左公得以整顿数日，锐气尚未大减。目下左军进剿乐平、鄱阳之贼。鲍公一军，因抚、建吃紧，本调渠赴江西省，先顾根本，次援抚、建。因近日鄱阳有警，景镇可危，又暂留鲍军不遽赴省。胡宫保恐狗逆由黄州下犯安庆沅弟之军，又调鲍军救援北岸。其祁门附近各岭，二十三日又被贼破两处。数月以来，实属应接不暇，危险迭见。而洋鬼又纵横出入于安庆、湖口、湖北、江西等处，并有欲来祁门之说。看此光景，今年殆万难支持。然余自咸丰三年冬以来，久已以身许国。愿死疆场，不愿死牖下，本其素志。近年在军办事，尽心竭力，毫无愧怍，死即瞑目，毫无悔憾。

家中兄弟子侄，惟当记祖父之八个字，曰："考、宝、早、扫、书、蔬、鱼、猪。"又谨记祖父之三不信，曰："不信地仙，不信医药，不信僧巫。"余日记册中又有八本之说，曰："读书以训诂为本，作诗文以声调为本，事亲以得欢心为本，养生以戒恼怒为本，立身以不妄语为本（即不扯谎也），居家以不晏起为本，作官以不要钱为本，行军以不扰民为本。"此八本者，皆余阅历而确有把握之论，弟亦当教诸子侄谨记之。无论世之治乱，家之贫富，但能守星冈公之八字与余之八本，总不失为上等人家。余每次写家信，必谆谆嘱咐。盖因军事危急，故预告一切也。

余身体平安。营中虽欠饷四月，而军心不甚涣散，或尚能支持，亦未可知。家中不必悬念。顺问近好。

兄国藩手草

评点　立身处世之"八本"

曾氏的"八本"在近代传颂甚广，最早见于其咸丰十年闰三月十八日的日记，这是第一次向家人公布。

读曾氏的文字，感觉到他有一个很显著的特点，即喜欢提炼归纳：或归纳为几句话，或归纳为几个字。

世事纷纭，须排沙拣金；道理繁多，宜由博返约。由此看来，提炼归纳的功夫必不可少。去掉什么，留存什么，这中间最能反映出一个人的好恶和见识。至于驭繁于简，更是思维能力强的表现；同时，也是一个提高升华的过程。置身于大千世界、茫茫人生，面对着烟海学问无穷资讯，会不会提炼，善不善归纳，应是人与人之间高下优劣的一个重要区分点。曾氏将祖父平日治家之方，经过一番提炼后归纳为八个字，又将其所不喜欢的东西概括为三个不信。他将素日对立身处世治学做事所得到的一些体会归纳为“八本”。他的这些“本”不一定都能为人所接受，但多多少少能给人以启益。曾氏老家富厚堂中有一间房子的门楣上，高悬“八本堂”横匾，匾上便刻着这八句话。可见曾氏后世子孙对它的重视。

□ 致诸弟 咸丰十一年三月初四日

澄、沅、季弟左右：

余于初二日自祁门起行至渔亭，初三日至休宁。初四日派各营进攻徽州。所有祁门、渔亭之营，皆派七八成队来此，老营空虚。闻景德镇于二月三十日失守，陈一军溃散，左京堂亦被围困，不知能守住营盘否？景镇既失，祁、黟、休三县之米粮全无，接济已断。若能打开徽州，尚可通浙江米粮之路；若不能打开徽州，则四面围困，军心必涣，殊恐难支。

余近年在外勤谨和平，差免愆尤，惟军事总无起色。自去冬至今，无日不在危机骇浪之中。所欲常常告诫诸弟与子侄者，惟星冈公之八字、三不信及余之八本、三致祥而已。八字曰“考、宝、早、扫、书、蔬、鱼、猪”也，三不信曰“药医也，地仙也，僧巫也”，八本曰“读书以训诂为本，作诗文以声调为本，事亲以得欢心为本，养生以少恼怒为本，立身以不妄言为本，居家以不晏起为本，做官以不爱钱为本，行军以不扰民为本”，三致祥曰“孝致祥，勤致祥，恕致祥”。兹因军事日危，旦夕不测，又与诸弟重言以申明之。家中无论老少男妇，总以习勤劳为第一义，谦谨为第二义。劳则不佚，谦则不傲，万善皆从此生矣。此次家信，专人送安庆后再送家中，因景镇路梗故也。顺问近好。

兄国藩手草（休宁城中）

外黄南坡挂屏交安庆转寄，柳帖二付寄家交纪泽。

评点　孝致祥，勤致祥，恕致祥

上封信刚归纳了一个“八本”，这封信又来了个“三致祥”，即孝、勤、恕三者可以给自身、给家庭带来吉祥。这也是他平素观察思考后的结论，告诉诸弟，望诸弟遵守并能使之成为曾氏一门的家风。这位曾老大对家族的殷殷关爱之心，真个是跃然纸上，令人感动。

□ 谕纪泽纪鸿　咸丰十一年三月十三日

字谕纪泽、纪鸿儿：

接二月二十三日信，知家中五宅平安，甚慰甚慰。

余以初三日至休宁县，即闻景德镇失守之信。初四日写家书，托九叔处寄湘，即言此间局势危急，恐难支持，然犹意力攻徽州，或可得手，即是一条生路。初五日进攻，强中、湘前等营在西门挫败一次。十二日再行进攻，未能诱贼出仗。是夜二更，贼匪偷营劫村，强中、湘前等营大溃。凡去二十二营，其挫败者八营（强中三营、老湘三营、湘前一、震字一），其幸而完全无恙者十四营（老湘六、霆三、礼二、亲兵一、峰二），与咸丰四年十二月十二夜贼偷湖口水营情形相仿。此次未挫之营较多，以寻常兵事言之，此尚为小挫，不甚伤元气。目下值局势万紧之际，四面梗塞，接济已断，加此一挫，军心尤大震动。所盼望者，左军能破景德镇、乐平之贼，鲍军能从湖口迅速来援，事或略有转机，否则不堪设想矣。

余自从军以来，即怀见危授命之志。丁、戊年在家抱病，常恐溘逝牖下，渝我初志，失信于世。起复再出，意尤坚定。此次若遂不测，毫无牵恋。自念贫窭无知，官至一品，寿逾五十，薄有浮名，兼秉兵权，忝窃万分，夫复何憾！惟古文与诗，二者用力颇深，探索颇苦，而未能介然用之，独辟康庄。古文尤确有依据，若遽先朝露，则寸心所得，遂成广陵之散。作字用功最浅，而近年亦略有入处。三者一无所成，不无耿耿。至行军本非余所长，兵贵奇而余太平，兵贵诈而余太直，岂能办此滔天之贼？即前此屡有克捷，已为侥幸，出于非望矣。尔等长大之后，切不可涉历兵间，此事难于见功，易于造孽，尤易于诒万世口实。余久处行间，日日如坐针毡，所差不负吾心，不负所学者，未尝须臾忘爱民之意耳。近来阅历愈多，深谙督师之苦。尔曹惟当一意读书，不可从军，亦不必作官。

吾教子弟不离八本、三致祥。八者曰：读古书以训诂为本，作诗文以声调为本，养亲以得欢心为本，养生以少恼怒为本，立身以不妄语为本，治家以不晏起为本，居官以不要钱为本，行军以不扰民为本。三者曰：孝致祥，勤致祥，恕致祥。吾父竹亭公之教人，则专重孝字。其少壮敬亲，暮年爱亲，出于至诚，故吾纂墓志，仅叙一事。吾祖星冈公之教人，则有八字、三不信。八者曰：考、宝、早、扫、书、蔬、鱼、猪。三者曰僧巫，曰地仙，曰医药，皆不信也。处兹乱世，银钱愈少，则愈可免祸；用度愈省，则愈可养福。尔兄弟奉母，除劳字俭字之外，别无安身之法。吾当军事极危，辄将此二字叮嘱一遍，此外亦别无遗训之语，尔可禀告诸叔及尔母无忘。

评点　文人的遗憾

自从就任两江总督以来，曾氏就一直处于军事不利的局面，几乎天天都在忧愁中度过，用他给老九信中的话来说，即“实无生人之趣”，故而在家信中常会说些随时准备死的话。这次给两个儿子的信说得更明白，若有不测，信上所说的便是遗训了。剖析这封信，可以让我们知道一些曾氏的内心世界。

曾氏对自己仕宦权位已觉满足，即便明日死，他亦毫无遗憾。但他此生仍有不满意者，即在古文、诗与书法上。早在二十年前，曾氏便自以为在诗文上进入一个相当高的境界，恨当世无韩愈、黄庭坚一类人能与他对话。这一方面可见青年时代的曾氏之狂，另一方面也可知他那时的诗文的确很好，因为说这番话时，他已是皇家的文学侍从，并非高楣山下的井底之蛙。

倘若不是战争扭转了他的人生轨迹，他定然会有更多空余的时间和闲适的心境与书卷笔墨打交道，相信他在诗文创作方面会取得更大的艺术成就。然而事情也有另一面。走出书斋官衙，能与更广阔的社会各阶层有较深入的接触；投身军旅，金戈铁马更能催天地间的阳刚雄伟之气；领袖群伦，既能集合一大群诗文才俊，又可以让自己的所作仗权势而影响广泛。或许正是因为这样，才有日后的湘乡文派。这也许是此刻的曾氏所没有料到的。我们且来读一段钱钟书之父钱基博先生在《现代中国文学史》中所写的话：

“厥后湘乡曾国藩以雄直之气，宏通之识，发为文章，而又据高位，自称私淑于桐城，而欲少矫其懦缓之失；故其持论以光气为主，以音响为辅。探源扬、马，专宗退之，奇偶错综，而偶多于奇，复字单词，杂厕其间，厚集其气，使声彩炳焕而戛焉有声。此又异军突起而自为一派，可名为湘乡派。一时流风所被，桐城而后，罕有抗颜行者。”

曾氏当时若能知七十年后有名学者在中国文学史上为他这样定位的话，想必不会有“寸心所得遂成广陵之散”的遗憾。至于他的书法，虽然他也颇为自负，但平心而论，没有太大的成就，即便他一辈子勤临墨池，也不见得会超过他的朋友何绍基。但这百余年来，坊间所流传得最多的字不是何字而是曾字，许多赝品都能卖得高价钱，这不是别的原因，而是因为曾氏的位高名大。名位是怎么来的，还不是“从军”所带来的吗？

所有这些，都可以从曾氏所信奉的消息盈虚之理中找到答案。

曾氏对诗、文、字的遗憾，归结为一点，其实是对学问的遗憾；说得更确切点，乃是一种文人的遗憾。中国的知识分子有很重的文人情结，不管事功上多么辉煌，若著书立说上没有大成就的话，他总会有不满足感。即便如洪秀全这种人，进了南京城后，他更多的心思也是用在《天王御制诗》的编撰修订上。这很可能是深受“三立”思想影响的结果。

曾氏一向相信“拙诚”，这一则是理学教育的结果，二来也与他的性格有关。在“拙诚”的指导下，他提出过“深沟高垒，步步为营”“扎硬寨，打死仗”等口号，对湘军的军事建设起过不少积极作用。但打仗不能只靠“拙诚”，奇、险、巧、诈，常常是取得战役胜利的重要原因。曾氏可以运筹于帷幄，却不能决胜于战场，究其原因，他缺的是机动灵活、快速变化的临阵指挥才能。

曾氏深知自己实际上是短于兵事的，故而嘱咐儿子不要去从军。同时，他也不太希望儿子去做官。关于这方面，我们以后在相关点评中再来细说。

□ 致沅弟季弟 咸丰十一年三月二十一日

沅、季弟左右：

二十夜接弟十九早信，知援贼已到后濠之外，弟乃因南岸之事十分焦灼。余不能派兵援救弟处，反以余事分弟心思，损弟精神。此兄之大错。弟当援贼围逼，后濠十分紧急之时，不顾自己之艰危，专谋阿兄之安全，殷殷至数千言。昔人云："读《出师表》而不动心者，其人必不忠；读《陈情表》而不动心者，其人必不孝。"吾谓读弟此信而不动心者，其人必不友。余定于二十四日拔营起程，二十九日准至东流，即在舟次居住，以答两弟之意。弟从此安心做事，不可挂念南岸也。闻盛南表弟于十八夜回营，此心略慰。十九夜之黑，二十早之雾，殊为可虑。过此两日，守事当少有把握。枞阳坝成后，桐城之贼由练潭来，尚隔水否？

此间各路，平安之至。景德镇之贼业已退净，不知其全由婺源回徽乎？抑尚在乐平与左、鲍相持乎？然该镇贼退，则祁门粮路业已通矣。两弟千万放心。兄移驻东流，祁、黟、休各军仍留此间紧守不动，不能多带兵勇救援弟处，惟弟谅之，亦实无强兵可带也。顺问近好。

来勇二人各赏翎一支、银四两，留此少停片时，此信另派亲兵及云岩亲兵送去。

评点 从祁门移营东流

咸丰十年六月中旬，曾氏在就任江督后不久，便将老营从皖西宿松移到皖南祁门。祁门四面环山，形如锅底，与外面的交通易于切断。包括李鸿章在内的不少人都不同意驻扎此地，但曾氏并不改变主意。在遭遇太平军几次兵临城下的处境后，几乎所有的人都主张迁移，但曾氏仍固执己见。曾氏为什么这样看好祁门，也不知出于何种考虑。直到老九写了一封数千言情词恳切的长信，劝乃兄以全局为重再不能置身危地时，曾氏这才接受意见，从祁门迁出，移营长江边上的东流县。这封信说的就是这件事。事实上，曾氏自迁到东流后，所处的环境便大为改善了。

□致沅弟季弟 咸丰十一年三月二十四日

沅、季弟左右：

二十三晚接弟十五日信，系从景德镇送鲍公信绕来者。朱云岩今早业已启行，二十八九可到东流，三十日必到弟处帮守濠墙矣。鲍公二十六日拔营，余有一批抄阅。左军破侍逆股十余万，可谓奇功，然其不可及处，只在善于审几审势耳。顺问近好。

评点 左宗棠之长在善于审几审势

咸丰十年五月，左宗棠奉旨招募楚军五千，其主要将领有王开琳、王开化、刘典、杨昌濬等。八月，左宗棠率楚军出湖南，由江西进入皖南。自此后便转战于皖南赣北一带，左宗棠的杰出将才也便开始逐渐显现在世人面前。

这年年底，左宗棠收复江西的德兴和浮梁，曾国藩为他请赏，朝廷将他由四品京堂升到三品京堂。咸丰十一年三月，太平军侍王李世贤率十余万人马攻打左所在地江西乐平县。城里只有五千人。在李世贤团团包围、楚军死伤严重的情况下，左宗棠决定出城决战。王开化趋西路，王开琳趋东路，左与刘典趋中路，在鼓声与呐喊声中冒着大风大雨冲出县城，与太平军展开肉搏战，结果大获全胜。这封信上说的“左军破侍逆股十余万”，就是说的这件事。左因此大受朝廷嘉奖，也由此而获善战声誉，很快便如奇峰突起了。

左的长处，曾氏认为在善于审几审势。几者，几微也，即事物将发未发之征兆。若能于此时便看出事物今后的发展趋势，从而采取相应措施，自然比事后诸葛亮要强过十倍百倍。势者，即在某一时刻下各种相关事物所处的位置。将这种状态看得明白清楚，有利于做出正确的处理方案。审几审势，不但对于从军者十分重要，对于从政经商者亦十分重要。凡有志于从事与人争斗的职业者，都应研究审几审势之学。

□致沅弟　咸丰十一年四月初三日

沅弟左右：

初三辰刻接初二巳正来书，具悉一切。

昨日雨小而风大，今日风小而雨大，鲍军勇夫万余人，纵能渡江，想初二尚未渡毕，初三则断不能渡。凡办大事，半由人力，半由天事。如此次安庆之守，濠深而墙坚，稳静而不懈，此人力也；其是否不至以一蚁溃堤，以一蝇玷圭，则天事也。各路之赴援，以多、鲍为正援集贤之师，以成、胡为后路缠护之兵，以朱、韦为助守墙濠之军，此人事也；其临阵果否得手，能否不为狗酋所算，能否不令狗酋逃遁，此天事也。吾辈但当尽人力之所能为，而天事则听之彼苍，而无所容心。弟于人力颇能尽职，而每称擒杀狗酋云云，则好代天作主张矣。

至催鲍进兵，亦不宜太急。鲍之队伍由景镇至下隅坂，仅行五日，冒雨遄征，亦可谓极速矣。其锅帐则至今尚未到齐，以泥太深，小车难动也。弟自抚州拔营至景镇，曾经数日遇雨，试一回思，能如鲍公此次之迅速乎？润帅力劝鲍公进兵不必太急，待狗酋求战气竭力疲而后徐起应之云云，与弟见正相反。余意不必催鲍急进，亦不必嘱鲍缓战，听鲍公自行斟酌可也。多公调度远胜于鲍，其马队亦数倍于鲍，待多击退黄文金后，再与鲍军会剿集贤关，更有把握。

至狗酋虽凶悍，然屡败于多、李、鲍之手，未必此次忽较平日更狠。黄文金于洋塘、小麦铺两败，军器丢弃已尽。多、鲍之足以制陈、黄二贼，理也，人力之可知者也。其临阵果否得手，则数也，天事之不可知者也。来书谓狗部有马贼二千五六百，似亦未确。系临阵细数乎，抑系投诚贼供乎？闻贼探多假称投诚者，弟宜慎之。即问近好。

评点　凡办大事半人力半天事

曾氏在信中提出了两个观点：一、凡办大事，半由人力，半由天事。二、吾辈但当尽人力之所能为，而天事则听之于自然。曾氏的这两个观点都有相当的道理。世上有许多事特别是小事，是可以由自己一人做得了主的。但有许多事，特别是大事，却因为牵扯的因素多，自己一人往往做不了主。心中明白了这个道理，便会注意去考虑相关的因素，也会不至于事不成而想不开。有些相关因素，即便你再怎么去考虑它研究它，也不会因此而随着你的心意改变。那么，你且按自己的意图做去，能成几分是几分，不成也罢了。这就是尽人事而听天命者胸襟多豁达的原因。

□ 致沅弟 咸丰十一年四月初八日

沅弟左右：

初八申刻接初七亥刻缄，知初七有出队之举。凡看地势、察贼势，只宜一人独往，所带极多不得过五人。如贼来追抄，则赶紧驰回，贼见人少，亦不追也。若带人满百，贼来包抄，战则吃贼之亏，不战而跑回，则长贼之焰，两者俱不可。故近日名将看地势者，相戒不带队伍也。又两相隔在五里以外，不可约期打仗。凡约期，以号炮为验，以排枪为验，以冲天火箭为验者，其后每每误事。余所见带队百余人以看地势及约期打仗二事致败者屡矣，兹特告弟记之。近唐桂生初五徽州之败，亦犯此二忌。弟如自度兵力实能胜贼，则出濠一战，亦无不可，切不宜与多、鲍约期。或眼见多、鲍酣战之际，弟率大队一助，则可；先与约定，则不可（多、鲍来约，竟不应允，甘为弱兵，作壁上观可也）。余此次派鲍、朱援安庆，先未约定而忽至，则有益；希庵先约定回援而不至，则有损也。

杨镇南之不足恃，余于其平日之说话知之。渠说话最无条理。凡说话不中事理、不担斤两者，其下必不服。故《说文》君字、后字从口，言在上位者，出口号令，足以服众也。

朱云岩放衢州镇总兵。陈舫仙禀即不批准。瑞州之贼西窜九江，或可无虞。竹庄信附阅。顺问近好。

评点 约期打仗及观人说话

两军相约打仗这种事，普通人不会遇到，但两人相约某时在某地见面，然后同到某处这种事，却是平民百姓所常有的。曾氏认为，两军约期，常会因一些意外的情形发生而误事，故而他主张最好不约。若自己能做的就做，做不了就不做，不要将指望寄托在别人的身上。打仗是性命攸关的事，是不能将自己的性命寄托在别人身上的。故笔者以为，曾氏的意思是凡办重大的事，必须尽量做到稳妥，以至于万无一失，不要因某一个小环节失虑而贻误。从这一点引发开去，可以使我们得到启发。世上凡因小处失算而引起大事颠覆的例子很多，应援为镜鉴。

哨官杨镇南平日说话无条理，曾氏早虑其不足以为依恃，并借此告诉九弟一个道理：凡说话不着边际不切中事理，或者随意性很大没有分量的人，不可做头领。

□致沅弟季弟　咸丰十一年六月十二日

沅弟、季弟左右：

盛四归，接两弟信，具悉一切。

既已带兵，自以杀贼为志，何必以多杀人为悔？此贼之多掳多杀，流毒南纪，天父天兄之教，天燕天豫之官，虽使周孔生今，断无不力谋诛灭之理。既谋诛灭，断无以多杀为悔之理。幅巾归农，弟果能遂此志，兄亦颇以为慰。特世变日新，吾辈之出，几若不克自主，冥冥中似有维持之者。

赖贼赴下游买米，日内有信来安庆否？余前有寄厚庵二缄，兹抄去一阅。弟可与黄昌岐细细说明，大约不外平日结以厚情，临时啖以厚利，以期成安庆一篑之功耳。即问近好。

评点　莫以多杀人为悔

安庆之战，眼下已到了关键时刻。自五月初集贤关被吉字营攻破后，太平军在安庆战场上便开始处于劣势，一个多月来，成千上万名太平军将士被吉字营官兵斩杀。曾氏六月初四日给老九的信上说：

“弟处杀人甚多，腥臭之气，炎暑薰蒸，恐易生病，又加日夜防守，余实不放心，宜将贼尸设法埋之，或用旧船载弃大江何如？”初十日信上又说：“积尸臭气，若能多烧大黄薰之，当小有益。”

当时安庆战场上惨状之烈，可从这两段信文中看出。或许是曾老九本人也看不过去了，或是天热尸臭太盛，吉字营中不少人染上病毒死亡，才有他给乃兄信中的“杀人太多”的悔辞。

但曾氏却不以为然，认为这些太平军都该杀。在五月十八日的信中也说：“克城以多杀为妥，不可假仁慈而误大事。”

打仗自然免不了要杀人，但放下武器投降者，或者已失去抵抗能力者，均不应再斩杀，尤其是敌军之眷属，更应待之以人道主义。曾氏要老九多杀人，显然没有考虑以上这些因素。后人骂曾氏为曾剃头，为刽子手，笔者以为不过分。从这封信看来，曾氏的确是一个不惮杀人的刽子手。但曾氏过去也写过《解散歌》，提出几个“不杀”，懂得区别对待分化瓦解的作用，而现在又说出这样残忍的充满血腥味的话来，从这里我们可以看出曾氏性格的复杂性和多面性。

□致澄弟　咸丰十一年六月十四日

澄弟左右：

六月初四接五月二十四来信并纪泽一禀，具悉一切。南五舅母弃世，纪泽往吊后，弟亦往吊唁否？此等处，吾兄弟中有亲往者为妙。从前星冈公之于彭家并无厚礼厚物，而意甚殷勤，亲去之时甚多。我兄弟宜取以为法。大抵富贵人家气习，礼物厚而情意薄，使人多而亲到少。吾兄弟若能彼此常常互相规诫，必有裨益。

此间军事平安。余疮疾渐愈，已能写字矣。安庆军情，九弟常有信回，兹不赘。付回银二百两，系去年应还袁宅之项，查收。即问近好。

国藩手草

评点　情意与钱物

人与人之间的往来，主要表现在两个方面：一是情意上，一是钱物上。在物资匮乏的年代，或在缺少钱物的人之间，情意的一面似乎显现得更为突出些。反之，在物资富裕的时候，或在有钱人之间，不少的情意却用金钱取代了。人间交往，金钱是不可缺的，尤其在急需此物的时候，助人以金钱，比空空的几句话要重要得多。但在一般的情况下，情意更显得亲热、温馨。现代社会，运转节奏加快，赚钱发财的门路增多，不少人因此而淡薄了情意，许多该表示温情的时候却用冰冷的钱物去代替，许多该由自己亲身做的事却委托毫不相干的人去代理，正如一百多年前，曾氏在这封信里所指出的："大抵富贵人家气习，礼物厚而情意薄，使人多而亲到少。"人情便因此而淡化，人世也便因此而失去温暖。这的确是值得世人注意的事。

□致沅弟　咸丰十一年六月二十九日

沅弟左右：

专人至，接来信，城池未克，而遽索犒赏之古文，未免揭盖太早。湖南主考放王澎、胡家玉。毛公之奏停，系听胡恕堂言浙江之失，由先年借办江南乡试，招引奸细入城云云。兹将毛信抄寄一阅。虽不免士子之讥议，而为慎守省城起见，毛固不失为贤者耳。润公专人守候，余因作《箴言书院记》，勉强交卷，文不称意，抄寄弟阅。

四伪王究由宿松至怀、桐否？查明见告。日内闻池州之贼已退，不知确否？即问近好。

再，望溪先生之事，公私均不甚惬。

公牍中须有一事实册，将生平履历，某年中举中进士，某年升官降官，某年得罪，某年昭雪，及生平所著书名，与列祖褒赞其学问品行之语，一一胪列，不作影响约略之词，乃合定例。望溪两次获罪：一为戴名世《南山集》序入刑部狱；一为其族人方某（忘其名）挂名逆案，将方氏通族编入旗籍，雍正间始准赦宥，免隶旗籍。望溪文中所云因臣而宥及合族者也。今欲请从祀孔庙，须将两案历奉谕旨一一查出，尤须将国史本传查出，恐有严旨碍眼者，易干驳诘。从前入祀两庑之案，数十年而不一见，近年层见迭出，几于无岁无之。去年大学士九卿等议复陆秀夫从祀之案，声明以后外间不得率请从祀。兹甫及一年，若遽违新例而入奏，必驳无疑。右三者，公事之不甚惬者也。

望溪经学勇于自信，而国朝巨儒多不甚推服，《四库书目》中于望溪每有贬词，《皇清经解》中并未收其一册一句。姬传先生最推崇方氏，亦不称其经说。其古文号为一代正宗，国藩少年好之，近十余年，亦别有宗尚矣。国藩于本朝大儒，学问则宗顾亭林、王怀祖两先生，经济则宗陈文恭公，若奏请从祀，须自三公始。李厚庵与望溪，不得不置之后图。右私志之不甚惬者也。

评点　暂缓奏祀方苞

曾国荃已因军功而升道衔知府尽先选用，但他还是不能忘情功名科举，军务倥偬之际，仍要乃兄批改古文，以求提高自己八股文的写作水平，并一再打听湖南今年乡试的情况。由此可见，科举情结，在当时读书人的心中有多深！

信中所言《箴言书院记》，乃是应湖北巡抚胡林翼之所请而作。胡氏捐资在家乡湖南益阳办了一座学校，名曰箴言书院，求曾氏为此作一篇文章，于是便有了这篇《箴言书院记》。现抄录此文中的一段话，以见曾氏的教育思想："窃尝究观夫天之生斯人也，上智者不常，下愚者亦不常，扰扰万众，大率皆中材耳。中材者，导之东而东，导之西而西；习于善而善，习于恶而恶。其始瞳焉无所知识，未几而骋耆欲，逐众好，渐长渐贯而成自然。由一二人以达于通都，渐流渐广而成风俗。风之为物，控之若无有，鰌之若易靡；及其既成，发大木，拔大屋，一动而万里应，穷天人之力，而莫之能御。先王鉴于此，欲民生早慎所习，于是设为学校以教之。"

曾氏之文风，亦由此段可见一斑。

曾氏为文，自称受桐城姚鼐之影响为大，对桐城派始祖方苞则称颂不多，故老九欲奏请将皖籍名人方苞入祀圣贤祠，曾氏不予赞同。他对于本朝大儒，学问上推崇顾炎武（亭林）、王念孙（怀祖），经济则推崇陈宏谋。顾、王二人为大家所熟知，至于陈，当代人则多为不知。陈宏谋，号榕门，广西桂林人，历任郎中、巡抚、总督，为官干练，于水利、鼓铸、仓储等均有建树，深受乾隆帝赏识，晚年拜东阁大学士，死谥文恭。所著《五种遗规》在士大夫层中极有影响，曾氏对此书也很重视，多次在家信中提到要家人认真阅读。

□ 谕纪泽 咸丰十一年七月二十四日

字谕纪泽：

前接来禀，知尔抄《说文》，阅《通鉴》，均尚有恒，能耐久坐，至以为慰。去年在营，余教以看、读、写、作，四者阙一不可。

尔今阅《通鉴》，算看字工夫；抄《说文》，算读字工夫。尚能临帖否？或临《书谱》，或用油纸摹欧、柳楷书，以药尔柔弱之体，此写字工夫，必不可少者也。尔去年曾将《文选》中零字碎锦分类纂抄，以为属文之材料，今尚照常摘抄否？已卒业否？或分类抄《文选》之词藻，或分类抄《说文》之训诂。尔生平作文太少，即以此代作字工夫，亦不可少者也。尔十余岁至二十岁虚度光阴，及今将看、读、写、作四字逐日无间，尚可有成。尔语言太快，举止太轻，近能力行迟重二字以改救否？

此间军事平安。援贼于十九、二十、二十一日扑安庆后濠，均经击退。二十二日自巳刻起至五更止，猛扑十一次，亦竭力击退。从此当可化险为夷，安庆可望克复矣。余癣疾未愈，每日夜手不停爬，幸无他病。皖南有左、张，江西有鲍，均可放心。目下惟安庆较险，然过二十二之风波，当无虑也。

评点　以勤奋追补失落的光阴

曾纪泽这年虚岁二十三，作为一个富贵人家的公子，他的经历也算颇为不顺。十四岁，正是一个男孩子读书求学的关键时候，却不幸遭遇祖母之丧，不得不离开京师回到老家，原来的生活秩序全部打乱，学业自然大受影响。十八岁结婚，婚后一年多夫人便因难产去世。此事对他情感上的打击很大，直到二十一岁再婚时，心绪才安定下来。故而曾氏说他“十余岁至二十岁虚度光阴”。二十三岁，依旧年轻，虚度的光阴还是可以补救过来的。补救之法无它，勤奋而已。曾氏对儿子阅《资治通鉴》、抄《说文解字》予以鼓励，又叫他临欧、柳之帖，借欧柳的刚劲来医治笔力的柔弱；又叫他多抄录些辞藻，以为文章之润色。这些都是很具体的为学指导，想必对曾纪泽的学业大有帮助。又询问他在培植厚重功夫上的进展如何，希望儿子尽快改掉说话太快、举止太轻的毛病。一个身处前线的带兵统帅，在随时都将遭到敌军攻击的时候，能将儿子的立身求学如此挂于心头，的确叫人佩服。

□致澄弟　咸丰十一年八月十三日

澄侯四弟左右：

初四日发去一缄。日记交安庆看，故未付来。余于初五日起行赴安庆，初七始到，兄弟相见。观濠沟之深，地段之长，□□（评点者注：原件此处缺两字）之悍，成功信不易易也。

桐城于初三日克复，池州府于初五日克复。南北两岸正值事机大顺之际，乃于初十日接信，痛悉大行皇帝于七月十七日升遐。天下臣民无福，膺此大变。现御前大臣四人、军机四人辅导幼主赞襄政务。即日奉移梓宫进京，谕旨不准督抚进京叩谒梓宫。俟哀诏到日，余即在安庆设次成礼。

此间军事，自去年以来危险迭见，目下大有转机，所患者饷项积欠太多耳。大女儿喜事，袁家究定何日？余办二百金，可于本月付回。袁铁庵四亲家昨在此经过，余告以两家均崇节俭。二女儿姻期，陈家定于明春举行，季牧顷有信来营矣。余身体平安，疮癣至今未好，爬搔不停，幸不大为害。饮食如常，惟两脚多烂，合屈团鱼、屈礼国之妙为一耳。顺问近好。

家中有好漆醋否？寄少许来。

兄国藩手草（安庆河下）

评点 咸丰帝驾崩

八月初一日，围攻一年零四个月的安庆城被拿下。安庆易帜，对太平天国和清廷两方面来说，都是一件大事。安庆失守，天京的外围屏障没有了，地盘也大为缩小，太平军的日子更难过了。初七日，曾氏进了安庆城，将两江总督衙门兼前线总指挥部从东流移到此地。安庆是一座颇具规模的城市，长期充当安徽的省垣，江督衙门设于此，也算得像模像样了，同时也便于对以江浙战场为主体的日后战争的指挥。

这时，清廷出了大变故：逃离京城寓居热河行宫整一年的咸丰皇帝病逝了。咸丰帝只有三十一岁，尽管重病在身，王公大臣们也没料到他会遽尔大行。面对此事，热河和京师都措手不及。

咸丰帝只有一个儿子，乃即将登基的同治帝载淳，当时年方六岁。其生母为皇贵妃叶赫那拉氏，嫡母为皇后钮祜禄氏。载淳即位后，封钮祜禄氏为慈安太后，封那拉氏为慈禧太后。

咸丰帝在病危时，遵祖制任命八个辅政大臣，以便在儿子亲政之前，朝政有人执掌。这八个人，信中提到了："现御前大臣四人，军机四人。"御前四人，即怡亲王载垣、郑亲王端华、协办大学士户部尚书肃顺、额驸景寿。军机四人，即穆荫、匡源、杜翰、焦祐瀛。辅政大臣中既无留守北京办理和谈大事的恭亲王奕䜣，也无身为咸丰亲弟又系慈禧妹夫的醇郡王奕譞。辅政大臣的领袖实际上是肃顺。肃顺能干，深得咸丰信任，但为人跋扈，眼中并无两太后及恭王的位置。冲突就这样产生了，终于爆发了被历史学家称为"祺祥政变"的宫廷大变局。这些，我们留待后面再说。

眼下，安庆城里的两江总督自然不会料到日后的变局，他遵照谕旨，不进京吊丧，只在城里设咸丰帝的灵位，率文武跪拜。

□ 致沅弟　咸丰十一年九月初三日

沅弟左右：

顷接信，胡宫保已于八月二十六亥时去世，可痛之至！从此共事之人，无极合心者矣。奉旨希庵暂署湖北巡抚，系因润帅请开缺折内举以自代也。

打泥汊时，贼墙若傍水滨，我陆师不可近墙登岸，须在上游二十里或下游二十里登岸，庶进退稍宽，不至节太短势太促也。

大通厘局，弟便道一查郑奠之劣迹究以何者为最。有言其严禁游勇（陈虎臣说的），百姓感之者，果否？弟细心查明见复，将以定终身之弃取。闻渠尚恋恋未去也。顺问近好。

评点　胡林翼去世

紧接国家的大变故之后，湘军及整个江南战场又出了一桩大变故，这便是胡林翼的去世。胡林翼死时才五十岁，属英年早逝。据说胡是被洋人气死的。有次，胡林翼在长江边远远地看到一艘英国兵船，鸣着汽笛，风驰电掣般破浪而上，将前面的一艘湘军水师的大船挤翻。船上的水手大半落水，狼狈不堪，而英船上的水兵却鼓掌狂笑。胡林翼大怒，一口血从嘴里喷出，倒在地上，人事不省。胡本患着严重肺病，经此打击，病情迅速恶化，终于不治。

胡林翼二十五岁点翰林，直到四十三岁，十七八年间一直得不到大的伸展。等到咸丰四年他率六百黔勇来到湖北，不久归于曾国藩的湘军体系后，才飞黄腾达起来。当年八月，他升四川按察使。第二年二月升江苏布政使，三月署理湖北巡抚。前后不到七个月，便由一个中级官员变为封疆大吏。迁升之快，用现代的话说来，好比坐火箭。

胡林翼会做官，也会打仗，且极会做人。他做湖北巡抚六年，对湘军及江南战场贡献最大。胡对曾氏极为友善，曾氏的复出与擢升江督，与胡的关系甚大。胡的去世，不仅对曾氏本人是一个极大的打击，对整个湘军和江南战事也是一个极大的打击。所以曾氏感叹：“从此共事之人，无极合心者矣。”他为胡林翼之死上折朝廷，沥陈其生前忠勤勋绩，并请求朝廷对胡之嗣子格外施恩。

□谕纪泽 咸丰十一年九月初四日

字谕纪泽：

接尔八月十四日禀并日课一单、分类目录一纸。日课单批明发还。

目录分类，非一言可尽。大抵有一种学问，即有一种分类之法，有一人嗜好，即有一人摘抄之法。若从本原论之，当以《尔雅》为分类之最古者。天之星辰，地之山川，鸟兽草木，皆古圣贤人辨其品汇，命之以名。《书》所称大禹主名山川，《礼》所称黄帝正名百物是也。物必先有名，而后有是字，故必知命名之原，乃知文字之原。舟车、弓矢、俎豆、钟鼓日用之具，皆先王制器以利民用，必先有器而后有是字，故又必知制器之原，乃知文字之原。君臣、上下、礼乐、兵刑、赏罚之法，皆先王立事以经纶天下，或先有事而后有字，或先有字而后有事，故又必知万事之本，而后知文字之原。此三者物最初，器次之，事又次之。三者既具，而后有文词。

《尔雅》一书，如释天、释地、释山、释水、释草木、释鸟兽虫鱼，物之属也；释器、释宫、释乐，器之属也；释亲，事之属也；释诂、释训、释言，文词之属也。《尔雅》之分类，惟属事者最略，后世之分类，惟属事者最详。事之中又判为两端焉：曰虚事，曰实事。虚事者，如经之三《礼》，马之八《书》，班之十《志》，及三《通》之区别门类是也。实事者，就史鉴中已往之事迹，分类纂记，如《事文类聚》《白孔六帖》《太平御览》及我朝《渊鉴类函》《子史精华》等书是也。尔所呈之目录，亦是抄摘实事之象，而不如《子史精华》中目录之精当。余在京藏《子史精华》，温叔于二十八年带回，想尚在白玉堂。尔可取出核对，将子目略为减少。后世人事日多，史册日繁，摘类书者，事多而器物少，乃势所必然。尔即可照此抄去，但期与《子史精华》规模相仿，即为善本。其末附古语鄙谚，虽未必无用，而不如径摘抄《说文》训诂，庶与《尔雅》首三篇相近也。余亦思仿《尔雅》之例抄纂类书，以记日知月无忘之效，特患年齿已衰，军务少暇，终不能有所成。或余少引其端，尔将来继成之可耳。

余身体尚好，惟疮久不愈。沅叔已拔营赴庐江、无为州，一切平安。胡宫保仙逝，是东南大不幸事，可伤之至。紫兼毫营中无之。兹付笔二十支、印章一包查收。蓝格本下次再付。澄叔处尚未写信，将此送阅。

评点　目录分类

八月十四日，曾纪泽由老家给父亲写了一封信，在报告家事后，说到自己的读书进展：《诗》《书》《易》之上册、《左传》等均可背诵，其他的书则较为生疏。又将自己摘抄《文选》《资治通鉴》的分类目录呈请父亲指教。曾氏的这封回信，便是针对儿子的分类目录而写的。

曾氏认为，一种学问便有一种分类之法，一人之爱好，也便有一人的分类之法。这个说法是很有道理的。像曾纪泽所作的这种纯属私人性质的分类目录，其目的只是方便自己读书，更应因自己的“嗜好”而作。当然，这是一层意思；身为父亲，还得为儿子讲另一层意思，即一般性质的，或者说为众人所采取的分类目录，其做法当有一定的原则。这封信的主要内容说的便是这个，相信亦可为读者提供这方面的知识。

□ 致沅弟　咸丰十一年九月初十日

沅弟左右：

初十日未刻接初八夜信，具悉一切。黄公信已加封寄去，冠北之札亦发，鹤汀早年在京极熟，容少缓再调。

约旨卑思四字，实近来方寸隐微之弊，亦阅历太久，见得天下事由命不由人也。澄弟信一件寄阅。顷接舫仙禀论进兵事，望弟取阅，度量行之。顺问近好。

评点　约旨卑思

攻下安庆城后，朝廷赏加曾国荃按察使衔，并赏穿黄马褂；赏曾国葆知府衔，戴花翎。曾国荃会合多隆阿军，乘胜追击，相继克复桐城、宿松、黄梅、蕲州、广济诸城。就在曾氏兄弟度过危难，迎来春风得意之时，曾氏向老九谈起"约旨卑思"的事，看似与整个氛围不太协调，但对曾氏本人来说，这却是与他惯常的性格相一致的。

早在京师做中级官员时，曾氏就觉得能有这种处境已很不容易了，应知足，故而萌生"求阙"的念头，并将书房命名为"求阙斋"。曾氏深恐月满转亏，从而不希望"满"，进而抑制"满"。如此看来，在军事节节胜利、形势日趋好转的时候，他要约旨（对所求所企加以约束）卑思（心思平实）也就不奇怪了。

此外，这话也有给老九浇点冷水的味道。老九与乃兄性格大不相同：心气高，所企望者大，刚烈过分而圆通欠缺。在此捷报频传的时候，乃兄担心他头脑过热而言行失当，故以"约旨卑思"来敲敲他：天下事由命不由人，无须过于逞强使气。

□ 致澄弟　咸丰十一年九月十四日

澄弟左右：

初十日接弟在衡州所发信，具悉一切。

此间近日平安。九弟初二日自安庆进兵，初九日至庐江。日内将出大江，会合水师打泥汊也。四眼狗初七已到三河，即温弟殉节之处。此次余与九弟定坚守庐江，决不轻进。

胡润帅继先皇而逝，于大局关系至重。闻官帅奏请以希庵实授鄂抚，并力保雪琴为皖抚，想朝廷亦必俯从所请。其办事合手可喜；其党类太盛，为众所指目，亦殊可惧。浙事危险之至，屡求救援，此间力不能及。现拟以多军进攻庐州，以鲍军进攻宁国。宁国去浙甚近，或亦可少分浙之贼势也。

余身体平安，惟疮疾未愈，夜难成寐。幸每日办事写字如常，家中尽可放心。季弟病已全愈，今日由枞阳来余公馆，暂未写信。九弟有信二件查收。即问近好。

兄国藩手草

再，柳瑞堂、葛十四来营，抄录渠与元嘉湾讼事全案，求余作主。余阅其卷，柳瑞堂之进葬油杉岭，未与元嘉湾说明，本甚孟浪。其先行控官，亦伤和气。元嘉湾之状，言原有议约夫妇合冢及拟改胡氏祖母回葬两层，亦属强为之辞。是各有不是之处。余前年在家尚不理闲事，况今在二千里外，岂能管乡里之事？惟渠求之甚切，兼福九爹与星冈公至好，不能恝然置之。望弟从中善为调处，以不插手为妙。纵系私地，让葬胞伯，亦不失为孝友之家风耳。此事别有情节否？下次望详告我为要。

涤生再行（十四日午刻）

纪泽八月二十一日之信，十四日接到矣。

评点 官文党类太盛

曾氏家书中，极少议论朝政，臧否人物。这一方面是他性格谨慎所然，另一方面也可以看出他虑事深远。因为他知道他的这些家书必定会传之后世，即便不发刻印行，曾家的后世子孙也会阅览；若所论与事实不符，对他的英名有损，且后人如果学样，肆口议政议人，定会招来不测之祸。但在这封家信中，曾氏却议论了一个人，且此人与他和湘军关系甚大。这个人是谁？他就是湖广总督官文。曾氏一方面对他奏保两位湘军大将李续宜（希庵）、彭玉麟（雪琴）分别为湖北巡抚、安徽巡抚表示高兴，另一方面又对他的党羽太多而怀着恐惧。

官文是满洲正白旗人，由荆州将军调任湖广总督。他打仗理政无术，却极擅长做官。玩权术、结帮派、邀荣固宠这些方面他都很精通。胡林翼倾心结纳他，以求消除掣肘，共图大事，然湘军高级将领们多不大看得起他。曾氏信中对官文的贬词，当是这种情绪的反映。五年后，曾国荃出任湖北巡抚，官文仍在武昌做湖广总督。同城共事不久，两人便闹翻了。这是后话。

□ 致沅弟 咸丰十一年九月十四日

沅弟左右：

十三日接十一夜信，具悉一切。

调巡湖营由刘家渡拖入白湖之札，今日办好，即派人送去。吾所虑者，水师不能由大江入白湖，白湖不能通巢湖耳。今仅拖七八丈宽堤即入白湖，斯大幸矣。若白湖能通巢湖，则更幸矣。

沈令不尴不尬，亦意中事，暂无人可换，且姑听之。季弟今日辰刻到此，病已全好，昨日在船上微受风，今日禁口，当易愈耳。

余昨日作挽润帅一联，云：逋寇在吴中，是先帝与荩臣临终憾事；荐贤满天下，愿后人补我公未竟勋名。季以为可望批首。拟日内送去，外奠仪二千金。弟与季弟可同送一份礼，余可作枪手，撰一挽联，弟自书之。奠仪不可太多，盖余已极丰矣。

雪琴昨日来信，寄弟一阅。马信阅过，此事大约可成，然吾辈仍专讲战守，不因此稍弛也。顺问近好。

评点　挽胡林翼联

曾氏为弟作枪手，代挽胡林翼的联，其日记中有记载，兹录之以飨读者："少壮剧豪雄，到暮年折节谦虚，但思尽忠补过；东南名将帅，赖先生苦心调护，联为骨肉弟昆。"这副挽联显然比信中所写的要好，它好在如实地写出了胡氏早期浪荡公子的真面目。

□谕纪泽　咸丰十一年九月二十四日

字谕纪泽儿：

昨见尔所作《说文》分韵解字凡例，喜尔今年甚有长进，固请莫君指示错处。莫君名友芝，字子偲，号郘亭，贵州辛卯举人，学问淹雅。丁未年在琉璃厂与余相见，心敬其人。七月来营，复得畅谈。其学于考据、词章二者皆有本原，义理亦践修不苟。兹将渠批订尔所作之凡例寄去，余亦批示数处。

又寄银百五十两，合前寄之百金，均为大女儿于归之用。以二百金办奁具，以五十金为程仪，家中切不可另筹银钱，过于奢侈。遭此乱世，虽大富大贵，亦靠不住，惟勤俭二字可以持久。又寄丸药二小瓶，与尔母服食。尔在家常能早起否？诸弟妹早起否？说话迟钝、行路厚重否？宜时时省记也。

涤生手示

评点　以二百金办女儿奁具

曾氏定下的家规：女儿出嫁的嫁妆为二百两银子，不能超过。出嫁的大女儿名纪静，年二十岁，夫婿袁秉桢，其父袁芳瑛为曾氏翰苑同事。袁秉桢不争气，婚后九年纪静便去世。先前的点评中已言及，此不赘述。二百两嫁妆，对普通百姓而言，自然已是丰厚了，但对于曾家这样的家庭来说，则属节俭。曾氏小女纪芬在其自订年谱里说：“文正手谕嫁女奁资不得逾二百金。欧阳太夫人遣嫁四姊时，犹恪秉成法。忠襄公闻而异之曰：‘乌有是事？’发箱奁而验之，果信。再三嗟叹，以为实难敷用，因更赠四百金。”

二百两银子实在不够敷用，于是其九叔再送四百两。

□致澄弟沅弟　咸丰十一年十一月初四日

澄、沅弟左右：

二十七日接家信：澄弟一件、纪泽一件、沅弟在武昌所发一件。初一日接沅弟岳州发信。具悉一切。澄弟以狐裘袍褂为我贺生日，道理似乎太多。余在外多年，惟待家庭甚薄，亦自有一番苦心。近日两弟待我过厚，寸衷尤觉难安。沅弟临别时，余再三叮嘱此层，亦以余之施薄，不欲受厚；且恐彼此赠送丰厚，彼此皆趋奢靡。想弟已喻此意矣。

沅弟信中决气机之已转，世运之将亨，余意亦觉如此。盖观七月十七以后，八君子辅政，枪法尚不甚错，为从古之所难，卜中兴之有日。特余忝窃高位，又窃虚名，遐迩观瞻，深以为惧。沅弟不特不能幅巾归农，且恐将膺封疆重寄，不可不早为之计。学识宜广，操行宜严，至嘱至嘱。余为遍身癣痒所苦，不能再有进境，深以为愧。泽儿要算学诸书，余于近日派潘文质送南五母舅回籍，即带书至家。顺问近好。

兄国藩手草

评点　礼之厚薄与八君子辅政

十月十一日，为曾氏五十晋一生日。湘省习俗，晋一亦是大庆，故老四以狐皮袍褂为乃兄贺生。曾氏自认于银钱上待兄弟薄，对于这份厚礼，他颇觉心难安。查看曾氏送人礼物（包括送女儿嫁妆在内）均不甚厚，这固然出于曾氏节俭的天性，也自有他的一番道理，即信上所说的："恐彼此赠送丰厚，彼此皆趋奢靡。"笔者对此颇为赞同。

彼此之间互送礼品，这是人之常情，自古以来便如此，相信今后也不可免除。其实，送礼只是心意的一种表达方式，并不在于礼品之厚薄。但许多人都认为礼重才情厚，有财大气粗者，还要借此摆阔显脸面。受礼者，在对方有喜庆时也不得不加重回报。这样一来，礼品变得越来越重，成为人际交往中的一个负担，许多人为送礼一事而发愁。如此，送礼的本意便失去了。

笔者欣赏西方人的送礼方式：花小小的钱买一件价廉实用的东西，然后用漂亮的包装纸包起来，郑重其事地交给对方。送者付出不多，受者不成为心理负担，场面又好看，彼此皆大欢喜。

自咸丰十一年七月十七日咸丰帝驾崩，到该年九月三十日解除载垣、端华、肃顺等人职务，咸丰帝临终所任命的辅政八大臣执政仅仅七十三天。曾氏远在江南，自然不知道热河行宫里的那场权力争斗。

在他看来，肃顺等人辅政有方，并且乐观地认为，照此下去，中兴将指日可待。其实，曾氏所说的也并不错。

肃顺虽为皇室成员，却比一般的王公大臣有见识有能力。他大刀阔斧地清查户部宝钞案、科场舞弊案，且力排众议，杀掉该科主考官大学士柏葰。他力主重用汉人中有真才实学者。这些，都让咸丰帝十分赏识。当然，他也因此得罪不少权贵，为自己日后的失败埋下祸根。当年，就是他主张起用江忠源、曾国藩等一班汉人执掌兵权。现在，轮到他掌权了，无论于公于私，他都要更加放手支持曾国藩和江南的湘军集团。除对打下安庆城的曾国荃、曾国葆重赏外，为笼络曾氏家族，又对早已战死的曾国华加恩予谥，曾氏本人则更赏加太子少保崇衔。此外，对湘军中其他重要头领也都予以加官晋级。如升彭玉麟为安徽巡抚、张运兰为福建按察使、刘坤一为广东按察使。对于曾氏所奏保的鲍超、宋国永、陈由立、黄庆、娄云庆、张玉田等，皆一一应允，分别授提督、总兵等实缺。

所有这一切，都是为了让曾氏及其部属们感激奋发，为朝廷早日收复江南，稳定大局。同时，也希望以此将曾氏集团收买过来，成为支持他们一派的强大力量。

当时朝廷的内情通报的状况令今人难以理解。一件这样大的事情，曾氏这样重要的大臣，居然事发一个多月了，他还没得到任何音讯。直到十天后他接到朝廷寄来的包封，内有廷寄四件、谕旨一道，另抄示别人的奏片一道。这道奏片中说载垣等人明正典刑人心欣悦云云。曾氏这才知道载垣、肃顺等人已死，但不知是何日发生的事，也不知他们犯的什么罪。

这以后，十一月十七日、二十二日，曾氏接连两次从别人的信中略知一些内情，直到二十八日才接到京报，确知此案。从那以后，始终也没有看到曾氏收到有关通报此案的正式文件的记载。

朝廷中的这等大事，并不立即具文通知各省的总督、巡抚，甚至连曾氏这样负有半壁河山之责的大员也不通知。在今天看来，岂非咄咄怪事！

□ 致澄弟沅弟　咸丰十一年十一月十四日

澄、沅弟左右：

王采六等来营，接澄弟十月二十三日信并纪泽一禀，知家中五宅平安。又得赵玉班寄季弟信，知沅弟于十月二十八自长沙还家，竟可赶上初三祭期。至慰至慰。

此间军事平安。三河之贼于初六日无故自退，或与庐州贼目不和，或别有诡谋，均未可知。余令振字、开字两营移守三河伪城，而派竹庄之千三百人接守庐江，均札归多都统就近调度。竹庄十三日自安庆开差，十七可至庐邑，不知振、开两营果能守三河要隘否？如守得坚定，则庐郡、巢县亦或易于得手。

浙江自绍兴失守后别无确信，闻宁波继陷，杭城被围，可危之至！余奏请左寺堂由广信、衢州援浙，又调鲍春霆进攻宁国。宁国距杭仅三百里，亦可掣浙贼之势，坚杭人之心。第目下均尚未拔行，不知赶得及否？

江苏、上海来此请兵之钱调甫，即前任湘抚钱伯瑜中丞之少君也，久住不去，每次涕泣哀求，大约不得大兵同行即不还乡，可感可敬。余前许令沅弟带八千人往救，正月由湘至皖，二月由皖至沪，实属万不得已之举。务望沅弟于年内将新兵六千招齐，正月交盛南带来，沅则扁舟先来，共商大计。吾家一门受国厚恩，不能不力保上海重地。上海为苏、杭及外国财货所聚，每月可得厘捐六十万金，实为天下膏腴。吾今冬派员去提二十万金，当可得也。陈舫仙丁内艰，家无兄弟，本应给假回籍治丧，吾因运漕吃紧之地，批令待沅弟来再行给假。兹将原批暨信抄阅。望沅弟正月到皖，则余不甚失信。至要至要。

东皋书院请山长，让邓寅兄去，万万不能。余自咸丰八年即与寅兄订定，请其教科一五年。科一甫十四岁，岂可遽至书院，习为浮荡？明年决请寅兄再教之，并请带之出考，与邓世兄同寓。科四、科六未请得有恒之师，耽误光阴，余甚不放心。沅弟回家，余嘱其以此事为重，不知现已延请何人？或明年即令科四、科六从邓师读书？或癸亥年延邓师于大夫第连教数年？总之，师之有恒者极为难得。邓师在兄弟处，无论何家，皆大有益于子侄。公之书院，则为益反小，可不必也。邓师脩金，应行酌增之处，望两弟与纪泽母子商定，余必付回。梁侄生女，贺贺。

余身体平安，惟疮癣之痒迄不能愈，娶妾之后亦无增减。陈氏妾入室已二十日，尚属安静大方，但不能有裨于吾之病耳。纪泽所呈寿叙及诗亦尚稳适，惟藻采太少，又欠风韵。试取庾子山《哀江南赋》熟读百遍，当引出情韵，有情则文自生矣。顺问近好。

兄国藩手草

正封缄间，接奉廷寄谕旨，兹先行抄寄一阅。涤翁道理未免太多矣。即日当专折辞谢，不敢当此重权。昔太无权，今太有权，天下事难得恰如题分也。兄又草。

评点　陈氏妾与节制四省

安庆失守以后，太平军李秀成、李世贤等人全力经营江浙。八月十七日，侍王李世贤率部攻克浙江严州、余杭。二十一日，忠王李秀成率部攻克浙江常山、江山。二十三日，李世贤攻克浙江浦江。二十七日，李世贤部属攻克浙江东阳。九月初一，李秀成攻克浙江衢州府。九月十三日，李秀成部攻克浙江临安，李世贤部攻克浙江遂昌。九月二十四日，李秀成部攻克浙江萧山。二十九日，李秀成部攻克浙江绍兴府。十一月初三日，李秀成率部包围杭州。太平军在浙江一连串的军事胜利震动苏南及上海。

当时的上海，已经是全国第一大商业码头，乃朝廷的金库。朝廷怕它落入太平军的手中，上海的中外商家更是担心因太平军的进入而打乱现有的秩序。于是，户部主事钱鼎铭（调甫）为上海官商两界所推举，来到安庆请求曾氏发兵进驻上海。钱欲效法申包胥，以痛哭秦廷七日七夜终于感动秦王发兵救楚的至诚来感动曾氏。其实，作为江督，曾氏也希望上海在自己的牢牢掌控之中，他决定派已跃入湘军第一号战将的九弟担当此任。一个月前，老九回到湖南为吉字营招募六千新勇，此刻仍在湘乡老家。曾氏盼望九弟早点返皖，以商赴沪大计。老九的想法与乃兄并不一致。此事留待下文再说。

信中提到“娶妾”之事，我们多费点笔墨，来谈谈此事。

中国封建社会虽然允许一夫多妻，但并非每个男人都多妻，尤其在农村，普通农民受经济所限不能行一夫多妻制。曾氏家族世代务农，从高曾祖辈至父辈，未见有人置妾的，即便祖母大祖父七岁，母亲大父亲五岁，也只一夫一妻厮守终生。因而，当年老六温甫要讨小时，全家都不以为然，认为此举近于荒唐。理学提倡克制情欲，娶妾显然是纵情欲的表现，故虔诚理学信徒也不以娶妾为然。罗泽南是一个理学先生，他后来娶妾，学者颇有讥弹，说他不纯粹。曾氏出身农家，又服膺理学，故而持身较为严谨。他二十四岁结婚，到咸丰二年，近二十年间，他一直与欧阳夫人恩爱相处，未见有外遇外室等记载。咸丰二年他离家办团练，开始与夫人分居两地，直到咸丰十一年十月，九年间，他也是一人独处，未有婢妾之类的女人在身边。应该说，曾氏不是个贪恋女色的人，更不是风流浪荡之辈。那么，为什么曾氏在过了五十一岁，自感老境已侵精力日衰的时候，反而要违背一生的信守，娶了一个妾呢？笔者看来，曾氏此举，主要是出于服侍而不是出于情欲。

我们知道，曾氏三十五岁在京师做官的时候，身上便长了牛皮癣，此后虽经多方医治，时好时发，并未根除。咸丰十一年四月，曾氏的牛皮癣又一次大发。四月二十一日致沅弟信中说：“日内遍身生疮，王脓灌、捞疮子、坐板疮三者俱备。”五月四日致澄弟信中说：“余身体尚好，惟遍身生疮，奇痒异常。”五月二十日致澄弟信上又说：“余遍身生疮，奇痒异常，与道光二十六七年生癣景况相似，极以为苦。公事多废搁不办，即应奏之事亦多稽延。”六月二十四日给儿子的信上说：“余疮疾略好，而癣大作，手不停爬。”七月二十日致沅弟信上还说：“余癣痒殊剧，至以为苦。”八月初四日致澄弟的信上还在谈这个病：“余身体平安，惟疮癣未愈，心绪多烦闷耳。”直到十月十三日日记中仍在诉苦：“疮痒异常，竟夕不克安枕，殊以为苦。”可知复发的癣疮皮肤病为时很长，给曾氏带来巨大的痛苦。

十月十四日在给澄弟的信中开始谈到叫别人代为搔痒的事：“余身体平安，惟疮久不愈，癣疾如常，夜间彻晓不寐，手不停爬。人多劝买一妾代为爬搔。季弟代买一婢，现置船上居住，余意尚未定。大约此是积年痼疾，非药饵所能愈，亦非爬搔所能愈也。”

爬搔虽不能治愈，毕竟可以减去一些痛苦。遍体都痒，处处需搔，真的要叫别人来代替的话，买婢不如买妾。这样看来，曾氏置妾，情有可原。

但是，曾氏置妾虽没有遭到家人的反对，却招来了别人的指责：不是指责他不该置妾，而是指责他置得不是时候。查曾氏咸丰十一年十月二十四日的日记，有这样一段话：“前季弟买一詹姓女子，初十日在船上一见，未有成议，旋韩正国在外访一陈姓女子，湖北人，订纳为余妾，约本日接入公馆。申刻接入。貌尚庄重。”

可知陈氏妾是在十月二十四日这天过门的，距咸丰帝七月十七日驾崩，满打满算，也只九十七天。清廷法规，帝、后去世，百日内不奏乐，不演戏，文武百官不剃发、不办婚嫁事。违者严究，轻则革职，重则坐牢。娶妾属于婚嫁类，当然在禁止之列。

曾氏自然是知晓这道法规的。一向拘谨的他居然会知法违法，的确令人费解：是疏忽了日期，还是急于要人抓痒？据野史上说，后来的确有人向朝廷告状，说曾氏在大丧期间娶妾，违背国制，要严加追究。或者是朝廷还要依靠这位湘军统领来收复失地，或者是安庆离京城遥远，无确凿证据可凭。此状竟然没有告准。曾氏于安庆城里安然无恙，而陈氏妾的到来又的确给他带来了实惠。我们读他连续几天后的日记，都写着能在二更后入睡。看来有人在身边整夜替他搔痒，确乎让他减少了一些痛苦。

此信最后一段的“又草”就是说的前信评点中讲的收到朝廷包封的事。其谕旨保存在曾氏家藏档案中，现抄录如下：“钦差大臣两江总督曾国藩，着统辖江苏、安徽、江西三省，并浙江全省军务，所有四省巡抚、提镇以下各官，悉归节制。浙江军务，着杭州将军瑞昌帮办。并着曾国藩速饬太常寺卿左宗棠驰赴浙江剿办贼匪，浙江提镇以下各官，均归左宗棠调遣。钦此。”

通常的两江总督，只能节制江苏、安徽、江西三省军务，谕旨命浙江军务也归之节制，这是特例。由此可知，朝廷已将东南四省的军政大权全部委于曾氏一人，权力之大，信任之专，一时无两！想起当年客寄虚悬的尴尬局面，曾氏不禁感慨良深：“昔太无权，今太有权，天下事难得恰如题分也。”十天后，他上奏恳请辞去对浙江军务的节制之权。朝廷没有答应。

命曾氏节制四省军务，显然是政变后以慈禧、恭王为首的新班子做出的决定，而且其重用及信任的程度要超过以肃顺为首的老班子。从这里可以看出两个事实：一、北京城里无论谁掌权，都必须将东南的战事摆在第一位，必须极力笼络曾氏及其湘军集团。二、在依畀曾氏这一点上，新班子比起咸丰帝和肃顺等人来更显得有魄力，有胆量。

欧阳昱在《见闻琐录》中说，慈禧特别重用曾氏，还有一个背景："咸丰末，肃顺当国，内外官争相趋炎附势，倚为泰山，甚或进重金营善地，几不可以数计。即无此诸弊，而书信往来，无人无之。及得罪，籍其家，搜出私书一箱，内惟曾文正无一字。太后太息，褒为第一正人。于是天下督抚皆命其考察，凭一言以为黜陟。"

在肃顺炙手可热之时，文武百官无不巴结他，纷纷与他私函往来，以示亲热，唯独曾氏与他没有这种关系，而肃顺又是于曾氏有荐举赏识之恩的人。故慈禧认为曾氏乃天下第一正派人，遂格外信任他，重用他。

此说有没有根据已不可考。以曾氏理学家的修养，以及对与满洲亲贵交往特别谨慎的一贯态度，他没有私函在肃顺处应是可能的。当然，即便如此，这也不会是慈禧重用曾氏的最重要因素。

经过八九年的艰难困苦，曾氏终于迎来了控制东南半壁之大权，江南的战事也便从此进入了一个新时期。

另外，从这道廷寄谕旨中也可以看到左宗棠已经崛起。随着日后浙江军务进展的顺利，左宗棠辉煌的晚年生涯也拉开了序幕。

□ 致澄弟沅弟　咸丰十一年十二月十四日

澄、沅弟左右：

日来未接家信，不知走信之夫从何处耽搁。

此间军情如常。闻杨逆辅清围逼徽州，攻扰三面，幸西门尚通接济。已调朱云岩由岭外回援，又调左部速援，并请季翁亲来，不知赶得及否。

浙江省城竟于十一月二十八日失守，兵民六十万人，食尽而破，大约半死于饿，半死于兵，存者无几。吾奉命兼辖浙江，不能解此浩劫，愧愤何极！浙抚想必简左帅，吾当奏请简蒋芗泉为浙江藩臬，或令带五六千人，即可独当一路。上海一县，人民千万，财货万万，合东南数省，不足比其富庶，必须设法保全，拟令少荃带水陆各五千人前往。程学启之千人，拟即拨交少荃带去。余之亲兵营，亦令韩正国带之随去。沅弟开年务须星速前来，能于二月十五以前赶到，少荃尚未启行，诸事面商更好。其程学启处，望弟写信谆嘱，令其听少荃之节制调度。吾家受国厚恩，吾为江督将近二载，尚无一兵一将达于苏境，上愧对朝廷，下愧对吴民。此次若不能保上海，则并获罪于天地矣（上海已解来饷银十万，闻年内再有十万解来，无非望我援救耳）。总望沅弟多方设法，助我保守上海，为恢复三吴之张本，千万千万。顺问近好。

评点　李鸿章招募淮军

为了劝说老九带兵保守上海，曾氏是晓之以理，动之以情，驱之以利，但老九丝毫不为所动。十月初一，他致书乃兄，明确表示：“不愿往上海，恐归他人调遣，不能尽合机宜，从违两难。”其实，老九不愿去上海的真实目的，是要夺取攻克江宁的头号战功。他担心一旦去了上海，打江宁的事就会交给别人去办，他将坐失良机。曾氏知道老弟的倔强性格，不能勉强，只好将此事交给了另外一个人。不料，此人却因此机缘，日后建立了足可与曾氏并肩的事功。此人是谁？他便是李鸿章。

李鸿章是曾氏幕府中一名握笔杆子的幕僚，并没有军队。曾氏命李去增援上海，就必须得让李有一支人马。早在咸丰十年七月，实授江督不久，曾氏便在《复奏统筹全局折》中提到，考虑今后用兵长江下游时，宜用湘军之营制练淮徐之勇丁。李是安徽人，又在家乡带勇多年，现在正好由李去招募淮徐之勇丁。

李鸿章奉命很快在安徽招集四千人马，依照湘军成法，制定营制营规组建成军。张树声的树字营，刘铭传的铭字营，潘鼎新的鼎字营，吴长庆的庆字营，外加从太平军中投降过来的程学启的开字营等，便成了淮军开创之初的基本队伍。

同治元年二月，淮军坐着花重金雇来的洋轮，浩浩荡荡地开赴上海。

□ 谕纪泽 同治元年正月十四日

字谕纪泽：

正月十三四连接尔十二月十六、二十四两禀，又得澄叔十二月二十二一缄、尔母十六日一缄，备悉一切。

尔诗一首阅过发回。尔诗笔远胜于文笔，以后宜常常为之。余久不作诗，而好读诗。每夜分辄取古人名篇高声朗诵，用以自娱。今年亦当间作二三首，与尔曹相和答，仿苏氏父子之例。尔之才思，能古雅而不能雄骏，大约宜作五言，而不宜作七言。余所选十八家诗，凡十厚册，在家中，此次可交来丁带至营中。尔要读古诗，汉魏六朝，取余所选曹、阮、陶、谢、鲍、谢六家，专心读之，必与尔性质相近。至于开拓心胸，扩充气魄，穷极变态，则非唐之李杜韩白、宋金之苏黄陆元八家不足以尽天下古今之奇观。尔之质性，虽与八家者不相近，而要不可不将此八人之集悉心研究一番，实《六经》外之巨制，文字中之尤物也。尔于小学粗有所得，深用为慰。欲读周汉古书，非明于小学无可问津。余于道光末年，始好高邮王氏父子之说，从事戎行未能卒业，冀尔竟其绪耳。

余身体尚可支持，惟公事太多，每易积压。癣痒迄未甚愈。家中索用银钱甚多，其最要紧者，余必付回。京报在家，不知系报何喜？若节制四省，则余已两次疏辞矣。此等空空体面，岂亦有喜报耶？

葛家信一封、扁字四个付回。澄叔处此次未写信，尔将此呈阅。

涤生手示

评点　须读李杜韩白等八家诗

曾纪泽有两大爱好：一是喜欢写字。道光二十四年十一月二十一日曾氏禀祖父母的信上说："曾孙（笔者注：即纪泽）最好写字，散学后则在其母房中多写，至初更犹不肯睡，骂亦不止。"曾纪泽当时不过五岁，便如此酷爱写字，当是天性。二是喜欢作诗。曾纪泽一生作了不少诗，即便在欧洲做公使时，吟咏之兴仍不减，惜乎早年的诗作都没有保留下来。这首给父亲看过的诗，我们也就看不到了。

曾氏亦好诗，且于诗钻研颇深，所选《十八家诗钞》向为诗界所重。曾氏认为儿子诗的境界与曹植、阮籍、陶潜、谢灵运、鲍照、谢朓六家相近，属于淡远闲适一类。若以阳刚、阴柔两种美来界定的话，曾氏无疑是将儿子的诗列为阴柔一类的。曾氏本人的诗文趋向于阳刚一面，故而他希望儿子还要多吟咏李白、杜甫、韩愈、白居易、苏轼、黄庭坚、陆游、元好问的诗作。他将"《六经》外之巨制，文字中之尤物"的评语送给这八家，其评价不可谓不高了。

□致沅弟　同治元年正月十八日

沅弟左右：

十七日钦奉谕旨，兄拜协办大学士之命，弟拜浙江按察使之命。一门之内，迭被殊恩，无功无能，忝窃至此，惭悚何极！惟当同心努力，仍就拼命报国、侧身修行八字上切实做去。前奉旨赏头品顶戴，尚未谢恩，此次一并具折叩谢。到省后，或将新营交杏南等带来，而弟坐轻舟先行，兼程赴营，筹商一切，俾少荃得以速赴上海。至要至要。少荃现有四千五百人，望弟再拨一二营与之，便可独当一路。渠所部淮扬水师，余嘱其留两营在上游归弟调遣。弟将来若另造炮船，自增水师，此二营仍退还黄、李，弟自有水师两营。其余大处仍请杨、彭协同防剿，庶几可分可合，不伤和气。

评点　朝廷着意笼络老九

曾国荃自十月初六日回湘募勇，到现在三个多月了。这期间曾氏多次函催他早日返回军营商量带兵增援上海的事，但老九大摆功臣的架子：一是拒绝带兵去上海，二是对别人的批评强烈不满，三是赖在家里迟迟不动。

老九这一招竟然非常有效，不仅大哥求他之情更急，连朝廷也被他这副神态弄怕了，唯恐他从此不再出山，使出的笼络手段可谓罕见。咸丰十一年十月二十一日赏头品顶戴，对于曾国荃来说这是不次之赏。曾氏在十二月初四日给老九的信上说得很明白："前此骆、胡、王、薛诸人，皆以巡抚而赏头品顶戴，今弟以记名臬司获此殊恩，宜如何感激图报？务望迅速回营，不可再在家中留恋。"接下来，同治元年正月初四又发上谕："浙江按察使着曾国荃补授，即赴新任，毋庸来京请训。"一个贡生功名的书生，从军不过五年，便做了地方大员，不是因为军功，何来得如此神速！当时从军者千千万万，如曾老九这样的幸运者，能有几人？

即便这样的“殊恩”降临头上，曾老九仍还在家中待了二十多天，直到正月二十八日才启行。不料，十七天后，老九刚刚带领新募的六千湘勇抵达安徽，便又奉到一道上谕：“江苏布政使着曾国荃补授，即赴新任，毋庸来京请训。该员系两江总督曾国藩之胞弟，例应回避，惟该省军务要紧，需员办理，着毋庸回避，以资得力。”因为军务要紧，既不需要循资渐进，又不需要至亲回避，在朝廷的眼里，江南战场，舍曾老九外，再无更能打仗的骁将了。

曾氏与老九的态度大不相同：面对着朝廷给他和乃弟的皇恩，他一面“惭悚何极”，一面发誓要“拼命报国、侧身修行”。

同胞兄弟，性格差异之大，曾家的老大、老九是个典型例子。

□ 致季弟 同治元年二月二十一日

季弟左右：

接家书，知季弟妇于二月初七日仙逝。何以一病不起？想系外感之证。弟向来襟怀不畅，适闻此噩耗，谅必哀伤不能自遣。惟弟体亦不十分强旺，尚当达观节哀，保重身体。应否回籍一行，待沅弟至三山夹与弟熟商，再行定夺。

长江数百里内厘卡太多，若大通再抽船厘，恐商贾裹足，有碍大局，拟不批准。荻港厘局分成为数无多，拟批令改于华阳镇分成，为数较多，弟之所得较厚，又与外江水师无交涉争利之嫌，更为妥善。

诸嘱保重，至要至要。

评点　慰弟妇之丧

曾季洪的妻子一直不曾生育，先是国潢将其次子纪渠送给季洪做嗣子，后曾氏又将四女纪纯、小女纪芬出继给季洪。据曾纪芬《自订年谱》中所载，季洪的妻子是因染时疫而去世的。婶子死后，两个侄女又回到自己的母亲身边。

□ 致澄弟　同治元年三月初四日

澄弟左右：

少荃一军，上海官绅派火轮船来接，船价至十八万两之多。可骇而亦可怜！决计由水路下去。新军远涉，孤立无助，殊为危虑。祁门附近六十里之历口，闻为贼所犯，恐其直窜景德镇，梗塞粮路。此二者皆近日挂心之事，余尚平安。

口粮极缺，则到处皆然。兵勇尚有米可食，皖南百姓则皆人食人肉矣。自三月初一起设粥厂七处，以救饥民。大约每厂可活三千人，不无小补。

余身体尚健。惟公事积压多件，不克按日清厘，深以为愧。

评点　皖南人吃人

读这封信，令人胸闷气闭，毛骨悚然。一边是十八万两银子的天价雇火轮船接淮军入沪，一边是皖南百姓食人肉。这是一个多么大的反差！倘若将这十八万两银子用来接济皖南百姓，何来这种人寰惨象？这悲剧是谁造成的？是战争！皖南本是富庶之地，但从咸丰三年以来，便成了各方争斗的四战之地。八九年间的残杀掠夺，将这里的元气消耗殆尽。战争给曾老九、李鸿章这样的人带来平步青云的官运，却给数以千万计的百姓带来家破人亡。读史至此，能不喟然！

□ 致沅弟 同治元年三月初八日

沅弟左右：

火药即日咨请湖北协解五万，不知见许否？凡与人交际，当求其诚信之素孚；求其协助，当亮其力量所能为。弟每求人，好开大口，尚不脱官场陋习。余本不敢开大口，而人亦不能一一应付，但略亮我之诚实耳。四十万铁究竟有着落否？此时子弹亦极少也。

韩正国、程学启初七日开行，少荃初八早开行，轮船不过三四日可抵上海。余令开字营号补皖勇改淮勇，程云必待沅帅缄谕乃敢改换，亦足见其不背本矣。

广东全省抽厘专供江浙军饷一折，本日拜发。大约秋冬以后每月可添银二十万两，春夏则苦不堪言耳。

评点 求助当视其力量之所能为

曾氏在这里批评老九的官场陋习，即只考虑自己不考虑别人。求别人帮助，应当看人家能帮不能帮，以及能帮到几分。否则的话，就是给别人出难题。如果对方是下级，他就会感到在你的领导下受压抑。如果对方是朋友，彼此的友情便可能破坏。即便是至亲，也会因此而给亲情蒙上一层阴影。

□谕纪泽 同治元年三月十四日

字谕纪泽儿：

三月十三日接尔二月二十四日安禀并澄叔信，具悉五宅平安。尔至葛家送亲后，又须至浏阳送陈婿夫妇，又须赶回黄宅送亲，又须接办罗氏女喜事。今年春夏，尔在家中，比余在营更忙。然古今文人学人，莫不有家常琐事之劳，其身莫不有世态冷暖之撄其心。尔现当家门鼎盛之时，炎凉之状不接于目，衣食之谋不萦于怀，虽奔走烦劳，犹远胜于寒士困苦之境也。尔母咳嗽不止，其病当在肺家。兹寄去好参四钱五分、高丽参半斤，好者如试之有效，当托人到京再买也。余近久不吃丸药，每月两逢节气，服归脾汤三剂。迩来渴睡甚多，不知是好是歹。

军事平安。鲍公于初七日在铜陵获一大胜仗。少荃坐火轮船于初八日赴上海，其所部六千五百人当陆续载去。希庵所派救颍州之兵，颍郡于初五日解围。第三女于四月二十二日于归罗家，兹寄去银二百五十两查收。馀不详，即呈澄叔一阅。此嘱。

涤生手示

评点　烦劳远胜困苦

儿子近来在家颇为劳累，做父亲的告诫他：烦劳要远胜困苦。人之天性，喜与高处比，不善与低处比。曾纪泽生在家门鼎盛之际，若往高处比，这般家庭中的大少爷，妻妾满屋，奴仆成群，事事颐指气使便可，无须亲自劳动。若如此一比，曾家的这位少当家便会心态不平。曾氏要儿子向低处看：天下有多少寒士饱受世态炎凉，担心衣食不继？比起他们来，你不知要好过多少倍。倘若倒回去三十年，曾家的读书郎也同样是寒士，同样免不了贫寒所带来的忧愁。

如此一想，曾少爷便心安了。

□ 谕纪泽　同治元年四月初四日

字谕纪泽儿：

连接尔十四、二十二日在省城所发禀，知二女在陈家，门庭雍睦，衣食有资，不胜欣慰。

尔累月奔驰酬应，犹能不失常课，当可日进无已。人生惟有常是第一美德。余早年于作字一道，亦尝苦思力索，终无所成。近日朝朝摹写，久不间断，遂觉月异而岁不同。可见年无分老少，事无分难易，但行之有恒，自如种树畜养，日见其大而不觉耳。尔之短处在言语欠钝讷，举止欠端重，看书能深入而作文不能峥嵘。若能从此三事上下一番苦工，进之以猛，持之以恒，不过一二年，自尔精进而不觉。言语迟钝，举止端重，则德进矣。作文有峥嵘雄快之气，则业进矣。尔前作诗，差有端绪，近亦常作否？李、杜、韩、苏四家之七古，惊心动魄，曾涉猎及之否？

此间军事，近日极得手。鲍军连克青阳、石埭、太平、泾县四城。沅叔连克巢县、和州、含山三城暨铜城闸、雍家镇、裕溪口、西梁山四隘。满叔连克繁昌、南陵二城暨鲁港一隘。现仍稳慎图之，不敢骄矜。

余近日疮癣大发，与去年九、十月相等。公事丛集，竟日忙冗，尚多积阁之件。所幸饮食如常，每夜安眠或二更三更之久，不似往昔彻夜不寐，家中可以放心。此信并呈澄叔一阅，不另致也。

评点　有常是第一美德

儿子虽忙而不失常课，曾氏加以肯定，并由此而展开，谈到“常”对人生的重要性。早在道光二十二年，曾氏便对诸弟勉以有志、有识、有恒，“常”即“恒”也。这次他又将此当作第一美德来看待。以笔者看来，“常”对人来说，最平实，亦最不容易。所谓平实，是指人人都可以做得，不像“志”，有大志小志之分，大志也不是人人都可以立的；也不像“识”，它还要以学问和天分作为基础。所谓不容易，就在于难能坚持。做十天八天可以，做十个月八个月就难了，做十年八年则难上加难。然则又只有“守常”，才能获取成效。曾氏结合自己的体验，对儿子所说的“年无分老少，事无分难易，但行之有恒，自如种树畜养，日见其大而不觉耳”，这几句话实在是可以视为垂之后世的格言。

常言说“知子莫如父”，曾氏对儿子的毛病看得也很清楚，这封信里指出了三点，并一一对症下药：以厚重进德，以阳刚医弱。

□致沅弟 同治元年四月初四日

沅弟左右：

接缄具悉。应复之事，条列如左：

一、口马到日，当为弟选留数十匹，余欠各营之马尚多，不知匀得出否。令哨勇各私其马，即水师令哨官各私其船也。法同意同，而效不同，亦视乎统领营官为何如人耳。

一、李世忠之缄，兄付之不答。此人最难处置，其部下人诡计霸道，颇善战守。弟现与之逼处，常相交涉，宜十分以礼让自处。若不得已而动干戈，则当谋定后战，不可轻视。

一、严公长短，余所深知。娼嫉倾轧，从古以来共事者，皆所不免，吾辈当躬自厚而薄责于人耳。

一、由采石、太平一带南渡，本是妙着，亦是险着。妙处有四：使金陵、芜湖两贼隔绝不通，一也；陆师扎于南岸，水师直入内河，可进黄池、湾沚，可由青弋江以达泾县，可由东路水阳江以达宁国，凡鲍军之在泾在宁者，皆可由水路运粮，二也；陆军扎采石、东梁山等处，水师扎黄池、湾沚等处，则芜湖之贼四面被围，三也；青弋、水阳二江，可通石臼等湖，可通宁、广各属，并可由东坝以通苏州，四也。险处有二：初渡采石，营垒未定，恐大股来扑，一也；北岸无大支活兵，恐四眼狗窜出乱扰无、庐、巢、含，又恐九洑洲之贼上犯，二也。有此四妙二险，故南渡之迟速难决。速或四月，迟或七月，由弟与多帅商定办理。季弟之军，余嘱其坚守不进并闻。

评点　忌妒倾轧为官场常事

人们常说官场多倾轧，但这话又多出于非官吏的文人之书，或是官场门外的看客之口，真正老于宦海又出面来说这种话的人并不多。曾氏可谓老于宦海者了，要他公开来指责官场共事人的忌妒倾轧，他也许不会那样做，但在给胞弟的家信中，就说得很直白了。应该说，他的这几句话，不仅包含着间接得到的知识，更有他本人的亲身体会。

信中所说的“严公”，很有可能是严树森。胡林翼死后，原安徽巡抚李续宜改调鄂抚，湘军水师统领彭玉麟升为皖抚。但彭玉麟为人耿介，不乐意做地方官，坚辞不受。于是李续宜又回到安徽做巡抚，鄂抚一职便由河南巡抚严树森来担任。严树森原在湖北任事较久，是胡林翼一手提拔上来的。曾国荃的吉字营创建之初，隶属于胡林翼。曾氏曾在一封家信中要老九认定自己是湖北之员，名正言顺地叫湖北供应军饷，正是基于这个原因。看来曾国荃对这个新鄂抚不满。哪些方面令他不满，现已无从得知，多半还是饷需方面。严树森这个人，《清史稿》本传对他的评价是“恃才量小”，在河南巡抚任上便与该省团练大臣毛昶熙不合。至于曾国荃，也是一个气大量窄的人。如此性格的两个人共事，难免不产生扞格。遇到同事之间的不团结，用曾氏劝弟的话来处理，应是较为妥当的，即“吾辈当躬自厚而薄责于人耳”。

□ 致沅弟 同治元年四月初六日

沅弟左右：

接信知弟目下将操练新军，甚善甚善。惟称欲过江斜上四华山扎营，则断不可。四华山上逼芜湖，下逼东梁，若一两月不破此二处，则我军无势无趣，不得不退回北岸矣。

弟军南渡，总宜在东梁山以下采石、太平一带。如嫌采石下面形势太宽，即在太平以上渡江，总宜夺金柱关，占内河江面为主。余昨言妙处有四：一曰隔断金陵、芜湖之气，二曰水师打通泾县、宁国之粮路，三曰芜贼四面被围，四曰抬船过东坝可达苏州，犹妙之小者耳。又有最大者，金柱关可设厘卡，每月进款五六万；东坝可设厘卡，每月亦五六万。二处皆系苏皖交界，弟以本省之藩司，抽本省之厘税，尤为名正言顺。弟应从太平关南渡，毫无疑义，余可代作主张，其迟速则仍由弟作主耳。

西梁上下两岸，从三山起至采石止，望弟绘一图寄来。至要至要。

评点 设厘卡抽税

还未进江苏，曾氏便代新晋苏藩的老九设起厘卡来，而且指望两个厘卡每月共进款十一二万。从武汉到南京，大江南北的厘卡不知有多少！湘军设，绿营设，本省官衙还要设，老百姓怎能不苦？经济如何不萧条？

□ 致沅弟　同治元年四月十一日

沅弟左右：

李世忠穷困如此，既呼吁于弟处，当有以应之。三千石米，五千斤火药，余即日设法分两次解弟处，由弟转交李世忠手。

此辈暴戾险诈，最难驯驭。投诚六年，官至一品，而其党众尚不脱盗贼行径。吾辈待之之法，有应宽者二，有应严者二。应宽者：一则银钱慷慨大方，绝不计较，当充裕时，则数十百万掷如粪土，当穷窘时，则解囊分润，自甘困苦；一则不与争功，遇有胜仗，以全功归之，遇有保案，以优奖笼之。应严者：一则礼文疏淡，往还宜稀，书牍宜简，话不可多，情不可密；一则剖明是非，凡渠部弁勇有与百姓争讼，而适在吾辈辖境，及来诉告者，必当剖决曲直，毫不假借，请其严加惩治。应宽者，利也，名也；应严者，礼也，义也。四者兼全，而手下又有强兵，则无不可相处之悍将矣。

水师独攻金柱关，恐难得手，不如不泄此机，待陆兵渡江，再行下手为妙。

少荃于三月二十七日谕旨饬署苏抚。广东督办厘金，放晏端书，以其为戊戌同年而派。朝廷之用心，良可感矣。

评点　驾驭悍将与密保李鸿章

在捻军大炽苏皖豫一带时，有一个名叫李兆受的豪强崛起于安徽霍邱，部卒有三万余众，攻城略地，与捻军相呼应。

咸丰八年，李兆受投诚清廷。清廷将其部卒改编为“豫胜营”，封李为营官。李从此改名为世忠。李之军饷不从朝廷领取而靠自己贩卖盐来获取。李为人强悍跋扈，为争盐与苗沛霖多次械斗，亦因此结怨于湘军。

在曾氏的眼里，李虽为一品衔提督，但始终是个异类。相处之法，与其他从太平军、捻军中投降的将领是同样的：宽在名利，严在礼义。也就是说，在钱财和官位上，可以大方地给予，以便笼络；在情感上则严守亲疏之分，不与之多往来。当年那些从敌方营垒中投降湘军的人员，若看到曾氏的这封家书，不知作何感想！

曾氏命李鸿章招募淮军，除开李是安徽人外，还有更重要的一层原因，那便是李是他真正意义上的门生。出自农家的曾氏，十分看重旧有的联系对新组的团队的作用。细细分析早期湘军营哨官，大多都有血缘、地缘、业缘的关系。

李出身翰林，又有过多年带勇的阅历，能办事，已积功保至道员，再加之师生这一层关系，应该说，李是曾氏心目中最合适的统领人选，曾氏在李及淮军的身上寄予很大的希望。无论出于军事形势的需要，还是为了笼络李这个志大才高的新秀，使之成为自己真正的心腹，曾氏都必须对李格外提携。就在李组练成军开拔沪上的前夕，曾氏在参劾江浙两省的巡抚薛焕、王有龄的同时，附件密保李鸿章："劲气内敛，才大心细，若蒙圣恩将该员擢署江苏巡抚，臣再拨给陆军，便可驰赴下游，保卫一方。"

李鸿章抵达上海十七天后，便接到朝廷命他署理江苏巡抚的上谕。

在此之前，左宗棠替代王有龄做了浙江巡抚，曾经做过曾氏幕僚的前吉南赣宁道沈葆桢接替毓科做了江西巡抚。现在，大江南北由曾氏节制的四省巡抚，或为曾氏故旧，或为曾氏僚属，或为曾氏门生，总之，都是曾氏所可信赖所能指挥的人。就连提供湘军饷银最为重要的广东省，也都委派曾氏的同年晏端书去督办厘金。军政大权高度集中，人事安置了无隔阂，曾氏迎来了与太平军角逐以来空前未有的利好局面。

□ 致沅弟　同治元年四月十二日

沅弟左右：

水师攻打金柱关时，若有陆兵三千在彼，当易得手。保彭杏南，系为弟处分统一军起见。弟军万八千人，总须另有二人堪为统带者，每人统五六千，弟自统七八千，然后可分可合。杏南而外，尚有何人可以分统？亦须早早提拔。办大事者，以多选替手为第一义。满意之选不可得，姑节取其次，以待徐徐教育可也。

评点　办大事者以多选替手为第一义

曾氏十分重视人才的作用和对人才的培养。领袖，说到底便是人才的头儿。领袖的最大本事便是集聚人才，使用人才。集聚于门下的所有人才都能发挥出其最大的才干，这样的领袖便是最成功的领袖，因为每个人才所创造出的最大成果都被他所整合为自己的成果了。曾氏以一介书生而成就彪炳史册的武功，其成功的最重要诀窍，便是在识人用人上。他清晰地懂得："制胜之道，实在人而不在器。""中兴在乎得人，而不在乎得地。""国家之强，以得人为强。"作为湘军的统帅，他深知"举天下之才会于一，乃可平天下"的道理。曾氏的人才思想是人类文化的一笔重要的遗产，我们将在相关点评中再来谈及。在这封信中，曾氏传授给老九一个诀窍：办大事者，以多选替手为第一义。

什么是替手？替手就是能够替代自己的人才。替手至少有两层意义。一为能全面替代自己，甚至可以超过自己的，这种人可选为接班人，先让他做副手，然后再将全副重担交给他。晚年的曾氏对待李鸿章，便是抱着这种态度的。二为能部分替代自己的，这种人可任命为中层领导干部，让他们去单独管理一个部门。曾氏信中所说的"分统”，即指的这层意义上的替手。大事业总是头绪很多、方面很多的，一把手决不能事事躬亲，多多选拔能部分替代自己的人，犹如孙悟空的分身一样，让他们代替自己去把守各个部门、各道关口，这实在是一把手最大的领导才干。

□ 谕纪泽纪鸿 同治元年四月二十四日

字谕纪泽、纪鸿儿：

今日专人送家信，甫经成行，又接王辉四等带来四月初十之信，尔与澄叔各一件，借悉一切。

尔近来写字，总失之薄弱，骨力不坚劲，墨气不丰腴，与尔身体向来轻字之弊正是一路毛病。尔当用油纸摹颜字之《郭家庙》、柳字之《琅琊碑》《玄秘塔》，以药其病。日日留心，专从厚重二字上用工。否则字质太薄，即体质亦因之更轻矣。人之气质，由于天生，本难改变，惟读书则可变化气质。古之精相法者，并言读书可以变换骨相。欲求变之之法，总须先立坚卓之志。即以余生平言之，三十岁前最好吃烟，片刻不离，至道光壬寅十一月二十一日立志戒烟，至今不再吃。四十六岁以前作事无恒，近五年深以为戒，现在大小事均尚有恒。即此二端，可见无事不可变也。尔于厚重二字，须立志变改。古称金丹换骨，余谓立志即丹也。满叔四信偶忘送，故特由驲补发。此嘱。

涤生示

评点 读书可以变化气质

曾氏在这封信里提出一个很重要的观点，即读书可以改变人的气质。人们常说“江山易改，本性难移”，气质属于人的本性之列，是与生俱来的，的确难以改变，但也不是完全不能变的。书籍可以教给人们许许多多的知识，可以把前人的成败得失通过文字再现在读者的面前。聪明的读者能从中看出美丑善恶、优劣好坏，从而要求自己学习什么，弘扬什么，抛弃什么，久而久之，性格气质便在不知不觉间发生了变化。比如说一个性情暴躁的人，看了《三国演义》中张飞因暴躁而鞭打部属，结果被部属所杀，造成蜀国后来不可收拾的局面，应当有所触动。若多看了几则这样的故事，必然会对自己的暴躁性格有所抑制。又如一个爱开玩笑的人，看了《十五贯戏言成巧祸》的故事后，应当对自己的这个毛病有所警惕。此类事古往今来不少，多读书自然会更深刻地明白不慎言的害处。暴躁、爱开玩笑等等，都属于性格一类，读书可以使之改变。当然，即便如此，也不是容易做到的，故曾氏还强调要有“坚卓之志”。好学深思而有坚卓之志，就能够做到金丹换骨。

□ 致澄弟 同治元年四月二十四日

澄弟左右：

纪鸿儿幸取县首，诗文虽不甚稳惬，而其中多有精警之句、疏宕之气，寅皆先生时雨之化，可敬可感。当略备微仪，以申鄙意。府院考皆当极热之时，鸿儿体弱，不知能耐此酷暑否？今年乡试，鸿儿即可不必入场。盖工夫尚早，年纪太轻，本无望中之理，又恐鸿儿难熬此九日之辛苦也。

军事平善。多将军于十四夜攻克庐州府城，皖北数十州县为粤匪所占，今皆克复，一律肃清，只余二三城为捻匪、苗逆所占，想亦易于就绪。四眼狗未经擒戮，北窜河南，殊为后患。沅弟由西梁山渡江南岸，进攻金柱关，季弟尚在鲁港。鲍春霆进剿宁国府，徽、衢等处贼皆退，江西今年得保平安。

余身体平安。家中不必挂念。

评点　纪鸿中秀才

曾纪鸿今年虚岁十五，即中秀才，在曾家来说，可谓又一个破天荒；就一般而言，也算得上早达。其兄纪泽读书同样用功，年已二十四岁，也并未中秀才。纪鸿此次获隽，为曾家纪字辈树立了一个榜样，但可惜，他一生的功名即到此为止。曾氏去世时，他和儿子广钧一道获恩赏举人。虽是举人，到底不是自己考取的。曾氏不要儿子参加本科乡试，一则是疼爱，怕他受不了考场中的苦。乡试贡院，一个考生一间小号房，三场考试共九天，吃喝拉撒睡都在里面，加之神经高度紧张，对于一个十五岁的少年来说，的确是一番严酷的考验。二来曾氏也担心儿子毕竟小，学问文章的火候都还未到，考不取的可能性很大，到时怕受不了打击。即便侥幸考取了，对于一个少年人来说也未必是好事。因为很有可能将从此骄傲起来，不再好好用功，最终也可能无成就可言。有句话说“少年得志乃人生之初不幸”，粗看起来似乎不合情理，细嚼后方知大有道理。

□谕纪泽　同治元年五月十四日

字谕纪泽儿：

接尔四月十九日一禀，得知五宅平安。尔《说文》将看毕，拟先看各经注疏，再从事于词章之学。

余观汉人词章，未有不精于小学训诂者，如相如、子云、孟坚于小学皆专著一书，《文选》于此三人之文著录最多。余于古文，志在效法此三人，并司马迁、韩愈五家。以此五家之文，精于小学训诂，不妄下一字也。尔于小学，既粗有所见，正好从词章上用功。《说文》看毕之后，可将《文选》细读一过。一面细读，一面抄记，一面作文，以仿效之。凡奇僻之字，雅故之训，不手抄则不能记，不摹仿则不惯用。自宋以后能文章者不通小学，国朝诸儒通小学者又不能文章，余早岁窥此门径，因人事太繁，又久历戎行，不克卒业，至今用为疾憾。尔之天分，长于看书，短于作文。此道太短，则于古书之用意行气，必不能看得谛当。目下宜从短处下工夫，专肆力于《文选》，手抄及摹仿二者皆不可少。待文笔稍有长进，则以后诂经读史，事事易于着手矣。

此间军事平顺。沅、季两叔皆直逼金陵城下。兹将沅信二件寄家一阅。惟沅、季两军进兵太锐，后路芜湖等处空虚，颇为可虑。余现筹兵补此瑕隙，不知果无疏失否？余身体平安。惟公事日繁，应复之信积搁甚多，余件尚能料理，家中可以放心。此信送澄叔一阅。余思家乡茶叶甚切，迅速付来为要。

涤生手示

评点　以《文选》补作文之短

曾氏认为儿子长于看书，短于作文。以今天的眼光看，此种人宜做学者而不宜做作家。

撇开政治、军事不谈，从“为学”这个角度来看曾氏，他属于诗人、散文家一类，不能算是学者。故而，他对儿子“作文”一事看得很重，希望儿子能写出气势雄壮而又文采斐然的好文章出来。前次信谈到要儿子于《文选》上用功，这次又强调这一点，并要儿子手抄、模仿一样不能少。抄书其实是件很好的事。过去有句话，叫作读百遍，不如抄一遍，可见抄书作用之大。曾在曾氏幕府做过短期幕僚的王闿运，少时家贫，无力购书，便借人家的《史记》《汉书》等书籍来抄，在抄写的过程中将学问的根底打得很为扎实。中年以后，他有钱了，家中购有二十四史，但他仍继续少时的抄书事业。年年月月，勤抄不辍，居然将全部二十四史抄写了一遍。

模仿也很重要，它好比写字的临帖。模仿优秀之作，能使自己的起点位置较高，进步较快。一旦甩开拐杖，便可以大为超越别人。有志为文者，不妨试试。

□ 致沅弟季弟 同治元年五月十五日

沅、季弟左右：

帐棚即日赶办，大约五月可解六营，六月再解六营，使新勇略得却暑也。抬小枪之药，与大炮之药，此间并无分别，亦未制造两种药。以后定每月解药三万斤至弟处，当不致更有缺乏。王可陞十四日回省，其老营十六可到。到即派往芜湖，免致南岸中段空虚。

雪琴与沅弟嫌隙已深，难遽期其水乳。沅弟所批雪信稿，有是处，亦有未当处。弟谓雪声色俱厉。凡目能见千里，而不能自见其睫，声音笑貌之拒人，每苦于不自见，苦于不自知。雪之厉，雪不自知；沅之声色，恐亦未始不厉，特不自知耳。曾记咸丰七年冬，余咎骆、文、耆待我之薄，温甫则曰：“兄之面色，每予人以难堪。”又记十一年春，树堂深咎张伴山简傲不敬，余则谓树堂面色亦拒人于千里之外。观此二者，则沅弟面色之厉，得毋似余与树堂之不自觉乎？

余家目下鼎盛之际，余忝窃将相，沅所统近二万人，季所统四五千人，近世似此者曾有几家？沅弟半年以来，七拜君恩，近世似弟者曾有几人？日中则昃，月盈则亏，吾家亦盈时矣。管子云：斗斛满则人概之，人满则天概之。余谓天之概无形，仍假手于人以概之。霍氏盈满，魏相概之，宣帝概之；诸葛恪盈满，孙峻概之，吴主概之。待他人之来概而后悔之，则已晚矣。吾家方丰盈之际，不待天之来概、人之来概，吾与诸弟当设法先自概之。

自概之道云何，亦不外清、慎、勤三字而已。吾近将清字改为廉字，慎字改为谦字，勤字改为劳字，尤为明浅，确有可下手之处。

沅弟昔年于银钱取与之际不甚斟酌，朋辈之讥议菲薄，其根实在于此。去冬之买犁头嘴、栗子山，余亦大不谓然。以后宜不妄取分毫，不寄银回家，不多赠亲族，此廉字工夫也。谦之存诸中者不可知，其着于外者，约有四端：曰面色，曰言语，曰书函，曰仆从属员。沅弟一次添招六千人，季弟并未禀明，径招三千人，此在他统领所断做不到者，在弟尚能集事，亦算顺手。而弟等每次来信，索取帐棚子药等件，常多讥讽之词、不平之语，在兄处书函如此，则与别处书函更可知已。沅弟之仆从随员颇有气焰，面色言语，与人酬接时，吾未及见，而申夫曾述及往年对渠之词气，至今饮憾。以后宜于此四端痛加克治，此谦字工夫也。每日临睡之时，默数本日劳心者几件，劳力者几件，则知宣勤王事之处无多，更竭诚以图之，此劳字工夫也。

余以名位太隆，常恐祖宗留诒之福自我一人享尽，故将劳、谦、廉三字时时自惕，亦愿两贤弟之用以自惕，且即以自概耳。

湖州于初三日失守，可悯可敬。

评点　以廉谦劳三字自抑

有野史记载，曾国荃在湘乡老家起屋，宏丽壮阔，逾格越制，有人告发到彭玉麟处。彭玉麟微服私访，果如所说，遂奏告朝廷。朝廷严旨斥责曾国荃。曾国荃不得不拆掉一部分违礼违制建筑。这件事是不是真的，已不可确考，而奏参老九的是彭玉麟而不是别人，足见他们两人嫌隙较深，才可以用来作为这段故事中的两个主人公。

四月二十八日，曾氏致沅的信中有这样的几句话：“弟以金柱关之破，水师出力最多，厘卡当雪二季二，甚善甚善。兹定为沅五、雪三、季二，尤为惬当。”

曾氏将“雪二”改为“雪三”，是基于“雪二”有亏于彭玉麟，可见老九待彭不甚公允。曾氏告诉弟弟，别人的毛病易于看到，而自己的毛病则难于看到，要多多检查自己。“责己严而待人宽”，实在是处理同事之间关系的一个最好方法。

一九一一年，蔡锷将军从曾氏和胡林翼的文集中选取部分有关用兵打仗的言论，编为《曾胡治兵语录》一书，作为新军士官的教材。此教材后来又被黄埔军校所沿用。在“和辑”一节中，蔡锷摘取了此信中的几句话：“弟谓雪声色俱厉。凡目能见千里，而不能自见其睫，声音笑貌之拒人，每苦于不自见，苦于不自知。雪之厉，雪不自知；沅之声色，恐亦未始不厉，特不自知耳。”并于其后加以评议：“古人相处，有愤争公庭而言欢私室，有交哄于平昔而救助于疆场，盖不以公而废私，复不以私而害公也。人心不同如其面，万难强之使同。驱之相合，则睚眦之怨，芥蒂之嫌，自所难免。惟以公私之界分得清认得明，使之划然两途，不相混扰，则善矣。”蔡锷认为，同事间因性格、取向等方面的不同，要做到完全融洽无间是很难的，重要的是要分清公私，决不能将私人意气用在处理公事上，尤其不能容忍以私害公。笔者认为，这番话应为每一个从业者所重视。“不以私害公”，应当成为一种职业道德。

传说老九打下安庆后，带了大批金银财宝回老家，岳阳到衡阳，几百里湘江码头上药铺里的人参被老九一购而光。从信中所说的“沅弟昔年于银钱取与之际不甚斟酌”，“去冬之买犁头嘴、栗子山，余亦大不谓然”看来，老九拐带大批金银回家之说不诬，也可知多少年来老大说的不买田起屋、不积宦银给子孙的话，在诸弟的身上几乎没起到作用。当年霍光秉政二十多年，权倾天下，死后其子孙恣意放肆，结果满门抄斩，与霍氏相连坐诛灭者数千家。诸葛亮之侄儿诸葛恪为吴国辅政大臣，也因骄愎招怨，被孙峻设计于酒席间斩杀。曾氏引这两段史实来敲一敲老九的脑袋：任你如何煊赫一时，若不知儆戒，近者祸于其身，远者报于子孙。这就是“天概”。天概是通过仇家之手来完成的。鉴于此，必须先自己来概，即自己来抑制自己，其方法在于廉、谦、劳三字。无疑，这正是给老九的贪、傲、怠（打完安庆后，在家待了半年）等毛病的对症下药。

这三个字岂止是医老九的药丸，对于一切有志做大事的人来说，都是一帖清醒剂。

□ 谕纪泽 同治元年五月二十四日

字谕纪泽：

二十日接家信，系尔与澄叔五月初二所发，二十二日又接澄侯衡州一信，具悉五宅平安，三女嫁事已毕。

尔信极以袁婿为虑，余亦不料其遽尔学坏至此，余即日当作信教之。尔等在家却不宜过露痕迹，人所以稍顾体面者，冀人之敬重也。若人之傲惰鄙弃业已露出，则索性荡然无耻，拚弃不顾，甘与正人为仇，而以后不可救药矣。我家内外大小于袁婿处礼貌均不可疏忽，若久不悛改，将来或接至皖营，延师教之亦可。大约世家子弟，钱不可多，衣不可多，事虽至小，所关颇大。

此间各路军事平安。多将军赴援陕西，沅、季在金陵孤军无助，不无可虑。湖州于初三日失守。鲍攻宁国，恐难遽克。安徽亢旱，顷间三日大雨，人心始安。谷即在长沙采买，以后澄叔不必挂心。此次不另寄澄信，尔禀告之。此嘱。

评点 给不上进的女婿留点脸面

曾氏的大女婿袁秉桢是个花花公子，未娶妻之前已先娶妾，娶妻后恶性依旧不改：不好好读书求上进，游手好闲，寻花问柳。纪静嫁了这样的丈夫，真是苦命。她终日以泪洗面，心中的委屈有时也会对娘家的哥嫂弟妹说说，于是纪泽将袁秉桢的恶劣行径函告了父亲。

曾氏劝儿女们暂时不要对袁过露痕迹，给他留一些脸面，以防他破罐子破摔，今后更不好收拾。应该说，曾氏的这个处置方法是对的。只可惜袁秉桢已烂透了，曾氏的苦心并没有收到效果。

从曾氏的信中看来，袁是被家中父母娇惯坏了。这只是其一，其二是做父亲的没有给儿子做出好榜样。其父袁芳瑛在道光年间以编修外放苏州知府，还未上任，就急于买妾。曾氏在家信中说京师人言啧啧，咸以为怪事。有其父必有其子。曾氏选婿，其实是选亲家，如此花心人为什么要联姻?

□谕纪鸿 同治元年五月二十七日

字谕纪鸿儿：

前闻尔县试幸列首选，为之欣慰。所寄各场文章，亦皆清润大方。昨接易芝生先生十三日信，知尔已到省。城市繁华之地，尔宜在寓中静坐，不可出外游戏征逐。兹余函商郭意城先生，在于东征局兑银四百两，交尔在省为进学之用。如郭不在省，尔将此信至易芝生先生处借银亦可。印卷之费，向例两学及学书共三分，尔每分宜送钱百千。邓寅师处谢礼百两，邓十世兄处送银十两，助渠买书之资。余银数十两，为尔零用及略添衣物之需。

凡世家子弟衣食起居，无一不与寒士相同，庶可以成大器；若沾染富贵气习，则难望有成。吾忝为将相，而所有衣服不值三百金。愿尔等常守此俭朴之风，亦惜福之道也。其照例应用之钱，不宜过啬（谢廪保二十千，赏号亦略丰）。谒圣后，拜客数家，即行归里。今年不必乡试，一则尔工夫尚早，二则恐体弱难耐劳也。此谕。

涤生手示

再，尔县考诗有错平仄者。头场（末句移），二场（三句禁，仄声用者禁止禁戒也，平声用者犹云受不住也，谚云禁不起），三场（四句节俭仁惠崇系倒写否？十句逸仄声），五场（九、十句失粘）。过院考时，务将平仄一一检点，如有记不真者，则另换一字。抬头处亦宜细心。再谕。

评点　以四百两银贺纪鸿中秀才

曾氏一向节俭，手面紧缩，女儿出嫁，嫁妆费不过二百两银子。这次为祝贺儿子考中秀才，一次便拿出四百两银子来，可见心中之喜慰！塾师邓寅皆因此而获百两银子之奖，相当于普通塾师两年的纯收入，其奖亦不可谓不重。从心底里来说，曾氏还是企盼儿子科场顺遂，功名畅达的。

就是在这种时候，曾氏仍不忘教导儿子常守俭朴之风，并提出了一个观点："凡世家子弟衣食起居，无一不与寒士相同，庶可以成大器；若沾染富贵气习，则难望有成。"愿天下富贵人家父母，都能记住这两句话。

□ 致沅弟季弟 同治元年五月二十八日

沅、季弟左右：

沅于人概天概之说，不甚厝意，而言及势利之天下，强凌弱之天下。此岂自今日始哉？盖从古以然矣。

从古帝王将相，无人不由自立自强做出，即为圣贤者，亦各有自立自强之道，故能独立不惧，确乎不拔。昔余往年在京，好与诸有大名大位者为仇，亦未始无挺然特立不畏强御之意。近来见得天地之道，刚柔互用，不可偏废，太柔则靡，太刚则折。刚非暴虐之谓也，强矫而已；柔非卑弱之谓也，谦退而已。趋事赴公，则当强矫，争名逐利，则当谦退；开创家业，则当强矫，守成安乐，则当谦退；出与人物应接，则当强矫，入与妻孥享受，则当谦退。若一面建功立业，外享大名，一面求田问舍，内图厚实，二者皆有盈满之象，全无谦退之意，则断不能久。此余所深信，而弟宜默默体验者也。

评点 天地之道刚柔互用

上次曾氏在给两弟的信中，苦口婆心地说了一大通天概、人概的道理，岂料两弟不但不听，还给大哥回赠了一个“势利”“强凌弱”的反驳。为此，曾氏做了一番“天地之道，刚柔互用”的补充。

本来，世上的事情，从不同的角度来看，就会有不同的看法，正所谓“横看成岭侧成峰，远近高低各不同”，片面强调哪一个方面都不是很适宜的。

曾氏在天性上偏于自保型，又加之阅历多，年纪大体气弱，故而从柔、从抑、从退的方面考虑得比较多。按阴阳两极的说法，曾氏所奉行的一套，属于“阴”的系列。在许多事情的处理上，他以“阴”行之。

老九、老幺在天性上趋于进攻型，又加之年纪轻血气方刚，功名事业都还未到头，故而从刚、从扬、从进的方面考虑得比较多。老九、老幺所奉行的一套，属于“阳”的系列。同样，在许多事情的处理上，也以“阳”行之。

其实，古代圣贤早就说过：“一阴一阳谓之道。”天地之大道，本身就包括了“阴”“阳”两个侧面，两个侧面合起来才是完整的道，问题在于什么时候，该偏重于哪个侧面。世间有许多大道理，知道并不难，难在具体运用。前人说“运用之妙，存乎一心”，这种妙，难以传授，全在感悟。一个师傅教的两个弟子，到头来，有所获大所获小的区别，其关键原因多半出在“运用”二字上。

□ 致沅弟季弟　同治元年六月初二日

沅、季弟左右：

湖南之米昂贵异常，东征局无米解来，安庆又苦于碾碓无多，每日不能舂出三百石，不足以应诸路之求。每月解子药各三万斤，不能再多，望弟量入为出，少操几次，以省火药为嘱。

扎营图阅悉。得几场大雨，吟、昆等营必日松矣。处处皆系两层，前层拒城贼，后层防援贼，当可稳固无虞。

少泉代买之洋枪，今日交到一单，待物到即解弟处。洋物机括太灵多不耐久，宜慎用之。

次青之事，弟所进箴规，极是极是。吾过矣！吾过矣！吾因郑魁士享当世大名，去年袁、翁两处及京师台谏尚累疏保郑为名将，以为不妨与李并举，又有郑罪重李情轻，暨王锐意招之等语，以为比前折略轻。逮拜折之后，通首读来，实使次青难堪。今得弟指出，余益觉大负次青，愧悔无地。余生平于朋友中，负人甚少，惟负次青实甚。两弟为我设法，有可挽回之处，余不惮改过也。

评点　愧悔大负李元度

咸丰五、六年间，曾氏在江西处于困顿之际，李元度和他的平江勇给了曾氏很大的支持，但曾氏却对李关心不够，荐举不力。守父丧期间，他静思出山几年来的所作所为，深以亏欠李而内疚，主动提出与李结儿女亲家，欲以此作为弥补。咸丰十年，李元度因丢失徽州府，遭曾氏参劾，削职归里。第二年，应浙江巡抚王有龄之请，李在湖南组建安越军，东进救援浙江。同治元年二月，曾氏看到补授李元度为浙江按察使的上谕后，当即又上了一道参劾李元度奏折。参折列了李的三条罪状：一、冒禀邀功；二、徽州丢失后，不候讯结，擅自回籍，不候批禀，擅自赴浙；三、赴浙途中，节节逗留，有负浙省期望。请朝廷革去其职，交左宗棠差遣。朝廷完全按照曾氏所说的办理，李元度再次丢了乌纱帽。

这年五月十七日，曾氏又上了一道《密陈参劾陈由立、郑魁士、李元度三将之由片》，将陈、郑、李三人列为一类，即都是背弃原主、见异思迁的人。他以春秋时期季文子不纳莒仆、石祁子不保猛获为例，认为"叛于本国"的人，"断难忠于他邦"。

老九看到这道密片后，立即致函乃兄，表示不同意将李与陈、郑并列的提法。曾氏接信后，也立即意识到此片不妥。

曾氏素来谨慎老到，将李与陈、郑相提并论，并以密折的形式奏告朝廷，应该是经过慎重考虑的。为何老九一封信，他便连连说"极是极是，吾过矣吾过矣"的话呢？这不令人费解吗？

原来，此中有着曾氏难以对人言的隐衷。

直白地说，曾氏这道密片与三个月前的再参李元度的奏折，都是不对的。其原因为：

一、二月的参折列举的三条罪状，前两条都发生在赴浙之前。既已遭革职处分，就不必再旧事重提了。

二、罪状第三条“赴浙途中节节逗留”，算不上确实的罪证，属于影响模糊之辞，不好据此定罪。

三、尤其是将陈、郑、李三人视为“叛于本国”“断难忠于他邦”的人，是根本错误的。陈由立离开鲍超投靠河南巡抚，郑魁士离开福济而去江南大营，李元度以湘军将领而投奔浙江巡抚，这些统统只能说是改换门庭，然而他们都还是在朝廷指挥之下与敌军作战，怎么能以“本国”“他邦”来比拟呢？实属不伦不类。

四、至于李，又与陈、郑不同。他已遭革职，便不再属于湘军系统了，重新招募军队去浙江，连改换门庭都不能算。难道说，李元度因为是湘人，就只能在湘人手下做事吗？

要参劾的话，早在先年十一月杭州失守时，便应参劾李误了救浙大事，但那时不见曾氏的动静，直到李被补授浙江按察使时，才来此一下。曾氏是在一种什么心态的驱使下做出此事呢？显然，他心底深处的怨恨是因为李背叛了他，如同陈背叛鲍超、郑背叛福济一样。曾自认为他是李的主子，李的一切行径都应该报请他的同意才行。李组建安越军去浙后，他曾在给别人的信里说，李此举是以中行待老友，以智伯待怨仇，乃恩将仇报。据王闿运的《湘军志》说，湘军将领，朝廷的命令调不动，曾氏的一封信函，却可以令他们千里驱驰。看来，曾氏不仅对李是这种态度，他对他的所有部属都是这种态度。“恩将仇报”的李元度，不仅没有受责，反而还升了官，曾氏胸中的这口怨气如何能消？于是便有了一而再的参劾。

曾氏平时最喜谈忠诚，谈宽恕，但在处理李这件事上，恰恰暴露了他的私心和狭窄。曾氏以圣贤为榜样，后世也有许多人将他看作圣贤，他其实并不是圣贤，此事可作为一个例证。

曾氏自以为别人看不透他的背后用心，不料他的胞弟一眼就看出来了。他猛然醒悟：这套障眼法一定蒙蔽不了世人，遂干脆认错。曾氏后来一直对这事悔恨着。

六年后，他郑重地在此折片的尾部写下这样一段“后记”：“此片不应说及李元度，尤不应以李与郑并论。李为余患难之交，虽治军无效，而不失为贤者。此吾之大错。后人见者不可抄，尤不可刻，无重吾过。”

晚年，他反复叮嘱家人，要将他咸丰年间所许诺的“与李家结姻”付诸实现，并一再忏悔自己有负于李。过了几年，李受贵州巡抚张亮基之邀，赴黔办军事，不久官复原职，后又升为贵州布政使，最后死于任上。

李元度自然对曾氏心存恨意，但由于曾氏的诚心忏悔和本人晚年的官运顺遂，最后还是原谅了曾氏。在曾氏去世后，他写了十二首悼念诗，对曾氏予以高度评价，对彼此之间的嫌隙予以冰释。兹录第九首于次，供大家吟赏：“记入元戎幕，吴西又皖东。追随忧患日，生死笑谈中。末路时多故，前期我负公。雷霆与雨露，一例是春风。”

□ 致沅弟季弟 同治元年六月初十日

沅、季弟左右：

专丁来信，应复者条列如左：

一、援贼大至，余甚为悬系。崇天义张姓，似是去春守徽州者，诡计甚多，打硬仗亦不甚悍。伪忠王前年十月在羊栈岭，去年春在建昌等处，均不甚悍，专讲避实击虚。弟所部新勇太多，总以“不出濠浪战”五字为主。如看确贼之技俩，偶然一战，则听弟十分审慎出之，余但求弟自固耳。

一、上海军情，昨已将少荃信抄寄。周沐润业经批令来皖帮办文案。许惇诗有才而名声太坏，南坡专好用名望素劣之人，如前用湖南胡听泉、彭器之、李茂斋，皆为人所指目，即与裕时卿、金眉生交契，亦殊非正人行径。弟与南坡至好，不可不知其所短。余用周弢甫，亦系许、金之流，近日两奉寄谕查询，亦因名望太劣之故。毁誉悠悠之口，本难尽信，然君子爱惜声名，常存冰渊惴惴之心，盖古今因名望之劣而获罪者极多，不能不慎修以远罪。吾兄弟于有才而无德者，亦当不没其长，而稍远其人。

评点　如何使用有才无德者

一个大团队里，人员必参差不齐。通常是德才兼备者为数极少，德优才薄者也不是很多。大部分人是德也平平，才也平平。也不乏这样的人：缺德无德，但才干却过于常人。

一个团队之所以组合，必定有一桩共同的事业让大家来办，故而办事之才常常是这个团队最为需要的，至于德，只要不害别人、不损这个集体就行了。于是，才常常为团队的领导者所看重。然而，有德，却可以固结人心，为团队做更大的贡献；缺德，也可能做出有损于这个团队的事情来。因此，“德”字决不可忽视。

在曾氏的人才思想中，可以看出他于才德二字上，更重德字。他说过这样的话：“德若水之源，才即其波澜；德若木之根，才即其枝叶。”但他毕竟是个军事统帅，于军事有用的“才”，他也是看得很重的。信中所说的黄冕（南坡）就是德性上较差而才干出众的人。野史上说，黄为人贪。他在办东征局期间，利用手中的实权为自己聚敛了大量钱财。但他筹粮筹饷置办军需上都很有办法，故曾氏一直重用他。曾氏对包括黄冕在内的一批有才而无德者采取的原则是：不没其长，而稍远其人。

此种做法可为大大小小的公司老总们提供借鉴。

□ 致沅弟 同治元年六月二十日

沅弟左右：

此次洋枪合用，前次解去之百支，果合用否？如有不合之处，一一指出，盖前次亦花大价钱买来，若过于吃亏，不能不一一与之申说也。

吾因近日办事，名望关系不浅，以鄂中疑季之言相告，弟则谓我不应述及。外间指摘吾家昆弟过恶，吾有所闻，自当一一告弟，明责婉劝，有则改之，无则加勉，岂可秘而不宣？鄂之于季，自系有意与之为难。名望所在，是非于是乎出，赏罚于是乎分，即饷之有无，亦于是乎判。去冬金眉生被数人参劾，后至抄没其家，妻孥中夜露立，岂果有万分罪恶哉？亦因名望所在，赏罚随之也。众口悠悠，初不知其所自起，亦不知其所由止。有才者忿疑谤之无因，而悍然不顾，则谤且日腾；有德者畏疑谤之无因，而抑然自修，则谤亦日熄。吾愿弟等之抑然，不愿弟等之悍然。愿弟等敬听吾言，手足式好，同御外侮，不愿弟等各逞己见，于门内计较雌雄，反忘外患。

至阿兄忝窃高位，又窃虚名，时时有颠坠之虞。吾通阅古今人物，似此名位权势，能保全善终者极少。深恐吾全盛之时，不克庇荫弟等，吾颠坠之际，或致连累弟等，惟于无事时，常以危词苦语，互相劝诫，庶几免于大戾。酷热不能治事，深以为苦。

评点 面对指摘宜自修

常言道：谁人背后无人说，哪个人前不说人？其中尤以名人、要人、公众场合中的人物遭人背后议论为最多，这是因为人们对这些人要求更高、更严，所谓“《春秋》责备贤者”是也。面对着来自别人的指摘，应取何种态度？笔者以为，还是以曾氏所抱的态度为好：宜抑然自修，而不宜悍然不顾。但从信中看来，沅、季二人似乎不取这种态度。

读这封信，我们明显地看出曾氏对权势有一种恐惧感，即担心颠坠，担心不能善始善终。这也可以算是一种患得患失，但与有权有势就胡作非为无所忌惮相比，这种态度无疑要好得多。

□ 致沅弟 同治元年六月二十三日

沅弟左右：

张胜禄竟以微伤陨命，可惜可痛。余昔年恸塔智亭之殁，失一威望之将；悼毕印侯之逝，失一骁悍之将。张声扬虽不如塔，似已远过于毕。一军之中，得此等人千难万难。灵榇过安庆时，余当下河祭奠，赙恤其家。

李臣典果足为继起之贤否？凌有和、崔文田、李金洲三人，余俱不甚熟。大约选将，以打仗坚忍为第一义，而说话宜有条理，利心不可太浓，两者亦第二义也。十六日之仗，崔文田等出卡在大濠外否？刘南云等亦出卡否？洋枪与大炮、劈山炮，三者比较，究竟何者群子最远？望校验见告。

弟两次抄示寄乔鹤侪信，多影响之谈。淮盐向以江督为主。江督犹东，运司犹佃也。弟欲从盐中设法生财，不谋之于我，而谋之于乔，何也？盐务利弊，万言难尽，然扼要亦不过数语。太平之世两语：曰出处防偷漏，售处防侵占。乱离之世两语：曰暗贩抽散厘，明贩收总税。

何谓出处防偷漏？盐出于海滨场灶，商贩赴场买盐，每斤完盐价二三文，交灶丁收，纳官课五六文，交院司收。其有专完灶丁之盐价，不纳院司之官课者，谓之私盐，即偷漏也。

何谓售处防侵占？如两湖江西均系应销淮盐之引地，主持淮政者，即须霸住三省之地，只许民食淮盐，不许鄂民食川私，湘民食粤私，江民食闽私，亦不许川粤闽各贩侵我淮地，此所谓防侵占也。

何谓暗贩抽散厘？军兴以来，细民在下游贩盐，经过贼中金陵、安庆等处，售于上游华阳、吴城、武穴等处，无引无票无照，是谓暗贩。无论贼卡官卡，到处完厘，是谓抽散厘也。

何谓明贩收总税？去年官帅给票与商人和意诚号，本年乔公给票与商人和骏发号，目下余亦给票与和骏发，皆令其在泰州运盐，在运司纳课，用洋船拖过九洑洲，在于上游售卖。售于湖北者，在安庆收税，每斤十文半，在武昌收九文半。售于江西者，在安庆每斤收十四文，在吴城收八文。此所谓明贩收总税也。

弟前令刘履祥在大通开官盐店，小屯小卖，是暗贩之行径。今欲令二三商人赴乔公处领盐，驶上行销，是明贩之行径。若使照和意诚、和骏发之例，亦在运署纳课，亦雇洋船拖过九洑洲，亦在皖与武昌完二十文，皖与吴城完二十二文，则此外为利无几。若不照和意诚、和骏发之例，概不完厘，则有益于弟，有损于兄，殊不足以服众。本年四月，刘履祥在下游运盐数船驶上，亦用洋船拖过贼境，被荻港卡员王寿祺拦住。刘履祥寄函与王，请完厘释放，厥后过盐河，华阳竟未完厘。此事人多不服，余亦恶之，拟即将刘履祥撤去，并将大通官盐店拆毁，盖所得无多，徒坏我名声，乱我纪纲也。弟亦不必与乔公谋盐，弟以后专管军事，莫管饷事可也。

评点　不要插手盐务以谋利

曾国荃、曾国葆兄弟率领吉字营二万人马，五月上旬攻破秣陵关、大胜关，进驻金陵城下，开始对太平天国的都城予以包围。

金陵为历史名城，曾做过吴、东晋、宋、齐、梁、陈、明朝的都城，城墙高大坚固，周遭共长九十里，为全世界之冠。曾老九以二万人围金陵，似乎有点自不量力。但他不顾一切，在别的几路人马都未跟上的情况下，孤军深入，作长期包围的打算。

自有湘军始，筹措军饷便一直是带兵统领最大的一桩事，即便曾氏做了两江总督，握有地方实权，也无法满意地解决这个问题。其原因乃在于长年战争，民生凋敝，老百姓早已无力供养这两支敌对的军队了。

曾老九一向手笔阔绰，更喜欢以名利笼络驱使部属，故他的吉字营所需饷银更多，曾氏在不少信件中对他的无穷索求表示头痛。现在，他又打起盐务的主意了。

自古以来，盐业便因为税利大而成为国家控制的重要物品。出于同样的原因，盐业走私也便成了最大的走私。自从长江水面为湘军水师控制后，湘军私盐已成了公开的秘密。曾老九便是私盐的头号贩子。因为军饷得不到保证，贩私盐便振振有词，盐务官员、地方官员都拿他们没办法，就连曾氏也只得睁一只眼闭一只眼。野史记载，湘军裁撤时，因为欠饷太多无法兑现，只得以盐相抵，让他们去高价贩卖。如此一来，贩私便成为合法的行为了。曾氏曾感叹：战争给国家造成的最大破坏是纲纪的破坏。他自己其实也是纲纪的破坏者之一，而且责任比别人更大。然而在理论上，他还是得扮演国家法规法令执行者的形象，叫他的弟弟们不能插手盐务。

这封信中所提到的几个数字，也给我们研究当时的盐政提供了实据：每斤盐的生产者（灶丁）只获钱二三文，官府课税则为五六文，安庆厘卡收税十文半、十四文、二十文、二十二文不等，武昌收税九文半或二十文，吴城收税八文或二十二文。官府收的税是灶丁的二至三倍，厘卡收的税累积起来竟然是灶丁的三十倍！这不是横征暴敛是什么？

盐价被抬得这样高，普通百姓如何吃得起？怪不得“淡食”已成为当时偏远地区的普遍现象。战争给人民带来的痛苦，于此可见一斑。

□ 致沅弟季弟　同治元年七月初一日

沅、季两弟左右：

专差至，接两弟书。沅于二十五早大战之后，尚能写二十二叶之多，可谓强矫矣，所言俱能切中事理。

凡善将兵者，日日申诫将领，训练士卒。遇有战阵小挫，则于其将领责之戒之，甚者或杀之，或且泣且教，终日絮聒不休，正所以爱其部曲，保其本营之门面声名也。不善将兵者，不责本营之将弁，而妒他军之胜己，不求部下之自强，而但恭惟上司，应酬朋辈，以要求名誉，则计更左矣。余对两弟絮聒不休，亦犹对将领且责且戒，且泣且教也。良田美宅，来人指摘，弟当三思，不可自是。吾位固高，弟位亦实不卑；吾名固大，弟名亦实不小，而犹沾沾培坟墓以永富贵，谋田庐以贻子孙，岂非过计哉？

二十五日又获大胜，以后应可踮稳脚跟。然计贼之技俩，必再来前后猛扑一次，尚宜稳慎待之。

评点 对购置田宅之指摘当三思

曾老九在家筑美宅，购良田，弄得沸沸扬扬，多有指摘。曾氏也对老九这些做法很不满意，常有规劝，但收效甚微。曾氏小女纪芬曾为其九叔做过这样的辩护：“忠襄公每克一名城，奏一凯歌，必请假还家一次，颇以求田问舍自晦。”

购置良田美宅，在老百姓的眼里，是对钱物的贪恋，但在当国者看来，却正是无大志无野心的表现。这种说法是有根据的。《三国志》的陈登传里有一则故事。刘备有次对许汜说，您有国士的名声，当今天下大乱，应该忧国忧君才是，但您只一个劲地买田起屋，没有什么好的主意可供采纳。这可是陈登所不喜欢的事。后来辛弃疾据此典故写了几句词：“求田问舍，怕应羞见，刘郎才气。”

曾纪芬拿这段典故为其叔遮掩，认为曾国荃是以求田问舍来表明他无政治野心，借此消除当国者的猜忌而求自保。

真是这样的吗？怕未必。

□谕纪泽 同治元年七月十四日

字谕纪泽儿：

曾代四、王飞四先后来营，接尔二十日、二十六日两禀，具悉五宅平安。

和张邑侯诗，音节近古，可慰可慰。五言诗，若能学到陶潜、谢総一种冲淡之味和谐之音，亦天下之至乐，人间之奇福也。尔既无志于科名禄位，但能多读古书，时时哦诗作字，以陶写性情，则一生受用不尽。第宜束身圭璧，法王羲之、陶渊明之襟韵萧洒则可，法嵇、阮之放荡名教则不可耳。

希庵丁艰，余即在安庆送礼，写四兄弟之名，家中似可不另送礼。或鼎三侄另送礼物亦无不可，然只可送祭席挽幛之类，银钱则断不必送。尔与四叔父、六婶母商之。希庵到家之后，我家须有人往吊，或四叔，或尔去皆可，或目下先去亦可。

近年以来，尔兄弟读书，所以不甚耽搁者，全赖四叔照料大事，朱金权照料小事。兹寄回鹿茸一架、袍褂料一付，寄谢四叔。丽参三两、银十二两，寄谢金权。又袍褂料一付，补谢寅皆先生。尔一一妥送。家中贺喜之客，请金权恭敬款接，不可简慢。至要至要。

贤五先生请余作传，稍迟寄回。此次未写复信，尔先告之。家中有殿板《职官表》一书，余欲一看，便中寄来。抄本国史文苑、儒林传尚在否？查出禀知。此嘱。

涤生手草

评点　持身可学王陶而不可学嵇阮

曾纪泽的这首和张邑侯的五言诗，可惜已找不到了。他另有一首题作《题张铸庵邑侯树萱种竹图小像》的七律，也是写给这位张邑侯的。抄录于下，供诸位欣赏："契阔时多会合难，展图一笑接余欢。灵萱也应八千岁，新竹正宜三万竿。偶着黄冠披野服，曾凭赤手障狂澜。玉皇香案当年吏，长啸犹能集凤鸾。"这首诗，他也曾寄给乃父。曾氏批云："尚无俗句，然题图诗总宜少作。"看来，曾氏对儿子这首诗评价平平，且不喜儿子做这种应酬诗。

曾氏的意见是对的。诗是抒发性灵的文字，应酬总夹杂着非性情的成分在内，故古往今来，应酬诗少有佳作。

曾氏对陶渊明、谢朓的五言诗评价甚高，认为诗中的冲淡之味、和谐之音为天下之至乐。这是曾氏诗论中的重要观点。笔者以为，曾氏于文偏重于阳刚豪放，于诗偏重于阴柔婉约。又，曾氏于诗文早年偏重于阳刚豪放，晚年偏重于阴柔婉约。

曾氏特为向儿子指出，胸襟潇洒与放荡名节大不相同。胸襟潇洒是指淡泊名利、顺应自然，放荡名节则将触犯名教，与世道人情相忤。故曾氏要儿子学王羲之、陶渊明，而不可学嵇康、阮籍。

□ 致澄弟　同治元年闰八月初四日

澄弟左右：

沅、霆两军病疫，迄未稍愈。宁国各属军民死亡相继，道殣相望，河中积尸生虫，往往缘船而上，河水及井水皆不可食。其有力者，用舟载水于数百里之外。臭秽之气中人，十病八九。诚宇宙之大劫，军行之奇苦也。

洪容海投诚后，其党黄、朱等目复叛，广德州既得复失，金柱关常有贼窥伺，近闻增至三四万人，深可危虑。余心所悬念者，惟此二处。

余体气平安。惟不能多说话，稍多则气竭神乏，公事积搁，恐不免于贻误。弟体亦不甚旺，总宜好好静养。莫买田产，莫管公事。吾所嘱者，二语而已。盛时常作衰时想，上场当念下场时，富贵人家，不可不牢记此二语也。

评点　可怕的瘟疫

吉字营来到金陵城外不久，军中瘟疫盛行。对这场罕见的瘟疫，曾氏在《金陵湘军陆师昭忠祠记》中曾有形象的记载：“我军薄雨花台，未几，疾疫大行，兄病而弟染，朝笑而夕僵，十幕而五不常爨；一夫暴毙，数人送葬，比其返而半殕于途。近县之药既罄，乃巨舰连樯，征药于皖鄂诸省。”

这真是人间惨象！之所以如此，全是因为战争而带来的积尸太多，掩埋不及时。悲哉苦哉，乱世之人类也！

□ 致澄弟 同治元年九月初四日

澄弟左右：

沅弟金陵一军危险异常，伪忠王率悍贼十余万昼夜猛扑，洋枪极多，又有西洋之落地开花炮，幸沅弟小心坚守，应可保全无虞。鲍春霆至芜湖养病，宋国永代统宁国一军，分六营出剿，小挫一次。春霆力疾回营，凯章全军亦赶至宁国守城。虽病者极多，而鲍、张合力，此路或可保全。又闻贼于东坝抬船至宁郡诸湖之内，将图冲出大江，不知杨、彭能知之否。若水师安稳，则全局不至决裂耳。

来信言余于沅弟既爱其才，宜略其小节，甚是甚是。沅弟之才，不特吾族所少，即当世亦实不多见。然为兄者，总宜奖其所长，而兼规其短。若明知其错，而一概不说，则非特沅一人之错，而一家之错也。

吾家于本县父母官，不必力赞其贤，不可力诋其非，与之相处，宜在若远若近、不亲不疏之间。渠有庆吊，吾家必到；渠有公事，须绅士助力者，吾家不出头，亦不躲避。渠于前后任之交代，上司衙门之请托，则吾家丝毫不可与闻。弟既如此，并告子侄辈常常如此。子侄若与官相见，总以谦谨二字为主。

评点 对父母官宜若远若近

曾氏与兄弟之间的关系，从家信中看来，似乎常常是曾氏一人处一边，其他四人处一边，如早年关于赠银钱与亲戚、建社仓的争论，后来关于买田起屋的争论，等等，都可以看出这种一对四的局面。这一方面是地位和居住远近的原因，另一方面也因为境界的不同。应该说，曾氏的境界已超出常人，而他的四个弟弟的境界与世俗人相同。这次是老四出来劝大哥了：既然老九有攻城夺关的大才，那么多运点金银回家、买田起屋这些事，便是小事了，何须计较？

老四的话并不错，若降低一格来看，老九已经很了不起了，没有必要再苛求。但若往深处想，老四与老九原本就是同一个层次的人。他在心里很可能会说，若我处于老九的状况，我也会这样做！你的那套高论还是少发为好。

眼下的曾家，在湘乡县的地位又远非昔日可比了。当年只是一个老大做京官，现在可是三兄弟都手握大权重兵，真可谓“曾家吼一吼，湘乡抖三抖”。处于这种地位，如何与本县父母官相交往，曾氏交给在家管事的老四一个原则：若远若近，不亲不疏。并举例说明具体操作的方式。读者诸君中若有在外处高位发大财的人，是否也可照曾氏所说的原则来对待老家的父母官——县官、乡官、村官呢？

□ 致沅弟　同治元年九月十一日

沅弟左右：

初五早之捷，破贼十三垒，从此守局应可稳固，至以为慰。缩营之说，我极以为然。既不能围城贼，又不能破援贼，专图自保，自以气敛局紧为妥，何必以多占数里为美哉？及今缩拢，少几个当冲的营盘，每日少用几千斤火药，每夜少几百人露立，亦是便益。气敛局紧四字，凡用兵处处皆然，不仅此次也。

所需洋枪洋药铜帽等，即日当专长龙船解去。然制胜之道，实在人而不在器。鲍春霆并无洋枪洋药，然亦屡当大敌。前年十月、去年六月，亦曾与忠酋接仗，未闻以无洋人军火为憾。和、张在金陵时，洋人军器最多，而无救于十年三月之败。弟若专从此等处用心，则风气所趋，恐部下将士，人人有务外取巧之习，无反己守拙之道，或流于和、张之门径而不自觉，不可不深思，不可不猛省。真美人不甚争珠翠，真书家不甚争笔墨，然则将士之真善战者，岂必力争洋枪洋药乎？

闻霆军营务处冯标说，霆营现以病者安置城内，尽挑好者扎营城外，亦是一法。弟处或可仿而行之。将病者伤者全送江北，令在西梁、运漕等处养息，专留好者在营。将东头太远之营缩于中路、西路，又将病伤太多之营缩而小之，或以二营并而一之。认真简阅一番，实在精壮可得若干人，待王、程到齐，再行出濠大战。目下若不缩营蓄锐，恐久疲之后，亦难与言战也。

穆海航在无为州，已札饬将抵征之项银米并收，闻百姓欢欣之至。弟托之办两月米粮，必做得到，即当告之。

评点　制胜之道在人不在器

曾氏在这封信里提出一个很重要的观点：制胜之道，实在人而不在器。曾氏一贯重视人才，这是他成功的第一要素。从理论上看，从整体上看，这是一个很正确的观念。世间一切事，都是人做出来的，离开了人，什么都没有了。杀伤力再大的武器，也是人制造出来的。有了人，也便有了先进的武器，也便有了最后的胜利。但是，在具体的战斗中，在两军相搏的战场上，很多时候却是武器决定着胜负。不可能想象，两军对峙时，手执大刀长矛的军队能打得过使用大炮冲锋枪的军队。一方有了先进的武器，另一方也必须拥有先进的武器，才可能形成对抗的局面。当然，这需要一个过程，在这个过程中，人的因素也是第一位的。从信上看来，老九对洋枪洋炮看得很重，作为一个前线指挥员，这也是完全可以理解的。相信他在读了这封信后，一定会窃笑乃兄坐而论道的迂腐！

□谕纪泽　同治元年十月初四日

字谕纪泽儿：

旬日未接家信，不知五宅平安如常否？此间军事，金柱关、芜湖及水师各营，已有九分稳固可靠；金陵沅叔一军，已有七分可靠；宁国鲍、张各军，尚不过五分可靠。此次风波之险，迥异寻常。余忧惧太过，似有怔忡之象，每日无论有信与无信，寸心常若皇皇无主。前此专虑金陵沅、季大营或有疏失，近日金陵已稳，而忧惶战栗之象不为少减，自是老年心血亏损之症。欲尔再来营中省视，父子团聚一次。一则或可少解怔忡病症，二则尔之学问亦可稍进。或今冬起行，或明年正月起行，禀明尔母及澄叔行之。尔在此住数月归去，再令鸿儿来此一行。

寅皆先生明年定在大夫第教书，鸿儿随之受业。金二外甥有志向学，尔可带之来营。余详日记中。此谕。

涤生手示

评点　借亲情疗忧惧

驻扎在金陵城南雨花台的吉字营，近几个月来困难重重。一是太平军人多势众。金陵城内有五王十将二十万军队，外有援军李秀成部十万人马，东起方山，西至板桥，连营数百，日夜猛攻，兼挟西洋火炮，威慑力极大。二是援军隔断。陆师鲍超部、水师彭玉麟部均被杨辅清、黄文金分别阻隔在宁国、金柱关等地。已编入淮军的老九旧部程学启开字营，被陷在苏松一带不能北上。蒋益澧部也因浙江军务紧急，而不能应命。三是瘟疫严重，病死者众多，军心动摇。四是秋雨连绵，壕沟积水，易塌难修，军营失去防线。

鉴于此，住在安庆城里的曾氏日夜不安，忧心忡忡。他虽身不受兵戎之苦，但心上承受的压力并不比在前线的两弟为轻。当此极惶极恐之时，他希望儿子来营探视，借天伦之乐来化解一些忧忡，自是常人之情。但是，事实上，纪泽来不来，对军事毫无作用，不过是心理安慰而已。于此，我们再一次感受到曾氏那颗与普通人无异的心。

□ 谕纪泽 同治元年十月十四日

字谕纪泽儿：

十月初十日接尔信与澄叔九月二十日县城发信，具悉五宅平安。希庵病亦渐好，至以为慰。

此间军事，金陵日就平稳，不久当可解围。沅叔另有二信，余不赘告。鲍军日内甚为危急。贼于湾沚渡过河西，梗塞霆营粮路。霆军当士卒大病之后，布置散漫，众心颇怨，深以为虑。鲍若不支，则张凯章困于宁国郡城之内，亦极可危。如天之福，宁国亦如金陵之转危为安，则大幸也。

尔从事小学、《说文》，行之不倦，极慰极慰。小学凡三大宗。言字形者，以《说文》为宗。古书惟大小徐二本，至本朝而段氏特开生面，而钱坫、王筠、桂馥之作亦可参观。言训诂者，以《尔雅》为宗。古书惟郭注邢疏，至本朝而邵二云之《尔雅正义》、王怀祖之《广雅疏证》、郝兰皋之《尔雅义疏》，皆称不朽之作。言音韵者，以《唐韵》为宗，古书惟《广韵》《集韵》，至本朝而顾氏《音学五书》乃为不刊之典，而江（慎修）、戴（东原）、段（茂堂）、王（怀祖）、孔（巽轩）、江（晋三）诸作，亦可参观。尔欲于小学钻研古义，则三宗如顾、江、段、邵、郝、王六家之书，均不可不涉猎而探讨之。

余近日心绪极乱，心血极亏。其慌忙无措之象，有似咸丰八年春在家之时，而忧灼过之。甚思尔兄弟来此一见。不知尔何日可来营省视？仰观天时，默察人事，此贼竟无能平之理。但求全局不遽决裂，余能速死，而不为万世所痛骂则幸矣。此信送澄叔一阅，不另致。

涤生手示

评点　敌军无能平之理

这些天来，曾氏苦口婆心劝老九暂时从雨花台撤退到芜湖、金柱关一带，日后相机再进，但老九倔强，不听乃兄的。曾氏不免又增一层忧愁。他甚至有点绝望了，希望自己能早死，以免今后大局决裂，前功尽弃，遭后人唾骂。然即便在这样恶劣的心绪下，他仍然在谆谆指教儿子的小学，详言小学中《说文》《尔雅》《唐韵》之三宗。

这等父亲，天下似不多见。

□ 致沅弟　同治元年十月十五日

沅弟左右：

后濠之外，究尚有贼若干？已解围否？两次嘱弟退兵，改由东坝再进，弟复信皆深不以为然。昨又恐弟兵有难遽退之势，补发一信，令弟自行斟酌。

总之，用兵之道，全军为上，保城池次之。弟自行默度，应如何而后保全本军。如不退而后能全军，不退可也；如必退而后能全军，退可也。至于鲍军纵有挫失，而江面总可保全，大通、荻港等处厘局纵或被扰，而水中粮运总可常通。余十三日信言弟处运道终恐梗塞，系忧灼过虑之辞，谅必不至于此耳。

评点　用兵之道全军为上

曾氏在此处所提出的“用兵之道，全军为上，保城池次之”的观点，是一个很重要的军事思想，对后世战略家如毛泽东等人影响很大。本来，战争的胜利，是靠军队赢来的。若为了死守一城一地，而使军队损失惨重，乃得不偿失；有了军队，即便暂时弃一城一地，日后还可以夺回。孰重孰轻，是很分明的。但许多将领在战时却看不清这点，不愿意放弃城池，一是怕失面子，二是怕军心涣散，三是怕丢掉已经得来的财物。曾老九也没有接受乃兄的劝告而撤离雨花台。他那时还没有得到金陵城的财物，他是怕丢面子，怕散军心。

□ 致沅弟　同治元年十一月初一日

沅弟左右：

余日内忧煎，有胜于祁门极困之时。季弟得焦听堂诊治，用药不至大错，果日愈否？弟忧劳过甚，精神尚能强支否？此时吾兄弟惟有强作达观，保惜身体，以担国事，以慰家人，别无他策。

万篪轩顷送辽参一两，吾拟备价百二十金与之，不知渠肯收否。吾已蒸食一钱，似尚有力量。余九钱，兹专人送金陵。季弟病后，服补剂时，可酌服之，但不宜太早，须外症退净，毫无反复之时，乃可蒸服。温弟在江西病时，竟系此物之功。弟劳苦过甚，亦可分食少许。

冬笋两担带去，各营官处可分馈数枝。北岸事已决裂，南岸鲍军不知尚可支持否。

评点　一两参合二十余教师的月薪

有人送辽宁产人参一两给曾氏，曾氏拟备价百二十金与之。备价者，按价钱准备之意也，并非存心多给以作奖谢。如此说来，一两辽参，当时价值一百二十两，相当于二十多个塾师一月的薪水。辽参之贵重，令人骇然！

□谕纪泽　同治元年十一月初四日

字谕纪泽儿：

二十九接尔十月十八在长沙所发之信，十一月初一又接尔初九日一禀，并与左镜和唱酬诗及澄叔之信，具悉一切。

尔诗胎息近古，用字亦皆的当。惟四言诗最难有声响，有光芒，虽《文选》韦孟以后诸作，亦复尔雅有余，精光不足。扬子云之《州箴》《百官箴》诸四言，刻意摹古，亦乏作作之光，渊渊之声。余生平于古人四言，最好韩公之作，如《祭柳子厚文》《祭张署文》《进学解》《送穷文》诸四言，固皆光如皎日，响如春霆。即其他凡墓志之铭词及集中如《淮西碑》《元和圣德》各四言诗，亦皆于奇崛之中迸出声光。其要不外意义层出、笔仗雄拔而已。自韩公而外，则班孟坚《汉书·叙传》一篇，亦四言中之最隽雅者。尔将此数篇熟读成诵，则于四言之道自有悟境。镜和诗雅洁清润，实为吾乡罕见之才，但亦少奇矫之致。凡诗文欲求雄奇矫变，总须用意有超群离俗之想，乃能脱去恒蹊。尔前信读《马汧督诔》，谓其沉郁似《史记》，极是极是。余往年亦笃好斯篇。尔若于斯篇及《芜城赋》《哀江南赋》《九辨》《祭张署文》等篇吟玩不已，则声情自茂，文思汩汩矣。

此间军事危迫异常。九洑洲之贼纷窜江北，巢县、和州、含山俱有失守之信。余日夜忧灼，智尽能索，一息尚存，忧劳不懈，它非所知耳！尔行路渐重厚否？纪鸿读书有恒否？至为廑念。余详日记中。此次澄叔处无信，尔详禀告。

涤生手示

评点　诗文立意须超群离俗

看来，此次纪泽寄给父亲的唱和诗是四言诗，于是做父亲的便就四言诗的写作问题开导儿子。

曾氏认为“于奇崛之中迸出声光”的诗文才是好诗文。怎样达到这种境地呢？曾氏指出两点：意义层出，笔仗雄拔。就意义层出这点，又深入地指出，须有超群离俗之想，才能脱出庸常。

提出一个目标，再细细指点到达此目标的路径。这是曾氏教弟训子的成功之道。笔者相信，有志于诗文者，当可从这封家书中窥探出写作的秘诀了。

□致沅弟　同治元年十一月二十二日

沅弟左右：

接弟十八日辰刻信，知季弟溘逝，哀恸曷极！应商之事，条列于左：

一、余准于三日起行赴金陵，本月内准到。一则与弟商季弟后事及营中各事，一则亲接季弟灵柩由金陵护送至安庆。载灵榇之船不必大，取其轻便易行者。余坐一长龙船，季榇载一民船，各用数号舢板拖带，庶上水稳而且快。至安庆后，应否另换大船，俟与弟面商。

一、季弟请恤事，应请少荃出奏。上海现在有威林密轮船在此，二十六七日可过金陵，余信弟信，均可由该船带沪。

一、季弟部下五千人，自当归并弟处统领；若另有可分统之人，俟余与弟相见后再行下札。弟久劳之后，继以忧伤，务当强自宽解。余于兄弟骨肉之际，夙有惭德，愧憾甚多。弟则仁至义尽，毫无遗憾，千万莫太悲伤。

一、弟信须洋药等物，余当带洋药万斤、洋帽二十万、洋枪四百杆，亲交弟处。白齐文在上海大闹，兹将筠仙原信付阅。该军断不来矣，只要春霆站得住，军务尚可支持也。

评点　老幺之死湘乡早有预测

老幺曾国葆七月患病，以后时好时病，到十一月初，病势转重，终于不治。曾纪芬说他得的是时疫症。可知曾国葆也是这场殃及整个吉字营的流行瘟疫的死者之一，死时年仅三十五岁。在曾氏诸兄弟中，曾国葆是最为命薄的，既死得早，又无子女。他在诸弟中最早跟随乃兄出山办团练，杨载福、彭玉麟当时都是他的僚属。但曾国葆命不好，一开始打仗，他的湘恒营便大溃败，被乃兄裁撤回籍，眼看着杨、彭等人高官重爵，心里只有痛苦。曾国华死后，他再度出山领兵。这以后的几年，他的运气转好，连打几次胜仗，因此获迅勇巴图鲁名号，并有了知府衔的官职，不料尚未过一天地方长官的瘾，便死在金陵城下。

曾国葆留给后世的文字记载极少。《清稗类钞》中有一段关于此人的话：“合肥程忠烈公学启初从粤寇，后降于官军。降时，与所部数百人俱，严装持满，叩曾文正之弟贞干壁门，大呼曰：‘我来降，追者在后，故不能释兵。信我，可开壁相迎；不信，亦请发炮相击，免使我死贼手也。’曾闻之，遽倒屣出视，传呼开垒门纳之。程以此感曾甚，誓效死以报。”

程学启及其开字营后来并入李鸿章的淮军，攻城略地，战功卓著，是太平军降将中获得清廷赏赐最多的人。这段话是称赞曾国葆的识人。在当时的情况下，能对程不怀疑，开门接纳，是要冒很大风险的。由此可见曾国葆亦不是庸才。

曾国葆之死，对曾家震动极大，尤其给远在湘乡老家的曾氏家属更带来巨大的惶恐。老九的夫人甚至央求老四写信给大哥，请求批准老九离开前线回老家休养。这封信至今还保留着。信写得有趣，且不长，特全录如下：“国潢敬密呈伯兄大人座右：今年二月，卿宜人（笔者注：即曾国葆夫人）去世之后，看八字者来，有请看科三（笔者注：即曾国葆嗣子纪渠）八字者，断之曰：八字颇好，今年欠吉，要五尺布插田，要五尺布过年（笔者注：五尺布，指包在头上的长白布，湖南乡间叫拖头，即孝布也。这话是说曾纪渠今年要两次戴孝。一次为嗣母披白布，在插田时。一次为另一长辈披白布，在过年时），尽称为奇。后十一月，沅弟寄信来，说在营为事恒公病痛，许观音戏三天，要九弟妇率科四、科六（笔者注：即曾国荃的二子纪瑞、纪官）速速酬完。九弟妇拆作两天，十二月初四、五酬完。初五夜，打卦至百余个之多，竟不领受。后戏子才上床，去世之信即到。科四母子盖信神，因有看八字者说沅弟明年断不可打仗亲自出队，话语颇不吉利。九弟妇母子苦欲求大伯父另派一人往金陵督兵，求谕沅弟来身边办事云云。弟不深信邪说，想兄亦以谓然。因九弟妇再三苦言，是以附呈。叩求伯兄大人察核为祷。”

这封信曾氏自然是收到了的，但未见回信。曾氏可能面对着这种“妇人之见”说也不是，不说也不是，故而索性不予作答。

无论从笼络曾氏兄弟，还是从激励士气来说，朝廷都需要对曾国葆的死予以优恤。曾国葆官只有知府衔，此次特追赠按察使，照按察使军营立功后病故例议恤，又谥号靖毅。

□致沅弟 同治元年十二月初十日

沅弟左右：

两日未接弟信，不知金陵各营平安否？

季梾到此已一日，外间幛联颇多，联无十分称意者。余因书一联云：英名百战总成空，泪眼看河山，怜予季保此人民、拓此疆土；慧业多生磨不尽，痴心说因果，望来世再为哲弟、并为勋臣。亦不称意也。今日已漆一次，拟在此漆五次，二十日发引登舟。少荃信来，欲为季请谥请祠请加衔立传，恐已在官奏之后。兹将少荃信抄阅。

朱云岩因前调青阳之檄，已弃旌德城而回徽。宁郡四面皆贼，深恐难支。

评点 挽季洪联

曾氏原定三天后亲去金陵料理曾国葆丧事，后因灵柩已于十一月二十四日上船，故不去金陵，将悼念仪式改在安庆城里举行，在安庆停留二十天后，再由船运回湘乡老家。曾氏为幺弟写了两副挽联，除信中这副外，另一副为：“大地干戈十二年，举室效愚忠，自称家国报恩子；诸兄离散三千里，音书寄涕泪，同哭天涯急难人。”

□ 致沅弟 同治元年十二月十八夜

沅弟左右：

季弟墓志作就，不甚称意。唐鹤九所寄挽联极佳，云：秀才肩半壁东南，方期一战成功，挽回劫运；当世号满门忠义，岂料三河洒泪，又陨台星。余欲改成功二字为功成，改洒泪二字为痛定，似更妥叶。

余仅派戈什哈一人送季棕，盖以弟所派诸人，凡事皆有条理，不必更派文武委员，反虞纷乱也。（湖南会馆）

评点 唐鹤九挽联甚佳

不能不承认唐鹤九的这副挽联写得好，比曾氏的两副都强，它的佳处在两点：一为气势宏大，二跌宕有致。以秀才而肩负半壁江山的命运，以“当世”来衬托曾家满门忠义，这种手法极能将气势烘托起来。上联言抱负，下联言现实，此为一个跌宕。下联中又包括两个跌宕：“号”至“岂料”为一个，再来个“又”，又是一个。

也不能不佩服曾氏所改的两处，第一处改在突出重点上，第二处改在情绪起伏上。

本是一副好挽联，经曾氏略作改动后，更臻完美了。

□ 致沅弟 同治二年正月初七日

沅弟左右：

疏辞两席一节，弟所说甚有道理。然处大位大权而兼享大名，自古曾有几人能善其末路者？总须设法将权位二字推让少许，减去几成，则晚节渐渐可以收场耳。今因弟之所陈，不复专疏奏请，遇便仍附片申请，但能于两席中辞退一席，亦是一妙。

李世忠处，余拟予以一函，一则四坝卡请归余派员经收，其银钱仍归渠用；一则渠派人在西坝封捆淮北之盐，几与抢夺无异，请其迅速停止。看渠如何回复。

本日接两次家信，交来人带寄弟阅。鼎三侄善读书，大慰大慰。其眉宇本轩昂出群，又温弟郁抑过甚，必有稍伸之一日也。弟军士气甚王，可喜。然军中消息甚微，见以为王，即寓骄机。老子云两军相对哀者胜矣，其义最宜体验。

评点　辞职乃以退为进

上年十二月二十五日，曾氏在给老九的信里谈到拟辞掉钦差大臣和两江总督两个职位，以散秩专治军务，像先前以兵部侍郎的身份督军一样，希冀以此稍分权位，同时也便稍分指摘。老九以为不可，并说了自己的理由。老九认为乃兄之举有点矫情，辞职的背后是因为太看重这两个职务了，会给别人相反的印象。

老九的话不太客气，却一针见血。一个负有平定江南军事责任的统帅，打着朝廷钦派的名号，握有地方行政大权，只会对军务大有好处，能有什么不好呢？当年曾氏汲汲以求的不就是这种权力吗？现在给了，又要辞掉，这是什么意思？

“善末路”，固然是曾氏所考虑的重要原因，但以退为进，大概也是他心中深层次存着的一个手腕。经老九点破后，他也就不便再坚持辞两个了，改作任辞一个。

老九的这封信写得很有水平，不妨附在后面，以备参考。

附：曾国荃回信摘抄

来谕云拟新年疏辞钦篆、江督两席，愿以散秩专治军务，冀权势之稍分，庶指摘之较少。弟窃谓此心自不可不存，而此疏似不可上。

现值国家多事之时，天子冲龄践祚，悉赖二三重臣辅翼帝室，以天眷之优渥如此，断非再疏三疏所能辞谢两席者。此疏一上，适以坚皇太后、皇上倚畀之意。内外权位与为等夷者，且侧目而视之矣。其知之者，则以为此心无他，不欲独任东南数省之艰巨而已。不知我者，非谓存固宠之意，即谓别有希冀之心。非谓与僧邸（评点者注：指蒙古亲王僧格林沁）不相投契，即谓与秀、幼（评点者注：湖广总督官文字秀峰，江西巡抚沈葆桢字幼丹）意出两歧。虽世俗之论说，不足介于贤哲之怀，要之纯臣一举一动必当行其心之所安。兄处现在地位，值今日之时事，惟有素位而行之一法，听其自然，全不以荣辱毁誉之念蓄于中，斯无入而不自得矣。若疏辞两席，是意中犹有两席之见存也。兄好读庄子之文，爱其心中无我，谓是亦闻圣人之道耳。然则能文而闻道之君子，心且与身不甚相为谋，况官乎？彼自有而无，自无而有之物更在身外矣，又奚以荣辱为哉！弟之所以想改武官者，系为省应酬烦文起见。然因兄名太大，弟亦自有战守之微名。恐上此禀，人谓我别有希冀之念，又恐如雪琴之辞文求武，辞外而且得京内尊贵之职，反近于取巧之路。是以蓄此念于初授江苏藩司之时，将近一年犹未说与人听也。今兄若有此举，则弟隐而不发矣。

□ 致沅弟 同治二年正月十八日

沅弟左右：

二日未寄信与弟，十七夜接弟初九日信，知弟左臂疼痛不能伸缩，实深悬系。兹专人送膏药三个与弟，即余去年贴右手背而立愈者，可试贴之，有益无损也。

拂意之事接于耳目，不知果指何事？若与阿兄间有不合，则尽可不必拂郁。弟有大功于家，有大功于国，余岂有不感激、不爱护之理？余待希、厚、雪、霆诸君，颇自觉仁让兼至，岂有待弟反薄之理？惟有时与弟意趣不合。弟之志事，颇近春夏发舒之气；余之志事，颇近秋冬收啬之气。弟意以发舒而生机乃王，余意以收啬而生机乃厚。平日最好昔人“花未全开月未圆”七字，以为惜福之道、保泰之法莫精于此。曾屡次以此七字教诫春霆，不知与弟道及否？星冈公昔年待人，无论贵贱老少，纯是一团和气，独对子孙诸侄则严肃异常，遇佳时令节，尤为凛不可犯。盖亦具一种收啬之气，不使家中欢乐过节，流于放肆也。余于弟营保举银钱军械等事，每每稍示节制，亦犹本“花未全开月未圆”之义。至危迫之际，则救焚拯溺，不复稍有所吝矣。弟意有不满处，皆在此等关头。故将余之襟怀揭出，俾弟释其疑而豁其郁。此关一破，则余兄弟丝毫皆合矣。余不一一，顺问近好。

兄国藩手草

孚山信寄去。

评点　花未全开月未圆

“花未全开月未圆”这句诗，出于宋代大书法家蔡襄的《十三日吉祥院探花》。全诗是这样的：“花未全开月未圆，看花待月思依然。明知花月无情物，若使多情更可怜。”花全开后随之而来的是凋谢，月圆满后随之而来的是亏缺，故而世人所谓的花好月圆，在诗人看来并不是最佳状态，最佳状态是花尚未全开、月尚未全圆的时候。这与十多年前曾氏所提出的“求阙”是一样的意思。

常人都追求齐全，追求完美。“求阙”的观念则不主张这样，倒是希望存点欠缺存点遗憾。到底是完美好呢，还是有点缺憾好呢？这中间没有孰是孰非的问题，而是取决于一种处世态度。笔者以为，还是存阙好。因为，“完美”这一点很难达到。“完美”是没有固定的标准的，为着一个没有固定的标准去拼死拼命地追求，人很累，而意义则不大。有一个“完美”的概念在脑中，便会有过多的向外间捕获的行动。一人所得过多，便会招嫉招恨，惹来许多不必要的麻烦。“完美”既不好，那么它的对立面“存阙”便是可取的了。有心“存阙”，则心态较易满足，较易平和，人的自我感觉便会好多了。仔细想想，天地万物竟然没有纯粹的“完美”可言，明乎此，更应该存阙了。

曾氏以自己该得的一品荫生名额不给儿子纪泽、纪鸿，而给老九的长子纪瑞。曾氏以此来感激老九为他、为家族所做出的贡献。老九自然感谢乃兄的好意，并回函说今后他将为老四的儿子报捐职衔。

长兄为一家之榜样，无论优劣，都将对弟妹有直接的影响。因曾氏的谦让，带来了老九的谦让，形成了一门谦让之风。此种家风，与世上许多家庭中的兄弟姐妹争财斗气相比，自是不可同日而语。

□致沅弟 同治二年正月二十日

沅弟左右：

十九日接弟十四日缄，交林哨官带回者，具悉一切。

肝气发时，不惟不和平，并不恐惧，确有此境。不特弟之盛年为然，即余渐衰老，亦常有勃不可遏之候。但强自禁制，降伏此心，释氏所谓降龙伏虎。龙即相火也，虎即肝气也。多少英雄豪杰打此两关不过，亦不仅余与弟为然。要在稍稍遏抑，不令过炽。降龙以养水，伏虎以养火。古圣所谓窒欲，即降龙也；所谓惩忿，即伏虎也。儒释之道不同，而其节制血气，未尝不同，总不使吾之嗜欲戕害吾之躯命而已。

至于倔强二字，却不可少。功业文章，皆须有此二字贯注其中，否则柔靡不能成一事。孟子所谓至刚，孔子所谓贞固，皆从倔强二字做出。吾兄弟皆禀母德居多，其好处亦正在倔强。若能去忿欲以养体，存倔强以励志，则日进无疆矣。

新编五营，想已成军。郴桂勇究竟何如？殊深悬系。吾牙疼渐愈，可以告慰。刘馨室一信抄阅，顺问近好。

评点　去忿欲以养体，存倔强以励志

曾国荃十四日的信中有这样的话："恐惧和平，弭灾致福，自修之理，原是如此。然有时肝气一动，不惟不和平，并不知所谓恐惧者。此器量太小，学问不深之咎也。若能化其倔强之气，则德性纯良矣。在军办事日久，每为人所欺压，又行不动，不得不倔强于强者之前，惟心中尚有限制而已。"

针对这段话，曾氏写下了"去忿欲""存倔强"的长篇大论。

曾氏本人其实也是一个好忿欲逞倔强的人。

他早年在京师，不甘心文章居梅曾亮之下，即便到了晚年，仍想与梅争个高低。后来在长沙办团练，受绿营官兵欺负，湖南官场又袒护绿营。他以"打脱牙齿和血吞"自励，决心与绿营和湖南官场比比高下，遂不顾一切把团练办大，并力争出省作战，没想到真的成就了一番事业。曾氏在家信中曾说过："天下事有所激有所逼而成者居其半。"他的这个认识与其亲身体验很有关系。

曾氏说，他们兄弟的倔强性格来自于母亲的遗传。曾氏在《台州墓表》中说："或以人多家贫为虑，太夫人曰：'某业读，某业耕，某业工贾。吾劳于内，诸儿劳于外，岂忧贫哉！'每好作自强之言，亦或谐语以解劬苦。"

笔者曾有心注意历史上不少做出过大事业的人物，他们在成功后，每每以无限真挚的情感回忆起母亲在他们成长过程中的引导作用，而儿时的引导又往往影响着他们往后的一生，奠定其事业成功的基础。这固然有一份对慈母的感激因素在内，但不可否认，这同时也就是事实。

儿女来自于母体。在母体内十个月的孕育中，完全靠母体内的营养发育；出生后，在襁褓中，在童稚和少年时代，总是与母亲接触得最多，人生百分之九十的生存意识来源于这段时期。一般情况下，母亲对子女的影响远大于父亲，子女对母亲的情感也就远过于父亲。

这样看来，世上怀念母亲的文字多于怀念父亲的文字，也就合情合理了。从另一角度来看，母亲在人类社会发展过程中所负的责任之重，所做的贡献之大，也就可想而知了。

□ 谕纪泽 同治二年正月二十四日

字谕纪泽儿：

萧开二来，接尔正月初五日禀，得知家中平安。罗太亲翁仙逝，此间当寄奠仪五十金、祭幛一轴，下次付回。

罗婿性情乖戾，与袁婿同为可虑，然此无可如何之事。不知平日在三女儿之前亦或暴戾不近人情否？尔当谆嘱三妹柔顺恭谨，不可有片语违忤。三纲之道，君为臣纲，父为子纲，夫为妻纲，是地维所赖以立，天柱所赖以尊。故《传》曰：君，天也；父，天也；夫，天也。《仪礼》记曰：君至尊也，父至尊也，夫至尊也。君虽不仁，臣不可以不忠；父虽不慈，子不可以不孝；夫虽不贤，妻不可以不顺。吾家读书居官，世守礼义，尔当诰戒大妹三妹忍耐顺受。吾于诸女妆奁甚薄，然使女果贫困，吾亦必周济而覆育之。目下陈家微窘，袁家、罗家并不忧贫。尔谆劝诸妹，以能耐劳忍气为要。吾服官多年，亦常在耐劳忍气四字上做工夫也。

此间近状平安。自鲍春霆正月初六日泾县一战后，各处未再开仗。春霆营士气复王，米粮亦足，应可再振。伪忠王复派贼数万续渡江北，非希庵与江味根等来恐难得手。

余牙疼大愈，日内将至金陵一晤沅叔。此信送澄叔一阅，不另致。

涤生手示

评点　劝女儿耐劳忍气

罗泽南去世时，年仅五十岁，其父罗嘉旦尚健在，以儿子的缘故，蒙头品顶戴之赏。此时去世，年岁当在八十左右。

曾氏的三女婿罗兆升为罗泽南次子，系妾所生。罗泽南去世时，兆升年尚小，其母视之特重。兆升在富贵娇宠的环境中长大，养成了纨绔子弟的恶劣习气，与大女婿袁秉桢属同一类型的人。曾氏的大女、三女虽生于显宦之门，嫁于富贵之家，然生活极不幸福。

笔者有一个观点，即曾氏是中国传统文化最后一个典型的全面承载者，无论是正面的言行还是负面的表现，均可以在中国传统文化的体系为它找到根源。此信可作为一个证据。

当我们读这封信时，心里有一股很大的紧缩感。对如此恶劣的女婿，手握重权的老丈人不但不为女儿做主教训教训他，反而说什么“夫，天也”“夫至尊也”“夫虽不贤，妻不可以不顺”，真令我们愤愤不平。但若从“三纲五常”的忠实信徒这个角度来看，又可以理解了。

□ 致沅弟　同治二年二月初一日

沅弟左右：

二月初一日大通舟次接弟二十三、二十六日两缄，具悉一切。

余于二十八日巳刻登舟，夜宿黄皮夹，二十九宿池州府，今日在大通停泊时许，拟在土桥湾宿。闻芜湖日内吃紧，春霆处贼亦奇多。物论多道余身到而目击者，战事辄不顺，余以是惴惴也。

弟开缺一牍尚未接到。余去冬复倭艮峰相国、罗椒生两信已有开缺之说，春间不能不进一疏，恐难更为弟会奏；少荃亦未必肯奏耳。季榇过鄂时，胡公若在必不如此。即温榇过黄，胡公登舟四次奠祭，亦极可感。顺问近好。

国藩手草

评点　凡亲临必打败仗

细看曾氏的带兵史，有一个现象的确令人不解，即凡曾氏亲临战场，亲自指挥的战役，无一次成功。咸丰四年四月，曾氏第一次亲自指挥湘军在湖南靖港与太平军交战，不到半个时辰，全军崩溃。曾氏气得两次跳到湘江自杀。这年十二月，曾氏在江面上遇到太平军水师的袭击，曾氏仓促之间指挥水师应战，又一次惨败，二十多号战船被烧，他的座船也被太平军拖去，船上所有的公私文件及一个月前皇帝所赏赐的十余件器物一并丢失。曾氏慌乱中跳入一条小船，才免于被俘。又据野史记载，咸丰十年八月，李元度丢失徽州府，曾氏愤极，曾自带数千兵勇前去攻打徽州，试图夺回，结果又一次失败。

从这几次打仗来看，曾氏的确不是将才，他缺乏前线指挥才干。因此，与他同时的不少名将不服他，帅才将才兼资的左宗棠更是在这方面时常嘲讽他。同治三年五月，左在给其子孝威的家信里谈及当时的军事情况，说："自杭、余克复后战事俱顺，惟因皖南广德州与宁国县无兵守御，致苏、常、浙之贼得由此过皖南以窜江面。曾节相与李中丞（笔者注：即曾氏与李鸿章）以纵贼为速效之着，不知贻误大局乃至于此，寻亦慎之，已无及也。"在左的眼里，曾、李都不懂用兵打仗。曾氏亦自知短于兵事，故对此次去金陵前线心怀惴惴。

曾国葆的灵舟过武昌时，湖督官文、鄂抚严树森都未登舟祭奠。此事令老九耿耿，去函告诉乃兄，曾氏心中亦不快。在以前两兄弟的往来家信中都可看出他们与官、严关系不洽。由此可见当时官场中的微妙关系。

□谕纪泽　同治二年二月二十四日

字谕纪泽儿：

二月二十一日在运漕行次，接尔正月二十二日、二月初三日两禀，并澄叔两信，具悉家中五宅平安。大姑母及季叔葬事，此时均当完毕。尔在团山嘴桥上跌而不伤，极幸极幸。闻尔母与澄叔之意欲修石桥，尔写禀来，由营付归可也。《礼》云："道而不径，舟而不游。"古之言孝者，专以保身为重。乡间路窄桥孤，嗣后吾家子侄凡遇过桥，无论轿马，均须下而步行。吾本意欲尔来营见面，因远道风波之险，不复望尔前来，且待九月霜降水落，风涛性定，再行寄谕定夺。目下尔在家饱看群书，兼持门户。处乱世而得宽闲之岁月，千难万难，尔切莫错过此等好光阴也。

余以十六日自金陵开船而上，沿途阅看金柱关、东西梁山、裕溪口、运漕、无为州等处，军心均属稳固，布置亦尚妥当。惟兵力处处单薄，不知足以御贼否。余再至青阳一行，月杪即可还省。南岸近亦吃紧。广匪两股窜扑徽州，古、赖等股窜扰青阳。其志皆在直犯江西以营一饱，殊为可虑。

澄叔不愿受沅之貤封。余当寄信至京，停止此举，以成澄志。尔读书有恒，余欢慰之至。第所阅日博，亦须札记一二条，以自考证。脚步近稍稳重否？常常留心。此嘱。

涤生手示（泥汊舟次）

澄叔此次未另写信，将此禀告。

评点 读书须记札记

几乎所有的学者都认为，读书时随手作札记是一种很好的读书方法。读书札记有几种形式。一为摘录书中的重要文字，以便记忆和日后检索。这是最为普通、也最为简单的札记。一为读完全书后对此书的概括或简评，有点类似书评。这是较为高一层次的札记。三为将读书过程中的疑点或能引起联想引发感悟之处记下来。这是更高层次的札记，它将有可能提高作者的学术水平，甚至推动学术向前发展。

古时不少学者的学术成果便保存在这些札记中，如各种各样的诗话、词话，即属于此类。

道而不径，指走大道而不走小径。舟而不游，指过河时坐船而不游水。这是出门在外人的自我保护意识。在家中的父母最盼望的是出门在外的儿女平安，希望他们能自己照顾自己，自己保护自己。选择平安的方式，而不做冒险的事，不仅保证了自身的安全，也孝顺了父母。愿离开父母在外学习工作的游子，能遵照《礼记》中的这两句话去做。

□ 谕纪泽　同治二年三月初四日

字谕纪泽儿：

接尔二月十三日禀并《闻人赋》一首，具悉家中各宅平安。

尔于小学训诂颇识古人源流，而文章又窥见汉魏六朝之门径，欣慰无已。余尝怪国朝大儒如戴东原、钱辛楣、段懋堂、王怀祖诸老，其小学训诂实能超越近古，直逼汉唐，而文章不能追寻古人深处，达于本而阂于末，知其一而昧其二，颇所不解。私窃有志，欲以戴、钱、段、王之训诂，发为班、张、左、郭之文章（晋人左思、郭璞小学最深，文章亦逼两汉，潘、陆不及也）。久事戎行，斯愿莫遂，若尔曹能成我未竟之志，则至乐莫大乎是。即日当批改付归。

尔既得此津筏，以后便当专心壹志，以精确之训诂，作古茂之文章。由班、张、左、郭上而扬、马而《庄》《骚》而《六经》，靡不息息相通，下而潘、陆而任、沈而江、鲍、徐、庾，则词愈杂，气愈薄，而训诂之道衰矣。至韩昌黎出，乃由班、张、扬、马而上跻《六经》，其训诂亦甚精当。尔试观《南海神庙碑》《送郑尚书序》诸篇，则知韩文实与汉赋相近。又观《祭张署文》《平淮西碑》诸篇，则知韩文实与《诗经》相近。近世学韩文者，皆不知其与扬、马、班、张一鼻孔出气。尔能参透此中消息，则几矣。

尔阅看书籍颇多，然成诵者太少，亦是一短。嗣后宜将《文选》最惬意者熟读，以能背诵为断，如《两都赋》《西征赋》《芜城赋》及《九辩》《解嘲》之类皆宜熟读。《选》后之文，如《与杨遵彦书》（徐）、《哀江南赋》（庾）亦宜熟读。又经世之文如马贵与《文献通考》序二十四首，天文如丹元子之《步天歌》（《文献通考》载之，《五礼通考》载之），地理如顾祖禹之州域形势叙（见《方舆纪要》首数卷，低一格者不必读，高一格者可读，其排列某州某郡无文气者亦不必读）。以上所选文七篇三种，尔与纪鸿儿皆当手抄熟读，互相背诵，将来父子相见，余亦课尔等背诵也。

尔拟以四月来皖，余亦甚望尔来，教尔以文。惟长江风波，颇不放心，又恐往返途中抛荒学业，尔禀请尔母及澄叔酌示。如四月起程，则只带袁婿及金二甥同来，如八九月起程，则奉母及弟妹妻女合家同来，到皖住数月，孰归孰留，再行商酌。目下皖北贼犯湖北，皖南贼犯江西，今年上半年必不安静，下半年或当稍胜。尔若于四月来谒，舟中宜十分稳慎，如八月来，则余派大船至湘潭迎接可也。余详日记中，尔送澄叔一阅，不另函矣。

涤生手示

评点　以精确之训诂做古茂之文章

曾氏以清代最有成就的几个训诂学家不能做很好的文章为遗憾，立志由自己来承当这个重任，即文字如戴震、钱大昕等人的精确，文章如班固、张华等人的古茂。一身兼小学家和文章家二任，其志不可谓不大。这方面的榜样，他认为是韩愈。

曾氏只点出一个韩愈来，或许他心目中还有几个人选，只是没写出罢了。但不管怎样，如此兼资的人，古往今来是极少的。从今天的角度来看，它们分属于两个门类：前者为训诂学家，属于学术研究者之列；后者是散文家，属于文学创作之列。训诂学家研究字、词的来源、演变及其本义与延伸，于此钻研得越深，其成就就越大。散文家或议论人情世故中的普遍道理，或抒发某种体验与情感，这些内容又必须用精心构思的艺术化了的文句与结构来表达。二者有很大的区别。

曾氏如果不做官不从戎，安安静静待在翰林院里，从他的性情来看，笔者以为他是既可做学术研究，又可做诗文创作的，且二者都可能比一般人要强。但要做文化史上第一流的人物，如他信上所说的戴、段、钱、王或班、张、左、郭，或许艰难。曾氏真正置身簿书面对烦琐，已是三十九岁了。此前也没见他在学术上有什么重大的成果，或在诗文创作上有格外夺目的佳构出现，可见他算不上这方面的卓异人才。当然，他勤奋过人，或许再加十年二十年的勤奋功夫，也有可能出大成果。但通常来说，第一流人物是天赋与勤奋的结合，缺一不可。

□ 致沅弟 同治二年三月二十四日

沅弟左右：

二十三日张成旺归，接十八日来缄，旋又接十九日专人一缄，具悉一切。

弟读邵子诗，领得恬淡冲融之趣，此自是襟怀长进处。自古圣贤豪杰、文人才士，其志事不同，而其豁达光明之胸大略相同。以诗言之，必先有豁达光明之识，而后有恬淡冲融之趣。如李白、韩退之、杜牧之则豁达处多，陶渊明、孟浩然、白香山则冲淡处多。杜、苏二公无美不备，而杜之五律最冲淡，苏之七古最豁达。邵尧夫虽非诗之正宗，而豁达、冲淡二者兼全。吾好读《庄子》，以其豁达足益人胸襟也。去年所讲“生而美者，若知之，若不知之，若闻之，若不闻之”一段，最为豁达。推之即舜禹之有天下而不与，亦同此襟怀也。

吾辈现办军务，系处功利场中，宜刻刻勤劳，如农之力穑，如贾之趣利，如篙工之上滩，早作夜思，以求有济。而治事之外，此中却须有一段豁达冲融气象。二者并进，则勤劳而以恬淡出之，最有意味。余所以令刻“劳谦君子”印章与弟者，此也。

无为之贼十九日围扑庐江后，未得信息。捻匪于十八日陷宿松后，闻二十一日至青草塥。庐江吴长庆、桐城周厚斋均无信来，想正在危急之际。成武臣亦无信来。春霆二十一日尚在泥汊，顷批令速援庐江。祁门亦无信来，不知若何危险。少荃已克复太仓州，若再克昆山，则苏州可图矣。吾但能保沿江最要之城隘，则大局必日振也。顺问近好。

国藩手草

评点　豁达光明之识与恬淡冲融之趣

北宋学者邵雍字尧夫，谥康节，是一个理学家。他是象数学派的创立者，多次授官不就而潜心研究学问。他也爱好写诗，其收入《伊川击壤集》的诗号称三千首。他最有名的诗就是《水浒传》开篇的那首："纷纷五代乱离间，一旦云开复见天。草木百年新雨露，车书万里旧江山。寻常巷陌陈罗绮，几处楼台奏管弦。人乐太平无事日，莺花无限日高眠。"

但是他的诗在文学史上的地位不高，历代人编宋诗，邵雍的诗作都收得极少，钱钟书先生的名著《宋诗选注》于邵雍的诗干脆一首都不选。选家都不看重的缘故，是他的诗说教气味较重，而意境不够。曾氏说他"非诗之正宗"，其观点正与众选家同。但曾氏还是肯定他的豁达、冲融。

曾氏认为，历史上凡有成就的人，尽管从事的职业有所不同，在当时社会上的地位有高低之分，但有一点一定是共同的，即都有豁达光明的胸襟。所谓胸襟，我们通常的理解是人的内心对外部世界的吐纳。这种吐纳，既有程度的差别，也有品性的差别。豁达与否，指的是程度方面；光明与否，指的是品性方面。人生的意趣建筑在胸襟之上。恬淡冲融的意趣只能建筑在豁达光明的胸襟之上。

曾氏认为，人生除勤劳治事外，还得有豁达光明的胸襟和恬淡冲融的意趣。换句话说，即有意味的人生包括内外两个方面的内容：在外者为事业有成，在内者为有淡泊宽阔的心境。

□ 致沅弟 同治二年三月二十九日

沅弟左右：

二十八夜接奉廷寄谕旨，弟蒙恩补授浙江巡抚，仍办金陵军务。弟处亦有夹板公文一分，余已拆阅。中廷寄一道、谕旨三道，与余处同。嗣后夹板递弟处者，余均不拆，照例不应拆也。前读金陵解围后屡次谕旨及季弟优恤各谕，知圣意宠注吾弟，恐不久于两司。此次畀以开府之任，而仍不令到任，朝廷于此等处苦心斟酌，可感孰甚！吾兄弟报称之道，仍不外拼命报国、侧身修行八字。至军务之要，亦有二语，曰坚守已得之地，多筹游击之师而已。

春霆一军，已檄由舒城进援六安；申夫一军，已檄由潜山横截英、霍；杏、为、竹、南四军，二十七日有复杏南一信，兹抄阅。枞阳张、周二营，弟可迅速调回。大江为我有，庐、桐为我有，水师可进枞阳河入菜子湖，直至练潭。省城十分可恃，枞阳不须防兵也。顺问近好。

国藩手草

评点 拼命报国，侧身修行

同治元年正月，曾国荃补授浙江按察使；一个月后，即升江苏布政使；仅仅只过了一年，又升为浙江巡抚，迁升之快，令世人瞠目。仅仅六七年功夫，曾家的老九便由与大哥的天地之差，变为几可并肩了。这在十年前，绝不是人们所能想象得到的。是什么东西改变了常识？是战争。战争给整个社会带来巨大的灾难，却让极少数人暴发。这便是战争的魅力之所在，也是为什么一直有人“惟恐天下不乱”的唯一原因。

暴发户最容易得意忘形，所以做大哥的不惮其烦，老话重提：拼命报国，侧身修行。说句实在话，这位新贵对如此陈词滥调，也不知能听得进几分！

□致沅弟 同治二年四月十六日

沅弟左右：

接弟十一、十二日两信，具悉一切。

辞谢一事，本可浑浑言之，不指明武职京职，但求收回成命。已请筱泉、子密代弟与余各拟一稿矣。昨接弟咨，已换署新衔，则不必再行辞谢。吾辈所最宜畏惧敬慎者，第一则以方寸为严师，其次则左右近习之人，如巡捕、戈什、幕府文案及部下营哨官之属，又其次乃畏清议。今业已换称新衔，一切公文体制为之一变，而又具疏辞官，已知其不出于至诚矣。欺方寸乎？欺朝廷乎？余已决计不辞，即日代弟具折。用四六谢折外，余夹片言弟愧悚思辞，请收成命。二十一二日专人赍京。弟须用之奏折各件，即由此次折弁带归。

弟应奏之事暂不必忙。左季帅奉专衔奏事之旨，厥后三个月始行拜疏。雪琴得巡抚及侍郎后，除疏辞复奏二次后，至今未另奏事。弟非有要紧事件，不必专衔另奏，寻常报仗，仍由余办可也。

李子真尽可分送弟处。莫世兄年未二十，子偲不欲其远离。赵惠甫可至金陵先住月余，相安则订远局，否则暂订近局。

五月杪以后之米，省局尽可支应。以三万人计之，每月需米万二千石（五百人一营者加夫一百八十名，每月需二百石）。弟部来此请米价及护票者已一万数千石，计六七月必到，不尽靠皖台也。顺问近好。

国藩手草

评点　以方寸为严师

接到浙江巡抚的任命书后，曾国荃一面与阿兄数函商议辞谢事，一面又在公牍上署明“浙江抚部院”新衔。这到底是想辞，还是不想辞呢？弄得曾氏心里颇为不快，信中的语气也就显得尖利：“欺方寸乎？欺朝廷乎？”

几个月前，这位老九还振振有词地奉劝乃兄不必矫情辞钦差大臣和江督的职务，为何轮到自己时，也要矫情呢？

笔者以为，这首先要归罪于中国官场源远流长的矫情文化。明明是自己所渴求的官职，一旦到了手之后，又要三推四让，说自己德不孚众，能力不够，借以表示并不在乎这个官位。其实，这是一种以退为进的手腕，极为虚伪。倘若真的收回去了，他又后悔不迭。我们看史册中那些袁世凯一心帝制自为却又三次辞谢的文字，真是活灵活现地画出中国官场的矫情丑态。

老九既然身处这种文化状态中，他不如此矫情一番，反倒显得与众不同，不好与别人相处了。

其次，这或许也是老九的心计。老九此刻的全副心思都在金陵城，他无心思也不屑于去做浙江巡抚职分之内的民政事务。他也不像当年的乃兄因客寄虚悬而欠缺军饷，坐镇在安庆的两江总督，对来自吉字营的无穷诛索总是有求必应的。但巡抚一职崇高尊贵，真要丢掉他又舍不得。于是，便借辞谢来堵日后要他履行浙抚职责人的口。

另外，他的功名只是秀才一级的贡生，比起翰林出身的李鸿章、举人出身的左宗棠来都要差一截，辞一辞也正好抖抖自己的身价。

所有这一切，都不过自欺欺人而已。曾氏自己也矫情，但批评起老弟的矫情来却一针见血：不能欺骗自己的心，要“以方寸为严师”。

好个“以方寸为严师”！这倒真的是一句箴言。凡想玩花招骗世人的人，都先要在自己的心中过过堂，让自己的心来充当严师，审讯一番。常言说，举头三尺有神明。其实，神明就是自己的心。对于那些良心未泯的人来说，心这一关或许能截留一些罪过。

□致澄弟 同治二年四月二十四日

澄弟左右：

接弟四月初在竹山坳发信，知家中诸事平安。希庵之病至于失音，深为可虑。

此间军事，自伪忠王六安解围后，风波渐平。上海李军连克太仓、昆山，杀贼至二三万之多，为军兴以来所罕见。忠逆急回救苏，皖北得以少松。蒋、毛二军救援寿州，五日内必可赶到。只要寿州无恙，则自去秋至今无数之险，皆得安稳度过矣。

沅弟辞浙抚一疏二十二日拜发，兹抄回一阅。掳船之风太甚，顷出示严行禁止，兹将写刻之示寄回。

李少荃近日军务极为得手，大约苏杭两处必有一克，或全克亦未可知。惟饷项奇绌，米贵而雨多。皖南食人肉，每斤卖百二十文。看来浩劫尚未满，天心尚未转也。余身体平安，足慰远念。顺问近好。

兄国藩手草

评点　皖南人肉每斤百二十文

读这封信，怎不令人心惊肉跳！同月二十二日，曾氏在日记中还有更详细的记载："皖南到处食人。人肉始买三十文一斤，近闻增至百二十文一斤，句容、二溧八十文一斤。荒乱如此，今年若再凶歉，苍生将无噍类矣！乱世而当大任，岂非人生之至不幸哉！"

皖南、句容、溧阳、溧水从来就是江南鱼米之乡，现在却是人吃人了！十余年战争，带来的竟然是如此惨绝人寰的奇祸。这样的战争难道不应该诅咒吗？这样的战争还能进行下去吗？

□ 致沅弟　同治二年四月二十七日

沅弟左右：

二十七日接二十一日来信，具悉一切。

弟辞抚之意如此坚切，余二十二日代弟所作之折想必中意矣。来信"乱世功名之际尤为难处"十字实获我心。本日余有一片，亦请将钦篆、督篆二者分出一席，另简大员。兹将片稿抄寄弟阅。吾兄弟常存此兢兢业业之心，将来遇有机缘，即便抽身引退，庶几善始善终，免蹈大戾乎？至于担当大事，全在明强二字。《中庸》学、问、思、辨、行五者，其要归于愚必明，柔必强。弟向来倔强之气，却不可因位高而顿改。凡事非气不举，非刚不济，即修身齐家，亦须以明强为本。

巢县既克，和、含必可得手。以后进攻二浦，望弟主持一切，函告鲍、萧、彭、刘四公。余相隔太远，不遥制也。顺问近好。

国藩手草

弟公文不宜用"咨呈"，用"咨"以符通例。

评点　担当大事全在明强二字

曾国荃一向倔强，甚至强到霸蛮（湖南方言，即犟的意思）的程度，现在突然说出“乱世功名之际尤为难处”的话来，倒令乃兄奇怪了，于是又来劝老弟要明强。

《中庸》对学者提出五个方面的要求，即博学、审问、慎思、明辨、笃行。曾氏认为这五个方面的宗旨可以归纳为“愚必明，柔必强”六个字。

愚与明、柔与强是两组意义截然相反的对立面。乍然看来，似不大好理解，仔细分析，却有它的内在联系。

咸丰七年到八年守父丧这一年多里，曾氏对自己出山办团练五年来的所作所为做了痛苦的反思，反思的结果是他终于明白了专靠申韩之术是不能办成事的，必须杂糅老庄之术。

人类本身及其社会活动，有主流一面的表现，也有与之相对的非主流一面的表现。如果说儒家、法家、墨家这些学派都是致力于主流一面的研究的话，那么，道家学派便是致力于非主流一面的研究，《老子》《庄子》是道家学派的经典。

曾氏在明白“主流”学派与“非主流”学派都应当予以同等重视的道理后，咸丰八年复出以来，在许多方面改变了过去一味强悍一意孤行的做法，时时杂用老庄之术，事业从此走上日渐发展的道路。事实让曾氏悟出了儒道互补的学问上的道理，从而在一个更高层次上，领会了阴阳和谐这一宇宙间最高最大的原则。

所谓“愚必明，柔必强”，正是在这个认知层面上提出的观点。此“愚”是“明”后之愚，即“大智”后之愚；此“柔”是“强”后之柔，即“至强”后之柔。

质言之，即要想做愚公，必须先得事理明白；要想柔弱处世，必须得有强者的基础。

作为儒家学派的经典，《中庸》的作者无疑关注的是主流的一面，学、问、思、辨、行五者的提出，并没有考虑到与之对立的另一面。曾氏打通隔阂，融合儒道，于是便有这样更高更深刻的认识。

□ 致澄弟 同治二年五月初一日

澄弟左右：

萧开二到，接弟及纪泽儿信，具悉一切。此间日内军事颇顺，巢县于二十二夜克复，含、和于二十四、五日克复，蒋、毛进剿苗逆，虽未开仗，而事机尚顺，寿州即可解围，苗党必可诛灭。

余身体平安，沅弟亦好。陈氏妾于五月初一早丑刻去世。自去年正月初三日吐血以后，盖无日不病。此次三月十七日起，不吃饭者四十余日矣。现定于初三日出殡，先停庙中，少迟再葬安庆附近山内。怀三叔、玉十于二十六日到此，现赴金陵。欧阳凌云尚在金陵未归。沅弟信一件，兹并付去。顺问近好。

国藩手草

评点 苦命的陈氏妾

有关陈氏妾的史料极少。从曾氏的家信、日记中，只能约略勾画出这样一个轮廓。

陈氏妾，湖北人，生于道光二十年十二月初四。咸丰十一年十月二十四日入安庆曾氏公馆，时年二十二岁。为曾氏之妾一年零七个月，没有留下子息。在陈氏妾断气的这天凌晨，曾氏在日记中记下这样一段话："三更四点寐。四更五点闻号哭之声，则陈氏妾病革，其母痛哭。余起入内室省视，遂已沦逝，时五月初一寅初时刻也。妾自辛酉十月入门，至是十九阅月矣。谨守规矩，不苟言笑。内室有前院后院，后院曾到过数次，前院则终未一至，足迹至厅堂帘前为止。自壬戌正月初三吐血后，常咳嗽不止，余早知其不久于世矣。料理各事，遂不复就寝。妾生以庚子十二月初四日辰刻，至是年二十四。”

从这段日记可知，陈氏妾过门后两个多月，即患肺病咳嗽吐血。肺病，在当时是绝症，故曾氏料她不久于人世，拖延了一年多，终于弃世。陈氏妾是个安分守己的人，曾氏对她评价不错，但在五月初四日给老四的信中，却说其母不好：“此女性情尚属平和，惟其母贪而且狠，因女病常住此间；若渐染母教太久，亦必变成狠性，殆非吾家之福。今女既物故，母之技亦无所施矣。”

曾氏此话颇无道理。陈氏妾在母亲身边长到二十二岁才出嫁，所受的母教还不久吗？其性情平和，难道不是得自于母教吗？为什么出嫁后，与母亲生活在一起，便会受其母亲的影响变成贪狠呢？

把女儿送给别人做妾，其家境一定贫苦。曾氏身为协办大学士、两江总督，在老百姓的眼里，已是很大很大的官了。其母希望女儿从丈夫那里弄点银钱给娘家，此心亦可体谅。陈母一定是按通常的大官侍妾的心思来要求女儿的，岂知曾氏不是一个“通常的大官”。他一贯节俭，甚至可以说节俭到了小气的程度。对于陈母的要求，他必定反感。曾氏对陈母“贪狠”的讨厌，无疑是由此而生的。

五月初一这天，曾氏照往常一样地批阅文件，审核批札，写信，读书，下棋。陈氏妾的身后之事，他没有参与。日记中关于此有两句话：“是日内室后事皆陈氏之母与兄嫂为之，申刻大敛。竟日闻其母号泣之声，心绪殊劣。”

此后，曾氏的日记中再也没有提到过陈氏妾，直到二十一日，在当天日记的末尾出现这样一行字：“是日将陈氏妾葬于茅岭冲山中，系怀宁西北乡，在安庆城西十五里，命巡捕成天麒经纪其事。”连下葬他都没有去。

陈氏妾去世的第二天，他在给老九的信中最后一句提到此事："陈氏妾于五月初一早丑刻病故，初三出殡。应否搬回湘乡，现尚未定。"

最终还是没有搬回湘乡祖坟，而是就近埋葬。为什么不搬回？是嫌麻烦，怕多花钱；还是因为陈氏妾未曾生育，与曾家无血缘上的联系；抑或是陈氏妾过门仅十九个月，其中生病便有十六个多月之久，曾氏对她并无感情，压根儿就没有把她当作曾家的人？这已是不可考证的事情了。另外，陈氏妾死后，曾氏的日记对此很冷淡，是凛遵礼制的缘故，还是出于道学家的顾忌，抑或是陈氏妾从来就没有占据过曾氏的心？这些，也都只得由后人去作种种猜测了。

□ 致沅弟　同治二年五月初七日

沅弟左右：

初六日接初一日酉刻专丁来缄，具悉一切。

克复雨花台各石垒，本是极可喜之事，而多占守兵，又少杏南一支游击之师，亦是美中不足。至印子山石垒，余意尽可不必扼守。将来城池之克否，全不系乎印子山之有兵无兵也。

蒋、毛二十八日之战，阵亡哨长及有官阶者二十四员，伤亡至五百余名。据称苗逆队中有四眼狗旧部四千人在内。寿州之围固不能解，且恐蒋、毛败挫，贼窜六安，故余檄周厚斋改赴六安，维则仍留守巢县一带。现仅春霆、南云进攻二浦、九洑洲，窃恐地大城坚，难以得手。余意总思留杏南带五千人助攻二浦，江北多一营有一营之好处，弟意雨花台多一营有一营之好处。此两端者，兄弟各执一端，未识大舜用何者为中也。

折弁自京归。季弟得谥靖毅二字，皆优等谥法，远胜温弟。予季身后之荣，真无遗憾。予之三次诰轴，科四之荫生执照皆已带回，即日当专人送归。惟诰轴错误甚多，如伯祖父伯祖母误书伯父伯母之类，不一而足。许仙屏、刘韫翁、王孝凤各有信寄弟，兹带去查收。靴二双、京报并付去。洋火已解去五十万，余俟另牍续解。顺问近好。

国藩手草

正封缄间，又接初三早来信。贼于初二三日由北岸过江南者极多，此间有轮船经过见之。湘后左右营之新勇竟不肯拆队分散，将来回至安庆又难处置。赵惠甫今日来辞行，订八月回皖一次，或久局或暂局，弟与之相处一月便可定夺。其人识高学博，文笔俊雅，志趣不在富贵温饱，是其所长；藐视一切，语少诚实，是其所短。弟坦白待之，而不忘一敬字，则可久矣。又行。

评点　能进曾氏私室的幕僚

曾氏幕府有天下第一幕府之称，全盛时期，有二三百人之多。幕府中人才齐备，不仅有文案秘书军事参谋，还有募饷购粮的军需人员，更有其他督抚衙门中所没有的科学家、工程师及翻译。曾氏幕府，在当时便有“人才渊薮”的美誉，也有人将它比之为半个朝廷，甚至有许多进士、翰林，不愿为朝廷命官，宁愿来曾氏幕府做一个幕僚。相比之下，曾老九身边除打仗的将领外，其他人才就少得太多了，曾氏有时便将自己身边的幕僚打发到老九那里，协助他办理公务。如《湘军记》的作者、有名的笔杆子王定安便是其中之一。这封信里，曾氏又郑重推举一个人去吉字营，此人即惠甫。他将惠甫的所长所短都对老九说了一些，让老九试用一个月。针对老九心高气傲的毛病，叮嘱他不要摆长官的架子，不要瞧不起文人，应以坦白之心，以尊敬的态度对待惠甫。

惠甫是赵烈文的表字，这是个不一般的幕僚，笔者乐意在这里为赵烈文多说几句。赵乃江苏武进人，抱负远大，但又不乐于举业，参加三次乡试未第后便不再考了。这时太平军崛起，他便究心经世致用之学，以求在乱世中显显身手。曾氏在江西时广招幕府人才，赵烈文应招入幕，不久丁母忧回籍。曾氏复出后，他又来到两江总督幕府。后来，曾氏保他做了知隶州知州。赵烈文以其才能志趣，得曾氏赏识，成为少数几个能出入他的寝居，并能与他推心置腹谈话的幕僚之一。赵是一个有心人，从二十岁起便有记日记的习惯。其二十七岁至五十八岁（赵六十一岁时去世）这段期间的日记被保存了下来，以《能静居日记》为题公开影印出版。赵烈文生前文章事功都不显著，做官也只做了个低级小官，可谓并不得志，但文化史上却为他留下了一个名字。所仗者何？便是这部《能静居日记》。被史学界认为可以与近代史上的著名日记，如《曾文正公日记》《翁文恭公日记》《越缦堂日记》《湘绮楼日记》《缘督庐日记》媲美的《能静居日记》，所记的年限首尾长达三十来年，内中涉及咸、同、光时代的不少重大的事件与许多著名的人物，为研究者提供了珍贵的第一手资料。尤为重要的是，该日记中有许多关于曾氏兄弟、左宗棠、李鸿章以及湘军、太平军的记载，是研究湘军史、淮军史及太平天国史的重要参考书。

难得的是，赵烈文的日记情文并茂，又是当日的及时记录，鲜活的历史画面，赖它得以长久地保持了下来。下面，我们随手来摘抄几段关于曾氏的记载。

同治二年五月初九日：“今日直诣相国卧室，葛帐低小，布夹被草蕈而已，旁有二小箱，几上陈设纸笔之外，无一件珍物，吁可敬哉！”

同治六年八月二十八日：“方鼓掌次，材官持一纸示师。师颔之，顾余曰：此何物，足下猜之。余谢不敏。师曰：此吾之食单也。

每餐二肴：一大碗一小碗，三簌，凡五品，不为丰，然必定之隔宿。余称佩俭德，因曰：在师署中久未见常馔中有鸡骛，亦食火腿否？师回：无之，往时人送皆不受，今成风气，久不见人馈送矣，即绍酒亦每斤零沽。余曰：大清二百年不可无此总督衙门。师曰：君他日撰吾墓志铭，皆可作料也。相笑而罢。”

同治六年九月初六日：“涤师来久谭。谭次，师脱马褂置榻上，又少坐即去。余取视榻上衣：佛青洋呢面，布里，琵琶襟，极短而小；盖寒士所不屑衣者，为之太息不已。”

作者以自己的亲眼所见，为我们画出一个两百年来无先例的节俭总督的形象——

住：床上铺着布被、草席，麻布帐又矮又小，盛衣物的只有两只小木箱，桌子上只有纸笔，再无一件珍稀摆设物。

穿：一件马夹又短又小，连贫寒士子都不屑于穿。

吃：每餐只有两个荤菜，连蔬菜汤在内只有五样，一般时候没有鸡鸭火腿，要喝酒临时去买。

身为大学士、两江总督，且手握重兵，每日经手的金钱千千万万，而自奉之俭到如此地步，岂止二百年清朝所独有，上溯到唐宋元明能有几人？下数到今日，又能有几人？

日记中，还有一段有意思的记载。

同治六年六月十三日：“至涤师内室谭，见示初印本《五礼通考》，笔画如写，甚可爱。又示进呈之《御批通鉴》刊本，大几半桌，亦向所未见。又以余昨言王大经禁淫书之可笑，指示书堆中夹有坊本《红楼梦》。余大笑云：督署亦有私盐耶！”

人们都以为曾氏是个决不会看“淫书”闲书的理学夫子，不料他的内室里便摆着《红楼梦》！可见《红楼梦》的魅力之大，也可见曾氏并不是那种迂腐呆板的学究。

最值得注意的是有关曾氏谈人物、谈时局的一些话，我们且来看一段。

同治六年六月二十三日：“涤师来久谭，言北宋人物咸推韩、范，其实无大过人之处……师曰：南宋罢诸将兵柄，奉行祖制也，故百年中奄奄待尽，不能稍振。又言韩、岳等军制，自成军自求饷，仿佛与今同。大抵用兵而利权不在手，决无人应之者。故吾起义师以来，力求自强之道，粗能有成。余笑曰：师事成而风气则大辟蹊径，师历年辛苦与贼战者不过十之三四，与世俗文法战者不啻十之五六，今师一胜而天下靡然从之，恐非数百年不能改此局面。一统既久，剖分之象盖已滥觞，虽人事，亦天意也。师曰：吾始意岂及此？成败皆运气也。”

这是一段内涵极为丰富的对话。曾氏说他的成功之道在于利益和权力握于一手，不受中央掣肘，也不受别人牵制。赵烈文却说，你这么一来却开了一个大大的不同风气，此后全国效法，局面将会彻底改变，分裂的先兆已经露出了。当然，这也是天意。曾氏已经料到了湘军成功后所带来的恶果。对此，他亦无可奈何，只能为自己的所作所为作辩护：我当初哪里会料到事情会这样呢？成或败，不过都是运气罢了。

历史的演变，恰如赵烈文所预见的那样。湘军成功后，淮军又取得了对捻军的最终胜利，不久湘军中的另一支人马——左宗棠的楚军又在西北建有收复失地的大功。加之，刘长佑、刘坤一叔侄所率领的湘军偏师，又在黔桂一带获得了军事佳绩。这样一来，造成了天下督抚十之八九为军功出身的湘淮将帅的局面。他们仗着军功，无视朝廷的权威。他们靠军功发家，故而十分看重军事实力，着意培植自己的势力范围，二百年来的内重外轻强干弱枝的形势发生了根本的变化，逐渐演化为后来的外重内轻强枝弱干，即地方督抚的权力大过中央朝廷。因为此，才有日后武昌城里一旦易帜，便有十八省纷纷独立这种史无前例的事情出现。

究其实，大清王朝的铁杆保护者，正是这个王朝的真正掘墓人，只不过“吾始意岂及此”——他本意的确不是如此！

由此可见，赵烈文是一个极具政治头脑富有远见的大才。他的这部《能静居日记》必定能给后人以很多启益，只可惜，其字迹潦草，辨识不易，至今这部两百多万字的日记仅只有台湾学生书局的影印本，而没有排印本，阅读起来极不方便。若有哪位识草书的高手能将此日记破译一遍，然后交付出版，当是为今日学术界做了件大有功德的事。

□致沅弟 同治二年五月初九日

沅弟左右：

日内未接来信，不知城贼又出扑我营否？寿州之围断不能解，大约如前年安庆故事，援贼看我破城耳。顷接云仙信，于弟疏稿不甚以为然，兹寄阅。余批弟疏亦寄去查收。弟平日于文章一途最谦退不敢自信，寄云仙处请益晰疑，原无不可。祭文寄京师刘韫翁处，则似自信为能文者，不似平日之谦谨。京师人文荟萃，韫翁交游最广，万目传观，究为非宜。以后弟文宜专从简当二字着力，每日读书一时工夫亦不可少。

方子白谨厚朴实，或有裨于弟，而无佻薄难近之态。弟若欲延之，则另派员署和州也。刘冰如一信抄阅，系寄湖北司道者，读之寒心。李黼堂在湖北偶一蹉跌，便若半身不遂者，不知真病乎？抑装病乎？顺问近好。

国藩手草

评点　为文宜专从简当二字着力

老九作为贡生，不是不能握笔为文，他为文的毛病在于枝蔓，也就是曾氏曾经所指出的：不嫌没有话说，而是嫌说得太多。故而今后宜从简捷精当处下功夫。信中所说的云仙，即郭嵩焘，此时正在扬州做两淮盐运使，即将被擢升为广东巡抚。信中所说的韫翁，即刘昆，字韫斋，此时正在京师做鸿胪寺少卿。此人为道光二十一年的翰林，做过湖南学政、内阁学士、工部侍郎等官，以知文名世。郭为曾家老友，刘与曾家无交道；郭在扬州，文士不多，刘在京师，人文荟萃，所以曾氏认为老九将文章寄郭可以，寄刘则不可。

为提高老九的写作水平，曾氏曾亲自选了贾谊《陈政事疏》、诸葛亮《出师表》等十七篇文章予以逐段点评，又在文后予以总体评议，以便老九识别为文津筏，吸纳前人之长。这些点评连同文章一起，取《诗经·小雅·常棣》中"脊令在原，兄弟急难"的诗意，命名为《鸣原堂论文》，收进了曾氏全集。

□致沅弟　同治二年五月十六日

沅弟左右：

十五日接弟初六、四、初十日三次信，十六日又接初八日信，具悉一切。所应复者，条列如左：

一、二浦既克，现依弟议，移韦守巢县、东关，梁、王、万三营守西梁山、铜城闸，腾出萧军分守二浦，刘军围攻九洑，鲍军南渡打东坝、二溧。另有公牍知会矣。

一、弟在湖南索取之药四万斤、银万两、绳十万，今日已到此间。除催令速行外，余又另解三万、米三千、子弹五万斤，又解还弟代济鲍营米一千九百石，均于日内成行。

一、陈氏即葬于安庆城外，已买得地一处，定于二十一日下窆。

一、靖毅公墓志，此时可写矣，日内当添数语寄去。去年进兵雨花台，忠、侍以全力来援，俾浙沪皆大得手。今年攻克各石城，俾二浦速下，扬州、天、六之贼皆回南岸，此弟功之最大处。然此等无形之功，吾辈不宜形诸奏牍，并不必腾诸口说，见诸书牍。此是谦字之真工夫。所谓君子之所不可及，在人之所不见也。吾时时以何为殷鉴，望弟时时以和为殷鉴。比之向忠武，并不甚劣，弟不必郁郁也。顺问近好。

国藩手草

评点　无形之功不必说

因为曾国荃的吉字营去年围攻江宁，李秀成、李世贤的军队从浙江、上海一带增援江宁，因此使得左宗棠、李鸿章的军事进展得以顺利。又因为吉字营在江宁城外的成功，使得江浦、浦子口两地很快得以打下，江北的太平军南援，从而减轻了江北的军事压力。应该说，这都是曾国荃为整个江南战役所做出的贡献，但友军并不一定认账，朝廷也不一定清楚。老九有功被埋没、劳被忽视之感，希望借诸奏稿和书信告诉别人。曾氏劝老九不必这样做，因为这属于无形之功，即不是你有意为之，而是别人借了你的光。今世也常有这种事，类似老九心态的人也不少。笔者赞同曾氏的看法，这种功还是不表为好。你不表，人家或许在心里记下了；你一表，他以为你要分他的功而予以否定，那反为不美。

□ 致沅弟 同治二年七月初一日

沅弟左右：

接二十六日巳刻来信，具悉一切。

奏折一事，弟须用一番工夫。秋凉务闲之时试作二三篇，眼界不必太高，自谦不必太甚。上次惠甫、次卿二稿，只须改润一二十字，尽可去得。目下外间咨来之折，惟浙沪湘三处较优，左、李、郭本素称好手也。此外如官、骆、沈、严、僧、吴、都、冯之折，弟稍一留心即优为之。以后凡有咨送折稿到弟处者，弟皆视如学生之文，圈点批抹。每折看二次，一次看其办事之主意、大局之结构，一次看其造句下字之稳否。一日看一二折，不过月余，即可周知时贤之底蕴。然后参看古人奏稿，自有进益。每日极多不过二三刻工夫，不可懒也。二十五日拜发之件，尽可咨行邻省。

金眉生与鹤侪积怨甚深，吾辈听言，亦须独具权衡。权位所在，一言之是非，即他人之荣辱予夺系焉。弟性爽快，不宜发之太骤。顺问近好。

兄国藩手草

评点 奏折重在主意结构及用字

曾国荃身为巡抚，奏折是应该讲究的事。做大哥的告诉他，仔细观摩别人的奏折，自己也试着做几篇。

我们现在许多与文字打交道的人，却不愿意自己动笔写文章，其心态不外乎两种：一是已有一定的身份，怕写不好出丑；二是眼界太高，以为一出手就非得要压倒别人不可，想想这个目标也难得达到，于是干脆不写。两种心态都不是平常心，其结果只有一个：搁笔不作。

人们常说："文章少年事，观弈老来心。"作文需要从年少时做起。少年无身份地位，没有包袱，不怕遭人讥评，不怕出丑。今日一篇，明日一篇，在大家的哂笑中，慢慢地就把文章写好了。

文人于文章向来看得很重，而写给皇上看的奏折，则更被视为第一等大文章。曹丕说的“文章乃经国之大业，不朽之盛事”，其实说的是这种文章。能写好奏折的人，本人也便具备了办事之才，故而曾国藩能从拟折中发现李鸿章异于别人的才干；左宗棠则更是靠在骆秉章幕中草折多年，才练就了日后经纬天下的大才；胡林翼以翰林出身做了湖北巡抚，还要跟别人比试一下写奏章的高低。曾氏告诉老弟，目下好奏章多出于浙江、上海和湖南，因为这些地方有几个此中高手，即闽浙总督左宗棠、江苏巡抚李鸿章与湖南巡抚衙门的师爷头郭崑焘。

奏章这样的东西今天当然没有了，但它的实质却依旧存在，而且今后一定会长久存在下去的。奏章的实质就是下级向上级写报告。员工向部门负责人写报告，部门负责人向老总写报告。乡里向县里写报告，县里向省里写报告，省里向中央写报告，这些报告都是“奏章”，区别只在级别而已。曾氏教给老弟的学习方法：看人家的奏章。看两次：第一次看它办事的主意、文章整体的结构，第二次看它的造句下字之稳否。说得再直白一点，即第一次看内容布局，第二次看遣词造句。

曾氏本人便是写奏章的高手，早在京师做侍郎时他写的《应诏陈言疏》《敬陈圣德三端预防流弊折》等五道奏疏，便在官场士林中广为传颂，被奉为奏章典范。

他日有暇，笔者愿意从曾氏数千篇奏章中挑选几十篇来点评点评，与读者一道来个奇文共欣赏。

□ 致沅弟 同治二年七月初七日

沅弟左右：

接初一日来信，知弟于二十六日后牙疼数日，今全愈否？吾去冬牙疼殊甚，今年脱去门牙一个，丁牙亦极不得力。老态日增，时至则然。弟少十余岁，何以亦遽牙疼，事事欲看样耶？

云仙之详，断难办动。以上海之大，只准食浙引不许食邻私，而仅获四千金。然则淮引之行于汉口、吴城等处，纵使十倍于沪，每月不过得四万金，况筠仙之力能禁上海之邻私，他人之力不能禁汉口、吴城之邻私。筠仙前有一信，亦劝我于淮引地面重税邻私，当属可行。拟即照此奏办。于荆州税川私最难着手，于衡、永税粤私（并入东局则易行矣），于吉安亦税粤私，于建昌、安仁税闽私浙私（江西厘卡本是我管，但将邻盐加重耳）。凡邻盐入我淮引地面，每斤取钱十文，处处蛮字为主，打字向前，庶可夺回一二引地销售淮盐。

弟所行之票盐，目下但知何铣之措扣李詹、黄台之抽厘为怄气，而不知将来运至上游楚境，价贱不行，为尤怄气也。弟盐经过李詹、黄台各卡，未定新章之前，似不必求他免厘，将来新章奏定，一面于鄂湘江西三省设局，重税邻私，一面禁止李詹、黄营各设厘卡（台卡不禁）。其李詹、黄营之饷，却不能不由余处匀拨。弟初派员办票盐之时，并无文牍说定不完李詹、黄台之厘，今忽硬要不完，恐不足服人心。现已飞调黄南翁来此。无论渠到与否，本月必将新章奏定，弟意以为何如？望详细复我。即问近好。

国藩手草

评点 蛮字为主打字向前

盐税是当时国家的重要收入，战事爆发后，便被各省地方官所截留，变为地方收入了。湘淮军兴起，其庞大军饷中的主要来源，亦为盐税。军队既有刀把子在手，又挟为朝廷收复失地之堂皇名义，地方政权自然斗不过。于是这些年来，盐税便都落入湘淮军之手了。

老九所需军饷最多，且最为霸道，现在又做了浙江巡抚，地位更高了，他要把盐政掌握在自己的手中。当时，盐按出产地分为淮盐、浙盐、闽盐、粤盐、川盐等，为保证利益均等，朝廷分别将这些盐的行销市场做了硬性划分。如江苏、安徽、江西、湖北、湖南为淮盐行销省份，四川、云南、贵州等地为川盐行销省份，两广为粤盐行销省份等。信中所说的“引”为当时的专有名字。古时，商人长途行销货物，需要有官府发给的凭证，这种凭证就叫引，如茶引、竹引、盐引等。引同时又是重量单位。官府按引课税。引有大有小，小引为二百斤，大的可达千斤甚至万斤。朝廷划定的销售市场，称为引地。

信中所说的“私”，是指没有完过税的盐，如邻私，是指进入引地的邻近省份的未经完税的盐。如上海按规定应卖淮盐，如果卖邻近的浙江省过来的盐，那么这种盐就叫邻私，也叫浙私，同样有粤私、川私等叫法。

曾氏告诉老九，要想多收盐税，关键之点是要保住自己的引地，不让私盐来分肥。对于这点要寸土必争，决不退让，并提出“蛮字为主，打字向前”的方针，足见曾氏在大事上在原则上的强悍霸蛮的作风。

□致沅弟 同治二年七月十一日

沅弟左右：

初十夜接初六日专人来信，具悉一切。

鹤侪揩留弟营委员至三个月之久，宜弟恚怒不平。弟去之严札，其是处余以圆圈识之，其太繁处余以尖圈识之。乔来之戆禀，余亦以圆圈尖圈识之。何铣之事，本拟俟筠仙查复后再行严办。今筠公有抚粤之行，后来者不知为谁。意欲严惩何铣，竟不知如何下手乃为恰如题分。盖谴罚有罪，亦须切当事理，乃服人心。筠、南二公日内必到此间，商定后再行举发可也。

近人折稿，弟处咨到者少，余当饬抄成本，陆续寄去，每月寄送二分。古人奏疏，亦当抄二三十篇，以备揣摹。

强字原是美德，余前寄信亦谓明强二字断不可少。第强字须从明字做出，然后始终不可屈挠。若全不明白，一味横蛮，待他人折之以至理，证之以后效，又复俯首输服，则前强而后弱，京师所谓瞎闹者也。余亦并非不要强之人，特以耳目太短，见事不能明透，故不肯轻于一发耳。又吾辈方鼎盛之时，委员在外，气焰薰灼，言语放肆，往往令人难近。吾辈若专尚强劲，不少敛抑，则委员仆从等不闹大祸不止。

盐务规复引地，余有寄南坡一信，抄稿付阅。所索子药太多，候酌发之。即问近好。

国藩手草

评点　强字须从明字做出

安徽巡抚乔松年（字鹤侪）扣押了曾国荃的盐务委员，两淮运司的属员何铣抽了曾国荃路过李詹、黄台二处票盐的厘金。这两桩事都令曾国荃很恼火。

曾国荃下严札给乔松年，又欲严惩何铣。对于老九的这些强硬做法，曾氏从心里来说，不是十分赞同的，认为有点过头了。于是将先前送给老九的“明强”二字，再来做一番深层次的解释，即“强”须从“明”做出，也就是说，“强”要在“明”的基础上，这样的“强”才不是强梁，而是真正的使人心服口服。

针对这两件具体的事，曾氏帮助老九提高“明”的功夫：乔扣押委员固然不对，但你的委员有没有狐假虎威、仗势压人的一面？收票盐厘金，固然不给面子，但当初派员办票盐时，并没有说明不完这两处之厘，现在又硬要不完，恐怕不服人心？（见上封信）

经乃兄如此说明，老九的怒火可能要稍减几分。

□致沅弟 同治二年七月十五日

沅弟左右：

十四夜接初十日巳刻信，知初九日大获胜仗。凡逼城开仗，向不能多杀贼。此次杀贼甚多，想是群贼欲趁此猛战，扑我营盘，解其城围，故能得机得势如此。然傍城而战，例为彼此杀伤相当之局，以后若非贼来扑营，似不必常寻贼开仗。盖贼之粮路将绝，除开仗别无生路；我军则断粮路为要着，不在日日苦战也。

春霆各营，有言其极不整齐者，究竟何如？家眷船泊河下者，闻有千余号之多，将弁多不在营歇宿，信否？此事关系于弟者极大，望再细察。顺问近好。

国藩手草

评点 湘军中的另类将领鲍超

这次来说说曾氏手下一员另类将领鲍超。说他另类，主要有两点：一、此人不是湘人，而是川人，四川奉节人；二、此人不是读书人出身，而是目不识丁的行伍出身。曾氏早期在湖南办团练，建湘军，不仅勇丁都是湖南人，而且连营、哨官也几乎清一色的湖南籍。还有一个特点，便是营、哨官多为读书人，并且其中不少人还有功名，像鲍超这种营官的确很少。鲍超一开始便得到曾氏的信任，让他在长沙招募湘勇，并以他的字号春霆为名，将所募的营称之为霆字营。以后霆字营名声越来越大，人们便叫它为霆军。

鲍超骁勇善战，霆军屡建奇功，成为湘军中的一支劲旅。最有名的是咸丰十年，曾氏被围困在祁门，命在旦夕，幸而得鲍超率部赶来救援才免于一死。鲍超因军功而迁升迅速，同治元年便做到浙江提督的高级武官了。

霆军会打仗，军纪却很差。抢掠百姓财物乃霆军家常便饭，至于喝酒赌博、嫖娼宿妓，更是普遍现象。鲍超喜欢吃鸡，手下人便借此公开向营地附近的百姓索取大量活鸡。曾有一首讽刺此事的诗，道是："风卷尘沙战气高，穷民香火拜弓刀。将军别有如山令，不杀长毛杀扁毛。"

这封信里曾氏所说的便是霆军中的坏风气。军队驻扎在长江边，河边停泊的船只连绵几里路长，每只船里都住着女人。说"家眷"，这是曾氏在为霆军遮丑，其实不是家眷，大部分是从各处掳掠而来的女子，也有一部分是为谋生而自愿做卖身勾当的娼妓。

鲍超没读过书，是个真正的大老粗，关于他这方面的故事很多。有一则故事说，鲍超某次被敌军包围，命令手边的文书赶紧写封求援书发给曾国藩。文书咬文嚼字写了好久没写好。鲍超急了，夺过笔来，在一张白纸上画了一个圈，再在圈外点满墨点，最后在圈中写了一个歪歪斜斜的鲍字，赶紧打发人冲出城搬救兵。曾氏看了这封信，一下子明白了鲍超的处境，夸奖他的这幅图远胜过千百字的鸡毛信。

打下江宁后，鲍超因战功受封子爵。他衣锦还乡，在奉节起了一座富丽堂皇的宅子。有个读书人存心戏弄他，对他说，皇帝的宫殿叫皇宫，子爵的宫殿应叫子宫，你要制块"子宫"匾高高地挂在大门上。鲍超连连称赞这个点子好，便命人做了一块极大的竖匾，上书

“子宫”两个金字，高挂在门额上，引得观看者大笑不止。有人将“子宫”二字的本意告诉鲍超，鲍超大怒，立即将匾取下踩烂，又叫人把那个读书人找来，那人早吓得远走高飞了。

鲍超晚年在湖南做提督。光绪十一年中法战争期间，他率兵来到云南边境。第二年病死原籍。

□ 致沅弟 同治二年七月二十一日

沅弟左右：

二十日接十六日信，二十一日接十一日交雷哨官信，具悉一切。

杏南未愈而萧、伍复病，至为系念。亲兵独到而丁道之匠头未到。丁道以前二年在福建寄信来此，献硼炮之技。去年十一月到皖，已试验两次，毫无足观。居此半年，苟有长技，余方求之不得，岂肯弃而不用。渠在此无以自长，愿至金陵一为效用，余勉许之。至欲在雨花台铸炮，则尽可不必。待渠匠头来此，如需用他物，或可发给，若需锅铁及铸炮等物，则不发也。

凡办大事，以识为主，以才为辅；凡成大事，人谋居半，天意居半。往年攻安庆时，余告弟不必代天作主张。墙濠之坚，军心之固，严断接济，痛剿援贼，此可以人谋主张者也。克城之迟速，杀贼之多寡，我军士卒之病否，良将之有无损折，或添他军来助围师，或减围师分援他处，或功隳于垂成，或无心而奏捷，此皆由天意主张者也。譬之场屋考试，文有理法才气，诗不错平仄抬头，此人谋主张者也。主司之取舍，科名之迟早，此天意主张者也。若恐天意难凭，而必广许神愿，行贿请枪；若恐人谋未臧，而更多方设法，或作板绫衣以抄夹带，或蒸高丽参以磨墨。合是皆无识者之所为。弟现急求克城，颇有代天主张之意。若令丁道在营铸炮，则尤近于无识矣。愿弟常存畏天之念，而慎静以缓图之，则善耳。顺问近好。

兄国藩手草

弟于吾劝诫之信，每不肯虚心体验，动辄辨论，此最不可。吾辈居此高位，万目所瞻。凡督抚是己非人、自满自足者，千人一律。君子大过人处，只在虚心而已。不特吾之言当细心寻绎，凡外间有逆耳之言，皆当平心考究一番。逆耳之言随时随事皆有，如说弟必克金陵便是顺耳，说金陵恐非沅甫所能克便是逆耳。故古人以居上位而不骄为极难。兄又及。

评点　识为主，才为辅，人谋半，天意半

曾氏在这封信里提出一个很重要的观点，即凡办大事，以识为主，以才为辅；凡成大事，人谋居半，天意居半。

办什么事，能办不能办，什么时候办，大体规划及其前景预测，这些方面均属于识的范畴。识，得之于学问，也得之于阅历，同时也得之于天赋智慧。

定下来以后，如何将设想变为现实，即如何去实现目标，这要靠才干去起作用。才干是一种能力，主要来自于历练。

古人说“才难，才难”，才干诚然是难得的，而识高更为可贵。咸丰初年，朝廷几乎同时间在江南任命四十三个团练大臣，最后只有曾氏一人成功。论才干，这四十三个团练大臣中的大多数不亚于曾氏，有的甚至比他更能干。曾氏强过他们的是在“识”上。自从接手办团练后，曾氏就没有将湘勇局限在朝廷所期望的“保境安民”这个小圈子中，而是存心将它办成能与太平军打硬仗的军队，直至夺回江宁。

因此，他请求朝廷同意让他建“大团”，又要朝廷同意让他办水师（以便日后占领长江水面，进攻江宁）。用今天的时髦话来说，曾氏是在把湘勇做大做强。这便是见识！是这个远大的见识，让曾氏最终成就了一番其他四十二个团练大臣望尘莫及的大事业！

至于大事能否办得成，也并不是全由人力做得主的，其他因素同样起着非常重要的作用。在中国古代的语言里，“天”这个字便包含有个人意志、人类意志之外的因素这层意思在内，故而“谋事在人，成事在天”这句话有着千古不衰的真理性。办大事必须有这种清醒的认识，它至少可以让你心理上有一个充足的准备。有了这个认识，不但不会削弱你办大事的信心，反而能让你减轻包袱，轻装前进，对事业的成功只会有好处。

□ 致沅弟 同治二年七月二十三日

沅弟左右：

二十一夜接十八早排递一信并折稿各牍，二十三日接十九日专丁送信，具悉一切。所应复者，仍条列如左：

一、折稿皆轩爽条畅，尽可去得。余平日好读东坡《上神宗皇帝书》，亦取其轩爽也（《古文辞类纂》有之），弟可常常取阅。多阅数十遍，自然益我神智。譬如饮食，但得一肴适口充肠，正不必求多品也。周寿山久已署温处道，弟毫无所闻耶？金陵战事，弟自行具奏亦可，然弟总以不常奏事为妥。凡督抚以多奏新事、不袭故常为露面。吾兄弟正在鼎盛之际，弟于此等处可略退缩一步。

一、鲍军仍须由大胜关进孝陵卫，决不可由下面绕来。待过中秋后，弟信一到，余即咨鲍由南头进兵。

一、弟骤添多营，本与余平日之规模不相符合。然贼势穷蹙之际，力求合围，亦是正办，余亦不敢以弟策为非。恽中丞余曾保过。

凡大臣密保人员，终身不宜提及一字，否则近于挟长，近于市恩。此后余与湘中函牍，不敢多索协饷，以避挟长市恩之嫌。弟亦不宜求之过厚，以避尽欢竭忠之嫌。

一、江西厘务，下半年当可略旺。然余统兵已近十万，即半饷亦须三十万，思之胆寒。弟处米除每月三千外，本日又解四千石矣。顺问近好。

兄国藩手草

评点　避挟长市恩之嫌

曾氏认为苏轼的《上神宗皇帝书》是一篇很好的奏章，自己喜欢读，并推荐给老九，希望他常常取阅。前面提到，为帮助老九提高作文尤其是提高写奏章的水平，曾氏特为选了十余篇古代名疏予以详细讲解，命名为《鸣原堂论文》。这篇《上神宗皇帝书》亦收在其间。曾氏在分段讲解之后，对这篇“上书”又做了一段总体评议。这段评议很好，兹全文录于次：

“奏疏总以明显为要。时文家有典、显、浅三字诀，奏疏能备此三字，则尽善矣。典字最难，必熟于前史之事迹，并熟于本朝之掌故，乃可言典。至显、浅二字，则多本于天授，虽有博学多闻之士，而下笔不能显豁者多矣。浅字与雅字相背。白香山诗务令老妪皆解，而细求之，皆雅饬而不失之率。吾尝谓奏疏能如白诗之浅，则远近易于传播，而君上亦易感动。此文虽不甚浅，而典、显二字，则千古所罕见也。”

这段话中的“明显”“显豁”，正是信中所说的“轩爽”之意。用今天的语言来说，即所要表达的意思，读者一目了然。现今有些人作文，喜欢转弯抹角、掩掩藏藏，或是故弄玄虚，弄得文章晦涩费解。奏疏是公文报告，不是文学作品，最要紧的是要让读者一目了然。

曾氏对老九说，像《上神宗皇帝书》这样的好文章，读上数十遍，自然益我神智。他打了个比方，譬如吃东西，不在多，只在合味。这是深得读书三昧之言。笔者于此也有同感。好的诗词，好的文章，好的书，不妨十遍百遍反复读，细读精读，烂熟于胸，终生受益无穷。而这个“好”的范围并不一定要很大，诗词三百首、文一百篇、书二十部就够非专家用一辈子了。

曾氏密保新任湖南巡抚恽世临（字次山）的折片，保存在他的全集中，见《全集·奏稿五》中《黄冕恽世临主持东征局最力请从优奖励片》：“又，卸署湖南布政使衔盐运使衔岳常澧道恽世临，自去年九月会办局务，综核精密，条理秩然。”

这道密片是同治元年十二月二十七日发的，当时恽世临已经卸掉了署理湖南布政使之职，依旧做他的岳常澧道道员。不过半年光景，恽便擢升湖南巡抚，显然是曾氏密保的结果。但曾氏恪遵传统道德：不居功，不市恩。

中国的传统道德，对于施恩受恩双方有两种截然不同的要求：施恩图报非君子，忘恩负义是小人。

施恩者，应不求回报；受恩者，则应终身不忘恩德。现实世界中，这种人有，但不多，多的是相反的现象：施恩者，反复向受恩者索取；受恩者，则往往淡忘施恩者的恩德。

索取过多，受恩者反感；忘记了别人给的好处，易使施者心寒。两者的结果都将使得施、受双方关系恶化。仔细想想，还是按传统道德所提倡的那样为好，彼此能长久地友好相处。

□ 致澄弟　同治二年七月二十四日

澄弟左右：

前接弟信，已将寅皆、牧云两兄不宜送眷之故，致函排递至家，不知到否？途次有曾恒德、张德富照料，又系自己之座船，又有水师炮船护送，千稳万慎。寅皆、牧云二公如已成行，请于中途婉辞谢之。吾家富贵气不可太重也。

纪瑞侄完姻，吾实嫌其太早。不知系沅弟之信与，抑沅弟妇谋之于弟而成与？兹寄银五十两暨五品顶戴、补褂、朝珠以为贺礼。吾恐家中日习于奢，故诸事从俭薄也。

此间军事平安。江西已一律肃清，惟兵勇病痛尚多。苗逆猖獗，唐中丞十分危急，袁午帅业已仙逝，淮事殆无了日耳。即问近好。

国藩手草

评点　富贵气不可太重

湘乡老家一大家子人来安庆，原拟定由长年在家当塾师的邓寅皆及欧阳夫人的兄长欧阳牧云一路护送，后来因为决定从安庆发船去长沙接，又从衙门里派出两个人先行打点、照料，故曾氏一再去函老四，不要再让人护送了。他的理由是，那样则富贵气太重。

中国的官场讲究排场。比如轿子有八抬、四抬之分，其实抬个轿子两人足够了，多余的人没有实际意义，只是作为装饰用；但“装饰”也有内容在内，它体现的是尊卑、等级、气氛等等。这种装饰即为排场。

曾氏虑及儿子女婿皆年轻，未曾独自经历过事，其他人皆女性，不便与外界打交道，故而请两个富有经验的年长男人护送。现在既然另外派了人，家乡的护送人便可省去了。曾氏考虑问题，出发点是实际效用，而不是排场。

从安庆派出有长江第一船之称的座船前往湖南迎接，本身就是一种特殊待遇，也即富贵气。若再雇大船（老四拟再雇一只大船，曾氏亦不同意）、另请人，则富贵气过重，宜减杀。这也是曾氏一贯的忌盈忌满思想在这件事上的体现。

曾国荃的长子纪瑞生于道光二十九年，当年不过十五岁，完婚的确是太早了。曾氏的两个儿子都是十八岁结的婚，曾氏本人则是二十三岁才结婚。纪瑞后来先于父亲去世，只活了三十二岁。第二年，其弟纪官也去世了，仅三十岁。曾国荃只有这两个儿子。这是他晚年的最大不幸。幸而留下三个孙子广汉、广河、广江。曾国荃六十七岁时去世，其一等伯爵由其长孙广汉承袭，此时他已有三个曾孙。尽早四世同堂，这大概就是曾国荃夫妇急着要为十五岁的儿子完婚的原因吧！

□致沅弟 同治二年八月初二日

沅弟左右：

初一日接弟七月二十四六日二信，具悉一切。

陈斌述及与鲍军门言改由七瓮桥进孝陵卫，春霆欣然乐从。余已决从此策，日内即办公牍分别咨行。地道决不复开。瓮桥上流须用浮桥，容再由此间办竹木解去。前因花篱地道均非要务，故未饬知潜山县耳。左帅保筠仙，此间并无所闻。黄信之所谓季帅者，似即毛寄云也。毛密片余未得见，大约系保两郭、黄、李。筠公已擢粤抚，筱泉已擢粤臬，南翁有旨往粤办厘，惟意城保花翎三品卿未奉明文。

弟所保各员，均奉允准。惟金安清明谕不准调营，寄谕恐弟为人耸动。盖因金君经余两次纠参，朝廷恐余兄弟意见不合也。大抵清议所不容者，断非一口一疏所能挽回，只好徐徐以待其自定。又近世保人，亦有多少为难之处。有保之而旁人不以为然，反累斯人者；有保之而本人不以为德，反成仇隙者。余阅世已深，即荐贤亦多顾忌，非昔厚而今薄也。

景、河、婺、乐四卡，左帅业已归还余处。上海四万，余志在必得，恐不免大有争论。霞仙升陕抚，先办汉中军务。闻李雨苍系多帅所劾也。纪泽等今日往营省谒。父亲手泽六纸寄还。即问近好。

国藩手草

评点　保人亦有为难之处

曾国荃有较重的江湖习气，喜用金钱、官职等恩惠来笼络、驱使部属，进而结成死党。每一胜仗打下来，他的保单特别长，所保人员特别多，有一些与该仗毫无关系的人员，他也搀到里面一并请功邀赏。

对于老九的这种过滥保举，曾氏不以为然。就拿信中提到的这个金安清来说吧。金安清为候补道盐运使，受原江苏巡抚薛焕重用，仗着掌管盐务和设厘局的大权，大肆接受贿赂，肆虐百姓，口碑极坏，屡被人参劾。朝廷为此征求过曾氏的意见。曾氏派人调查后，证明所劾属实。密奏曰："金安清才略颇优物议颇劣，应请旨即行革职，撤去筹饷差事，不准仍留苏境，以靖民心而息浮言。"

这样的人本不应保举，因金与老九关系好，为他筹措了不少饷银，于是也保举在案。曾氏所说的"近世保人，亦有多少为难之处"，意在提醒老九，不可多保滥保，不要以为保别人总是好事，须知世事有不可预料者。

曾氏所说是有道理的。曾氏一生保过不少人，但并非人人都感激他，最有名的例子便是与左宗棠的关系。曾在左危难时保过左，但后来两人还是闹翻了。左并不是忘恩负义的人，这中间有别的因素在起作用。倘若遇到忘恩负义之徒，心里便更不舒服了。

七月初二，曾氏挚友、儿女亲家刘蓉（字霞仙）擢升陕西巡抚，秀才出身的刘蓉也仗着这场战争做到了一方诸侯。此前，刘蓉为四川布政使。陕西回民与政府发生冲突，巡抚瑛棨因奏报军情不实，被撤职，刚被派到该省督办陕南军务的刘蓉顶了此缺。

□谕纪鸿 同治二年八月十二日

字谕纪鸿儿：

尔于十九日自家起行，想九月初可自长沙挂帆东行矣。船上有大帅字旗，余未在船，不可误挂。经过府县各城，可避者略为避开，不可惊动官长，烦人应酬也。余日内平安。沅叔及纪泽等在金陵亦平安。此谕。

涤生手示

评点　不可挂大帅旗，不可惊动官长

接家眷的船本是大帅船，为确保旅途平安畅通，挂一挂帅字旗也无妨；沿途有多少府县官员，正好借此大肆招待，以便讨好巴结眼下红得发紫的曾家兄弟，接受人家的宴请馈赠何乐而不为？这或许是坐在这条船上的许多人的想法，而曾氏却下了硬命令：不许挂帅字旗，不可惊动官长。从严治家，不让家属享受特权。曾氏的这种作风，直到今天，依然是有特权者所应当学习的。

□致沅弟　同治二年八月二十七日

沅弟左右：

二十五夜接二十二未刻来缄；二十七早接二十三巳刻来缄，具悉一切。所应复者，条列于后：

一、运盐护照业已刻好，较弟寄来之式更为周详，兹付一纸备查。今日印刷，明日专船送三百张至泰州运署。张富年之札早已缮好，无便速寄，亦于此次便船带去（已由驲发，当再加一分）。李、乔免厘之文亦已发行矣。

一、尚斋之札久发，渠又禀带随员数人矣，万难更改。万与程之才亦互有短长，其无坚强之力，则彼此相同。江西开局并非甚繁难之事，所虑者，淮引不胜邻私，行销不旺，非尚斋所能为力耳。余有一告示稿，抄寄弟阅。此外则尚斋当可胜任。

一、运司第十次之详业已批发，其批即万篪轩所拟也。金眉生之说帖阅悉。前批或不能尽如人意，然大致总相符合。且商人到岸之后，余与万、程必加意体恤。三十五两之外，必有赢余，必多分润，商人断不肯甘言于前，刻薄于后。金革司自命为大智，而嗤人为大愚，谁其信之？弟可告知该员，以后不必干预此间批禀及用人等事。

一、弟十九日疏陈轮船不必入江而以巡海盗为辞，殊可不必。弟意系恐李泰国来金陵搅局攘功，何不以实情剀切入告？苦战十年，而令外国以数船居此成功，灰将士忠义之心，短中华臣民之气等语，皆可切奏。凡心中本为此事，而疏中故托言彼事以耸听者，此道光末年督抚之陋习，欺蒙宣宗，逮文宗朝已不能欺，今则更不宜欺矣。七船之事，余曾奏过三次，函咨两次，即不许李泰国助剿金陵、苏州。李少荃亦曾上书恭邸二次，计恭邸亦必内疚于心。特以发贼未灭，不欲再树大敌，故隐忍而出此耳。君相皆以腹心待我兄弟，而弟疏却非由衷之言，恐枢府疑我兄弟意见不合，又疑弟好用权术矣。以后此等奏折望先行函商一次。青阳日内无信，不知尚未破否。顺问近好。

国藩手草

评点　李泰国购洋兵船事

这封信的第四点所说的李泰国购洋船事，是近代洋务运动的一桩大事。

同治元年，总理各国事务衙门委托李泰国向英国购买兵船。李泰国是个英国人，曾任过英国驻上海领事馆翻译，后出任中国海关总税务司。他用一百零七万两银子的巨款从英国购买七只兵船、一只泵船，组成一支舰队，又未经清政府的同意，擅自聘请英国海军上校阿思本为舰队的司令，又招募六百名英国水兵，一道乘船来到中国。阿思本与李泰国定了四年合同。合同规定阿思本对舰队拥有完全的指挥权和用人权，只接受由李泰国所传达的中国皇帝的命令，别人不得干预。

李泰国的这种做法完全违背了当初与清政府所商定的章程，清政府因此拒绝阿思本与李泰国所定的合同，命令阿思本接受所在地方督抚的节制，目前应该由两江总督曾国藩来节制这支舰队，由曾国藩所推荐的水师总兵蔡国祥出任该舰队总统，阿思本为帮总统（即副总统）。阿思本拒绝，表示宁愿把舰队带回去解散，也不愿意接受他人的指挥。清政府于是向阿思本妥协，让阿思本依旧指挥该舰队，由蔡国祥带领自己的舢板炮船，与舰队一道停泊。

曾氏对此表示坚决反对。他在给总理衙门的公函里写道："洋人本有欺凌之心，而更授以可凌之势；华人本有畏怯之素，而又逼处可怯之地。"总署的这种妥协，"不特蔡国祥不甘心，即水陆将士皆将引为大耻"。"若蔡国祥不能做主，则未收购船之益，先短华兵之气"。江苏巡抚李鸿章、浙江巡抚曾国荃也都不同意向阿思本妥协。

由于曾氏等人的态度强硬，总署不得不收回原先的妥协方案，将阿思本及六百名英国水兵打发回去，为此损失来往路费三十多万两银子。这支舰队后来也交由英国在印度变卖，这一买一卖的过程中又损失数十万两银子。清政府十分恼火李泰国，撤掉其总税务司的职务，另委英国人赫德代理。

曾氏主张引进西方科学技术，但他对外国人尤其对外国军队则一直保持着高度的警惕。清政府曾实行过“借夷助剿”的政策，即借洋兵来打太平军，最著名的便是由华尔、白齐文、戈登等人统领的常胜军。曾氏对这支洋兵，采取限制使用的策略，即可借洋兵助守，而不能借其力收复疆土。他说：“宁波、上海皆系通商码头，洋人与我国共利害，自当共争而共守之。苏、常、金陵本非通商之口，借兵助剿，不胜为笑，胜则后患不测。”他所担心的“后患”，即洋兵凭仗战功而对中国的诛索不已。同治三年四月，英军司令士迪佛立在华任职期满回国，他特地到安徽裕溪口去会见曾氏，也想组建一支类式“常胜军”的洋枪队，包打江宁及收复江南各地被太平军占领的城池。曾氏予以婉拒。

应该说，曾氏对洋兵的这种态度，主要是出于对国家的负责。不让洋兵插手中国的战争，一可杜绝他们的非分勒索挟持；二也为国家保全体面，即曾氏所说过的：中国之事，中国了之，不需仰仗外人。

更何况这支舰队是中国出钱买的，它理所当然是中国的东西，主权在中国手里。现在一切让外国人做主，中国的主权到哪里去了？国家的尊严到哪里去了？所以，曾氏向总署提出：宁愿将这支舰队分赏给外国人，分文不要，也要杀一杀英国人的骄矜之气。

但，不可否认，这中间也存在着曾氏的私心。

一、阿思本拒不接受当地督抚的节制，这一点首先便触怒了理应节制他的两江总督曾某人。在曾某人所制辖的江南战场上，岂可容忍一支不听指挥的外人舰队随心所欲地活动?

二、攻打江宁城,不仅是朝廷的事情,更是吉字营的事,或者确切地说是曾氏家族的事。用现在的话来说,此事已由吉字营、由曾氏家族承包了,别人不得染指。这种承包,包括荣誉的承包和财富的承包。倘若让阿思本的舰队来参战,不但分去了荣誉,还分去了财富。

李泰国曾经跟清政府商量过,由他率领阿思本舰队来打江宁,所得的财富全部归于舰队。清政府与他讨价还价,若独破江宁,则所得财富百分之三十归朝廷,百分之七十归舰队;若与湘军共破江宁,所得财富百分之三十归朝廷,剩下的百分之七十,舰队与湘军各分其半。

不管哪种方案,阿思本舰队都要分去一笔相当可观的财富。这绝不是曾氏兄弟所能接受的。

对于这种严拒舰队的立场,曾氏当然希望老九能予以完全的合作。不料,老九不像乃兄那样说得绝,说用之巡防海盗还是可以的。这颇令乃兄愤慨。于是曾氏说了一大通话,指责老九循道光末年督抚的陋习,表里不一致,欺蒙皇上。情绪之激动,语言之尖刻,实为平时家书中所少见。于此我们可以看出曾氏尽管在努力修炼,但他的褊急本性还是没有完全消除,一遇到不合自己心意的事,便会情不自禁地暴露出来。

□ 致沅弟 同治二年九月初九日

沅弟左右:

初五夜接初一夜来缄,知弟以余议十九日之疏不谅弟之本意,责备太过。余所虑者,恐弟学道光末年督抚之陋习耳。若弟之意实见得轮船该用以巡海盗,则余前缄之所责为过矣。今日解银七万,慰弟之意，是近来罕见之事。譬之儿时兄打而弟哭，则又以糖食糕饼抚慰阿弟也。至此间家信稿本，除誊信之李子真（极慎密）外，并无一人得见。弟常疑余之日记家信或传播于后世，此弟之拙见过虑，亦视阿兄太高之故。盐务之事，弟尽可放心，不过一月后，弟备见余之公牍，再见南坡之面，必谓阿兄件件皆是矣。顺问近好。

国藩手草

评点　解银七万以抚慰

倘若在十多年前，身处湘乡白杨坪的布衣老九，面对大哥上次信中那些刻薄尖利的话，尽管心里不高兴，也只得忍受，不敢发作。但今非昔比，老九早已鸟枪换炮了。而今的老九，也是封疆大吏，尤其是他乃战功赫赫、手握重兵的军事统帅。他不能让乃兄如此随意讥讽他，他要申辩抗诉。

其实，曾氏的话虽尖利点，却也并未说错。老九要独占攻打江宁的全功，这心思，做兄长的岂能不知！但现在他生气了，大哥不得不让步，何况还要仰仗他来打这天下第一仗哩！于是以异乎寻常的糖食糕饼——七万两银子来安慰老弟。这对难兄难弟也真是有趣！

那个时候，老九便已知乃兄之日记家信会传之后世了。曾氏虽口头谦虚，其实心里也一定是这样想的。所以，曾氏的日记大多为流水账，遇到人事方面等话题，语多简略隐括；至于家书中的有些话，我们也不能排除他的做作成分在内。他有意写点场面话、堂皇话，以便在后世子孙和读者面前树立圣贤的形象。当然，即便如此，倘若有道理，我们也无须因此而贬低它的价值。

□ 致沅弟　同治二年九月十一日

沅弟左右：

接初五日戌刻来函，具悉一切。旋又接十九日所发折片之批谕，饬无庸单衔奏事、不必咨别处，正与七年四月胡润帅所奉之批旨相同。但彼系由官帅主稿会奏，饬令胡林翼无庸单衔具奏军事，未禁其陈奏地方事件，与此次略有不同耳。弟性褊激，于此等难免怫郁，然君父之命，只宜加倍畏惧。余自经咸丰八年一番磨炼，始知畏天命、畏人言、畏君父之训诫，始知自己本领平常之至。昔年之倔强，不免客气用事。近岁思于畏慎二字之中养出一种刚气来，惜或作或辍，均做不到。然自信此六年工夫，较之咸丰七年以前已大进矣。不知弟意中见得何如？弟经此番裁抑磨炼，亦宜从畏慎二字痛下功夫。畏天命，则于金陵之克复付诸可必不可必之数，不敢丝毫代天主张。且常觉我兄弟菲材薄德，不配成此大功。畏人言，则不敢稍拂舆论。畏训诫，则转以小惩为进德之基。余不能与弟相见，托黄南翁面语一切，冀弟毋动肝气。至嘱至嘱。

国藩手草

评点　从畏慎二字痛下功夫

奏折是官员与皇上联系的一条最主要的渠道，但清朝的制度规定，一般情况下，二品以上的官员才具有直接上奏的权利，低于二品的官员的奏折则要请人代呈。这样一来，上奏一事不仅是责任，也是权利的一种表现。曾国荃身为浙江巡抚，即便没有之任，但作为从二品官员，他是既有单衔上奏的责任，也有单衔上奏的权利。现在朝廷批他一个“毋庸单衔具奏”，无异于剥夺了他的这个权利。这是令曾氏兄弟大为不安的事。

这一封普通的军务奏折，是由机要幕僚赵烈文起草的。朝廷对这道奏折的批谕，赵烈文《能静居日记》是这样抄录的："曾国荃未到浙江巡抚之任，嗣后军务与杨岳斌、彭玉麟一律由曾国藩奏报，毋庸单衔具奏。"

而这道奏章正是赵烈文主的稿。他为之心存歉疚，故提前从安庆返回江宁，慰藉老九。

老九无缘无故地受此一击，内心的愤恨和痛苦自然可想而知。十三日，曾氏又给老九一信，说这事是因为恭王心情不好而引起。曾氏的分析很有见地。李泰国事件，弄得恭王奕䜣很不快。他虽然撤了李泰国的职，但作为总署的王大臣，他负有用人不当的责任。这账无疑让慈禧及他的反对派给记上了一笔。另一方面，奕䜣也于此看出曾氏兄弟和李鸿章（李也反对总署的妥协）等人，依仗军事实力坐大的趋势，"无庸单衔奏事""不必咨别处"如同两根棒子，明里是敲打曾老九，其实也在敲打曾氏及李鸿章等人。只是飞鸟尚未尽，良弓不能藏罢了。朝廷与南方军事集团的冲突已露端倪，随着军事形势一步步地顺利，这个冲突也一天天地加剧了。

□ 致澄弟　同治二年九月十四日

澄弟左右：

接弟八月二十一日信后又连接二信：一系唐蘋洲之弟德圃携来，一系沈霭亭之甥王君携来。德圃朴实稳练，此间必有以位置之。王君则无可录用，霭亭亦同来，此又不能不位置也。

此间自青阳解围后，各路平安。唐义渠在临淮近亦稳固。春霆已至南陵，令其由宁国、建平进攻东坝。沅弟军中士气甚壮，惟新奉批谕“无庸单衔奏事”，恐不免抑郁触动肝气。又沅近日添募陆军至二万之多，又添募水师十二营，全不函商余处，殊不可解。长江业已一律肃清，贼匪并无一船，杨、彭水师尽數调遣，不知弟添十二营果作何用？其向恽中丞求索饷银火药，动辄数万或十数万，亦过于尽人之欢竭人之忠。

闻十月十九日家庙落成，将由县城叫省中戏班以志庆。吾意我家方在鼎盛之际，此等处总宜收敛，不宜过于发扬，望弟时时留心。吾身体平安，泽儿已全愈，余上下均吉。家眷船初四日尚在长沙未开，大约十月乃到也。顺问近好。

兄国藩手草

再，贺溍因兔形山之事来此告状，余批以不管隔省之事。渠求写信与弟及县局蔡、许诸君，但求不褫革渠之秀才，以后再不敢多事兴讼云云。究竟渠之讼事有理与否，褫革秀才之说已见明文否，望弟查明。渠既言以后定不多事，或有可以挽回之处（若太无理则不勉强），弟为之出力可也。（十四日又行）

评点　鼎盛之际宜收敛

曾国荃的吉字营在最盛时，人数曾达五万之多，几近曾氏所指挥的湘军全部人马的一半。此信中所说的这次大添募，竟然连乃兄都不告知。于公于私，于理于情，都说不过去。老九为什么这样做呢？这是因为曾氏曾经对他说过：不要扩军，不要多向湖南索取。于是老九干脆不禀报，来个自行决定，也不管乃兄有没有意见，也不管恽世临反感不反感。

这就是曾老九的性格和办事作风，接近于曾氏出山办团练的前期表现，而与其复出之后的风格截然不同。

老九这种我行我素，固然给他带来许多负面影响，但仔细想想，他不这样办也不行。围攻江宁的人马，自然是多多益善，你大哥不同意我也得招募；人马多自然饷需得多，你恽世临再怨恨也得给我勒紧裤带，把银钱运来再说！这有点类似不讲道理的霸蛮。老九若没有这个霸蛮劲，一个吉字营如何能将一座天京城打下来？

曾氏自然能体谅他的用心，故而虽有不满也只得听之任之。对于家中的过分张扬，曾氏也很不满意，他叮嘱老四要收敛。

注意收敛，不可过于张扬，这是曾氏一贯的思想。官越大名越著权越重的时候，他越注意退抑。他的退抑是全方位的：嘱咐家中办事不求显眼是一个方面；教导老九畏天命、畏人言、畏训诫，是一个方面；承认自己德薄才菲，成功只是侥幸的，是一个方面；在物质享受上，尽量压低，是一个方面；将大权集于一身的局面作点分散，也是其中的一个方面。

这就是曾氏！你说他是深谙中国官场文化、洞悉人情世故的大智者也可；你说他是小农经济的产物，自保意识太强烈的懦弱者也可；你说他是持盈保泰、明哲保身的庸人也可；你说他其实是一个事功清望什么都想获得的贪心之徒也可。

总之，这都是中国这块土地上产生的、中国这个文化传统熏陶下的产物。

□ 致沅弟　同治二年九月十七日

沅弟左右：

十四、十五日接弟初十、十二两信，具悉一切。前因批谕词旨严峻，余恐弟怫郁不能自克，深以为系。兹接弟两缄，心气和平，事理通达，大慰大慰！

皖盐亦向泰局领票，由安庆总握其权，则食岸亦渐就范围。日内将南坡米盐互市之议略定章程，作一长折，将漕务彻底一说，即日具奏。

弟增募二万人，银米恐接济不上。且安庆克后，弟添新兵近二万人，此次又添二万，前此老营能战能守之将弁分散太多。譬之一壶醽酒，参水至四五壶，则太淡，不成酒味矣。此余之所深虑。

至水师十二营，尤可不必添募。弟意不过恐杨、彭师船不能应手耳，天下事焉能尽如人意？古来成大事者，半是天缘凑泊，半是勉强迁就。余当寄信与郭意城，请其停止弟募水勇之事。寄信杨、彭，请其不必代弟造船。望弟亦寄信止之。长江肃清之后，忽添水师十余营，于清议亦说不去也。

焦山抽厘之举暂姑缓办。松岩信寄还。幼丹事，言之颇长。兹将幼来之咨与信各一件，余去之信一件，又余与孙文伯来往信各一件，抄寄弟阅，亦可略得梗概。又接弟十四日信，知仙屏已到矣。顺问近好。

国藩手草

评点　半是天缘凑泊，半是勉强迁就

所谓“天缘凑泊”，是说各种有利因素恰好凑合在一起，与“因缘际会”一词的内涵差不多。所谓“勉强迁就”，是说用很大的气力将各种有利因素捏合在一起，与“硬着头皮干”的意思庶几接近。

曾氏这话的意思是说古来办成大事的人，其中之一半是借助于有利的形势、有利的机会，而另一半靠的是自己的奋力拼搏、历尽苦难。前一半人是顺利的，后一半人是艰苦的。遇到顺利的外界条件固然好，倘若没有这种条件，欲成大事，则靠勉强迁就。曾氏说的是一半对一半，但我们翻开史册，或是环顾当今，似乎“勉强迁就”的人更多些。你看那些成就大事业的人，哪个在回顾他的成功历程时，不是感慨万千。中国近代洋务运动的后期首领张之洞曾经说过一段著名的话：“自官疆吏以来，已二十五年，惟在晋两年公事较简。此外无日不在荆天棘地之中。大抵所办之事，皆非政府意中欲办之事；所用之钱，皆非本省固有之钱；所用之人，皆非心悦诚服之人。总之，不外《中庸》‘勉强而行’四字。然所办各事，亦颇有竟睹成功者，真侥幸也。”（《张之洞全集·抱冰堂弟子记》）这是对“勉强迁就”四字的极好注释。

□致沅弟 同治二年九月二十六日

沅弟左右：

二十四日接弟二十夜一函。风虽顺而过大，仙屏尚未到也。杉木条当于十月解去。大炮守垒，余不甚以为然。费药太多，又不灵动，余当解劈山短炮数十尊应之。子路较长劈山则稍逊，较大炮则相等。且贼果强乎？以数万新兵合围，其中必有隙地软营为贼所乘。贼果弱乎？劈山、洋枪二者自足制之。余不愿再解大炮也。

古隆贤有投诚之说，愿献石、太、旌德、广德四城。朱云岩定于二十五日进石埭城，不知靠得住否。黄南翁定于四五日内赴弟处，金眉生则搭洋船回泰。顺问近好。

国藩手草

评点　太平军降将古隆贤

太平军中的重要人物最先投降湘军的当数韦志俊。韦志俊为韦昌辉的弟弟，封为国宗。韦的部队是太平军中的劲旅。咸丰五年，太平军三克武昌后，韦为镇守武汉三镇的主将，罗泽南即死于其手。咸丰六年，韦昌辉在内讧中被杀。此事对韦志俊的打击很大。咸丰九年，韦在安徽池州投降湘军。随后便是程学启，他不是太平军的两广老兄弟，是安徽桐城人，咸丰二年参加太平军。咸丰十年他奉命守安庆城外营垒。就在这个时候，他投降了围城的曾国荃。程为破安庆立了大功，后曾国荃任命他为开字营的营官。同治元年，李鸿章组建淮军援上海，曾国藩将程的开字营拨由李鸿章调遣。从那以后，程成了淮军的一员干将，同治三年死于浙江嘉兴战场上。清政府对程颇为信任，擢升他为提督衔总兵，死后予谥忠烈，建专祠，赏三等男爵。太平军的投降将领中，数他地位最高。接下来的是童海容。童海容原为石达开的部下，后封保王。同治元年夏天在安徽广德州向湘军投降。再接下来的便是这封信中所说的古隆贤。

古隆贤是广西人，地地道道的老兄弟，咸丰三年便授职金四总制，四年升殿左三十九指挥，后封奉王。同治二年九月，古献安徽石埭、太平、旌德三城连同六万余太平军将士，投降湘军朱品隆部。曾氏解散其部属，留下千余人编为一营，由古隆贤管带，并授古游击衔。

石埭、太平、旌德与宁国一道在同治元年下半年丢失，遭朝廷严词追问。现靠着古隆贤的投降而收复其三，曾氏于朝廷也有了一个较好的交代。

□致澄弟 同治二年十月初四日

澄弟左右：

九月二十九日纪鸿母子及全家到营，一路平安，足慰家中悬系。寅皆先生意欲速行旋里，订二十外即可启程。牧云当度岁乃归也。袁婿在此，尚无为非之事，惟不肯读书作字，难期有成。内人以下，历述老弟数年以来照料黄金堂诸事，心思之细，仪节之恭，送情之厚，均为近世兄弟中所未见。吾家敬宗收族、承先启后诸大端，皆发于沅弟之谋，而成于弟之手（萧先生好手）。沅弟费财（八老爷好财），老弟费心，均可为祖父累代之功臣。余愧未能悉心经营，幸两弟有以补余之过也。

此间近事平安。沅军连克上方桥、七瓮桥等贼垒，城外接济将断。朱云岩招降古隆贤一股，收复石埭、太平二城。春霆进攻水阳、金宝圩一带，尚无开仗之信。临淮唐中丞处近亦平安，惟蒙城粮尽援绝，断难保全。发逆稍衰，而苗逆方盛，良可虑也。闻蕙姑娘病未全愈，兹寄去高丽参半斤，望弟专人送交昆八外甥为要。余事详日记中。顺问近好。

国藩手草

评点　全家团聚安庆

八月十九日，欧阳夫人率领一大群儿女从湘乡启程，经过四十天的旅程，九月二十九日中午抵达安庆两江总督衙门。这一大班人除欧阳夫人外，还有儿子曾纪鸿、大女曾纪静及其丈夫袁秉桢、三女曾纪琛、未嫁的四女曾纪纯、小女曾纪芬、还有纪泽的续弦夫人刘氏及女儿广璇，自家人九口，外加护送人邓寅皆、欧阳牧云，共十一人。一向冷清的督署后院，顿时热闹起来。

自从咸丰八年六月复出以来，曾氏再未回过家。五年多后，全家除二女纪耀夫妇外，大家相逢于安庆城（纪泽早在六月初即已来安庆），这也可以说是一个大团圆了。

□ 致沅弟 同治二年十月十三日

沅弟左右：

十一二日连接初六、初九等日信，具悉一切。

南坡翁至弟处，吾意必盘桓终旬，何以仅住一日即行，岂议论偶有不合邪？吾十二日奏留南翁一片，措语极为平淡，不知何以上干谴责？南翁声名之坏，在浙江夷务、吉安军务之时，其在江苏州县则并无所谓狼藉，而近日亦无所谓贪横。人言可畏，动彻天听。乃不发于寄云保三品卿之时，而发于余奏留之时，颇不可解。古诗云“美服患人指，高明逼神怒”，吾兄弟皆处高明之地，此后惟倍增敬慎而已。

湖熟、岔镇处处得手，高淳、东坝次第克复，广德亦有投诚之信，事机甚为顺利。而各省将帅似存意见，此中消息，恐终无灭贼之期。

皖岸盐务，即照弟所拟札刘履祥专办。惟每年四十三万二千串十八万两，必须销七万余引，殊无把握。

弟两次信称解到银钱感激涕零，措辞大为失当。万庆来此，所送之礼过厚。兄弟中无璧还之理，以后望弟莫多送，宜崇俭也。顺问近好。

兄国藩手草

评点 因奏留黄冕而上干谴责

咸丰六年，黄冕以吉安知府身份邀请曾国荃募军救援吉安，因此而与曾氏兄弟关系密切。黄冕长于办事，曾氏任命他为东征局总理。所谓东征局，就是为东征的湘军办理粮饷的后勤机构。这是一个握钱物实权的肥缺。东征局以黄冕为头，此外尚有几个被曾氏信任的所谓有血性的士绅。这些人后来都因此而发了大财，黄冕更是受惠最多。在湖南官场士林，在湘军内外，黄冕因贪污受贿而常遭人谴责，但曾氏相信他，多次保奏他，擢升他为布政使衔云南迤东道。又委他筹办两淮盐务的重任。后来，黄冕又应两广总督、曾的同年毛鸿宾之请，赴广东办理厘务。同治二年，湖南巡抚恽世临创办江广海运，又经奏准借调他察看长江沿途拨运事宜。九月初抵达安庆，与曾氏晤谈甚洽。由此可知，黄冕是个备受曾氏系统器重的办实事的人。

曾氏拟将黄冕留在江苏，不再回广东了，于是他在九月二十二日给朝廷上了一道奏片："该员九月初抵皖，连日详议米盐互市章程，规画井井，有裨时局。窃思粤东厘金已蒙圣慈迭饬毛鸿宾、郭嵩焘力求整顿，当能日起有功。南漕试办，海运寇氛未熄，创始维艰，加以运盐互市，头绪纷繁，黄冕久宦江苏，于漕政、盐务讲求有素。相应请旨饬下迤东道黄冕暂缓赴粤，留于苏皖经理江、楚海运，兼筹办米盐互市事宜，候规模粗定，再行分案续奏。"

半个月后奉到上谕："曾国藩另片奏请留道员黄冕经理江楚海运及筹办米盐互市事宜等语。黄冕着暂缓赴粤，准其留于苏皖，听候曾国藩差委。该道员曾任江苏知县，声名狼藉，颇不理于众口。此次曾国藩饬令经理海运等等，不过节取其长，以供驱策。曾国藩仍当随时留心，秉公察核。如黄冕故态复萌，或仍有贪横恣肆情事，即当据实严参，毋得以奏留在前稍事瞻徇。"

这是一道不多见的上谕：既准奏，又对上奏人不相信；既明知其人贪横恣肆，又同意他肩负重任。

曾氏接到这道上谕后，心中纳闷：黄冕名声坏，是坏在浙江夷务、吉安军务之时，在江苏做州县小官时并没有很坏的名声，为什么上谕要说他任知县时声名狼藉呢？不久前毛鸿宾保黄冕为三品卿，按理说，正可以翻老账而不准保，为何那时不提旧事而准予他晋衔，这次奏片，不过是留他做事而已，反倒招来一通指责？真是莫名其妙！曾氏只能以自己名高望重而易招嫉恨来自我警策。其实，事情没有这么简单。

要说在江苏做知县时便声名狼藉，为什么还要升他为吉安知府？问题肯定不是出在知县期间，而是出在知府期间。面对的是同一个人，为什么不拂毛鸿宾的面子，而要给曾氏的头上敲闷棍？事情看来不在黄冕身上，而在曾氏身上。这样分析，情况就清晰了。有人认为曾氏在纵容、包庇黄冕的贪横恣肆，在重用一个品性恶劣的坏人，而朝政主持者必定是同意这种观点，只是江南军务太重要了，朝廷不能不听曾氏的意见，也因为时局艰难，朝廷也不能不用无德而有才的人。

朝廷对曾氏兄弟的不满，已经慢慢地趋于明朗化了。曾氏自然心中明白，只是他不能把这点向老九挑明。老九的老虎屁股摸不得，激怒了他，只会坏事，没有好处。

□ 致澄弟 同治二年十月十四日

澄弟左右：

接弟九月中旬信，具悉一切。

此间近事，自石埭、太平、旌德三城投诚后，又有高淳县投诚，于十月初二日收复，东坝于初七日克复，宁国、建平于初六、初九日收复，广德亦有投诚之信，皖南即可一律肃清。淮上苗逆虽甚猖獗，而附苗诸圩因其派粮派人诛求无厌，纷纷叛苗而助官兵，苗亦必不能成大气候矣。

近与儿女辈道述家中琐事，知吾弟辛苦异常，凡关孝友根本之事，弟无不竭力经营。惟各家规模总嫌过于奢华。即如四轿一事，家中坐者太多，闻纪泽亦坐四轿，此断不可。弟曷不严加教责？即弟亦只可偶一坐之，常坐则不可。篾结轿而远行，四抬则不可；呢轿而四抬则不可入县城、衡城，省城则尤不可。湖南现有总督四人，皆有子弟在家，皆与省城各署来往，未闻有坐四轿。余昔在省办团，亦未四抬也。以此一事推之，凡事皆当存一谨慎俭朴之见。

八侄女发嫁，兹寄去奁仪百两、套料裙料各一件。科三盖新屋移居，闻费钱颇多。兹寄去银百两，略为佽助。吾恐家中奢靡太惯，享受太过，故不肯多寄钱物回家，弟必久亮之矣。即问近好。

国藩手草

评点　子侄辈不能坐四抬轿

同治二年十月，驻扎江苏要塞东坝的太平军随王杨柳谷及高淳县城的主将杨友清投降湘军，是继古隆贤投降后另一件大降事。它使湘军轻易地扫除了江宁城的南面屏障，天京孤立的局面日益加重。

在皖南诸城相继收回，军事形势进展顺利时，皖北的乱象仍显猖獗势头。

凤台县有个秀才塾师名叫苗沛霖，是个强梁而反复无常的人。他靠在寿州办团练对抗捻军起家，先是投靠胜保，升官道员；后又投靠太平天国，受封奏王；不久又暗中与胜保勾结，诱执太平军英王陈玉成献给胜保。清政府要他解散团练，他不从。同治二年十月，在安徽蒙城，苗沛霖再次与清政府闹翻。曾氏与老四说的，就是苗此刻的状态。曾氏断定“苗亦不能成大气候”，此话很快便得到了应验。苗的团练迅速为蒙古王僧格林沁所击败，他本人也为陈玉成的旧部所杀。

四抬轿，即四个轿夫所抬的大轿。抬个轿子，有两人足够了，之所以要四人，无非是为了抬高规格，讲究排场罢了。还有八抬、十六抬的，其作用也是如此。天王洪秀全进天京城时，坐的是六十四人抬的黄龙轿。他如此浪费人力，张扬膨胀，其目的是要向天京城的百姓，乃至于向全国人民表示他是上帝次子的独一无二的身份。

轿子本身也有等级之分。篾结轿是极普通的代步工具，只要出几个小钱，是人人都可以坐的。呢轿则不同了。朝廷礼制：二品以上的大员坐绿呢轿，三品以下的中低级官员则坐蓝呢轿。没有官职的有钱人呢？大概只能坐黑呢轿了。曾氏当年在长沙办团练时，虽没有具体官职，但他是朝廷钦命的团练大臣，刚从正二品侍郎位上退下，坐与巡抚规格相当的绿呢大轿是理所当然的。但他连四抬轿也未坐，始终以一孝子身份严格要求自己：戴葛巾穿布衣办公事。现在居然连儿子都坐起四抬轿了，家中的奢华确实令他意外。

信中说“湖南现有总督四人”，即除曾氏外，尚有闽浙总督左宗棠、直隶总督刘长佑、云贵总督劳崇光。全国八个总督，湖南已占其半。过几年后，湖南的封疆大吏就更多了。“无湘不成军”“无湘不成省”的局面正在形成过程中，三湘四水开始赢来了盘古开天地以来从未有过的辉煌时代。

□ 致澄弟 同治二年十月二十四日

澄弟左右：

接弟十月初三日信，具悉一切。

王开炳在此，既有老弟之信，又有牧云、蔼亭日日赞不绝口，目前虽未派差使，将来必重用之。顷已略送盘费二十金，令资日用矣。东征局之得差委者，多黄、郭之族戚故旧，或并不到卡而得干支薪水优加保举，外间颇有违言，余亦颇有所闻。然黄、郭于此事实苦心经营而后办成，且黄受其怨而我享其利，不忍更责之也。

团山嘴桥告成，余只能出二百金，即日寄回。盖沅弟寄回银两太多，半为兄弟五家之私，半为宗族乡党之公，余不能不节俭少寄。为私家固宜少，即公事义举亦宜少。公私虽微有别，其由营搬银回湘乡则一耳。身家自奉固宜少，戚友馈赠亦宜少。人己虽微有别，其以公银作私用则一耳。余九月初四日之信竟尔沉失。十七日曾寄一信，言十月初六日新祠尽可入主，托赵玉班转送。赵误，专人送至安庆。今沅弟又有甲子年入主之说，余概不遥制，听弟主持可也。顺问近好。

国藩手草

评点　公银作私用宜少

黄冕借东征局以谋私，在这封信中得到曾氏本人的证实。其实，何止一个东征局，举凡湘军兴起后所有相应而设的机构，如粮台、厘局等等，无一不跟东征局一样：安排私人，冒领薪水，人浮于事，趁机滥保，贪污受贿，敲诈勒索。这真是没有办法的事！归罪于什么呢？归罪于人的私欲吗？归罪于中国的亲亲文化吗？归罪于制度的腐败和物资的贫乏吗？似乎与这些都可以沾得上边。

曾氏早年在京师做词臣时，曾对贪官污吏恨之入骨，一到他自己来办事时，又不得不睁只眼闭只眼，对黄冕的姑息养奸便是一例。常言说水至清则无鱼，要办大事，就要容得下鱼龙珠目，这诚然是不错的，但邪恶也便因此而得到滋生的土壤。由此看来，人类要达到整体美好的理想境界，怕永远都是实现不了的。

一个地方出了一位握有大权的人物，当地的人都想借此人的权为家乡办点事。这种想法，似乎被看作天经地义，向有权者提这个要求时也理直气壮，不认为是在图个人之私而是在谋众人之利。有权者大多也乐意为之，也以为是在谋众人之利而不是图个人之私。但曾氏不这样认为。他有一个清醒的认识：为私家也好，为公事义举也好，“公私虽微有别，其由营搬银回湘乡则一耳”。

家乡的公事，其实是放大了的私事。两者的本质是一样的。若要捐款，只能捐自己的正当收入，不能动用公款。身为知县，握一县之财权，当为全县百姓谋利。若将县金库里的银子拨给自己的家乡，则是侵害该县百姓的利益。身为巡抚，握一省之财权，当为全省百姓谋利。若将省藩库里的银子拨给自己的家乡，则是侵害该省百姓的利益。湘乡县修了一座桥，看来县衙门是想要曾氏以公款作捐助，而且口还张得不小。曾氏只拿出二百两银子，或许会令湘乡县衙门失望。究其实，二百两公款都不能出，要出只能从自己的俸禄里拿出。

曾氏毕竟不是一尘不染的圣贤，但他能有“以公银作私用则一耳”的认识，其头脑也就远比许许多多的官员们明白得多了。

□ 致沅弟 同治二年十一月初二日

沅弟左右：

接十月二十五日来信，具悉一切。

御赏诗文集谢折久已专差拜发，竟忘寄稿与弟，兹由公牍寄去。

湘后左右营应即由金陵粮台发饷，以归划一。王远和、黎定志既不明白，弟应速放管带或帮带官，切勿瞻徇迟疑。余在此与王柱堂说明，王、黎只暂带至金陵，即由弟另派人带，并无王、黎长带之说。公牍亦斟酌详明也。莘田叔所带两营，日内亦将到营，望弟无贪功之速成，但求事之稳适。厚庵告假，闻与雪琴微有不协，弟知其详否？即问近好。

国藩手草

正封缄间，闻苏州二十五克复，虽未得少荃信，而上海来人甚多，事甚确也。余保少荃，弟让程镇，大有益于东南全局，可慰可慰。弟二十八日夜信，顷亦接到。皖票昨夜始由篪轩送弟处，立意早定，而办事太慢，余之咎也。国藩又行。（初二申正）

评点　李鸿章杀降

同治二年五月，江苏巡抚李鸿章兵分三路，取远势以图收复苏州的战略。中路由昆山进兵，以李鹤章、刘铭传当之；南路由泖淀湖进兵，以李朝斌的太湖水师当之；并以戈登的常胜军等为各路游击援应。

苏州乃文化名城，清代时为江苏省垣。太平天国时期为苏福省的省会，忠王李秀成精心经营苏州，拟将它建为第二个天京。其城内之忠王府壮观宏丽，为仅次于天王府的第二大王府。守城的主将是慕王谭绍光。谭是金田乡人，十六岁便参加金田起义。同在苏州城里的还有纳王郜永宽、康王汪安钧、宁王周文嘉、比王伍贵文及四大天将张大洲、汪花班、汪有为、范起发。他们都是两湖人。这八个人控制着苏州城内四分之三的兵力和六个城门中的四个。他们与谭绍光不是一条心。

程学启本是从太平军中投降过来的，其部下也多为降人，副将郑国魁便与郜永宽等人熟。通过郑的联络，郜等人愿意投降。郜永宽与程学启、戈登等人在阳澄湖上达成投降协议。十月二十四日，郜永宽等八人在慕王府里杀了谭绍光，第二天献城投降。两天后，李鸿章在苏州娄门外军营宴请郜永宽等八人。就在郜等人接受红顶花翎的时候，帐内伏兵四起，立斩八人之头，同时命大兵进城，城内太平军数万人惨死在毫无戒备中。

作为以外人身份担保郜等人不死的戈登，对李鸿章这种背信弃义的杀降行为极为不满。李鸿章却不在乎，声称“此中国军政，与外国无干”。后经李鸿章多方弥缝，一面重赏常胜军，一面请赫德出面调解，终于了结了这桩事。

李鸿章的杀降不仅有违国际惯例，也为日后收复江宁城设置了巨大的障碍。后来，江宁城内几乎没有人出城投降。他们宁愿聚众自焚，也不愿既当叛徒又丢脑袋。

□ 致澄弟 同治二年十一月十四日

澄弟左右：

十一月十一日朱斋三来，接十月初六日一函，具悉一切。

围山嘴桥稍嫌用钱太多，南塘竟希公祠宇亦尽可不起。湖南作督抚者不止我曾姓一家，每代起一祠堂，则别家恐无此例，为我曾姓所创见矣。沅弟有功于国，有功于家，千好万好，但规模太大，手笔太廓，将来难乎为继。吾与弟当随时斟酌，设法裁减。此时竟希公祠宇业将告竣成事不说，其星冈公祠及温甫、事恒两弟之祠皆可不修，且待过十年之后再看（好从慢处来）。至嘱至嘱。

余往年撰联赠弟，有“俭以养廉，直而能忍”二语。弟之直人人知之，其能忍，则为阿兄所独知；弟之廉人人料之，其不俭，则阿兄所不及料也。以后望弟于俭字加一番工夫，用一番苦心，不特家常用度宜俭，即修造公费，周济人情，亦须有一俭字的意思。总之，爱惜物力，不失寒士之家风而已。莫怕寒村二字，莫怕悭吝二字，莫贪大方二字，莫贪豪爽二字。弟以为然否？

温弟妇今年四十一岁。兹寄去银一百、燕菜二匣，以为贺生之礼。其余寄亲族之炭敬、芝圃之对，均交牧云带回。此间自苏州克复、苗沛霖伏诛后诸事平安。即问近好。

国藩手草

评点 莫怕寒村悭吝，莫贪大方豪爽

早在道光二十七年，曾氏的叔父曾骥云就为大界曾氏建了第一座祠堂，即曾氏迁湘乡的四世祖元吉公祠堂。后来，随着战争爆发，曾氏兄弟日益煊赫，咸丰、同治年间，曾氏族人兴起一股大建祠堂的风气，先后建成的祠堂有高祖辅臣公祠、高伯祖楚材公祠、曾祖竟希

公祠、祖父星冈公祠、父亲竹亭公祠，还有远祖坝公祠、友近公祠等等，正如这封信中所说的“每代起一祠堂”。

对于建祠堂，曾氏本是热心者。咸丰八年他在家守父丧的时候，就建议兄弟合资为父母建祠堂，后又建高祖、祖父三代祠堂。咸丰十一年，由曾氏亲书匾额的“曾氏家庙”主体工程完工。家庙除立竹亭公神位外，还保存曾氏五兄弟所得到的朝廷赏赐及图书等物。曾氏还写了一篇《先大夫置祭费记》，将各房所捐献的财产祭告先大夫，并昭示后世子孙。

居住在老家的曾氏后人对建祠堂有很大的兴趣，这批人的首领便是四爷国潢。

为什么热衷于建祠堂呢？首先自然是曾氏家族如今出了大人物，凡大界曾氏族人皆有光，建祠立庙，既光宗耀祖，又在他姓面前摆脸。其二，有建祠堂这个题目，便可名正言顺地向族人征集银钱，也可向前线军营开口。主事者拿了这一大笔银子，便可得到许多好处。所以，族中的头面人物尤其热衷。曾国潢本是个好出风头的人，家乡大兴土木，他无形中成了总工头，又受人奉承，又得实惠，何乐不为！

但曾氏却不愿此风大炽。他叮嘱老四赶紧刹车，计划中的老六、老幺的祠堂便只好取消。

□ 致澄弟　同治二年十一月二十四日

澄弟左右：

十一月十七日接弟十月二十八衡州一缄，具悉一切。

此间近事，惟李少荃在苏州杀降王八人最快人意。兹将渠寄总理衙门信稿一件抄寄弟阅。戈登虽屡称欲与少荃开仗，少荃自度力足制之，并不畏怯。戈登亦无如之何，近日渐就范围矣。

衡州之粤盐，只禁船载，不禁路挑，弟所见极为有理。江西新城县亦为禁闽盐之路挑，竟被私贩将委员殴毙。现在衡州每挑既补二百四十，若再加，亦必激变。从前道光年间，衡州严禁粤私，从未禁遏得住。将来新章到衡，弟可与府县及厘卡说明，只有水卡查船载之私每斤加作八文，其陆卡查路挑之私概不再加分文。亦不必出告示，亦不必办公牍，但得水卡一处稽查，便算依了我之新章耳。兹将新刻章程三本寄回。

牧云于十七日回籍，带去银二十余封。兹将原单寄去，请弟照单查收。又内人寄澄弟妇菲仪五十两，余亦寄弟银百两，弟得毋笑黄河千年而始一清乎？又朱金权本年薪水银二十两，望即转给。弟家之渐趋奢华，闻因人客太多之故。此后总须步步收紧，切不可步步放松。禁坐四轿，姑从星冈公子孙做起，不过一二年，各房亦可渐改。总之，家门太盛，有福不可享尽，有势不可使尽。人人须记此二语也。即问近好。

国藩手草

评点　私盐只禁船载不禁路挑

李鸿章出尔反尔，杀业已投降的太平军将领，本是一件既有违诚信又不利整个战局的缺德事，却得到了朝廷的肯定（十一月二十三日曾氏给沅弟信："少荃业经入奏，谕旨谓其并无错处。"），又被曾氏称之为"最快人意"的事情。真令人叹息！

若说曾氏是一个头脑简单的鲁莽之夫，尚可理解，但恰恰就是他，早在带兵之初，便知道优待俘虏分化瓦解敌军的重要性。他的《解散歌》里说："第四不杀打过仗，丢了军器便释放。"向他投降的韦志俊、童海容、古隆贤等人，他也并没有杀，还给了他们游击、都司等虚衔，为何对李鸿章一次杀八个降王、并斩杀已做好投降准备的苏州城内数万太平军将士的行为如此称赞呢？

笔者分析，在曾氏的心里已认为战争的胜负成了定局，江宁城的攻下只是早晚间的事，分化瓦解已不是重要的策略了，对投降者，杀与不杀，都无所谓。杀之，则更解恨，更泄愤，更快意恩仇！至于诚信、承诺等等，在敌人的面前，可以完全不必顾及。

在中国史册上，这种杀降杀俘的事，屡见不鲜，却少见指责的声音。赵括的四十万被俘赵兵，在长平之役后被白起活埋，后世讥讽的只是赵括的纸上谈兵，很少有人谴责白起的惨无人道。人的生命价值，在中国古代很少被抬到最高最尊严的地位，尤其在乱世，在战争年代，生命更是被视为草芥。西方当然也跟中国差不了多少。但在近代，随着人道主义被广泛地宣传与认同，西方这方面的意识要比中国强得多。故而戈登痛恨李鸿章的这种行为，是可以理解的，不应当视为某些论者所说的纯是出于利益。

很少看到曾家的老四向乃兄提出有创见的建议，这次让我们看到了。

湖南衡州府属于两淮盐务的引地，即衡州府的老百姓，只能买两淮的盐，不能买别地产的盐。但衡州府离两淮盐的出产地远，离广东出产的粤盐产地近，粤盐价廉，淮盐价高，故老百姓愿意买粤盐。这就给粤盐提供了一个有利可乘的市场。但按政府的规定为不合法，故被称为私盐，在打击之列。严格地说，进入衡州府的所有的粤盐都是私盐，都应该禁止，但老四却给管理淮盐的最高长官两江总督提了一个建议：只禁船载，不禁路挑。说穿了，就是对私盐网开一面。既轰轰烈烈大张旗鼓地宣传政策，同时又为这个政策的顺利执行而作某些方面的通融或让步，这是为政者的策略，或者也可以说是施政艺术，实在是值得一切负有行政责任的人重视。

就拿禁粤私的事来说。船载者，乃大批走私，其主谋一定有相当的资产，走私一趟，所获之利也必丰。他既犯不着与官府死作对而丢掉其家产，又可以在罚款后仍能获利，故而乐意罚款。此外，水路设卡也较为方便。

相反，路挑者，尽是穷苦人，一次挑一百多斤盐，从广东来到衡州，历尽千辛万苦，所获之利甚微。你若再来罚款，他几乎无利可图，情急之下，毁卡打人之事都会发生。何况，陆路千岔百枝，防不胜防，你又哪来那么多的人力？百个挑夫所挑，不及一船所载。截住船载，便是得了大宗，即便流失了小部分，又有何妨？况且也给了那些穷苦人一条谋生之路。

不管从哪方面来说，“只禁船载，不禁路挑”，都是禁私盐的一条可行良法，难怪曾氏说“弟所见极为有理”。

□ 致澄弟 同治二年十二月初四日

澄弟左右：

初一日接弟二缄，一系蒋官一等十一月初三日所发，一系王继清等十一日所发，具悉一切。

此间近事平安。二十九日忽接鲍春霆信，言溧水失守。次日始知为谣言，该城实坚守无恙。伪忠王到金陵已二十日，尚未猛扑沅弟营盘。大约扑沅营数次不得逞，即以全力上犯江西耳。

袁婿读书之事抛荒太久，又心之所向不在此途，故不令其拜师上学。金二外甥悟性日开，发奋异常，文赋诗字均有长进，不特进学补廪可以操券而获，即乡会试亦大可望，可为蕙妹庆，可为诸舅庆。望弟详告蕙妹、王太宜人，尽可安心养病，不患无显荣之日也。

衡州都司唐翚，稍迟再行咨调。彭寿七爹钱挥，弟可涂销交彭九峰手。王辅臣已派至金柱关坐厘卡，距沅营仅百余里，当可常往请示。李家之挽联挽幛甚为妥叶。迪庵早年入款，尚有万金分存成、萧、蒋、毛、张五处。余拟提回寄李家，为姻伯养赡之资。此外奠仪之类，或尚可凑万金，为希帅丧事及迪、希二家将来日用之资。不知妥否？现尚未定局，亦未函告李家也。

安庆寓中内外大小平安，足慰远念。共办棉花车七架，每日纺声甚热闹。顺问近好。余详日记中。

兄国藩手草

评点　欧阳夫人带头纺纱

家属来到安庆督署后，曾氏为她们置办纺车七架，自纺棉纱。母女媳妇在内共六人，一人一点：欧阳夫人带头纺纱架，尚多一架，可能是给未来的媳妇——纪鸿太太准备的。

贵为总督家属，却要自纺棉纱；堂堂督署后院，终日响着纺车声。曾氏治家之严与曾氏家风之淳厚，于此可见一斑。

关于此事，曾氏的好友欧阳兆熊在其所著《水窗春呓》中有一段记载："文正夫人在安庆署中，每夜姑妇俩纺棉纱，以四两为率，二鼓后即歇。一夜不觉至三更，劼刚世子已就寝矣。夫人曰，今为尔说一笑话，以醒睡魔可乎：有率妇纺至夜深者，子怒詈，谓纺车声聒耳，不得眠，欲击碎之。父在房中应声曰，吾儿，可将尔母纺车一并击碎为妙。翌日早晨，文正为笑述之，坐中无不喷饭。"

夫人在夜间给儿媳讲笑话，而此笑话所讽刺的又恰恰是他自己这样的人，曾氏却把它搬到早餐桌上，对幕友们讲述，引得大家笑得喷饭。谁说曾氏是个终日板着脸孔的无味之徒，他也有幽默可亲的另一面哩！

□ 谕纪瑞 同治二年十二月十四日

字寄纪瑞侄左右：

前接吾侄来信，字迹端秀，知近日大有长进。纪鸿奉母来此，询及一切，知侄身体业已长成，孝友谨慎，至以为慰。吾家累世以来，孝弟勤俭。辅臣公以上吾不及见，竟希公、星冈公皆未明即起，竟日无片刻暇逸。竟希公少时在陈氏宗祠读书，正月上学，辅臣公给钱一百，为零用之需。五月归时，仅用去一文，尚余九十九文还其父。其俭如此。星冈公当孙入翰林之后，犹亲自种菜收粪。吾父竹亭公之勤俭，则尔等所及见也。今家中境地虽渐宽裕，侄与诸昆弟切不可忘却先世之艰难，有福不可享尽，有势不可使尽。勤字工夫，第一贵早起，第二贵有恒；俭字工夫，第一莫着华丽衣服，第二莫多用仆婢雇工。凡将相无种，圣贤豪杰亦无种，只要人肯立志，都可以做得到的。侄等处最顺之境，当最富之年，明年又从最贤之师，但须立定志向，何事不可成？何人不可作？愿吾侄早勉之也。荫生尚算正途功名，可以考御史。待侄十八九岁，即与纪泽同进京应考。然侄此际专心读书，宜以八股试帖为要，不可专恃荫生为基，总以乡试会试能到榜前，益为门户之光。

纪官闻甚聪慧，侄亦以立志二字，兄弟互相劝勉，则日进无疆矣。顺问近好。

涤生手示

评点　勿忘先世之艰难

曾氏侄儿众多，但现今保存的给侄辈信，却仅只有这一封。人们说，曾氏给弟弟的信，语气较峻厉；给儿子的信，语调要柔和得多；而这封给侄儿的信，其语气语调又比给儿子的信更柔和，更亲切，纯是一位慈祥温和的长者在跟晚辈娓娓叙谈：叙家世家风，谈期待勉励。

曾氏这封不足五百字的短信，句句说的是大白话，也句句说的是大实话，而内中又包含着天底下最重要最宝贵的人生道理，这些道理尤其对生在富裕权贵之家的年轻人更为管用。

富贵家子弟没有生存的压力，也少有机会看到人情冷暖、世态炎凉的一面，因而懒散、骄娇、脆弱、无大志常为他们的通病。针对这种普遍的社会现象，曾氏谆谆告诫侄儿要勤俭，要谨慎，要惜福，要不仗势，尤其是要立定志向，自己奋斗，切莫躺在父辈所营造的安乐窝中。

今日小康之家的后生子，愿你多诵几遍这封与侄书。

□致沅弟 同治三年正月二十六日

沅弟左右：

二十五日接十八日来信，二十六日接二十二夜来信。天保城以无意得之，大慰大慰。此与十一年安庆北门外两小垒相似，若再得宝塔梁子，则火候到矣。

弟近来气象极好，胸襟必能自养其淡定之天，而后发于外者有一段和平虚明之味。如去岁初奉不必专折奏事之谕，毫无怫郁之怀，近两月信于请饷请药毫无激迫之辞，此次于莘田、芝圃外家渣滓悉化，皆由胸襟广大之效验，可喜可敬。如金陵果克，于广大中再加一段谦退工夫，则萧然无与，人神同钦矣。富贵功名皆人世浮荣，惟胸次浩大是真正受用。余近年专在此处下功夫，愿与我弟交勉之。

闻家中内外大小及姊妹亲族无一不和睦整齐，皆弟连年筹划之功。愿弟出以广大之胸，再进以俭约之诫，则尽善矣。喜极答函，顺问近好。

国藩手草

评点　惟胸次浩大是真正受用

功名富贵，几乎人人都想得到，然而毕竟能得到者为少数，大多数得不到。个别痴迷者，或许将此引为一生憾事。但我们来听听这位功名到顶富贵已极的老先生的话：“富贵功名乃人世浮荣，惟胸次浩大是真正受用。余近年专在此处下功夫，愿与我弟交勉之。”

是不是此老得了好处又卖乖呢？笔者以为，至少不完全如此。功名富贵毕竟是外在的东西，未得到之前觉得它千好万好，得到之后才知道其实不过如此，况且还有许多随之而来的麻烦事。至于胸次浩大，乃是属于生命本身的内容，它可以让你时时刻刻感到胸襟开朗有如光风霁月，胸怀宽大如同海阔天空。这种愉悦感才是真正的人生享受。

同治三年新年以来，曾氏收到老九来自江宁城下的多封信。信中说：“无德而居高位，辱不足惜，恐误大局，斯受害者多，所以惴惴耳。”还说：“弟以德器太薄，领军太众，老师糜饷，久而无功，日夜惕惧，恐防变生。”老九这种临事而惧的心态最是乃兄所愿意看到的，故而说他气象甚好，进而与他谈事功与胸襟之间的差别。信中对老九提出望再益以“谦退”“俭约”的建议，正说明曾氏对老九这两个方面还不太满意。

□ 致澄弟　同治三年二月十四日

澄弟左右：

二月十三日接弟正月二十五日衡州一函，其萧开二等所带腊肉亦于十二始到。弟所寄食物多而且好，谢谢。

正月下冻冰雪太久，恐非佳兆，而弟决谷米之必贱，何也？此间亦苦风雪严寒，气象黯惨，几与庚申春间苏杭大变时景象相似，余深以为忧。幸二日内已放晴矣。

沅军平安如故。自正月底合围，贼至今未出城猛扑。探称洪逆积柴绕屋，自誓城破则放火自焚。上窜江西之贼近日未闻的报，不知已至抚、建否？

寓中大小平安。纪泽之病已愈，但尚禁风。后辈体气远不如吾兄弟之强壮也。吾所以屡教家人崇俭习劳，盖艰苦则筋骨渐强，娇养则精力愈弱也。老弟以为然否？顺问近好。

国藩手草

评点　艰苦则强，娇养则弱

由曾纪泽生病，曾氏发出后辈体气不强，是因为生活太富裕的感叹。曾氏五兄弟，除死于战场的老六、老幺外，其他三人都寿过六十（老大六十一岁，老四、老九均六十七岁）。曾氏的二子五女，除小女纪芬得享高龄（九十三岁）、三女纪琛年过花甲（六十八岁）外，其余均无过六十者；至于他的五个女婿，也无一人年过六十。

与父辈比起来，他们都是生长在安逸富足的环境中，但都享寿不永，可见曾氏“艰苦则筋骨渐强，娇养则精力愈弱”是有道理的。

□ 致澄弟　同治三年二月二十四日

澄弟左右：

接弟信，知临三生子，兰姊可慰于九泉矣。兹付去银十两为贺。五十侄女生子，亦寄十两为贺。请弟妥交。

此间近状平安。上海李军于十二日克复常州。金陵之贼外援已绝，计瓜熟蒂落之期当亦不远。惟米粮昂贵，且无处可买，颇以为虑。江西之贼自席军在金溪获胜，大局不致糜烂。然穷寇觅食纷窜，闽广两湖均属可虑，不可以其为残败之匪而忽之。如省城、衡州有与弟商及贼情者，宜互相诫慎也。

俭之一字，弟言时时用功，极慰极慰，然此事殊不易易。由既奢之后而返之于俭，若登天然。即如雇夫赴县，昔年仅轿夫二名，挑夫一名，今已增至十余名。欲挽回仅用七八名且不可得，况挽至三四名乎？随处留心，牢记有减无增四字，便极好耳。顺问近好。

国藩手草

评点　时时于俭字用功

曾四爷上一趟县城，轿夫随员竟然多至十余名！大爷天天喊节俭、节俭，看来四爷全当作耳边风了。

□ 致沅弟　同治三年三月初四日

沅弟左右：

三月一日接二月二十日哨官带来之信、二十七日排递之信，具悉一切。

米粮一路，金、曾各一万石当为可恃，少荃之二万，万、忠之二万，不知可得一半否。弟观兄如此打算，果可过三、四、五、六荒月否?

里下河之捐，少荃与仲仙现并未停，吾兄弟若开办，亦不必会少荃衔入奏。吾因下游为捐所苦，百姓望我如婴儿之望慈母，本不欲再办捐输，已拟稿咨复弟处（咨稿抄阅）。顷闻幼丹中丞奏请江西厘金全归本省，或江皖各半。从此饷源大绌，竟不能不出于捐之一途，前稿暂不咨弟处矣。但办捐则须于泰、沪各设一局，请弟与南翁、篪轩商定规模，逐条开示，并拟定委员。设局之后再行入奏可也。顺问近好。

国藩手草

与春霆信一函，弟阅后加封递去，或专人飞送。

评点　与沈葆桢争夺江西厘金

正当江宁战事处于决战阶段，急需银子鼓励士气的时候，不料却杀出一个沈葆桢与曾氏争夺江西厘金的事情来。

沈葆桢是中国近代一位杰出的官员，他晚年充当船政大臣及两江总督兼南洋大臣时，为国家的海军建设做了不少实事，是洋务运动中的一个重要人物，所以我们花点笔墨在这里多说两句。

沈是福建侯官人，林则徐的外甥兼女婿，道光进士，咸丰五年底以编修外放九江知府，此时曾氏正带领湘军在江西打仗。咸丰六年八月，沈署理广信府知府。在太平军攻打广信府时，沈临危不惧，坚守府城，直至太平军退走。沈的这种表现，深为曾氏赞赏。事后，他在给朝廷的奏章中写道："幸知府沈葆桢先驰入城，得以预请援师，与参将荣寿……立志坚守，提调援师，保全要郡，实属危而获安。沈葆桢原系云贵总督林则徐之甥，又系其女婿，讲求有素。此次守城，吏民散尽，衙署一空，其妻亦同在危城，无仆无婢，躬汲爨具壶浆以饷士卒……两年以来，江西连陷数十郡县，皆因守土者先怀去志，惟汪报闫守赣州、沈葆桢守广信，独能伸明大义，裨益全局。”

就是因为这样褒奖备至的奏章，一个普普通通的知府给朝廷留下了深刻的印象，沈很快被提拔为广饶九南道道员。咸丰八年，曾氏又将沈调到湘军广信粮台任总理，“所有两湖、江西协济之饷银、军火，均由该道派员转解”。这样，沈又成了曾氏幕府的重要成员。

咸丰十年初，沈葆桢因性情耿介与江西官场中的某些人办事不和，便借亲老无人照顾为由，告养回籍。五月，曾氏会同江西巡抚毓科专门上折，请起用沈葆桢，对沈予以很高评价：“按察使衔九江道沈葆桢，明而能断。咸丰六年在署广信府任内坚守郡城，保全东路，嗣蒙简用监司，仍留防务，筹兵筹饷，吏畏民怀……其去广信也，士民遮道攀援，来臣处呈请留者凡十数次……该道器识才略，实堪大用，臣目中罕见其匹。”

这年七月，曾氏在奏保李鸿章时，又提到了沈：“该员劲气内敛，才大心细，与臣前保之沈葆桢二人，并堪膺封疆之寄。”

曾氏明白地指出，沈与李鸿章一样，都是督抚之材。但沈葆桢脾气倔强，曾氏这样荐他保他，朝廷也授他吉南赣宁道员之职，他就是住在侯官家中不出来。朝廷无奈，只得批准他开缺在家终养。

咸丰十一年十月，曾氏已实授两江总督，他再次请求朝廷敦促沈出山。于是朝廷强行命令沈“移孝作忠，艰难共济”，速赴曾氏军营，听其调遣。十一月二十五日，曾氏再次保举沈“堪膺疆寄”。十二月十八日，朝廷正式颁发上谕，授沈江西巡抚之职。

从以上所列来看，沈葆桢是一个为曾氏所十分器重的人，并在曾氏的一再保举下才得以破格大用。而且，他还有过一段曾氏幕府人员的经历。在通常情况下，按官场术语来说，沈是曾氏这条线上的人。他应对曾氏感恩戴德，全心全意支持曾氏的事业。

但事情并非如此。前面说过，沈性情耿介，脾气倔强，他有自己的头脑，也有自己的处事原则，并不愿意事事都听曾氏的。沈这次截留江西厘金的行为，极大地激怒了曾氏。他给朝廷上了一道近三千字的长折，词气亢厉，指责沈此举极为不当，于情于分都说不过去。他气愤地说："厘金之起，始于咸丰三年雷以諴倡办于扬州，专为发逆兵事而设，初非国家经制之款。臣忝督两江，又绾兵符，凡江西土地所出之财，臣皆得奏明提用，即丁、漕、洋税，三者一一分提济用，亦不为过，何况厘金奏定之款，尤为分内应筹之饷，不得因为协饷，更不得称为隔省代谋。如江西以臣为代谋之客，则何处是臣应筹饷之地！"然后又翻老账，指出沈前此两次在饷银上的不友好态度。

自带勇打仗以来，最令曾氏头痛的便是筹饷一事。过去饷不易筹，他是怪自己没地方实权，是客寄虚悬，也只有发发牢骚而已，不便向当地督抚动气。他没有想到，如今自己身为两江总督，居然就在自己的辖境，一个巡抚敢于截留厘金与他作对。更何况这个巡抚是他一手保举上来的，更何况当此千钧一发之时！曾氏的气恼自然非比一般。我们查看曾氏全集中所收的七千多道奏稿，像这样激动亢厉、火气旺烈的奏折，也不过两三份！

但沈葆桢对此并不畏惧。他认为截留厘金也是为了江西的军务，保江西即保江南全局，没有错。他给曾国藩的信，口气也十分强硬："本部院受病日深，万难恋栈，原不必妄参末议，自蹈愆尤，况援师已出皖南，稍尽畛域之心，尽可借端推诿。"

本就不想再出山了，江西巡抚当不当无所谓！沈葆桢说到做到，立即向朝廷递交辞呈。沈的这种宁辞职也不让步的态度镇住了朝廷。朝廷不但不指摘他，反而下诏慰留。

这桩曾、沈为江西厘金归属大打官司的事件震动当时官场，恭王奕䜣、大学士户部尚书倭仁、总理衙门都为此事专折奏陈，最后由户部出面裁定：江西厘金由江西省与曾氏各分一半。这个裁定给了沈葆桢面子。再由总理衙门出面，由上海轮船经费中调拨曾氏银五十万两，其中虽有虚数，但可落实二十万两。这样，曾氏于实际上并没吃亏。

半个月来，曾氏一直为此事心情烦闷恼火。即便结局如此，他心里仍不满意，三月二十七日日记中写道："因念枢廷苦心调停，令人感激；而劳逸轻重之间，又未尝不叹公道之不明也。"

曾氏可能一直在纳闷着：沈葆桢为什么敢于以如此强硬的态度与他对抗？以笔者看来，除开其性格强悍和所为乃出于公心两点外，还有另外一个背景，那就是整个江西官场对曾氏怀有很深的成见。这成见产生在咸丰四年底至咸丰七年初这段时期。

在江西的这两年多里，正是曾氏军务艰难的时期。湘军战绩不佳，但饷银却催得很紧，官场民间一片怨恨。曾氏一意孤行，还劾罢了巡抚陈启迈、臬司恽光宸，弄得官场上下人人自危。到了咸丰七年初，他又丢下一个烂摊子不管，不等朝命便匆匆回籍奔父丧，江西官场士林交相指摘。曾氏因此在江西的形象很不好。

咸丰十年，曾氏出任两江总督。时任江西藩司的张集馨便站在江西省的立场上，对曾氏多有指责。他在《自订年谱》中说："当时曾帅具奏，言厘金由大营济饷，丁、漕归江西支用；未几又奏提漕折每月五万两，济皖南军饷内提一万两制造军火帐房，以四万两解营；未几又札提每月于地丁项内拨银三万两……殊不知本省只剩地丁及杂税十余万……曾涤生不顾全局，决裂无疑。""曾帅所批，直是玩视民瘼。平昔尚以理学自负，试问读圣贤书者，有如是之横征暴敛，掊克民生，剥削元气者乎？"

从张集馨的话中可知，江西省一直将曾氏看作一个只知横征暴敛而不顾地方死活的人。正是在这样一种氛围中，沈葆桢才敢于放胆跟曾氏争斗。因为他的背后，有整个江西官场在支持着！

□ 致沅弟 同治三年三月初七日

沅弟左右：

初四日接弟初一日信，具悉一切。

京察考语，此间至今未接军机处附片知会，亦未接到部文。甚矣！小军机无应酬馈赠，真一步不可行也（元年京察系军机抄谕旨知会）。

里下河之捐，拟于此间派一员赴泰，而仍以篪轩作主。兹有复篪轩信，弟阅后加封专人送去。沪局之捐，拟派张仙舫前往。张办捐最为精细娴熟，可以胜任。特大胜关查盐，一时未得替人耳。

杭州于二十四日克复，湖、常二郡计亦可速复。金陵最后乃复，此理之固然者，弟不必焦灼，总以保养精神细心照料为要。南云今日到此，体气尚疲。顺问近好。

国藩手草

丹畦之姊丈窦兰泉，日内将往弟营拜访。

评点 无应酬馈赠则不能办事

据曾氏同治三年三月十四日记载，正月二十三日的邸抄已刊出本年京察（当时的京察，类似于今日的年终考核）获优等者十人。其中京官五人，为恭王奕䜣与另外四个军机大臣；外官五人，为曾氏及湖广总督官文、四川总督骆秉章、闽浙总督左宗棠、江苏巡抚李鸿章。将近两个月了，他并没有接到正式通知，所以无法具折谢恩。

正式通知的来源有两个途径，一为军机处，二为吏部。军机处办理这种事的为军机章京。军机处系雍正朝设立的专为皇帝办理西北军事的机构。西北军事结束后，军机处依旧保留下来，为皇帝办理日常事务。后来军机处便日益取代内阁而成为最高权力机构，相应地，内阁便名存实亡。所以，从雍正朝开始，清代的真正宰相是军机处领班大臣，大学士成为虚衔。正因为这样，立有大功的督抚便可以得大学士的加衔而不必到内阁视事。比如曾氏同治元年授协办大学士，同治六年授体仁阁大学士，第二年改授武英殿大学士，他实际上依旧在江南做他的两江总督，并未进京。

军机处除领班大臣外，还有五六个军机大臣。这些军机大臣由各部尚书、侍郎充当，都是军机处里有实权的人物。另外还有二十多名办事人员，分为四班，日夜当值，他们办理日常事务，在军机处会议上没有发言权，更没有决定权。这些人被称之为军机章京，俗称小军机。小军机尽管官职不高，没有实权，但他们身处的位置极不一般，国家机密大事他们能得以与闻，文武百官对他们往往另眼相看。若出差到了地方，督抚们都将他们与大军机（军机大臣）一样地当作朝廷要员看待。近代最有名的军机章京莫过于戊戌变法中的四章京：谭嗣同、杨锐、刘光第、林旭。

曾氏感叹，平时没有给军机处的小军机们以应酬馈赠，到时便一步都行不通。皇帝的考核已经出来了，但他们就是不给你办正式文件，弄得你有苦无处说。你若空口催他，他就说忙不过来，再等一等；你若拿着银子去见他，今日见面，明日就可以如愿办成。这种不显形的以权谋私，真令人气闷！

曾氏是个不善于行贿的人。当年在京为父母请封诰，因为没有打点礼部办事的小官员，结果事情一拖再拖。现在拥有赫赫威仪，自然更不愿意向那些小军机去行贿；结果呢，这些小军机也不买他的账，就势卡一卡。

只要有一点小小的权力在手，便要把它用足用够用过分。呜呼，官场之痼疾，何时可以治愈！

□ 致沅弟　同治三年三月十二日

沅弟左右：

接初七夜一缄，欣悉句容克复，从此城贼冲出益无停足之地，当不至贻患他方，至以为慰。弟增十六小垒，开数处地道，自因急求奏功，多方谋之。闻杭城克复之信，想弟亦增焦灼，求效之心尤迫于星火。惟此等大事，实有天意与国运为之主，特非吾辈所能为力、所能自主者。虚心实力勤苦谨慎八字，尽其在我者而已。

春霆既克句容，宜亲驻句容，专打金陵破时冲出之贼。篪轩办捐之札，专人坐轮船送去。刘方伯札亦发。惟少荃近日与余兄弟音信极希，其名声亦少减。有自沪来者，言其署中藏珍珠灯、八宝床、翡翠菜碗之类，值数十万金，其弟季荃好货尤甚等语，亦非所宜。将来沪局劝捐，恐又得与余处龃龉。幼丹截分厘金之事，今日具疏争之，竟决裂矣。

奉初六日寄谕，恐金陵军心不一，欲余亲往督办，盖亦深知城大合围之难。余拟复奏仍由弟一手经营。惟常常怕弟患病，弟千万保养，竟此大功。顺问近好。

国藩手草

评点　李鸿章贪财

李鸿章才大识高，毫无疑问是中国近代史上的一时人杰。但李鸿章的名声却不好，除开他办了许多错事，比如亲手签订好些个丧权辱国的条约，招来骂名外，他在人品上也有不少值得指责处。站在今天的角度，历史地客观地看待李鸿章所办的错事，有些的确情有可原，因为一则他是奉命办事，二则弱国无外交，在强敌面前，他李鸿章再想做英雄也做不起来；但对于李鸿章人品上的缺陷，则没有任何必要为他辩护。

李鸿章是曾氏的年家子、入室门生、幕僚，曾氏对他一向着意培植，后来鉴于李的才具和形势的需要，更是将他当作替手予以放手使用。但李并不是曾氏理想的接班人，他很清楚李身上有着不少严重的缺点，而这些缺点，都不在“才”上，而在“德”上。比如，李刚来曾的幕府，便谎称有病而不愿起早床与大家共吃早饭，曾氏严肃地对他说：“少荃，此处所尚惟一诚字。”意谓李不诚实。又，李将要赴直隶任总督，临行前请教曾氏。曾氏问他怎么与外国人打交道。李回答：“我与他们打痞子腔。”曾氏问：“痞子腔怎么打法？”李知道自己错了，请曾氏批评。于此处可见曾氏不满意李的油滑。又，曾氏对他的两个学生——李鸿章和俞樾各有一句话的评价：李少荃拼命做官，俞曲园拼命著书。这是批评李官瘾很大。

曾氏所指出的这几点——不诚、油滑、热衷，的确是李的三个大缺点。除此外，李还有一个致命的缺点，即贪财。

李鸿章以淮军发迹，很快便跻身督抚高位。他的后半生执掌国家外交洋务大权凡三十余年，在为国家办事的同时，也为自己聚敛了巨大的财富。当时有一副联语流传甚广，道是“宰相合肥天下瘦，司农常熟世间荒”。

后句说的是翁同龢。翁为江苏常熟人，官居户部尚书，户部尚书古时称为大司农，意谓司农家中常年丰收而农村的田是荒的。前句说的便是李鸿章。李乃合肥人，身为大学士，即是宰相。宰相倒是肥了，而天下百姓却都是瘦子。这是一副绝妙的对联，借李、翁的籍贯来讥讽他们的贪敛，又以国困民贫来加以反衬。制联者真乃聪明透顶。

李家后人至今保存着李鸿章去世后，其直系子孙遗产分配的合同。合同中提到李家在合肥、巢县、六安州、霍山都有大量田产，在扬州有当铺，在庐州府、江宁、扬州、上海等地有大批房产。合同中只提到不动产，至于金银财宝等动产部分还不知有多少。梁启超说："世人竟传李鸿章富甲天下，此其事殆不足信，大约数百万金之产业，意中事也。"

此信透露了这方面的一点信息。

值得我们注意的是，光绪己卯（五年）刊刻的《曾文正公全集·家书》中所收录的这封信，做了大量的删节，从"篪轩办捐之札"起到"恐又得与余处龃龉"全部删掉了。这是怎么回事呢？

原来，曾氏死后不久所刻印的《曾文正公全集》，署名的虽只有李瀚章、李元度、黎庶昌、吴汝纶等几个人，其实，李鸿章、曾国荃、曾纪泽等人都是参与其事的；至于关注此事者，更是遍于朝野内外、官场士林。编辑这部全集，自是一桩大事。当时，李鸿章已是文华殿大学士、直隶总督兼北洋大臣。不仅为首相，且为疆臣领袖，真可谓声名煊赫，炙手可热，况且这时曾、李两家已联了姻（曾纪泽的女儿广璇许嫁李鸿章的侄子经馥）。曾国荃叔侄自然不愿得罪这个一直恭敬执弟子礼的后起之秀。为了顾全李的脸面，为了曾、李两家的情谊，删掉这段于李家兄弟不利的话，是很有必要的。这样做，诚然于"存史"这个角度来看有失真实，但现实意义重大。事实上，中国有史书以来的所有史书，又有哪一部是百分之百的存史？何况，编辑曾氏全集的首要目的，还不是存史。全集中删去对李不利文字的信还不只这一封，今后我们在相关部分再来评点。感谢湘乡曾氏老家百年旧档的保存者、出版者，借助于全璧，让我们看到了历史的本真形态。

□ 致澄弟　同治三年三月十四日

澄弟左右：

初十日接周有元带来之缄，十四日接胡立名带来之缄，皆弟二十三、四日在县城所发者，具悉一切。

此间近事，杭州、余杭皆于二月二十四日克复。鲍春霆攻剿句容，于三月初七日克复。大致极为顺遂。惟金陵城贼坚守如常，并无粮尽确耗，又新插麦禾甚多，竟不知何日始能了此公案！江西之贼尚在南丰、新城，其气甚衰，逃者甚众，应不能为害他方，惟广东之贼坚悍，无散归之志，终当变成流贼，蔓延闽粤两湖，是可虑耳。

县中文庙费在万串以外，余当捐五百串，以为之倡，此外各营凑捐，当易成事。

季弟专祠，即买南门之专祠亦无不可。谕祭文到日，遣官致祭。其遣来之官，即天使也。京师大员得邀谕祭者，系礼部堂官充天使。余曾充过数次。奠酒三杯，天使立而不跪。读文毕，天使三揖而退，孝子跪迎跪送。丧家以酒席陪敬天使，并赠送袍、褂、朝珠、冠补等物。极多八色，少或六色、四色。此京中以尚书、侍郎充天使者之概也。外间充天使者，从前陶文毅家，系省城派道员前往。近来罗、李、王家，皆系派本县知县，其仪注如何，余不得知也。

荷亭之侄信渠至今未到。守之早已自皖起程，须绕至宜昌一看家眷，计三月必到湖南。邓寅皆兄总以到馆为妙，渠非愿受干脩之人，余亦向不肯荐干馆。天下不义之财，干馆亦其一也。顺问近好。

国藩手草

评点　天使致祭时的礼仪

读读这封家书，可以使我们知道一百四十年前，“为国捐躯”

的高级官员的丧礼仪式。除此之外，也让我们知道，代表朝廷的所谓“天使”级别相差悬殊，有从一品的尚书，也有七品芝麻官县令，而且办完公事后，都要接受丧家所送的私礼。

□致澄弟 同治三年三月二十四日

澄弟左右：

三月十八日接弟排递之信，言惠妹病重，即于十九日船送叶亭回家。二十日接弟二月十七在玉班家所发之信，具悉一切。

此间近状，金陵沅军平稳如常。鲍军攻克句容后，余令分守东坝、句容两处。少荃进攻常州，即日可以得手。常州克，则金陵、湖州两处城亦难孤立。所虑者，群贼上犯，变成流寇耳。浙江之贼窜扰徽州，十三日毛军小挫，十四五六日均获小胜，十七日唐、毛二军大败。金逸亭新到屯溪，尚未开仗。目下徽州、休宁四面皆贼，而贼之头队已由婺源分窜江西矣。不特江西大遭蹂躏，即吾湘与闽粤及极可虑。

冯树堂劝弟不必晋省。金石之言，望弟以后信而从之。不特不必到省管闲事，即衡州东征局务及盐局之务亦可不必与闻。贵价弟三字极不易当，动辄惹人谈论，生出谣言。此时家门极盛，处处皆行得通。一旦失势，炎凉之态处处使人难堪。故不如预为之地，不见不闻之为愈也。树堂赴粤之事，余当备咨并写亲笔信与之。在外多年，看来如树堂、岱云、霞、筠等友实为难得也。

余身体平安。惟因饷项支绌、群贼纷窜二事十分焦灼。内人咳嗽不止，大女儿体日瘦弱，余俱顺适。顺问近好。

兄国藩手草

评点 不要管闲事

曾老四是个好出风头爱管闲事的人，时常喜欢到长沙城、衡州府里走走，而且带着一行十多人的庞大队伍。为什么要这么多人？除开摆脸面外，大概也还有些实用。估计最大的实用是搬送礼品。从湘乡将礼品搬到长沙、衡州，又从长沙、衡州搬礼品回湘乡。曾老四哪有这么多事要办？估计曾家的私事少，别人所托的事居多。

一兄一弟在外面做这么大的事业，在家的老四真可谓乡人眼中的“神灵菩萨”。岂止乡人，湘乡县城里的官场绅商，也绝对如此供奉着这位四爷。有办不了的事情，有想得到分外利益的人，都会来找四爷这个门子。这个门子上可通天，下可入海，中国的事情，在这里没有办不了的。当然，这些人也不会白找四爷，只需他动动步、动动嘴，钱和物都会滚滚而来。

但是，大爷却不同意他这样做。在曾氏看来，这是被人利用尚洋洋自得，只图眼前痛快而不思后果，劝他赶紧收场。

处极盛时期，却时常想到“失势”，这是曾氏一贯的思维定式。它能使人不至于头脑发热发昏，从而不做出过头过激的事来，始终保持清醒的认识，保持一颗平常心。万一哪天真的从天顶上掉了下来，也不至于有太多的失落感。

官场商海，都是风险较大、变数较多的地方。有志于在此地搏击的人，储存一点曾氏这样的心态，是大有好处的。

□ 致沅弟 同治三年三月二十四日

沅弟左右：

二十二日戈什哈归，接十七日信，二十三四日又接弟二十、二十一日两缄。具悉一切。

现在饷项有着者，只有广东报解二批共十万，批中声明另解弟处二万而已，此外茫无着落。贼之大股尽窜江西，婺源闻已于十八日失守，而贼方源源续往。鲍军务以东坝、句容为重，不必助攻金、丹。请弟先行函告，余即日亦有函檄嘱之也。

萧为则之六成饷万三千金，已解水营马倅处，以后余再谆托秀渭。弟军之营若有余，每月让七八百石与萧营分食，不必再发赈济。江西厘事，户部议准各半，而王少鹤抗疏代我争之，大约京中于此事亦纷纷辩论。弟处若有余力放赈，则何以对沈中丞及江西商民也？望弟即日将赈局停止。

城内放出之妇幼，迪庵前在九江一概不收，仍送进城内。一则城内饥饿者多可致内乱，二则恐贼之眷口从此得生也。望弟参酌。顺问近好。

国藩手草

澄弟二月一信附去。

评点　停止赈局送回妇幼

从曾氏要老九不再放赈及将江宁城内放出的妇女儿童再送回城，以达内乱加剧、斩草除根的目的这两件事上，我们可以看出曾氏内心深处的冷酷和残忍。

正是李鸿章的杀降和曾氏的送回妇幼，使得江宁城内的太平军及其眷属彻底断绝了求生的念头。他们宁愿嚼草根也不出城觅食，宁愿集体自焚也不投降。人类最惨无人道的互相残杀，就这样出现在十九世纪六十年代初，出现在曾经绮丽香艳的石头城内外。

□ 致沅弟　同治三年三月二十六日

沅弟左右：

接二十二日午刻信，得悉金坛、丹阳次第克复，慰甚。鲍军上援江西，余已飞檄调之。但春霆于元年冬丁艰，力求回籍治丧，余许以打开宁国四面之贼即准回籍。二年二月，春霆求践前约，余展限打开东坝乃准回籍。东坝克后，春霆又求践前约。余展限五个月，以今年二月底为度。至三月初，春霆要请甚迫，余又展限以金陵克复为度。此次不待金陵克复而遽令援江，在我则失信太多，在霆则坚求还蜀，此意中之事，亦无可强派之事，望弟与之再三细商。但借渠之名望援救江西，以安江西官绅士民之心。只须宋镇、娄、冯等率之以往，不必春霆亲往督办。春霆行至安庆等处，余即具疏奏请准渠回籍治丧。一至九江，渠即可分手回蜀，听宋、娄等带队入江西援剿可也。爽约太多，人心不复见信，望弟与霆一一详说，言此番决无爽约之理。并请春霆速发告示咨文至江，言渠即日来援，以安人心。至要至要。

余昨日具疏告病，一则以用事太久，恐中外疑我兵权太重，利权太大，不能不缩手以释群疑。一则金陵幸克，兄弟皆当引退，即以此为张本也。顺问近好。

国藩手草

调春霆一咨附去，请专送。

评点　病不在身而在心

与沈葆桢争江西厘金一事，对曾氏打击颇大。一则沈之行为类似忘恩负义，他心里难受。二则沈官声好，得民心。这种人出来与之作对，在舆情上曾氏占不到上风。三则没有多久，大股太平军从皖南进入江西，江西空前危急，这证明沈截厘金道理充分。三月十八日，曾氏在给老九的信中以伤感的情调写道："贼之大股已由休南续犯江西，江西万不能支。江省民心本颂沈而谤我，今又因争厘金而意气参商之时，绅民怨我久用江西之厘而不能拨一兵以救援。江西此贼又适由徽境放入，将来谤议之纷腾，正有不堪设想者。"

曾氏由此得了心病。曾氏年谱上说："户部以江西牙厘之半拨归金陵、皖南大营，以其半留供本省之饷。公以是时金陵未克，江西流寇复盛，统军甚多，需饷甚巨，既恐饷匮以致军事决裂，又以握兵符掌利权为时所忌，遂有功遂身退之志矣。"

具体表现就是信中所说的告病疏。疏不长，我们全文抄录于下："奏为微臣身体患病，恳恩赏假一月，在营调养，仰祈圣鉴事。窃臣向患呕吐之症，每发则减食断劳，旋就痊可。三月二十二日复行举发，以为旧恙，不甚经意。二十四日忽然眩晕，左手左脚疼痛异常，搐瘴数次，起坐不便，延医诊视，据云肝象血亏，又中风寒，非调理得宜，恐成偏废之症。臣忝绾兵符将近四年，尚未克复金陵，悚仄方深，若遽婴疾不能治事，尤增愧憾。幸右手尚能勉强作字，而年未六十，或不至竟成痼疾。惟有仰恳皇上天恩，俯准赏假一月，在营调养，一俟病痊，即当奏明销假。理合附驿驰陈，伏乞皇太后、皇上圣鉴训示。谨奏。"

曾氏心情恶劣，忽发眩晕，手脚痉挛，应当都是可能的，但之所以奏明朝廷，请假一月，其意不在养病而在其他。这封信上说了两点。还有一点，那就是向朝廷暗示他对江西厘金的处置不满意。这层意思，只能深埋在心里，即便是亲兄弟，也不能挑明。

其实，这用不着挑明，朝廷是知道的，老九也是知道的。

□ 致沅弟 同治三年四月初三日

沅弟左右：

接二十七、八日两信，具悉一切。

地道既难中止，听弟加工再挖，余不复遥制。徽、休、祁、黟俱无恙，贼已由婺境横窜遂安、华埠，将仍走玉山、广信以犯抚、建，闻剃头者甚多，并不杀人放火，或有各自逃散之意亦未可知。弟军今年饷项之少为历年所无，余岂忍更有挑剔，况近来外侮纷至迭乘，余日夜战兢恐惧，若有大祸即临眉睫者。即兄弟同心御侮，尚恐众推墙倒，岂肯微生芥蒂？又岂肯因弟词气稍戆藏诸胸臆？又岂肯受他人千言万怄遂不容胞弟片语乎？老弟千万放心，千万保养。此时之兄弟，实患难风波之兄弟，惟有互劝互勖互恭维而已。

余日内所患者三端：一则恐弟过劳生病，弁勇因饷绌而散漫；二则恐霆营人心涣散，另生祸变，兹将霆营周委员寄鄂台一信抄阅；三则恐汉中大股东窜，庐（普守）、巢（何绍彩守巢）、和、滁俱不能守，西梁山亦无兵可以拨防。此三事中，弟有法可以补救一二否？即问近好。

评点　互劝互勖互恭维

这段时期，是曾氏心绪极坏的一段时期。我们看他的日记，尽是“殊用焦灼，不能治事”“寸心郁郁”“绕屋徘徊，若将有祸变之及者”。心情之所以如此，江西厘金固然是主要原因；围攻江宁已到关键时刻，唯恐意外，也是一大缘故。除此，纪泽病重，妹妹国蕙病逝，也对他的心情有很大的影响。曾氏同胞九兄妹，这几年间陆续死去六人，再加上父亲、叔父、妹夫、陈氏妾，七八年间死去十人之多。常言道兔死狐悲，物伤其类，眼看着这些与他血肉相连、关系密切的人一个个故去，曾氏怎能不伤痛、不悲哀？在这种心境下，更感到在做着同一事业的手足之情的珍贵。“此时之兄弟，实患难风波之兄弟，惟有互劝互勖互恭维而已”，这的确是出自肺腑的心声，然而唯其如此，也让人更感凄恻。

局外之人，都以为他们在干轰轰烈烈、风光无比的大事；后世之人，对他们在历史上的作为或仰慕或痛诋，但绝少有人知道他们成功前夕的这种令人酸楚的心绪。

□致沅弟　同治三年四月二十八日

沅弟左右：

二十四五日接二十一日两信，二十六日接二十三夜来信，具悉一切。余已于二十七日具片销假矣。弟信既恳至，雪琴又由湖口特来此间一行，遂不复续假，亦恐人疑我此举专为沈中丞也。片稿先抄弟阅。

抚州于十八早解围，外间言围攻极猛，不知实尚隔一大河，炮船排列，断难飞渡也。富公数千人预备助剿金陵。谕旨令其以江北为重，富来函亦谓即将调回扬防。大约除少荃亲来外，别无一支来弟处帮忙者。事权之一，可喜；担荷之重，亦可惧。究竟尹光六须借稿荐否？中关之接济已断否？望示及。

弟病在水不能生木，余亦夙有此疾，非药物所能为力。每日无论如何忙迫，总须略有抽闲之时，或静坐，或渴睡，或散步，火不动，则水得所养矣。弟若续接沪饷九万，可分二三万运湘中官盐否？顺问近好。

评点　每日总须略有抽闲之时

江宁城下，吉字营与太平军的决战已处于最后阶段。城内是万众一心，死守到底，任何选择都已彻底断绝，只有一个信念：人在城在，城破人亡。

城外的吉字营也是非拿下这座城、夺取这个天下第一功不可，再缺饷，再乏粮，他们也要硬着头皮顶住，绝不撤退。仗打到这个地步，已无任何理智可言了。每天摆在双方面前的只有两种状态：打仗、死亡。

前线的总指挥固然是焦头烂额、心肝俱裂，后方的统帅也同样是忧心如焚、寝食不安。据曾纪芬说，他们所住的两江总督衙门，原先是太平天国的英王府。曾氏搬进来后，屋前屋后添种了许多他所喜爱的竹子，又在后院房屋的二楼上加了一间小望楼。望楼里没有别的东西，只铺着一张棉垫。曾氏每天傍晚都要来到这间小望楼里，跪在棉垫上，默默向天祷告。他们当时都知道这是其父在为前线的九叔而祈祷。

从这封信里，我们可以知道，曾纪芬只说对了一半，还有一半便是信中所说的：借此让自己的心静下来。

曾氏早年在京师拜理学名家唐鉴、倭仁为师，从他们那里所得到的最大教益便是懂得“静”的重要。道光二十二年十月二十七日的日记写道：“唐先生言，最是‘静’字功夫要紧。大程夫子是三代后圣人，亦是‘静’字功夫足。王文成亦是‘静’字有功夫，所以他能不动心。若不静，省身也不密，见理也不明，都是浮的。总是要静。”

他自制的《五箴》里便有一首《主静箴》，内中说：“后有毒蛇，前有猛虎。神定不慑，谁敢余侮？岂伊避人，日对三军。我虑则一，彼纷不纷。”

心静则神定，神定则虎蛇不惧，则能驾驭三军。一天到晚，曾氏都在烦躁惊疑中度过，心浮神散，于是他每天不管多忙多乱，都要抽出一时半刻出来，找一个安静的地方来收心定神。这小望楼便是最好之处。他把自己这种养生心得传授给老九。老九这一年来身体状况不佳，当然是战事危急引发的。曾氏认为老九的病在肝脾之间。中国的传统医学将金、木、水、火、土五行套之于人体内最主要的五脏肺、肝、肾、心、脾。五行可相生也可相克。相生意味着相互促进，如木生火、火生土、土生金、金生水、水生木。反之，即相克，意味着互相排斥，如水克火、火克金、金克木、木克土、土克水。曾氏认为老九的病是水不能生木，即肾与肝出了毛病，倘若减少火气，则水不受影响，即可生木，那么肾、肝就得到了保养。而“静”则是熄火的最好方法。

郭沫若的自传里曾说过他年轻时体弱多病，有段时期，他每天打坐一两个小时，结果不药自愈，身体日渐好了。这就是以静熄火，从而达到水生木的相生效果。

□致沅弟　同治三年五月十二日

沅弟左右：

日内深以弟病为虑，十一日接初七日交袁差官带来之信并与泽、鸿两儿信，字有精光，兼有静气，词语亦不迫促，卜病体之必将全愈，为之大慰。惟金陵持久不下，以吾弟平日之性情，恐肝气之病，愈积愈深。吾与昌岐久谈，知少荃于吾兄弟处实有相亲相卫之意，吾意欲奏请少荃亲带开花炮队、洋枪队前来金陵会剿。接弟此次复信（不过十八九可到），余即一面出奏，一面函咨少荃，请其迅速西来。如苏军齐到成功，则弟受其劳，而少荃享其名，则既可以同膺懋赏，又可以暗培厚福。盖独享大名为折福之道，则与人分名即受福之道矣。如苏军虽到，而城贼仍坚持不下如故，则谤可稍分，而责亦稍轻。余昨日已咨少荃派炸炮至金陵会剿。细思弟之肝病，不宜再郁两月，而饷项亦断难支至三四月，故决计奏请少荃前来。苏军近亦仅支五成之饷，并非十分充足，可无贫富相耀之患，想弟能亮我苦衷也。

厚庵新授陕甘总督，可谓非常特恩，仍督办江西、皖南军务，断不可辞矣。金陵水师防务，余请昌岐与弟会办。雪琴仍回裕溪等处，当不至疏失。多公仙逝，劳苦可悯。即问近好。

评点 杨岳斌以提督授总督

杨岳斌字厚庵，长沙人，本为湘江上一放排工。咸丰三年投靠曾氏，极受器重，被任命为水师营官，后来一直与彭玉麟同为湘军水师主将。水师为湘军的成功立下汗马功劳，曾氏一向将水师视为他的嫡系，彭和杨因此而屡次升官晋级。彭是秀才出身，循文官之路晋升，由知府到道员到巡抚到兵部侍郎、尚书。杨出身行伍，没有功名，依照武官的路数，由副将、总兵而提督。同治三年五月，突然改授他为陕甘总督，由武职变为文职了。从品衔来看，提督为从一品，总督为正二品，看起来要低一级，其实提督的地位比总督差远了。清代重文抑武，武官尽管品衔高，但他的权力只在军营里，出了军营一点权都没有，而且提督、总兵等一律受该省督抚的节制。樊燮身为永州镇总兵，品衔为正二品。他到了湖南巡抚衙门，却一样地要向只有从二品衔的巡抚骆秉章行礼、汇报，就连毫无实职的举人师爷左宗棠也要樊向他行礼。樊因此怄了大气，大叫武职不是人做的，发誓让两个儿子走功名文职之路。这个例子典型地说明了当时文职地位高、武职地位低的现象。

清代对文武两职分得清楚，没有科举出身的人极难得到文职，故杨岳斌由提督改授总督，被曾氏称之为“非常特恩”。当然，这种“特恩”过去也偶尔有过。如嘉庆年间杨遇春亦是行伍出身，以平白莲教之功升提督，后来也改授陕甘总督。同姓同经历，做总督又都在陕甘，在当时被人津津乐道。这种事后来也还有过，如刘铭传由提督改授台湾巡抚，又如田兴恕也曾由提督兼过贵州巡抚。刘、田的文职官位不及杨。杨可谓咸同年间湘淮军中最为幸运者。

□致沅弟 同治三年五月十七日

沅弟左右：

三日未接弟信，不知弟身体何如。接吾十二暨十四五六日各信，不更加焦灼增疾否？余闻昌岐言弟精神完足、小恙无碍而放心，闻曾恒德、刘高山言弟病势不轻而悬念，见弟信劝科一乡试，字迹奇润而喜慰，见弟信言贼米日发一斤四两而忧灼。春霆过此，其于吾弟感激钦佩，迥异寻常。厚庵于弟亦契合无间言。故余十五日与少泉之一咨一信，惟愿弟之速送，又惟恐弟之径送，反复无定，为弟所笑，亦必为弟所亮也。

今日命纪泽赴金陵省视老弟。余于六月初间亦必往，兄弟⿰⿱罒⿱口口心叙。届时少荃若到，余即在彼，不遽回皖。如少荃不到，余即坐轮船速归。总之，弟以保身为主。无论少荃与余会剿与否，于弟威名微减，而弟之才德品望毫无损也。顺问近好。

评点 请不请李鸿章会攻江宁

这一段时期来，曾氏兄弟一直在反反复复讨论请不请李鸿章来江宁会攻的事。

曾国荃自从同治元年五月孤军独进，驻扎在江宁城南雨花台，至今已整整两年了。这一年里，李鸿章的淮军连克苏南、常熟、常州、苏州等各城，左宗棠的楚军也连克浙江绍兴、衢州、杭州等重镇，至于杨岳斌、彭玉麟的水师则更是将长江上下肃清，断绝了江宁城的水路供给。唯独曾国荃的吉字营无尺寸进展。

为此，曾氏兄弟忧心忡忡，一筹莫展，外间更是烦言啧啧，指责纷起。

其指责集中在这几个方面：一、曾老九自不量力，以一个小小的吉字营要吞下九十里城墙的江宁城，没有这个力量却要贪天下第一功。二、曾老九无本事。许多人都说老九并不会打仗，只会蛮打死围。他所实施的以挖地道来轰倒城墙的作战方案是错误的，应像李鸿章那样以开花炮轰倒城墙。三、曾氏自私。明知老九才薄力弱，硬要将这第一功让他来立，不准旁人染指，耗费国家许多财力物力，又推迟了整个战局的结束。这是为自家考虑而置天下公利于不顾的极端自私的行为。

面对着这种种指责，曾氏开始动摇了。他想让李鸿章带着西洋开花炮弹来江宁助战，但又顾虑老九会不同意。老九早就将江宁城看作他的鼎中之肉，不允许别人来分一杯羹。加之，人人都说洪秀全将天下的金银财宝全搬到了他的金龙殿。打开了江宁城，就等于打开一座金库。吉字营的五万将士，之所以苦饿不怕、瘟疫不怕、死伤不怕，说穿了，就是有这座金库在吸引着、支撑着。历经千辛万苦，眼看金银就要到手了，别人却要来瓜分，他们能答应吗？但这样旷日持久的老师靡饷也不行呀，而且一向多顾虑的曾氏还担心不测事故发生，以至于功败垂成。所以，他还是立足于劝说老九接受李来江宁的设想。他从爱惜老九的身体角度予以劝说，又以“不必占天下第一美名”来予以开导，但老九一直不接受。

朝廷对江宁久围不下也着急了，批评老九贪功拒援，并连下两道上谕，催李鸿章开赴江宁。为应付即将到来的有利于破城却不利于老九的局面，曾氏决定自己亲赴江宁城，并事先告诉老九：若李来，他就不回安庆；若李不来，兄弟见面后他即回安庆。曾氏的这种安排有他的深意存焉。

李鸿章若来江宁助战，则李与老九平起平坐，成功后势必一人分一半，老九心不甘。曾氏留在这里，李和老九都理所当然为其部下，第一号立功者便是曾氏了。天下第一功的美名依然在曾家，而不是落到别人手里，对于老九和整个吉字营官兵来说，心理上易于接受。

倘若李不来，曾氏留在这里，便是与老九在争功了，曾氏当然不想这样做，故而赶紧离开，成全老九立天下第一功的愿望。

在许多事情上，曾氏都不太计较个人的得失，表现出一种“公尔忘私，国尔忘家”的儒家之徒的修炼功夫。但是，在这种大事情上，却很明显地暴露出他的私心。

□致沅弟　同治三年六月初一日

沅弟左右：

初一日午刻接二十七日一函，知二十六日苦攻无益，弟又以皖北空虚之故，心急如焚。我弟忧劳如此，何可再因上游之事，添出一番焦灼！上游之事，千妥万妥。僧邸即日可至三河尖，陈国瑞已至正阳关，其力足制此贼。而狗党数酋坚请投诚，已派刘维桢前往收降。刘亦狗部大酋，十一年在德安降蒋之纯。狗党陈、马等有信，约刘往黄州说事者也。若非真有降意，岂有徘徊黄、麻月余不下皖境之理？江西侍、康各股亦纷纷逃散，不出宜、崇城外一步。两岸之事，皆易收拾。弟积劳太久，用心太苦，不可再虑及外事。

弟以“博文约礼”奖泽儿，语太重大，然此儿纯是弟奖借而日进。记咸丰七年冬，胡帅寄余信，极赞三庵一琴之贤，时温弟在坐，告余曰："沅弟实胜迪、希、厚、雪。"余比尚不深信。近见弟之围攻百数十里而毫无罅隙，欠饷数百万而毫无怨言，乃信温弟之誉有所试。然则弟之誉泽儿者，或亦有所试乎？余于家庭有一欣慰之端。闻妯娌及子侄辈和睦异常，科一、三、四有姜被同眠之风，甲三、五等亦爱敬兼至。此足卜家道之兴。然亦全赖老弟分家时布置妥善，乃克臻此。大女儿病已大愈，殊出望外。余俟江西案办妥乃赴金陵，弟千万莫过忧灼。至祷至嘱。即问近好。

文辅卿今日到。

评点　为儿子获奖语而欣喜

人到中年后，听到别人夸奖他的儿女，其欣喜之情甚至要超过他自己受称赞。除开血肉相连的亲情本性外，这中间还有着理性思考的一层含义在内。

中年之后，一个人在世上能做多大的事业，大致已有定准了，换句话说，本人的搏击奋斗已差不多了，未达到的目标、未实现的理想、未竟的事业等等，看来都得指望下一代了。下一代如何，值不值得指望，成器不成器，便是做父母的最为关心的事。

曾氏说他过了五十后，便纯是老人心态：巴望儿女早完婚，巴望家中添口加丁，子孙繁盛。故当老九夸奖纪泽时，他心里真是高兴得很。我们来看他回忆六七年前的一桩往事：咸丰七年冬天，曾氏正在老家守父丧，他收到湖北巡抚胡林翼的一封信。胡称赞李续宾（迪庵）、李续宜（希庵）、杨岳斌（厚庵）与彭玉麟（雪琴）为当今的贤能。当时正好温甫在座，便说，沅甫（老九）实在要胜过这几个人。现在看来，此话已得到应验。于是知道温甫是有所测试的。这段回忆既在恭维老九，又表现出对儿子的期盼。一句"或亦有所试乎"，直让人感觉到急切希望誉者能说得更详细的心态，已跃然纸上！

信中说到的科一、科三、科四、甲三、甲五分别指纪鸿、纪渠、纪瑞、纪泽、纪梁（国潢长子），他们为共祖父的兄弟，俗称嫡堂兄弟。应该说，这种兄弟算是较亲的。但事实上，因为不同父同母，更因为家族析产时，出于财产分配不匀方面的问题，大多不太亲密，有的甚至成为怨仇。现在曾家的这几个嫡堂兄弟爱敬兼至，曾氏为之欣慰。常言道“家和万事兴”，曾家的第三代能和气相处，遂可卜家道之兴。

□ 致澄弟 同治三年六月初四日

澄弟左右：

六月四日接五月二十三日信，初一日接十一日信，具悉一切。震四果尔早世，四妹适朱家，万缘皆空。吾骨肉中今年何多变也！老弟终日奔驰劳苦，身体吃得住否？深为系念。

此间近状平安。大女儿病六七日，今已全愈。沅弟病亦愈矣，闻二十五六日每日又骑行百余里。余命泽儿往看沅病，初二归来云“尽可放心”，但六月尚盖棉被三床，体亦弱矣。弟能从此少管公事，甚慰甚慰。余蒙先人余荫忝居高位，与诸弟及子侄谆谆慎守者但有二语，曰“有福不可享尽，有势不可使尽”而已。福不多享，故总以俭字为主，少用仆婢，少花银钱，自然惜福矣；势不多使，则少管闲事，少断是非，无感者亦无怕者，自然悠久矣。余详日记中，顺问近好。

外李北冈一信，阅毕专人送去。

评点 有福不可享尽，有势不可使尽

曾氏在家书中多次说过“有福不可享尽，有势不可使尽”的话，屡屡提醒子弟们在享福时不可忘记先人的勤俭，在有权势的时候要想到万一哪天失势时的尴尬。

关于“惜福”，前面已多次说过，笔者还想再说几句。爱惜福分，不滥用多用，则可以长保幸福，并可惠泽子孙。这种思维虽无科学根据，却可以对人性中的贪得无厌和得意忘形等弱点加以抑制，使得人不至于过于放纵，过于膨胀，从而可以减少社会的忌妒和愤恨，以利平安度日。有些人以为自己强大得无人可敌，乃至于无法无天，为所欲为，就算别人奈何不了你，但到时你也得接受上帝的制裁。你死了后，你的子孙别人就再不顾忌再不害怕了，那时所有的怨恨都会发泄到他们的头上。历史上常有这样的事情发生：一个强人一旦倒下，随即而来的便是倾家荡产、家破人亡。倘若早一点惜福——有福不享尽、有势不使尽的话，或许不至于这么快就遗祸家人。

怎么惜福？曾氏为子弟们拈出了几根“金针”：少用仆婢，少花银钱，少管闲事，少断是非。

□ 致沅弟 同治三年六月初十日

沅弟左右：

初十辰刻接弟初六夜信，具悉一切。

少泉信阅过，其片稿则已抄寄余处矣。观少泉屡次奏咨信函，似始终不欲来攻金陵。若深知弟军之千辛万苦，不欲分此垂成之功者。诚能如此存心，则过人远矣。

纪泽儿已于初二日到皖。余从弟之意，秋初再赴金陵。老年畏热异常，阿弟深知而体恤，兄即依弟之议，实受其福矣。英山、宿、太日内警信迭至。余调王可陞守无为，再急则调陈自明池州之二千人守庐江。惟调守桐、舒之铨军为江西官绅所留，拟改调钧军上援皖北，亦难遽到也。春霆于六月四日抵南昌，江西人心大定，想不至别有风波耳。顺问近好。

评点　李鸿章不敢得罪老九

去不去江宁会战，李鸿章一直在矛盾着。就他的热衷性格而言，他是极愿意去的。能分天下第一功，不仅为他李鸿章所乐意，也为当时其他带兵将帅所乐意。但这个功也并不好分。首先是曾老九得罪不起。曾老九为人的强梁、骄悍、翻脸不认人等等，李鸿章怎能不知？其次是曾氏得罪不得。李是个极聪明的人。他知道曾氏内心深处是不情愿看他分老九的功的，但鉴于孤城久不下的局面和朝廷的催逼，又不得不做出一个邀请的姿态。于是他给曾氏兄弟写信，表示他的态度："不敢近禁脔而窥卧榻。"同时又说明不能来的理由：盛暑天火药不能起作用，开花炮弹会炸不响。

这个理由可笑之极，明眼人一看就知道这是一个搪塞：李借此搪塞曾氏兄弟，曾氏兄弟也可借此搪塞朝廷，搪塞天下悠悠之口，从而让自己心安理得地继续独攻江宁。

在朝廷再次命李赴江宁时，李决定派刘铭传等二十七营前去会攻。据赵烈文的《能静居日记》记载，曾国荃接信后，"将此咨传示众将曰：'他人至矣，苦二年，以与人耶？'众皆曰：'愿尽死力！'"从这几句对话中，我们可以看到曾老九及吉字营将官们对援军的反感之大。

但赵烈文说，李在此事中玩了两面派手法，表面上说自己不来，背地里却对朝廷说是曾氏兄弟不愿他来。他在日记中写道："按少帅

（笔者注：李鸿章字少荃，世人尊称他为少帅）前致中丞（笔者注：曾国荃任浙江巡抚，中丞是对巡抚的尊称）信，力言不来。黄昌岐军门至皖为之游说，相告中堂（笔者注：中堂是对大学士的尊称，曾氏时为协办大学士）以苏军炮队之利及口粮亦止半关，无贫富相耀之虑。并言但得中堂一纸书，即无不来。其五月十八日奏片则又明指中丞有信，不须其来。而十八、九日间中旨，忽云饬令李鸿章不分畛域不避嫌怨，迅速会剿之语。则京都权要处必先有信，言此间不愿其来。此一事而机械百出，语言处处不同。其图望大功、日夜计算心计之工，细入毫芒。中堂此疏，不望有功，但求无过。其辞气之卑约，不独自雪无专功之念，而李之骄亢，已隐然言外。处功名之际，固当如此，即论手段平直无奇，实则高李数倍，不可不细细体味。”

二曾与李之间的互为依赖又互相防患的关系，在援不援江宁一事上表现得很微妙。

□ 致沅弟 同治三年六月十六日

沅弟左右：

接弟十二夜信，知连日辛苦异常，猛攻数日，并未收队，深为惦念。弟向来督攻，好往来于炮子如雨之中，此次想无二致也。少泉前奏至湖州一看，仍回苏州。此次十六启行，不知径来金陵乎，抑先至湖州乎？难禁风浪四字璧还，甚好甚慰。古来豪杰皆以此四字为大忌。吾家祖父教人，亦以懦弱无刚四字为大耻。故男儿自立，必须有倔强之气。惟数万人困于坚城之下，最易暗销锐气。弟能养数万人之刚气而久不销损，此是过人之处，更宜从此加功。

子弹日内装就，明日开行，不知果赶得上否？余启行之期，仍候弟一确信也。顺问近好。

评点 男儿自立须有倔强之气

要说倔强，老九比起乃兄来，自有过之而无不及。吉字营人马最多时也不过五万；江宁城，论其城墙之长来说乃世界第一，城内有十余万将士，城外又常有各处援兵来攻打，多则二十余万，少也有数万。围城两年来，所遇之困难亦不少。先是瘟疫流行，人心恐惧，连曾国葆的命也搭了进去。继则是饷银匮乏，欠饷多至八九个月，军心动摇；又杀出个沈葆桢截江西厘金事，倘若其他省看样，则军队随时可能哗变。再下来是老九自己生病，病到“六月尚盖棉被三床”，体质之弱可想而知。此外，还得忍受来自京师各省及同在江南作战的友军中各种指责讥讽等等。所有这些，曾老九都挺过来了。他没有听从乃兄的多次“暂时撤退”的规劝，也不理睬朝廷三番五次的派遣李鸿章来援的谕旨，他我行我素，一意孤行，只认定一个“夺取天下第一功”的死理。要说湘人的“犟”“霸蛮”“骡子精神”，在曾老九的身上可谓体现得淋漓尽致，典型至极。

□致沅弟 同治三年六月十九日

沅弟左右：

十八夜子正接弟十六日申刻咨文，知午刻克复金陵。弟功在社稷，岂仅一家之光哉！虽有志者事竟成，然弟苦矣，将士苦矣。未得弟详信，不知弟平安否？将士伤亡不甚多否？进城巷战不甚久否？洪、李二酋未逃出否？俟得详函发详折后，再赴金陵与弟相会也。顺问近好，并贺并谢。

评点 八百里驰奏打下金陵

六月十六日一早，金陵城太平门一带的城墙，被填入地洞里的炸药炸开二十余丈。曾国荃指挥吉字营官兵从缺口中冲进城内，然后分成四路人马，分别进攻天王府、神策门与仪凤门、通济门、朝阳门及洪武门。

当天夜里十点多钟，在天王府尚未打下的时候，曾国荃便会合彭玉麟、杨岳斌，迫不及待地以日速八百里捷报向朝廷报喜。当时以马送信函，日速四百里便算快递了。若日速八百里，则每到一驿站，便得换人换马连夜奔跑。如此，大概只需四天功夫，便可将捷报由金陵递到北京。安庆离金陵约七八百里路，曾氏两天后收到捷报。可知此捷报未用八百里，用的是日速四百里。

十六夜三更，天王府及其他王府同时举火焚烧，乘着火势，忠王李秀成带着幼天王洪天贵福及一千多号太平军将士，穿着湘军号衣号褂，从太平门缺口冲出，向孝陵卫定林镇一路奔去。就在这个时候，湘军冲进天王府内城。金陵城的完全攻下，应该是此刻。十八夜三更三点，曾氏接到这个信息，一颗悬着的心才彻底落下。当夜日记写道："思前想后，喜惧悲欢，万端交集，竟夕不复成寐。"

二十三日，曾氏会同湖广总督官文，并附杨岳斌、彭玉麟、李鸿章、曾国荃为后衔，共同以六百里速度用红旗报捷的方式向朝廷递送这份奏折。六百里是介于八百里与四百里之间的一种快递。红旗报捷，大概是在捷报信函上贴一块红纸片，作为喜庆的表示。曾氏供职翰苑时，曾作过题为《感春六首》的诗作，其中一首里有这样几句："国家声灵薄万里，岂有大辂阻孱螳。立收乌合成齑粉，早晚红旗报未央。"红旗，即红旗捷报。汉代长安城里的未央宫为皇帝居住之地，故后世以未央为皇宫的代名词。那时的曾氏，大概没有想到，二十年后，他能真的作为前线军队的最高统帅，亲手将呈递朝廷的红旗捷报拜发！

这份奏章在曾氏历年折片中算是最长的了，绝大部分文字，对今天的读者来说已无意义，但也不乏具有史料价值及文字上的可欣赏之处，让我们摘几句来看看。

“窃念金陵一军围攻二载有奇，前后死于疾疫者万余人，死于战阵者八九千人，令人悲啼，不堪回首。”为围攻金陵，吉字营付出近二万人的代价。此数字或许略有夸大，但不至于相差太远。

“此次金陵城破，十万余贼无一降者，至聚众自焚而不悔，实为古今罕见之剧寇。”这实在是人世间最为惨烈的场景。太平军将士之所以如此，主要的原因当然是大部分人对信仰的坚定，对敌人的仇恨，但不可否认，湘军、淮军过去的杀降行为，也断绝了他们投降求生的念头。

“宫禁虽极俭啬，而不惜巨饷以募战士；名器虽极慎重，而不惜破格以奖有功；庙算虽极精密，而不惜屈己以从将帅之谋。”这是奏章结尾一段中歌颂已死的咸丰皇帝的几句话，单从行文来看，的确精彩。它采取对比的句式，突出咸丰帝对这场胜利所起的关键作用。尤其是最后一句，既颂扬了已死的皇上，又表彰了自己的谋略。接下来说：“皇太后、皇上守此三者，悉循旧章而加之，去邪弥果，求贤弥广，用能诛除僭伪，蔚成中兴之业。”在原有的基础上再递进一步，用以拍当今实际掌权者的马屁，并让被拍者接受得自然轻松。建此大功，却不居功自夸，而是将成绩都归之于朝廷。这当然是皇太后、皇上所乐意看到的奏章。古今一理。今日的上级领导，又有谁不愿意看到类似的工作汇报呢？

这篇奏章的思想、大体格局，自然都出于文章斫轮老手曾氏。当然，拟稿者不可能是他，只能是幕僚代笔。于此可见，曾氏幕府中是大有善为文者的。

□ 谕纪泽 同治三年六月二十六日

字谕纪泽儿：

二十四日申正之禀，二十六申刻接到。余于二十五日巳刻抵金陵陆营，文案各船亦于二十六日申刻赶到。沅叔湿毒未愈，而精神甚好。伪忠王曾亲讯一次，拟即在此杀之。由安庆咨行各处之折，在皖时未办咨札稿，兹寄去一稿。若已先发，即与此稿不符，亦无碍也。刻折稿寄家可一二十分，或百分亦可。沅叔要二百分，宜先尽沅叔处，此外各处不宜多散。此次令王洪陞坐轮船于二十七日回皖，以后送包封者仍坐舢板归去。包封每日止送一次，不可再多。尔一切以勤俭二字为主。至嘱。

涤生手示

顷见安庆付来之咨行稿甚妥，此间稿不用矣。

评点　成为阶下囚的李秀成

六月十六半夜三更，李秀成率领千余名太平军将士保护幼天王冲出金陵城。幼天王洪天贵福，当时只有十六岁。出城后，李秀成将人马分成前队、后队两部分，洪天贵福由前队保护先走，他率后队抵抗湘军。李又将坐骑换给洪天贵福，自己骑一匹劣马。

就这样，洪天贵福得以逃脱追兵。李的后队被打散，他和随身的两三个士兵逃到六十多里外的方山的一座破庙里休息。后来被当地百姓接回家匿藏。但很快被人出卖，成为曾国荃的阶下囚。

曾国荃恨死了李秀成，见面后便用锥子刺李秀成的大腿，顿时血流如注。李秀成面不改色，对老九说："你何必这样呢？我们不过各为其主罢了，你这样做不是发疯了吗？"老九气得要将他凌迟处死，赵烈文说李是朝廷点名的要犯，未经审讯不能杀。于是，老九做了一个大木笼将李关起来。

六月二十五日下午，曾氏到了老九军营，当晚便见了李，问了他几句话。几天后，曾氏又对李审讯过一次。六月二十七日，李秀成开始写自述，写了七八天。七月初六日，李秀成被杀。

李秀成是广西藤县人，出身贫苦。洪秀全起义之初，他便投入太平军。因为勇敢善战，受东王杨秀清器重，迅速崛起，太平军内讧之前，他已升为地官正丞相、合天侯。内讧之后，他和陈玉成一道成为洪秀全的左右手。咸丰九年，受封忠王。陈玉成被杀后，他成为太平天国中地位仅次于天王的领导人。他对天国忠心耿耿，被捕以后，也不肯投降，愿以死殉国。他后来又写了一篇长达数万字的自述。自述中口口声声称曾氏为“老中堂”，感激他的不杀之恩，又主动提出招降旧部。于是，忠王到底是“忠”还是“不忠”，便引起了史学界的怀疑，到了二十世纪六十年代初，还为此爆发了一场大争论，最后以“晚节不忠，不足为训”作为定论。二十年后，此事又被重提。曾氏的后人中有人提出一个很重要的证据，说在曾氏家族里一直流传这样一句话，即李秀成曾劝曾氏做皇帝，曾氏不敢。这个证据对一直主张李是假投降真策反的论者是个很大的支持。于是，又有不少学者相信李是个真正的忠王。

除此之外，在李秀成自述一案的讨论中，还提出过诸如自述真伪的问题，曾氏对自述有无删节的问题。

依笔者看，曾氏同治三年七月初五、初六、初七等日的日记中均提到李秀成供词的事，且台湾已影印出版了李的自述原件。此事的真实性应不成问题。再，七月初六的日记说：“阅李秀成之供，约四万余字，一一校对。”初七日记说：“将李秀成之供分作八九人缮写，共写一百三十叶，每叶二百一十六字，装成一本，点句画段，并用红纸签分段落，封送军机处备查。”从这两段日记中可知，李的自述原文有四万余字，而曾氏上报给军机处的只有二万八千余字。删没删，岂不一目了然?

在对如何处置李秀成一事上，曾氏的态度前后有变化。六月二十三日奏章中，说李秀成“应否槛送京师，抑或即在金陵正法，咨请定夺”。但七月初六日，曾氏便在没有答复的情况下先行将李秀成杀了。四天后，他收到朝廷“槛送京师”的上谕。他随即奏明李已“就地正法”，朝廷无奈，也只得表示同意。

为什么会有变化呢？赵烈文同治三年七月初二日记说：“晚至中堂处久谭，拟即将李秀成正法……余答言，生擒已十余日，众目皆睹，且经中堂录备，当无人怀疑，而此贼甚狡，不宜使入都。与中堂意同。”

据这段话，可知之所以不押入都，一是擒李之事人人皆知，且有供词，不会被人认为是假的；二是李狡猾，不宜入都。

对于第二点，有人猜测是曾氏怕李在朝廷审讯时，供出他曾劝曾氏造反的话。还有一点，怕有人半路打劫。

另外，有一则野史说，在审讯李时，同时叫松王陈德风上堂对质。陈对木笼中的李长跪不起，眼中流泪。曾氏由此看出李在太平军中的威望，遂打消了招降的念头，尽快杀之了结。

□谕纪泽 同治三年六月二十九夜

字谕纪泽儿：

二十九日接尔二十七日申刻禀。余以是日巡览各营，夜宿萧信卿处，距沅叔大营三十里，故接包封稍晚也。天气虽热，然此间屡得大雨，早晚尚凉，比之沅叔与诸将终年在矮屋破棚之中，战争于烈日骤雨之下，苦乐相去远矣。尔等勿以为念。余拟将城内城外周览一过，七月中旬即可返棹回皖。洪秀全之逆尸昨已挖出亲验。李秀成之亲供亦将取毕。沅叔湿毒尚未愈也。

涤生手示

督科一请示禀批数字附还。

评点　验洪秀全之尸

关于验洪秀全之尸的事，曾氏在同治三年六月二十八日记中有记载："熊登武挖出洪秀全之尸，扛来一验，胡须微白可数，头秃无发，左臂股左膀尚有肉，遍身用黄缎绣龙包裹。验毕，大风雨约半时许。旋有一伪宫女，呼之质讯。据称道州人，十七岁掳入贼中，今三十矣，充当伪女侍之婢，黄姓。洪秀全于四月二十日死，实时宪书之二十七日也。黄氏女亲埋洪秀全于殿内，故知之最详。"

洪秀全生于一八一四年，死于一八六四年，享年五十一岁。今天的五十一岁人，尚属中年之列。据曾氏记载，五十一岁的洪秀全头秃得无一根头发，胡须也已变得微白，看来他是早衰。

□谕纪鸿　同治三年七月初九日

字谕纪鸿：

自尔起行后，南风甚多，此五日内却是东北风，不知尔已至岳州否？余以二十五日至金陵，沅叔病已痊愈。二十八日戮洪秀全之尸，初六日将伪忠王正法。初八日接富将军咨，余蒙恩封侯，沅叔封伯。余所发之折，批旨尚未接到，不知同事诸公得何懋赏，然得五等者甚少。余借人之力以窃上赏，寸心不安之至。

尔在外以谦谨二字为主，世家子弟，门第过盛，万目所属。临行时，教以三戒之首，末二条及力去傲惰二弊，当已牢记之矣。场前不可与州县来往，不可送条子，进身之始，务知自重，酷热尤须保养身体。此嘱。

评点　进身之始务知自重

六月二十二日，曾纪鸿辞别父母，离安庆回湖南参加甲子科乡试。此刻尚在途中。曾氏在种种大事纷至沓来的时候，仍不忘给小儿子写这封叮嘱信，叫儿子在此举世瞩目曾家的时候，尤当注意谦虚谨慎。

现在办事时兴拉关系，走后门。从这封信看来，一百多年前的风气大概也差不多。许多人在考试之前，多方联络，疏通关节，好让别人为自己的录取暗中出力帮忙。作为当今天下第一功臣的曾府二公子，长沙城里该有多少官绅士商想巴结讨好？只要开口，什么事都好办。曾氏深知世态人情，叮嘱儿子不要去与地方官拉拉扯扯，踏入社会的第一步，便要清清白白，自爱自重，不可仗父辈的功劳而走轻巧之途。

曾纪鸿这次乡试结果是落榜了。此事也从另一面看出当时的科考还是较为严格的。若考官们要借此巴结曾府，让二少爷中个举人，其办法总是可以想得出的。二少爷没有去走门子，考官们也没有存心去讨好，彼此都还规矩。

□谕纪泽　同治三年七月初十日

字谕纪泽儿：

今早接奉二十九日谕旨。余蒙恩封一等侯、太子太保、双眼花翎，沅叔蒙恩封一等伯、太子少保、双眼花翎，李臣典封子爵，萧孚泗男爵。其余黄马褂九人，世职十人，双眼花翎四人（余兄弟及李、萧）。恩旨本日包封抄回。兹先将初七之折寄回发刻，李秀成供明日付回也。

涤生手示

评点　兄弟同日封侯伯

七月初八日，曾氏便从江宁将军富明阿咨送来的廷寄中，得知自己封一等侯，老九封一等伯，但没有亲自接到廷寄，不便上表称谢。初十日，正式接到六月二十九日的上谕。

这道上谕是接到曾氏二十三日捷报的当天拟的，可见当时两宫太后的喜悦之情。

上谕是这样嘉奖这批有功之臣的：曾氏赏加太子太保衔，锡封一等侯爵，世袭罔替，赏戴双眼花翎。曾国荃赏加太子少保衔，锡封一等伯爵，赏戴双眼花翎。李臣典锡封一等子爵，赏穿黄马褂，赏戴双眼花翎。萧孚泗锡封一等男爵，赏戴双眼花翎。

此外还有一大批将领或获骑都尉、轻车都尉、云骑尉等世职，或给以布政使、道员、知府、提督、总兵等衔。

同一天，还颁发另一道上谕：加赏蒙古亲王僧格林沁之子以贝勒封号。官文锡封一等伯爵，世袭罔替，抬旗，赏戴双眼花翎。李鸿章锡封一等伯爵，赏戴双眼花翎。杨岳斌、彭玉麟、骆秉章均赏一等轻车都尉世职，赏戴双眼花翎。另外尚有鲍超、都兴阿、冯子材等人获赏。

这年九月，左宗棠也获一等伯爵之赏；之前，他已获太子少保衔。同时获封爵之赏的还有鲍超：受封子爵。历时十四年之久的这场战争结束了。一人封贝勒，一人封侯，四人封伯，两人封子，一人封男。许多人封各种名目的世职。据曾氏说，封赏之厚，超过平三藩、平准部，为有清一代所仅见。

尤其是曾氏兄弟同日封侯伯，古往今来极为罕见。然而，以曾国荃为代表的一批吉字营将领大多不满意，他们认为赏轻了，不足以酬劳。前面说过，咸丰帝曾有“打下金陵封王”的许诺，后接受近臣所谏，采取以满人围金陵，用汉人打外围的战略。谁知事与愿违，结果打下金陵的还是汉人。

曾国荃自认为功盖天下，就是受封王之赏亦不为过，即便限于祖制，不能封王，公侯之爵也是可以封的，为什么只是伯爵，而且没有“世袭罔替”？所谓“世袭罔替”，就是世代承袭，若不触犯国法的话，子子孙孙都顶着这个封爵。比如曾氏便是“世袭罔替”的一等侯。他死后，其子纪泽承袭，世称“曾袭侯”。纪泽死后，其子广銮承袭。曾氏的侯爵只传了三代，那是因为清朝被推翻了，清朝廷的一切封赏自然跟着寿终正寝。

这都罢了，最让曾国荃不甘心的是，官文、李鸿章等都跟他一样的封一等伯爵。多了，滥了，他的一等伯爵就贬值了。同治三年九月初八日，曾氏在日记里写道：“沅弟谈久，稍发抒其郁抑不平之气。余稍阻止劝解，仍令毕其说以畅其怀。沅弟所陈，多切中事理之言。”

老九的郁抑不平有很多，封爵不公是其中之一。他心中的另外不快，我们将在后面的评点中再谈及。

其实，据精通掌故的人说，老九的这个伯爵还是乃兄的“王”所分出来的，他不应当不平而应当窃喜。我们来看徐珂编《清稗类钞》中的一段话：“粤寇之据金陵也，文宗顾命，深引为憾，谓有能克复金陵者，可封郡王。及曾国藩克金陵，廷议以文臣封王似嫌太骤，且旧制所无。因析而为四，封侯、伯、子、男各一。于是国藩封一等毅勇侯，世袭罔替，其弟国荃封一等威毅伯，提督李臣典封一等子，提督萧孚泗封一等男。”

此次获殊赏的子爵李臣典没有来得及领赏，早在八天前便一命呜呼了。李只有二十七岁，正是年轻力壮之时，如何突然死去呢？原来，李正是仗着自己功劳大，年轻力壮，进城之后荒淫过度。他没有死在炮子堆里，而是死于石榴裙下。另，据野史透露，萧孚泗后来成了湘军中哥老会的大龙头。堂堂朝廷所封的男爵，却做了江湖会党的头领。湘军高级将领的素质如何，可以从李、萧二人处略知一二。

□ 致沅弟　同治三年七月二十九日

沅弟左右：

数日未寄信于弟，想弟悬系无已。余于二十二宿芜湖，二十六宿池州，二十八坐一小舟回省寓中，内外平安。二十五日接到初七日所发一折之批、一明谕、一寄谕，舟中匆匆，尚未咨弟。兹接弟二十六日信，已赶办咨文矣。

弟撤勇之事，余必一一速办，除催李世忠及办里下河之捐外，再札上海官绅办沪捐六十万，并加函托苏、常绅士，必有所获，弟可放心。昨得云仙信，已办六万径解弟营矣。弟之退志，兄应成全，兄之门面亦赖弟成全。第一要紧守金陵、芜湖、金柱三处，第二要分一支出剿广德，以塞众望。即令朱南桂与刘松山、易开俊三人进剿广德。而弟处派三支，分防宁郡、泾、旌，或亦一道，望弟早为酌定。倘兄之门面撑立不住，弟亦无颜久居山中矣。熊登武、张诗日、刘南云三人，弟万万不可放走。陈舫仙稍迟一步，明年再退可也。此外孰留孰散，听弟裁酌，总不使我遽倒门面为要。千万千万。

弟肝气不能平伏，深为可虑。究之弟何必郁郁？从古有大勋劳者，不过本身得一爵耳！弟则本身既挣一爵，又赠送阿兄一爵。弟之赠送此礼，人或忽而不察，弟或谦而不居，而余深知之。顷已详告妻子知之，将来必遍告家人宗族知之。吾弟于国事家事，可谓有志必成，有谋必就，何郁郁之有？千万自玉自重。顺问近好。

评点　老九遭各方攻击郁郁不乐

曾氏在金陵住了二十多天，于七月二十日返棹归皖，二十八日抵安庆城，二十九日即给老九写了这封信。他知道老九还在为封爵一事而郁郁，便开导他，又特别指出自己的侯爵都是他所赠送，并要将此遍告家人宗族，用以宽慰大功告成后却偏多忧愁的老九。

老九的忧郁不仅是封爵一事，还有别的。曾氏当然清楚，只是信里没有讲罢了，让笔者来略叙几桩。

一、放走了幼天王。这是令朝廷最为不满意的事。幼天王虽是十六岁少年，并无实际才干，但他名义上是太平天国的领袖，有很大的号召力和凝聚力。有他在，也就意味着太平天国并未灭亡。何况江南江北尚有二十万太平军将士存在，这些人马很有可能在他的旗号下再度聚集，整军复国。另外，令朝廷不快的是，曾氏六月二十三日的奏折中清清楚楚地写明“破城后，伪幼主积薪宫殿举火自焚”，事实并非如此。若上纲上线的话，曾氏兄弟有欺君之罪。

二、擅自杀李秀成。朝廷先后两次严令将李秀成槛送京师，讯明后依法处治。但曾氏兄弟抢在谕旨下达之前，便匆忙将李秀成杀了。这便让朝廷内外许多人产生疑问：是真的捕获了李秀成吗？为什么不押李到北京来？这中间难道有不可告人的目的？朝廷还为此密令江宁将军富明阿暗中调查。

三、财产去向不明。多年来外间纷传金陵城的圣库里金银如海、百货充盈。但曾氏七月七日的奏折中说“逮二十日查询，则并无所谓贼库者”，还说“克复老巢而全无货财，实出微臣意计之外，亦为从来罕闻之事”。这几句话，能让朝廷相信吗？朝廷还指望着这笔财富来办事哩，不料竹篮打水一场空。朝廷怎能不生气？

朝廷的强烈不满很快表现了出来。首先是六月二十六日上谕的严厉斥责：“该逆死党尚有万余，曾国荃于攻克外城时，即应一鼓作气，将伪城尽力攻拔，生擒首逆。乃因大势粗定，遽回老营，恐将士等贪取财物，因而懈弛万一。该逆委弃辎重，饵我军士而潜出别道，乘我不备，冀图一逞，或伺间奔窜，冲出重围，切不可不虑。着曾国藩饬令曾国荃督率将士，迅将伪城克日攻拔，歼擒首逆，以竟一篑之功，同膺懋赏。倘曾国荃骤胜而骄，令垂成之功或有中变，致稽时日，必惟曾国荃是问。”

接下来是七月十一日廷寄的训斥：“曾国藩以儒臣从戎，历年最久，战功最多，自能慎终如始，永保勋名。惟所部诸将，自曾国荃以下，均应由该大臣随时申儆，勿使骤胜而骄，庶可长存恩眷。”

再往下，便是曾氏一连七次保举都被吏部打了下来。这在过去是从来没有过的事。曾氏以往的每次保举，朝廷都照准不误。狡兔刚亡，走狗便不受宠了。

紧接着，便是四面八方都说吉字营将金陵城内的财富打劫一空，为消灭罪证，有意放火烧了天王府和其他王府，并骂曾老九是“老饕”（饕即饕餮，为古代传说中的一种贪食的恶兽，后世以此比喻贪婪凶恶）。

老九虽获伯爵之封，受双眼花翎之赏，处于这种形势下，他的日子的确不好过。

事实上，这些指责都是有道理有根据的。常言道，擒贼先擒王，打下金陵，却让幼天王逃跑了，缺憾不可谓不大。赵烈文说，幸而后来捕捉了李秀成，否则真是不能交卷出场。像李秀成这样的大人物，当然不能擅自处置。是怕李秀成供出金陵城里的金银财宝吗？无论如何，杀他有灭口之嫌。至于吉字营将士把金陵城财货打劫一空，则更是千真万确的事实。

“敲竹杠”有多种说法，其中一说便是针对此事的。说是吉字营将士将金银藏在竹杠里，用船载回湖南。后来被官府知道了，便设卡专门稽查。见有装竹杠的船便拦下，用棍子敲打竹杠。竹杠里若装了金银，响声与空竹杠明显不同，一敲便知道。一旦查出，便作私货没收。由此可见他们打劫银子之多。至今在湖南民间流传着一句话：“打开南京了！”这话的意思是说发大财了。最有说服力的还是赵烈文当时的日记：“所恨中丞厚待各将，而破城之日，全军掠夺，无一人顾全大局，使槛中之兽大股逃脱。”

照理说，事实是这样，曾国荃也没有必要太忧郁，但他有委屈之感。他的委屈是在与别人的比较中产生的。

同治二年，李鸿章在打下苏州后，在奏折中写明李秀成从小路搭桥而去。同治三年春，左宗棠打下杭州后，在奏折中也写明听王陈炳文等十万多人逃走。同是打下名城而让主犯逃逸，李、左都没有遭到指责。至于城破后抢劫，几乎是所有胜利之师的通病，为何独对吉字营要求这样严格？

老九的这些委屈，曾氏是深抱同感的。他知道自己的文字，即便是家信，日后也得公之于众，故不愿在信中挑明，只作如此泛泛劝解。

□ 致沅弟 同治三年八月初五日

沅弟左右：

初四夜接初一夜来函，具悉一切。

贡院九月可以毕工，大慰大慰。但规模不可狭小，工程不可草率。吾辈办事，动作百年之想。昨有一牍，言主考房后添造十八房住屋，须将长毛所造仓屋拆去另造，即不欲草率之意。此间所购木料，中秋前可到一批，九月再到一批。

弟中怀抑郁，余所深知。究竟弟所成就者，业已卓然不朽。古人称立德、立功、立言为三不朽。立德最难，而亦最空，故自周、汉以后，罕见以德传者。立功如萧、曹、房、杜、郭、李、韩、岳，立言如马、班、韩、欧、李、杜、苏、黄，古今曾有几人？吾辈所可勉者，但求尽吾心力之所能及，而不必遽希千古万难攀跻之人。弟每取立言中之万难攀跻者，而将立功中之稍次者一概抹杀，是孟子钩金舆羽、食重礼轻之说也。乌乎可哉？不若就现有之功，而加之以读书养气，小心大度，以求德亦日进，言亦日醇。譬如筑室，弟之立功已有绝大基址，绝好结构，以后但加装修工夫。何必汲汲皇皇，茫若无主乎？

刘、朱两军，望弟迅速发来。必须安庆六县无贼，兄乃可撑住门面，乃可速赴金陵。至要至要。弟所遣散之勇，皆令在长沙领补全饷，必办不到。十八万盐本何能遽尔畅销？须令过长沙时暂补一半（遣散者今年发全饷，则留者皆不愿留），余则营官给一限期票与勇（余于萧、毛两军拟用限期票札）。弟给一限期札与营官，明年再补可也。顺问近好。

评点 收回金陵后的三桩大事

金陵城的收回，意味着太平天国的灭亡，也意味着湘军事业的大功告成。作为湘军的统帅，尤其是作为国家的大臣，曾氏本人并没有暂息仔肩的想法，他深知接下来的事情也不会轻松。我们在曾氏兄弟之间的往来家书中，可以看出曾氏这段时间在考虑三桩大事：撤军、撤厘、修建贡院。

湘军必须撤，这有多方面的原因。首先，湘勇本是团勇，不是国家的经制之师。事起而聚，事完而散。仗打完了，自应解散。其次，大部分勇丁在打仗过程中多多少少都积攒了一些战利品，军营辛苦，且无室家之乐，故而他们中许多人急于回乡，买田起屋，娶妻生子，过小康日子。第三，相对于战时而言，承平之时的军营更难管理。湘军中不少人是十多年行伍的老兵油子，军营习气极为严重，整个湘军内部腐败颓废之风蔓延，一旦无战事，便会生出许多麻烦事来，早一天遣散，早一天安静。第四，最重要的是，这支湘军，其实是曾氏兄弟的私家军队，十多年来，已锻炼成能征惯战的劲旅，且今日又是老子天下第一的功臣。这样的军队，哪个当政者都将视为卧榻旁的猛虎、脖子边的宝剑，何况当时的当政者是人数少的满族！他们从来就视汉族为其心必异的非我族类，入关以来严格限制汉人执掌军权，这些年来之所以授曾氏兄弟、李、左等人以兵权，乃是万般无奈下的应急之方。眼下仗打完了，湘军不撤，满洲权贵能安得下心吗？事实上，朝廷早已做了周密布置：蒙古亲王僧格林沁、江宁将军富明阿、镇江守将冯子材等都分布在金陵城的四周，正虎视眈眈地在盯着城内的一举一动。

撤军本身不是问题，只是历年来积欠的饷银太多，如何打发得当才不至于惹起事端，则是他一直在思考的事。

再就是撤厘。设卡抽厘，本是一件大为招怨的事，曾氏不能不知，但他既要募勇打仗，在没有国家提供的充裕兵饷的时候，他只能如此。用兵之省抽厘尚有话可说，非用兵之省就完全说不过去了。提供厘金最多的非用兵之省是广东，所以曾氏把撤广东之厘摆在第一位，并建议朝廷以增加广东乡试文武之额四名来作为对该省的回报。

第三桩大事便是修建江南贡院，尽早举行甲子科乡试，以此来收买江南士人之心，借他们的口来颂扬曾制台的德政。

从咸丰三年三月起到同治三年六月止，十二年间，金陵城换了主人，过去在金陵城内每三年举行一次的乡试自然随之中止。除开咸丰九年曾借浙江举办过一次恩科并补行咸丰五年的正科外，其中有三届正科一届恩科共四科未办。江苏本人文荟萃之地，有清一代共举行过一百一十二届会试，取状元一百一十四名（其中顺治朝有两届满榜），其中江苏籍的状元为四十名，可见江苏科举之发达。正因为此，江南贡院便成为全国最大最有名的贡院。四届未行乡试，有多少习举子业的士人被困于此！通过科举考试进入仕途的曾氏，深知科考对于士人的重要性，也深知士人的口碑与文字在全国舆情中所占地位的重大。在金陵火烬未熄的时候，他便决定修复贡院，开科取士。

□致沅弟　同治三年八月十四日

沅弟左右：

连接初七、八、十日三信，又专寄李少荃一信，具悉一切。弟肝病太久，元气已亏，何可轻服大黄？无论湿毒如何溃烂，切不可服大黄以伐根本。余于道光二十五、六、七、八等年遍身癣毒，其痛楚实为难受，澄、温诸弟曾见之。亦曾服攻伐之品，疑为杨梅疮而医之，终无寸效。后乃置之不理，头面渐渐去净，身上渐稀薄，痛愈而痒亦减。今已十有九年，竟得十痊其八。此等皮肤之疾，万无送命之理，断不可因此而妄伐本根。请弟全禁吃药，并禁敷药，不久必自痊愈。

弟病比兄十年之病轻得多半也。至于弟之肝郁，此时尽可自化自解。谓立功非弟今世所能希冀，尤为可怪！古今立大功者，有几人过于弟耶？

南云病重，即在金陵调养，不必上来。王、戴二人之米银，即在此间给发期票期札，系与毛竹丹营中商定，众心愿从者。湖南人发湖南钱店之票，每张概系十两，当无不乐从者。否则，兄共裁五万人（弟二万五，此外裁希部一万，别部一万五，希部与湖北共之），今年何能了耶？昨日发一密片抄阅。即问近好。

评点　曾氏是否也有过狎邪游

曾氏一生以圣贤为榜样，立身处世皆以堂堂正正自励，故他死后得“文正”之特谥。但我们细读此信中的这句话：“余于道光二十五、六、七、八等年遍身癣毒……亦曾服攻伐之品，疑为杨梅疮而医之，终无寸效，后乃置之不理。”倘若曾氏没有过寻花问柳的狎邪之行，医者诊断为杨梅疮，他必然会愤怒而决不肯吃治梅毒之药。但他居然吃了，表示他心中亦有怀疑。如此说来，他一定有过越轨的行为，故而拿不准而接受医者的治疗。

曾氏诗文集中有一首挽联是挽伎大姑的：“大抵浮生若梦，姑从此处销魂。”有野史说，这个名叫大姑的妓女曾在湘乡县城颇为有名，曾氏与大姑关系较为密切，“浮生若梦”“此处销魂”的话也完全是玩世不恭者的态度。野史还说，曾氏年轻时也曾风流过，后来进京师翰林院师从倭仁、唐鉴等理学大师后，才彻底走上正路。曾氏本名子诚，后改名国藩，以国之藩篱自勉。又自号涤生，取涤旧生新之意。这说明曾氏在成长的过程中有一个告别旧时之我的阶段。弃荒唐而归于洁身，或许也是其中的内容之一。

没有确凿无疑的证据予以坐实，姑存一疑问于此，供有兴趣者参考。

□ 致沅弟 同治三年八月二十日

沅弟左右：

昨日一信，便寄兰泉书。今日乃弟四十一大庆，吾未得在金陵举樽相祝，遂在皖作寿诗，将写小屏幅带至金陵，以将微意。一则以纪泽寿文不甚惬意，一则以近来接各贺信，皆称吾兄弟为古今仅见。若非弟之九年苦战，吾何能享此大名？故略采众人所颂者，以为祝诗也。东坡有寿子由诗三首，吾当过之耳。顺贺寿祺。

评点 寿弟诗

同治三年八月二十日，为曾国荃的四十周岁生日，按当时的习惯算虚岁，则为四十一，也是大生。于公于私，曾氏都觉得应该为老九特别祝贺，故而写了一组寿诗，并于诗后题跋："甲子八月二十日，沅圃弟四十一生日，为小诗十三首寿之。往在壬戌四月，沅弟克复巢县、和州、含山等城，余赋诗四首。一时，同人以为声调有似铙歌而和之。此诗略仿其体，以征和者，且使儿曹歌以侑觞。"

我们抄录六首于后，并略加说明，聊供诸位欣赏。

"九载艰难下百城，漫天箕口复纵横。今朝一酌黄花酒，始与阿连庆更生。"曾老九咸丰六年组建吉字营，九年来收复不少城池，说好说歹的都有。今天为兄的举起一杯酒来，祝贺你九死一生而获得大功。阿连，即弟弟的爱称，典出《宋书·谢灵运传》。谢之族弟惠连甚有才华，谢很怜爱，亲昵地称之为阿连。后世文人遂以阿连为弟的代称。

"陆云入洛正华年，访道寻师志颇坚。惭愧庭阶春意薄，无风吹汝上青天。"陆机、陆云兄弟二人为三国名将陆逊之孙，均为西晋时期的著名文学家，世称之为二陆。此处的陆云即老九。曾氏入京做翰林的第二年，其父护送欧阳夫人与纪泽来京，同行的有老九，那时年方十七岁。老九在京师住了一年零八个月后回湘。曾氏惭愧自己无力让老九在京师获得好的境遇。

“几年橐笔逐辛酸，科第尼人寸寸难。一剑须臾龙变化，谁能终古老泥蟠？”老九寒窗苦读二十多年，直到三十二岁还只是贡生而已。三十三岁那年，他弃文就武，一下子便迎来好命运，像一条龙似的，从长年的蛰伏一跃而起了。

“河山策命冠时髦，鲁卫同封异数叨。刮骨箭瘢天鉴否，可怜叔子独贤劳。”此为组诗中的第九首，讲老九历经千辛万苦，身上负伤多处，才赢得打下金陵的胜利，获封爵之赏。策命，书于简册上的辞命。古时，凡命诸侯及大夫，则以简册命之，以示郑重。此处策命，指朝廷的封赏上谕。鲁、卫，即鲁国、卫国。两国的诸侯都是文王的后裔，姬姓，故鲁、卫即兄弟。叔子，即西晋著名将领羊祜。他为西晋灭吴立了许多功劳。此处借指老九。

“左列钟铭右谤书，人间随处有乘除。低头一拜屠羊说，万事浮云过太虚。”这是组诗的第十首。一边是勒名钟鼎以纪功，一边是谤书陈列以攻讦。这种事情，自古以来便有，不足为怪。还是以屠羊说为榜样吧，荣誉也好，诋毁也好，都是天上的浮云而已，过眼即逝。

屠羊说是一个人的名字。这是一个很有趣的人，见于《庄子·让王》。有一次，吴国的军队打进楚国的都城，楚昭王弃城出逃，屠羊说跟着他一道逃跑。后来，吴军退出，楚昭王回都，要奖赏跟他一起共患难的人，其中便有屠羊说。屠羊说道：“您丢掉了国家，我也跟着丢掉宰羊的职业。您回国重新做王，我也重新做了屠夫。这就是奖赏，何必还要别的奖赏。”

昭王要手下人强迫他受赏。

屠羊说道：“您丢了国家，不是我的罪，我不应受罚。您收回了国家，也不是我的功劳，我也不应受赏。”

昭王要手下人带他来见。

屠羊说道："楚国的法令，一定要有大功受重赏的人才能见大王。而我的智慧不足以安定国家，我的勇敢也不足以冲锋陷阵。吴军进城时，我是因为害怕才出逃，并不是有意追随大王。现在大王要超出常规来接见我，这不是我出名的正途。"

昭王听后，对身边的大臣说："屠羊说身处卑贱而所说的道理却很高尚，你替我请他出来任三公之职。"

屠羊说道："我知道三公要比宰羊的地位尊贵得多，万钟俸禄要比宰羊的所得多得多。但是，难道可以因为我的贪恋富贵而坏了大王的英名吗？我不能接受，我还是继续操刀宰羊为好。"

屠羊说因此以一个心胸旷达、不慕荣利的形象而受到后世的尊敬。

"童稚温温无险巇，酒人浩浩少猜疑。与君同讲长生诀，且学婴儿中酒时。"这是组诗中的最后一首。对待过去的一切不快，应当以童心和酒客的态度去对待，什么都不要再去计较了，摆在兄弟俩面前第一位的事情，便是今后如何保养身体，以求健康长寿。

显然，这组寿诗是以开劝老九为主题的。

□ 致澄弟　同治三年八月二十四日

澄弟左右：

前接弟信，知已由李家送葬归来，具悉一切。

此间近状平安。沅弟之肝疾未平，湿毒更炽，克城封爵之后而郁抑之气并未稍减。余在金陵住二十余日，自六月二十五至七月初八、九，沅弟心神不怡，初十日至二十日，察沅心怀似稍开豁，病亦日减。近与余相隔二十余日，情复郁结，疾亦略增。余定于初一日起程，再赴金陵，家眷亦于初间同去，并于二十一日具折，为沅弟告病开缺回籍调理。沅见归期已近，或可速痊。然起行总在十月，但能归家过年，不能赶十一月初三也。

纪鸿想已抵家，在署一年，已沾染贵公子气习否？吾家子侄，人人须以勤俭二字自勉，庶几长保盛美。观《汉书·霍光传》，而知大家所以速败之故。观金日磾、张安世二传，解示后辈可也。即问近好。

评点　老九开缺回籍

无论乃兄如何规劝，老九总是心病重重、郁积难化，他决定辞职回家。名为养病，实为发泄不满：不满朝廷的赏不酬劳、偏听偏信，不满朝野内外对他和吉字营的指责。曾氏为老九代为递折。

奏折叙述老九病情严重，非回籍安心调养不可，又说明经手事件业已处置妥当；最后一段文字可谓佳极妙极："伏查臣弟曾国荃，春夏之交，饮食日减，睡不成寐，臣曾陈奏一次。然以一人而统九十里之围师，与群酋悍贼相持，自无安枕熟睡之理，亦系将帅应尝之苦，臣尚不甚介意。迨克城之后，臣至金陵，见其遍体湿疮，仍复彻夜不眠，心窃虑之。近十数日不得家书，询之来皖差弁，知其肝火上炎，病势日增，竟不能握管作字。幸值撤勇就绪，军务业经大定，地方又无专责。合无仰恳圣恩，俯如所请，准曾国荃开缺回籍调理，一俟病体就痊，即令奏请销假入都陛见，跪求圣训。"

明为述病，实为表功。对于这样因勤劳王事而病体沉重的有功之臣，朝廷还要指责猜忌，能说得过去吗？曾氏幕府的奏章，有"天下第一疏"之称，此折可为一例。

九月初四，朝廷颁发上谕，在说了一大通称赞的话之后，准予曾国荃开缺，并赏人参六两以示安慰。

初八日，曾氏由安庆乘轮船抵金陵城。两江总督衙门已空了十二年，而今迎来战后的第一位总督。曾氏做了五年的江督，其衙门一直在流亡途中，现在算是回家了。

□致沅弟 同治三年十月初六日

沅弟左右：

前日握手后，未刻即至大胜关，申刻入城。是日东风甚微，上水不能迅速，闻弟舟仅至太平也。纪鸿儿与金二外甥于初五日巳刻入署，不知在何夹内与弟船相左，渠等在裕溪口闻弟舟先已过去。金二将纪瑞家信交亲兵手，想弟已接阅矣。

昨日接席宝田禀言玕王事、左季高奏片言幼主事。又接部文言江南主考事。兹并抄寄弟处。主考果系刘韫斋先生，不出兄之所料，想弟与雨农必服兄之神算也。

芑堂言运库可提银五万，渠办新引十万金，皆于十月可到。合之丁雨生之款，十月不至甚窘，当解四万与刘、朱三军。若再得山内粮台四万金，刘、朱等便可至鄂境合剿（若不越境，情理似说不去，若无现饷，事势又行不去），而以李、王、易三军分扎宿、太，以为后继之师。弟以为可，则请于过皖时告知刘、朱及马、何诸公也。顺问近好。

评点　左宗棠奏报幼天王已逃

金陵城破后吉字营各路人马忙于打劫财富，让幼天王带着一班天国主要将领逃出城外。此事成为朝野各方攻讦曾老九的主要口实，也成了老九的一块心病。他非常忌讳别人提这桩事，但吉字营外的湘军、楚军、淮军及绿营、八旗等却对此欣喜异常，好比一个宝贝从城内流失于外，谁获得，谁将得重赏发大财。于是，人人都在打探这支人马的去向，人人都想成为侥幸者。

左宗棠最先得到了这个信息。他手下有一个提督衔总兵刘明灯在安徽歙县的一次胜仗中，意外发现了李秀成的干儿子二殿下李士贵。据李士贵招供，六月十六日夜里，幼天王一行的确从太平门缺口冲出，出城后分为两支。幼天王这一支里有养王吉庆元、李秀成胞弟杨王李名成，及李秀成之母与两岁的亲生子。李士贵亲眼见过幼天王。幼天王留着剪齐的至肩长发。这一行由湖州逃到广德州，再南下经宁国到歙县。李士贵在此地被捕。幼天王及佑王李远继、偕王谭体元、干王洪仁玕、杨王李名成、李秀成的母亲与儿子等人先已渡河继续南下。

左宗棠将这一重要军情于九月十五日奏报朝廷。这就是信中所说的“左季高奏片言幼主事”。曾、左之间的交恶由此引起，以后嫌隙越来越大，一直到曾氏病死，整整八年，两人不通音问，只有公文往来，无片纸私函。

幼天王一行为什么南下呢？这是因为当时侍王李世贤的人马在江西建昌、抚州一带，他们是去投靠李世贤的，会合后准备再去湖北会抚王陈得才。然后，拟踞荆州、襄阳，以图再起复国。

他们取道皖浙交界地入江西铅山。九月初九夜三更，他们在石城县被湘军将领席宝田的部队所包围，幼天王及干王洪仁玕、昭王黄文英等同时被捕。十月二十日，幼天王在南昌被杀。五天后，洪仁玕亦被杀于南昌。自从幼天王死后，太平天国的旗杆就彻底倒了，太平军余部李得才、李世贤、汪海洋等军不久后相继瓦解。闹腾十四年、纵横十六省的太平天国起义至此平息。

捕获幼天王的席宝田属于湘军中的另一支系。这一支系的头领是刘长佑、刘坤一叔侄。他们长期在广西一带作战。同治二年，席宝田与江忠义一道来到江西，他当时决没有料到，万众所瞩的这个宝贝最后竟落到他的手里。席因此获云骑尉世职，赏穿黄马褂，授贵州按察使实职。

□致沅弟　同治三年十月十四日

沅弟左右：

自前发二信后，闻柳寿田割耳事，恐伤弟之肝气，甚不放心。又闻弟意欲除吉中二字各勇，必不舒服，因札撤柳之委。若余无此札，各统领不能不遵弟札行事。一去吉中二字，则水陆相仇无已时矣。兄为弥息争端起见，不知果妥否？接弟初十日在大通所发一咨，未接信函，不知病势加重乎？减轻乎？

十三夜接奉寄谕，督篆交少泉暂署，饬余赴鄂皖之交剿贼。少泉三日内可到。余交卸后，拟即力陈精力已衰，请解兵柄，实不愿赴楚界，更不愿赴他处矣。弟闻此信，未免更增郁结。然此次寄谕与七月各寄谕，朝廷于外间艰难实未周知。吾辈坦然安之若命，正不必稍怀悒悒。弟难作字，请朱心槛代写病状告我。顺问近好。

评点　新的使命

发源于皖北，活动于皖、豫、鲁、苏、鄂一带，以私盐贩子和无业游民为主体的捻军，其兴旺时期在咸丰五年至同治二年之间，随着领袖张乐行的死去，其势力也渐趋衰落。金陵城破后，太平军余部大部分陆续瓦解，但以遵王赖文光为首的一支人马与捻军首领张宗禹、任化邦联合起来了，用太平军制改组捻军。因此，这一支人马又日渐活跃起来，成为清朝廷的头号大敌。

十月十三日，曾氏在金陵督署接朝廷旨令："现今江宁已臻底平，军务业经蒇事，即着曾国藩酌带所部，前赴皖鄂交界督兵剿贼，务其迅速前进，勿少延缓。李鸿章前赴江宁，暂署总督篆务。江苏巡抚，着吴棠暂行署理。"

此处所谓的"贼"，即赖文光、张宗禹所领导的捻军。从内心来说，曾氏并不愿意接受这个新的使命。其原因大致有如下几点：一、捻军不能与太平军相比，即便很快赢得胜利，也不能为他增添多少荣耀；二、曾氏已心力交瘁，不堪再荷重负；三、湘军中的精锐之师正在裁撤中，已无得力人马再上前线；四、捻军擅长骑术和流动作战，这两点均为湘军之弱，实不易对付。

但曾氏的性格与老九大不一样，他办事多顾虑，且老九已开缺回籍，他不能再做违背朝廷旨意的事，只得硬着头皮答应，勉力而行。

十月十七日，李鸿章从苏州来到金陵，与曾氏商量接篆及剿捻之事。鉴于湘军的现状，李提出由刘铭传、李鹤章统率两支淮军渡江而北，上援皖鄂。就在这次会面时，曾氏做出一个对李鸿章本人及中国近代政局至关重要的决定：在撤湘军的同时，扩大淮军。

淮军成军晚，尚未到全面衰暮期，比湘军有生气，战斗力强，又得到上海及苏南商贾的支持，饷银一向不缺。捻军的活跃，使曾氏意识到，不能将多年来所培植的军事力量一下子全部减杀，保持一支有战斗力的军队仍十分重要。湘军已在撤勇阶段，不能挽回，淮军没动，正好不撤。除此之外，还有一个重要原因促使他做出扩大淮军的决定，那就是湘军中有一批人不愿意离开军营回家乡。这批人从戎多年，已习惯于军旅生活，打仗是行家，对种田务工反而不喜欢了。曾氏便让他们改头换面，从湘军转入淮军。对此，四十二岁身体强健雄心勃勃的李鸿章欣然赞同，他借此大力扩展淮军。从那以后，湘军便渐为淮军所取代，成了中国军界的主力。后来的北洋军，其实就是从淮军中衍生的。淮军影响近代中国的政局，也确保李鸿章在曾氏死后的三十年中执掌晚清军事、外交大权的不可撼动的地位。

关于这次重大的会谈，曾氏年谱中只给了寥寥数句的记载：“公与商裁退楚军，进用淮勇。”

十一月初三日，曾、李二人在金陵举行总督关防交接仪式。隔了两天，一道上谕下来，说鄂皖捻军已被肃清，曾氏不用离开金陵，督印也不要交了。李鸿章已来金陵，就不必急着回去，即命充当乡试监临，待乡试结束后，再回苏抚本任。两江总督的大印，李鸿章只掌了两天，便又交了出来。

□致澄弟沅弟　同治三年十二月十六日

澄、沅弟左右：

腊月初六日接沅弟十一月十七日信，知已于十六日平安到家，慰幸无已。初九日接澄弟十一月初十日信，具悉一切。

此间近状平安。少泉于初六日起行，初十日已抵苏州。余于十四日入闱写榜，是夜二更发榜，正榜二百七十三，副榜四十八。闱墨极好，为三十年来所未有。韫斋先生与副主考亦极得意，士子欢欣传诵。韫师定于二十六日起程，平景孙编修奏请便道回浙。此间公私送程仪约各三千有奇。各营挑浚秦淮河，已浚十分之六，约年内可以竣事。

澄弟送萝卜丝，谢谢。以后请无他物，太远，多费船钱也。其所劝大臣大儒致身之道，敬悉敬悉。惟目下精神实不如从前耳。顺问近好。

评点　甲子科江南乡试

通常的乡试，都定于八月初，最后一场为十五日，考生交卷出场后恰赶上中秋节夜里的赏月。故乡试又称为秋闱，与春闱（会试）相对应。甲子科的江南乡试，出于修复贡院及让考生多一点准备时间的缘故，延至十一月初六日正式点名入闱，入场人数达一万三千多人，父子同来的不少，甚至还有祖孙三代结伴而来的，实为中国科场空前绝后之仅例。

初八日至初十日为头场。十一日二场。十五日三场。这些天金陵雨雪交加，天气极冷，考生不但要应付繁重的考试，还得在号房过夜，苦不堪言。

十二月十四日，曾氏入闱写榜。从上午八时起一直写到傍晚才将正榜写完，吃过晚饭，从七时起又写到近十时，将副榜写完。这次乡试共录取正榜二百七十三人，副榜四十八人。第一名为江都人江壁。

通常江苏乡试录取举人七十名左右，这次因为四科作一次考，故录取人数也约为四倍。

这次考试所放的正主考为太仆寺少卿刘昆，是一个老资格的官员。副主考翰林院编修平步青，才三十二岁，可谓青年才俊。江苏是富庶之地，这次考生又特别的多，考试结束后，官方所送和新举人所凑的谢银共六千两，外加户部所发的程仪一千两，正副主考各分三千五百两银子，真是发了一笔大财。当年曾氏主考一次四川乡试只得银二千余两，比他们少多了。

□ 致澄弟沅弟　同治四年三月初四日

澄、沅弟左右：

初二日接奉寄谕，饬沅弟迅速进京陛见。兹用排单恭录谕旨咨至弟处。上年十二月，韫斋先生力言京师士大夫于沅弟毫无闲言，余即知不久必有谕旨征召，特不料如是之速。余拟于日内复奏一次，言弟所患夜不成寐之病尚未痊愈，赶紧调理，一俟稍痊，即行进京；一面函商臣弟国荃，令将病状详细陈明云云。沅弟奉旨后，望作一折寄至金陵，附余发折之便复奏。

余意不寐屡醒之症总由元、二两年用心太过，肝家亦暗暗受伤。必须在家静养一年，或可奏效，明春再行出山，方为妥善。若此后再有谕旨来催，亦须稍能成寐，乃可应诏急出。不审两弟之意以为何如?

筱荃来抚吾湘，诸事尚不至大有更张。惟次山以微罪去官，令人怅怅。沅弟前函有长沙之行，想正值移宫换羽之际，难为情也。

评点　老九借病拒不应诏

曾氏初二接到的这道上谕，二十二天后，曾国荃在湘乡老家也接到了。上谕全文如下："上年江宁克复后，曾国荃因病陈请开缺回籍调理。当经降旨，令该抚病痊即行来京陛见。迄今已及半载，该抚病体当可渐次就痊。朝廷以该抚功绩昭著，且年力盛强，正可借资倚任，着曾国藩传知曾国荃，如病已就痊，即行来京陛见。现当勤求治理，需才孔亟之时，该抚慎勿遽萌功成身退之念，以副期望。"

曾国荃以"湿疮未愈，怔忡数发"为由，拒绝进京陛见。

身体有病是一个原因，但更主要的还是心中有病，所以曾氏要借来自京师的太常寺卿刘昆的话来宽慰他。

曾老九虽有专横霸道、贪财好货的毛病，但他能够率性葆真、敢于冒丢掉乌纱帽的风险来顶撞朝廷，这种胆量也不是那种在官场酱缸里浸软了骨头、离开官场便一无所用的职业官吏所能有的。

□ 致沅弟　同治四年三月十八日

沅浦弟左右：

十七日接奉三月初八日寄谕，首行军机大臣之上少议政王三字，殊堪大诧。以前无不有此三字者，虽恭王病假之时，亦尚有之。三月初六日寄谕亦尚有之，若非生死大变，则必斥逐，不与闻枢密大政矣。此事关系绝大，不胜悚惧。

顷又闻河南之贼窜至山东单县、汶上，僧邸亦追至汶上。汶上去山东省城仅二百余里，去直隶境亦二百余里，深为可虑。

有识之士与相爱之友多劝弟暂缓出山。余意亦欲弟久养病躯，闭户三年，再行出膺艰巨。若各路不靖，则恐又有征召之旨。弟身体未痊，总宜再三斟酌。如有复奏之疏，专人至鄂，搭洋船至金陵，由余代递，最为妥叶，免致兄弟辞意两歧也。

评点　慈禧与恭王矛盾的初次暴露

咸丰十一年七月中旬咸丰皇帝病逝热河行宫，两宫皇太后与咸丰帝的两个亲弟六爷恭王、七爷醇王内外联手，除掉了顾命八大臣，朝廷格局彻底改变。六岁的小皇帝继续在上书房里读书，慈安、慈禧两宫太后垂帘听政，以恭王为军机处领班，为表尊崇，前面再冠以“议政王”三个字，以示与过去一般的军机处王大臣相区别。

咸丰帝的皇后钮祜禄氏才能平庸，于政治亦无多大兴趣，虽名位在前，其实是个空的，实权在慈禧手中。慈禧略通文墨，机敏干练，有极强的政治欲望。咸丰在病重时，慈禧曾代他看过折。这种历练也带给她以处理国事的实际能力。母以子贵，在同治帝登基的第二天，她与钮祜禄氏共封太后。她的妹妹为七爷醇王的正福晋，醇王也自然跟她亲近而跟钮祜禄氏较疏。相反地，恭王因不满慈禧的揽权而偏于钮祜禄氏。就这样，当年因共同利益而结成联盟的这个皇室集团，在执掌大清最高权力的日子里产生了裂缝，且缝隙越来越深。慈禧对恭王的嫌隙，酿造了中国晚清政坛恭王三上三下的有趣故事。

这封信里所说的便是恭王当政后的第一次下台。

恭王当政后权力大增，然开支也跟着增大，尤其是宫中需索过多，他为银钱不够周旋而忧虑。他的岳父桂良做过地方督抚，知道督抚的生财之道，便告诉他学督抚的惯用手法：收门包。恭王依照此法而行，果然财货滚滚而来，但恶名也便随之而起。慈禧知道后，对恭王颇为不满。

两宫与恭王商量国事时，太监在给两宫上茶时也给恭王上茶。有一次，太监忘记给恭王上茶了，恭王拿起慈禧的茶杯，欲喝时，突然发觉拿错了，立时放下。慈安对恭王的这个举动笑了起来，但慈禧心中却不快。

慈禧身边有个受她宠信的小太监，名叫安得海。此人是个仗势为非的小人，他总是不断地向内务府索求。因为有慈禧的支持，大家敢怒不敢言。有次他刚领一套上好瓷器，没过几天又来领。管理者向恭王诉苦。恭王教训安得海：财力艰难，不能浪费。第二天，安得海尽挑些缺边少角的碗盘给慈禧上菜。慈禧惊问何故。安得海以恭王不准领取为对。慈禧又一次在心里记下了恭王的不是。

御史蔡寿祺上书指责恭王贪污受贿，慈禧告诉恭王此事。恭王竟然当着慈禧之面大声说蔡寿祺不是好人，弄得慈禧大为不快。

种种不快不满加在一起，终于引起了慈禧对恭王的愤怒。她亲自拟了一道上谕，革去恭王的一切差委。慈禧读书不多，一道短短的上谕错别字连篇。我们照实抄录，以飨读者，只将改正的字置于其后的括号中。

“谕在廷王大臣等同看。朕奉两宫皇太后懿旨，本月初五日据蔡寿祺奏，恭亲王办事徇情贪墨，骄盈揽权，多招物议种种情形等弊。嗣（似）此重情，何以能办公事？查办虽无实据，是（事）出有因，实屌暧昧知（之）事，难以悬揣。恭亲王从议政以来，妄自尊大，诸多狂敖（傲），以（倚）仗爵高权重，目无君上。看朕冲龄，诸多挟致（制），往往谙（暗）始（使）离间，不可细问。每日召见，趾高气扬，言语之间，许多取巧，满口胡谈乱道。嗣（似）此情形，以后何以能办国事？若不即早宣示，朕归（亲）政之时，何以能用人行正（政）？嗣（似）此种种重大情形，姑免深究，方知朕宽大之恩。恭亲王着毋庸在军机处议政，革去一切差使，不准干预公事，方是朕保全之至意。特谕。”

错别字虽多，意思还是说清楚了，而且将革职说成是保全，也足见慈禧有借用文字来为自己掩饰的能力。

上谕下达后，引起朝廷内外极大的震动。以咸丰帝亲弟五爷惇王为首的一批王大臣不赞成罢免恭王的职务，竭力谏争。又劝恭王向慈禧赔不是，求得慈禧的宽恕。恭王是个性格脆弱的人。他接受惇王等人的规劝，向慈禧涕泣检讨，终于得到了慈禧的宽谅，又降旨命恭王继续做军机处领班大臣，但“议政王”的头衔始终未予偿还，算是对他的薄惩。

这一场叔嫂斗法的纠纷至此平息。

历史上，许多论者都认为这场纷争的背后的重要人物是醇王。是醇王在里面制造事端，予以挑拨，他的目的是倒恭而让自己上台，所以上谕中才有“暗使离间，不可细问”的话。曾氏身边便有人持这种看法，这可以从赵烈文的《能静居日记》中看出。赵烈文同治四年四月初二日记中全文抄录了慈禧手写的这道上谕，并于其后做了评论：“闻蔡系江西人，醇邸之党，然此事不过借以作引。其恭、醇二邸衅隙已久。醇邸福晋，圣母之妹，故圣母右之，而母后颇倚任恭邸。谕中‘暗使离间’之语，其故可想。醇邸素性轻慓，疾其兄之专权，久有眈眈之意，去年曾上疏请与诸王轮流带领引见。盖惟此差可出入内廷，帘前面对，视军机议政为尤重也。朝廷之不能长治久安，余与沅帅恒言之，今果然矣。晋之八王纷争，元之宗室谋统，可为寒心。”

圣母即慈禧，母后即慈安，沅帅即曾国荃。赵烈文此时在曾氏幕府。在曾国荃离开金陵之前，他一直在曾国荃身边，常常与之谈到朝廷很可能不会长治久安的话，想不到得到应验，并担心出现晋代的八王纷争、元代的宗室内乱的政局。作为亲信幕僚，赵的思想必然受曾氏兄弟的影响，当然，曾氏兄弟的思想也会受到赵的影响，故曾氏劝老九暂缓出山，甚至可以在高楣山的林泉之间闭户三年。由此可见，朝廷内部的一举一动，对远在江南的曾府的决策都有决定性的影响。

□ 致澄弟沅弟 同治四年五月初五日

澄、沅弟左右：

日内未接弟信，想家中各宅平安。

余于初二日接奉廷寄，饬余出省督师剿贼，尚未开江督之缺，不过驻江南境内。初三日接奉廷寄，则僧邸在郓城阵亡，饬余赴山东督剿，以李少荃署江督，刘松岩护苏抚。现约少荃于月半后来宁，余于月底起行。金陵之八千人，现札令愿随征者，自告奋勇，愿撤散者，遣发回籍，各营自行具禀。或北征，或西归，拟令同日起行。但留一营护卫衙署，暂不搬动。家眷应否回湘，秋凉再作计较。

淮勇现有刘铭传等万余人在徐州，张树声三千五百在清江，余拟带此万四千人赴东，此外又调寿春镇易开俊三千人以行。金陵之告奋勇者，无论多少，皆与易同打一路。此外，令申甫至山东就地新募马勇数百。合计二万余人，当足以御寇氛。

沅弟复奏之折业已拜发，兹将原稿寄回。

评点 替代僧格林沁北上打捻

在朝廷派出的镇压太平军的正规军中，有一支特别的队伍，即僧格林沁指挥的蒙古马队。

满人入关以后，非常注重与蒙古人的联姻。通过联姻的形式，提高蒙古人的地位，加强满人对汉人的统治力量。后妃中有不少人出于蒙古，顺治帝的生母、康熙帝的祖母庄妃便是其中最出名者。皇室中的公主、格格们也有不少下嫁蒙古。僧格林沁的嫡母便是道光帝的妹妹、咸丰帝的亲姑姑。尽管这位公主本身并未生育，但她哺养的僧格林沁仍得到咸丰帝以表兄相待的礼遇。僧格林沁十四岁受封郡王，四十四岁封亲王，咸丰三年任参赞大臣，会同钦差大臣胜保防堵太平天国的北征军。同治元年，僧格林沁奉命统辖鲁豫军务，与节制苏皖赣浙四省军务的曾氏，共同对付太平军与捻军。因为此，在金陵城攻下后，他为儿子挣得一个贝勒爵位。同治四年四月，僧格林沁在山东菏泽高楼寨遭到捻军的围歼，惨败，他的命也丧于此地。僧格林沁一死，蒙古马队便失去了战斗力。朝廷遂命曾氏带兵北上山东，取代僧格林沁及蒙古马队。曾氏刚刚庆幸免去了鄂皖之行，却最终逃脱不掉转战沙场的苦命运。情形跟去年十月一个样：曾氏带兵外出，李鸿章署理两江总督。

□ 致澄弟沅弟　同治四年五月二十五日

澄、沅弟左右：

纪瑞侄得取县案首，喜慰无已。吾不望代代得富贵，但愿代代有秀才。秀才者，读书之种子也，世家之招牌也，礼义之旗帜也。谆嘱瑞侄从此奋勉加功，为人与为学并进，切戒骄奢二字，则家中风气日厚，而诸子侄争相濯磨矣。

吾自奉督办山东军务之命，初九、十三日两折皆已寄弟阅看。兹将两次批谕抄阅。吾于二十五日启行登舟，在河下停泊三日，待遣回之十五营一概开行，带去之六营一概拔队，然后解维长行。茂堂不愿久在北路，拟至徐州度暑后，九月间，准茂堂还湘。勇丁有不愿留徐者，亦听随茂堂归。总使吉中全军人人荣归，可去可来，无半句闲话惹人谈论，沅弟千万放心。

余舌尖蹇涩，不能多说话，诸事不甚耐烦，幸饮食如常耳。沅弟湿毒未减，悬系之至。药物断难奏效，总以能养能睡为妙。

评点　不望富贵愿代代有秀才

纪瑞为曾国荃长子，此时年方十六岁，得中秀才。十六岁中秀才，在科场虽不算很年轻，但在曾家，也算是功名早达了，值得曾府上下庆贺。曾氏因此大发了一通议论。曾氏此论，与数年前写给儿子信里说的不望子孙做大官，只望做明理君子是一脉相承的。曾氏的这种思想，实在是十分清醒而明智的。

说其清醒，是指曾氏对做官与读书二者看得清楚透彻。官场因是名利渊薮，故为众人所向往；又因其名额有限，故而为众人所争夺。于是官场便成为钩心斗角、倾轧挤压之地，且权力又启人贪婪之心思。所以，久处官场，人易于变得或阴险，或圆滑，或贪心。总之，人的心灵容易被扭曲。所以，老于宦海的曾氏知道做官也并不是很好的行当。早在道光二十六七年，他就萌生了弃官回籍的念头。相反的，读书可以让人更多地懂得生命的真趣味，在领略前人智慧的过程中陶冶自己的性灵情操，在不与人争斗的环境中享受天君泰然、心境平和的乐趣。二者相较，若家境宽裕、不愁稻粱的话，做个读书人实在是比做个官吏要好得多。

说其明智，是说曾氏知道做不做得成官、能做多大的官，不是自己所能掌握的，通常是握在别人的手里。首先，科名这一关能不能过，便不可知，所谓“功名乃前世事”，说的便是这层意思。此外，做官后能不能常获迁升，也不可知。不要以为有才干有政绩便一定升官，那是天真的一厢情愿，许多庸才反而官运亨通，他有的是另一种本事。若一心一意要做官，但又做不成，或一门心思想升官，却又仕途坎坷，那反而会给自己带来无穷无尽的痛苦、怨尤，不如干脆不想那档子事，陶醉于书卷中，尚可与人无干，自得其乐。

曾氏的这种思想，实际上是一种很平实的治家之方。我们今天的父母应该从中得到某些启示。现在的父母大都望子成龙，巴盼儿子长大后做老总、做明星、做大官，其实那都很渺茫，还不如鼓励他们做个明道理的好人、有健康体魄的正常人现实得多。

曾氏这次北上打捻，带去的易开俊、刘松山等部湘军九千人及刘铭传、周盛波、张树声、潘鼎新等部淮军二万二千人，共三万余人。

□谕纪泽 同治四年闰五月十九日

字谕纪泽儿：

接尔十一、十五日两次安禀，具悉一切。尔母病已全愈，罗外孙亦好，慰慰。

余到清江已十一日，因刘松山未到，皖南各军闹饷，故尔迟迟未发。雉河、蒙城等处日内亦无警信。罗茂堂等今日开行，由陆路赴临淮。余俟刘松山到后，拟于二十一日由水路赴临淮。身体平安。惟廑念湘勇闹饷，有弗戢自焚之惧，竟日忧灼。蒋之纯一军在湖北业已叛变，恐各处相煽，即湘乡亦难安居。思所以痛惩之之法，尚无善策。

杨见山之五十金，已函复小岑在于伊卿处致送。邵世兄及各处月送之款，已有一札，由伊卿长送矣。惟壬叔向按季送，偶未入单，刘伯山书局撤后，再代谋一安砚之所。该局何时可撤，尚无闻也。

寓中绝不酬应，计每月用钱若干？儿妇诸女，果每日纺绩有常课否？下次禀复。吾近夜饭不用荤菜，以肉汤炖蔬菜一二种，令其烂如臡，味美无比，必可以资培养（菜不必贵，适口则足养人），试炖与尔母食之（星冈公好于日入时手摘鲜蔬，以供夜餐。吾当时侍食，实觉津津有味，今则加以肉汤，而味尚不逮于昔时）。后辈则夜饭不荤，专食蔬而不用肉汤，亦养生之宜，且崇俭之道也。颜黄门（之推）《颜氏家训》作于乱离之世，张文端（英）《聪训斋语》作于承平之世，所以教家者极精。尔兄弟各觅一册，常常阅习，则日进矣。

涤生手草（清江浦）

评点　夜饭不用荤为养生之道

信中所言的这个“亦好”的罗外孙，其实很不好，没有多久便夭折了。这个小儿是被炮声吓死的。此事曾纪芬的《自订年谱》中提到了：“朝命文正公带兵北上，以五月二十五日启行。先是，适罗氏姊于三月二十八日在署中生子，及是亦乘吉日携幼回湘。姊之姑为罗忠节之妾，性颇悍厉。姊惮于行，临别悲恋不已。又文正公出署登舟之际，全城水陆诸军举炮送行，其声震耳，久而不绝。其子因惊致疾，已登舟，疾甚，遂折回署中也。医治无效，竟殇。”

先是想趁着父亲出征的大吉日子回湖南，不料送行的炮声将怀中刚出生两个来月的婴儿给吓死了。本来就惧怕恶婆婆，这下又将她的孙子给弄没了，曾纪琛在罗家的日子就更不好过了。两年后，纪琛生了一个女儿，不为夫家所喜。鉴于自己的身体不好，难以再生育，纪琛亲自出面，为丈夫罗兆升找了一个小十多岁的女子洪氏为妾。后来，罗兆升到陕西做小官，又在那里纳了一妾。光绪十四年，罗兆升死于任上，年仅四十三岁，死时仍无儿子。过了几个月，洪氏妾为他生了个遗腹子。从此，三个寡妇守着这个单丁过日子。侯门家的这个三小姐一生也够苦的了。

湘军在短时期内大规模地裁撤，留下不少后患。最大的问题便是欠饷无法补还。咸丰三年，曾氏组建湘军之初，亲自为勇丁制定月薪：什长四两八钱，亲兵四两五钱，正兵四两二钱，伙夫三两三钱，连为军营挑担的长夫一个月也有三两银子，而当时七八钱银子便可买一石谷。

湘军的薪水比绿营、八旗的都要高，故而投军者很多。初期，湘军也主要靠这种优厚的薪水来稳定队伍。但后来，因为兵勇的大幅增加及筹饷的艰难，饷银不能按时足额发放，各营各部无一不欠饷，即便是后起的淮军，有上海绅商的支持，也只能发半饷。年复一年的拖欠，这个数目便可观了。许多勇丁，都指望着拿到这笔钱回家买田起屋，现在一下子说声没了就没了，他们如何不恼火？于是，聚众闹饷，便成了湘军裁撤后的一个普遍现象。六天前，曾氏在给老四、老九的信中说：“徽、休、青阳三军闹饷，情同叛逆。”可见，这件事已经被闹得很严重了。对于闹饷之风，曾氏分别采取借银补还一部分及以盐票代替等办法来平息，有的则派军队予以强力弹压。

大部分欠饷的勇丁都没有得到多少补还，他们于是结团搭伙流落江湖不回原籍，哥老会便成了他们最得力的组织。在哥老会的旗帜下，他们打家劫舍啸聚山林，活跃在长江中下游一带，最兴旺的时期曾达到二三十万人马。后来，他们中的一部分人与反满革命势力联合起来，成为推翻满清王朝的一股重要力量。九泉之下的湘军创始人，面对着这种与他初始愿望绝对相反的结局，不知作何感慨！当然，这都是后话了。

曾氏在信中教给后辈一个养生之法：晚餐专吃蔬菜，不沾荤。现在的保养经验，也有“晚餐吃得少”一说。这与曾氏的养生之法在道理上是一致的，即晚上人活动少，睡得早，吃得过多过好，都不宜消化吸收，肠胃中堆积太多未经消化吸收的食物，对身体无益而有大害。早在西汉初年，人们就认识到了这个问题，故枚乘的《七发》里有“甘脆肥脓，命曰腐肠之药”的说法。现在物资丰富，餐餐鱼肉鸡鸭不断，吃起来是舒服快乐，但富贵病也便随之而起。但多素少荤、晚餐少食，往往只为那些年过半百以上、已发觉满身都是病的中老年人才信奉，身体强壮的年轻人则总是不屑一顾的。不知有没有青年读者愿意长期奉行曾氏所说的晚餐素食的家教，或许它于养生真有大好处。

□ 谕纪泽纪鸿 同治四年六月初一日

字谕纪泽、纪鸿儿：

闰五月三十日由龙克胜等带到尔二十三日一禀，六月一日由驲递到尔十八日一禀，具悉一切。罗家外孙既系漫惊风，则极难医治。

余于二十五六日渡洪泽湖面二百四十里，二十七日入淮。二十八日在五河停泊一日，等候旱队。二十九日抵临淮。闻刘省三于二十四日抵徐州，二十八日由徐州赴援雉河，英西林于二十六日攻克高炉集。雉河之军心益固，大约围可解矣。罗、张、朱等明日可以到此，刘松山初五六可到。余小住半月，当仍赴徐州也。毛寄云年伯至清江，急欲与余一晤。余因太远，止其来临淮。

尔写信太短。近日所看之书，及领略古人文字意趣，尽可自摅所见，随时质正。前所示有气则有势，有识则有度，有情则有韵，有趣则有味，古人绝好文字，大约于此四者之中必有一长。尔所阅古文，何篇于何者为近？可放论而详问焉。鸿儿亦宜常常具禀，自述近日工夫。此示。

涤生手草

评点　气势识度情韵趣味

在文学史上，曾氏是以散文家的身份留下姓名的。关于他的散文成就，钱基博在其名著《现代中国文学史》中给予很高的评价。钱氏之前，近代不少文章大家如梁启超、章太炎等人也都推崇备至。但后来出于政治方面的原因，各种文学史论或有意回避，或不得不曲意批判。九十年代出版的由中国社科院主编的《中华文学通史》拨乱反正，给了曾氏散文成就以较为公允的评价。该书称曾氏为“桐城派的中兴改造者”，并具体地指出这种改造主要在两个方面：一、补救桐城派空疏迂阔的弱点，将文章引导到经世致用；二、针对桐城派规模狭小、气势孱弱的毛病，提出广开门径，转益经史百家，作雄奇瑰伟、气象光明之文。该书还准确地揭示其为文的特征：“曾国藩之文，以切于事理而持议坚劲、委婉严谨而内藏拗强之气为基本特点。”

实事求是地说，曾氏的确是近代散文创作的一代宗师。他在近代散文创作中的这种地位，并非主要因其政治地位的煊赫，而是由他本人的创作成绩来奠定的。曾氏是个有心人，他对什么事都力求弄清个所以然。他好文章，不仅多写，而且也对前人的文章认真地钻研分析，抉其优长，化为己用。他的这个特点不仅使他在散文创作上取得过人的成就，也是他在其他方面取得过人成就的一个重要原因。

在这封信里，他向儿子谈了他对前人文章研究的一个心得，即前人绝好文章，必于气势、识度、情韵、趣味四个方面有一长。尤其可贵的是，他将人们所熟悉的这四个词拆开来分析，揭示其间的内在联系，使读者明白势来自于气，度来自于识，韵来自于情，味来自于趣。笔者相信，有心为文的人，将会于这种细细的分析中获得启示。

曾氏擅长细分法，他将这种细分法名曰剖析，并详加说明："剖析者，如治骨角者之切，如治玉石者之琢。每一事来，先须剖成两片，由两片而剖成四片，四片而剖成八片，愈剖愈悬绝，愈剖愈细密。如纪昌之视虱如轮，如庖丁之批隙导窾，总不使有一处之颟顸，一丝之含混。"

任如何麻烦之事、深奥之理，都经不得这样一剖再剖。越剖得细便越看得清楚了，一旦看得清清楚楚、明明白白，则治理之方应对之策也便相应出来了。读者诸君不妨在自己的工作和学习实践中试一试！

□ 致澄弟沅弟　同治四年六月二十四日

澄、沅弟左右：

接两弟闰五月信，知沅弟又复大病。久劳久病之躯，又多服攻伐之剂，殊为悬虑。

次日接奉六月十八日寄谕，沅弟已拜山西巡抚之命。既感天恩高厚，不为浮言所摇，予以最称完善富庶之区，又虞沅体尚未复元，恐不宜遽出任此劳勚。计湘乡奉到谕旨，不过七月。沅病若已大愈，应诏赴晋，则七月初旬当具折谢恩，自请进京陛见，再履新任；若尚未全愈，稍为调养，再行北上。计拜折之期，不及待兄此次之信耳。

山西号称富国。然年来京饷，全以该省为大宗，厘金尚未办动，入款较道光年间不见增多，出款则较昔日增。去京极近，银钱丝毫皆户部所深知。沅弟有手笔太廓之名，既为安静省分督抚，则正杂各款不能不谨慎节俭、丝丝入扣。

外间拟弟再出，当系军务棘手之处。此时山西虽无寇警，而圣意虑捻匪入晋，逼近畿辅。弟到任，似宜多带得力将军，勇丁则就近在晋招募。南人不惯面食，晋中尤无稻米可买，不似直东，尚可由大海及运河设法也。弟进京，可由安庆登陆，至徐州与兄相会，畅论一切。

闻钦差至山西，实系至陕查办霞仙之事。一波未平，一波复起，宦海真可畏耳。

评点　老九拒绝北上为晋抚

上次因恭王的事，曾氏曾劝老九隐居三年再行出山，不料慈禧仿佛是拿恭王开个玩笑似的，没有多久，这场掀天大浪便很快平静，恭王依旧做他实际上的宰相，于是曾氏改变了主意。你看他将山西说得那么好，就如同当今天下第一个好省份似的。又给老九详尽地谋划出山后的种种安排。他那种急欲让老九出任晋抚的心情跃然纸上。为什么曾氏这样盼望老九北上呢？除开希望借高官重权让老九得以发舒有利于身体康复外，还有出于他自身利益考虑的因素所在。

此刻的曾氏正在与捻军作战的前线。捻军与太平军不同，它是一支活动的军队，而流动的地域又多在北方。太平军的扶王陈得才手下还有一支人马，经常出没于秦晋一带，与捻军多有联系，活跃在苏鲁皖豫的捻军完全有流向秦晋的可能。倘若老九出任山西巡抚，并练就一支能战的军队，则可以帮助曾氏抵挡流向秦晋的捻军，甚至还可以出山西协助曾氏围打捻军。这对于再为军事统帅的曾氏是一个强有力的支持。故而曾氏将山西说得千好万好，以利老九早日出山。但老九却不理睬乃兄的苦衷，继续赖在湘乡不愿出来。他一口拒绝了朝廷的这道上谕，理由依旧是沉疴未愈，需在籍静养。朝廷无奈，再下一道上谕："着毋庸开缺，赏假六个月，在籍安心调理，一俟病体稍愈，即行迅速北上。"

但六个月未满，老九便有新命，未赴山西。不过，老九是命里注定要做三晋之主的，躲过了这次，躲不过下次。十二年后，曾老九再次被任命为山西巡抚。那时山西已连遭两年大旱，赤地千里，饿殍遍野，所谓的"富国"成了人间地狱。可想而知，那时的晋抚当得是多么的辛苦。这是后话，与本书无关，且不多说了。

曾纪泽的岳丈刘蓉字霞仙，此时正在做陕西巡抚。刘蓉的前半生命运不太好，中了个秀才后便再没有尺寸进步，只好借塾师糊口。因为学问好，而与曾氏、罗泽南等人关系较为密切。战事起后，随着曾、罗的筹建湘军，刘蓉也投笔从戎，在曾氏幕中多年。咸丰十一年，因川督骆秉章的推荐而擢升四川布政使。刘并非带兵统领，短短七八年间，便成为一省方伯，也算是官运亨通了。当然，骆的推荐也有曾的面子在内，因为那时曾氏已是江督了。也是刘的运气好，太平天国翼王石达开在四川兵败投降，恰好投在刘蓉的属下。这就好比席宝田偶尔之间获得幼天王一样，刘也因此升为陕西巡抚，为湘军的督抚席上又添了一员。

□谕纪泽纪鸿　同治四年七月初三日

字谕纪泽、纪鸿儿：

纪泽于陶诗之识度不能领会，试取《饮酒》二十首、《拟古》九首、《归田园居》五首、《咏贫士》七首等篇反复读之，若能窥其胸襟之广大，寄托之遥深，则知此公于圣贤豪杰皆已升堂入室。尔能寻其用意深处，下次试解说一二首寄来。

又问有一专长，是否须兼三者乃为合作。此则断断不能。韩无阴柔之美，欧无阳刚之美，况于他人而能兼之？凡言兼众长者，皆其一无所长者也。鸿儿言此表范围曲成，横竖相合，足见善于领会。至于纯熟文字，极力揣摩固属切实工夫，然少年文字，总贵气象峥嵘，东坡所谓蓬蓬勃勃如釜上气。古文如贾谊《治安策》、贾山《至言》、太史公《报任安书》、韩退之《原道》、柳子厚《封建论》、苏东坡《上神宗书》，时文如黄陶庵、吕晚村、袁简斋、曹寅谷，墨卷如《墨选观止》《乡墨精锐》中所选两排三迭之文，皆有最盛之气势。尔当兼在气势上用功，无徒在揣摩上用功。大约偶句多，单句少，段落多，分股少，莫拘场屋之格式。短或三五百字，长或八九百字千余字，皆无不可。虽系《四书》题，或用后世之史事，或论目今之时务，亦无不可。总须将气势展得开，笔仗使得强，乃不至于束缚拘滞，愈紧愈呆。

嗣后尔每月作五课揣摩之文，作一课气势之文。讲揣摩者送师阅改，讲气势者寄余阅改。四象表中，惟气势之属太阳者，最难能而可贵。古来文人虽偏于彼三者，而无不在气势上痛下工夫。两儿均宜勉之。此嘱。

评点　少年文字总贵气象峥嵘

曾氏在前封信中提出气势、识度、情韵、趣味四说，认为前人绝好文章，必于此四者中拥有一种。细揣这封信，可以看出曾氏希望他的两个儿子更注意在气势上学前人之长，并提出“少年文字，总贵气象峥嵘”的观点。笔者认为，曾氏此说很有道理。

关于气势，曾氏在同治五年十月十四日的日记里有一段议论：

“文家之有气势，亦犹书家有黄山谷、赵松雪辈，凌空而行，不必尽合于理法，但求气之昌耳。故南宋以后文人好言义理者，气皆不盛。大抵凡事皆宜以气为主，气能挟理以行，而后虽言理而不厌，否则气既衰苶，说理虽精，未有不可厌者。犹之作字者，气不贯注，虽笔笔有法，不足观也。”

曾氏将文章与书法作为同一个审美对象看待，认为皆须气势贯注，能达到这种境地的，即便小有瑕疵，仍不失为上品。这正与王船山的气为文章之帅的观点一脉相承。

因此，曾氏希望儿子把握住这个最重要的为文诀窍。

曾氏自己的文章以及以他为宗师的湘乡文派，其与桐城诸老文章的一个最显著的区别，也就在于气势上。曾氏于“气势”揣摩最深，运用最好，故他在这方面的顺手指点都能到位：“偶句多，单句少，段落多，分股少，莫拘场屋之格式。”“将气势展得开，笔仗使得强，乃不至于束缚拘滞，愈紧愈呆。”在另外一封信里他说过：“议论勃发，层出不穷，乃文章必发之品。”这里所讲的都是关于“气势”方面的行家之说，至于情韵、趣味等方面，似乎曾氏本人也不太擅长。

更重要的是，曾氏特别看重人生少年时的朝气锐气。峥嵘气象，正是朝气锐气的外在表现。

人生少年时，好比一天中的早晨、一年中的春天，蓬蓬勃勃，生机旺盛，对前途充满信心，才是理所当然、天经地义的。此时的为人为文，即便狂一点、傲一点、偏激一点都不要紧，尤为可贵的是，说不定正是因为这种狂傲、不拘常度，才有日后超过常人的成就。千百年来的阅历告诉人们，倒是那些从小便循规蹈矩、瞻前顾后的人，大多没什么出息。我们应当鼓励少年多蓄盛气，多存狂想，切莫轻挥戒骄戒躁的大棍子，从而伤害了可成参天大树的幼苗。

□ 谕纪泽　同治四年七月十三日

字谕纪泽儿：

十二日接尔初八日禀，具悉一切。福秀之病，全在脾亏。余前信已详言之。今闻晓岑先生峻补脾胃，似亦不甚相宜。凡五藏极亏者，皆不受峻补也。尔少时亦极脾亏，后用老米炒黄，熬成极酽之稀饭，服之半年，乃有转机。尔母当尚能记忆。金陵可觅得老米否？试为福秀一服此方。开生到已数日，元徵信接到，兹有复信，并邵二世兄信。尔阅后封口交去。渠需银两，尔陆续支付可也。

义山集似曾批过，但所批无多。余于道光二十二三四五六等年，用胭脂圈批。惟余有丁刻《史记》（六套，在家否）、王刻韩文（在尔处）、程刻韩诗（最精本）、小本杜诗、康刻《古文辞类纂》（温叔带回，霞仙借去）、震川集（在季师处）、山谷集（在黄恕皆家）首尾完毕，余皆有始无终，故深以无恒为憾。近年在军中阅书，稍觉有恒，然已晚矣。故望尔等于少壮时，即从有恒二字痛下工夫。然须有情韵趣味，养得生机盎然，乃可历久不衰。若拘苦疲困，则不能真有恒也。

密禀悉，当细察耳。

涤生手示

正封缄间，又接泽儿初九日禀。小孩病尚未好。尔母泄泻，系脾虚火亏。昔年在京服重剂黄芪参术，此后不宜日日服药，服则补火补气。内银钱所房屋尽可退还侨山租钱。李宫保处宜旬一往，幕中陈、凌、蒋、陈等皆熟人也。又示。（十四日申刻）

评点　炒老米粥可医脾亏

曾氏在这里为患脾胃亏虚的人开出一剂药方，有此病者不妨试一试。

曾氏看重气势，亦喜爱有情韵趣味的好文章，并主张以情趣来培养心灵中的生机。不要以为理学之徒都是正襟危坐毫无趣味可言的人，读读理学创始人周敦颐的《爱莲说》：“出淤泥而不染，濯清涟而不妖，中通外直，不蔓不枝，香远益清，亭亭净植。”这位太极图大师对莲观察得多么细致！对莲的观察之细，源于对自然界美好之物的喜爱之心，这份爱心之中充满的自是活泼泼的生机。再读读理学宗师朱熹的《观书有感》：“半亩方塘一鉴开，天光云影共徘徊。问渠哪得清如许，为有源头活水来。”这股活水，其实源于作者的心池。天光云影，正是心池的清澈透明。曾氏也是理学徒，他向来注重在勤苦中保持心灵的生意，试看他的一副戏联：“养活一团春意思，撑起两根穷骨头。”

任是外界何等艰苦，何等严峻，总要养活自心的春意。因为心总是归自己支配的，它完全可以脱离外界的干扰。这是唯心主义吗？不是的，它在于人的修炼，人的定力。能不能做到这一点，古往今来，都将它视作人的境界的标志之一。

□谕纪泽纪鸿 同治四年八月初三日

字谕纪泽、纪鸿儿：

七月二十四日接泽儿十九日之禀、鸿儿十四日之禀并诗文一首。八月初二接泽儿二十八日一禀并郭云仙姻丈与尔之信，具悉一切。其二十六日专兵之禀尚未到也。

郭宅姻事，吾意决不肯由轮船海道行走。嘉礼尽可安和中度，何必冒大洋风涛之险？至成礼或在广东或在湘阴，须先将我家或全眷回湘，或泽儿夫妇送妹回湘，吾家主意定后，而后婚期之或迟或早可定，而后成礼之或湘或粤亦可定。

吾既决计不回江督之任，而全眷犹恋恋于金陵，不免武仲据防之嫌，是尔母及全眷早迟总宜回湘，全眷皆须还乡，四女何必先行？吾意九月间，尔兄弟送家属悉归湘乡。经过省城时，如吉期在半月之内，或尔母亲至湘阴一送亦可。如吉期尚遥，则纪泽夫妇带四妹在长沙小住，届期再行送至湘阴成婚。

至成礼之地，余意总欲在湘阴为正办。云仙姻丈去岁嫁女，既可在湘阴由意城主持，则今年娶妇，亦可在湘阴由意城主持。金陵至湘阴近三千里，粤东至湘阴近二千里。女家送三千，婿家迎二千，而成礼于累世桑梓之地，岂不尽美尽善？尔以此意详复筠仙姻丈一函，令崔成贵等由海道回粤。余亦以此意详致一函，由排单寄去，即以此信为定。喜期定于十二月初二日，全眷十月上旬自金陵启行，断不致误。如筠仙姻丈不愿在湘阴举行，仍执送粤之说，则我家全眷暂回湘乡，明年再商吉期可也。

郭宅送来衣服、首饰及燕菜、马褂之类全数收领，途费四百则交来使带回，无庸收存。此间送女途费理应自备也。崔巡捕、杨仆各给银四十两，但用余名写书一封答之。其喜期之书帖，待湘阴成礼时再办。

鸿儿之文气势颇旺，下次再行详示。尔母须用伏苓，候至京之便购买。余以二十四日自临淮起行，十日无雨，明日可到临徐州矣。途次平安勿念。

涤生手示

再，尔复云仙姻叔之信，或将余此□□（评点者按：原件此处缺二字）信抄一稿附去。或不抄，尔兄弟酌之。余决计不由海道行走，如必欲送粤，余不甚坚执也，但心以湘阴为宜耳。陈舫仙寄到在京见闻密件，兹抄寄尔阅，秘之。朱金权远来，似不便阻其来徐，只好听之。又示。

评点 二十四岁即守寡的纪纯

曾氏父子在这里讨论的是四女纪纯出阁的事。纪纯许配郭嵩焘之子郭依永，此事早在咸丰八年纪纯十二岁时便定了。纪纯从小过继给幺叔国葆，故那时她的庚书有两份，一份用本生父母名，一份用继父母名。同治元年，国葆夫妇相继去世，纪纯又回到父母身边，出阁大事自然是本生父母主持了。此时纪纯十九岁，新郎官才十六岁。郭嵩焘抱孙心切，早早地便替儿子办了婚事。不过，在当时，十五六岁的新郎官也不少。

曾氏嫁女一律以二百两银子为嫁妆，纪纯出嫁时也只有两百两银子。时曾国荃在家养病，初不相信，确知只有二百两时，感慨再三，认为这实在是不能敷用，便加送四百两给侄女。

纪纯的娘家送亲人为大哥纪泽，他当时还兴冲冲地做了两首七律，题为《送四妹归郭氏呈筠仙丈二首》："夜半天东起瑞霞，笙钟环绕七香车。穿林戢戢竹初笋，照眼纷纷梅自花。室揽众山来户牖，田留数顷课桑麻。借斟卮酒酬吾妹，庆汝于归积善家。""刘公两鬓早成霜，德业与公诚雁行。缟纻几家相许与，关山万里各行藏。鸣鸠乳燕春将及，风虎云龙事未央。颐性林泉真早计，东山何以慰民望。"

这两首诗，纪泽还送给父亲看了。曾氏在诗旁批道："次首情韵俱胜。"这第二首颂扬的是父辈的业绩，曾氏看了自然心里舒坦，故认为要强过第一首。

纪纯这门婚事其实是不幸的。前面已说过，郭依永二十一岁时去世，纪纯二十四岁便守寡，精神抑郁少欢，三十五岁那年也撒手走了。那时当年送亲的大哥正在英国做大使，闻讯悲悼不已，又写了两首七律："尘封脂盝锈生钿，茹檗餐冰十二年。两顷蓝田留玉种，九还丹鼎证金仙。门楣得汝增光焰，德性凭谁载简编？泪眼已枯无可拭，只添白发上华颠。""陆云名誉动京师，一蹶无由到凤池。忽忽生离成死别，茕茕寡妇挈孤儿。可怜丹旐还乡日，又是青琴得道时。梦抚两棺成一恸，觉来海角望天涯。”当然，这两首诗再也得不到父亲的批语了。

□ 谕纪泽 同治四年八月十九日

字谕纪泽儿：

兹因潘文质回金陵，寄去鹿胶二斤、高丽参三斤并冬菜、口蘑等物查收。又付《全唐诗》四本，即六月间取来者。恐其遗失，故寄回，归于全部之中。

王船山先生《书经稗疏》三本、《春秋家说序》一薄本，系托刘韫斋先生在京城文渊阁抄出者。尔可速寄欧阳晓岑丈处，以便续行刊刻。刘松山前借去鄂刻地图七本，兹已取回。尚有二十六本在金陵，可寄至大营，配成全部（此书金陵寓中尚有十余部，尔珍藏之，将来即以前代之图用朱笔写于此图之上）。

《全唐文》太繁，而郭慕徐处有专集十余种，其中有《韩昌黎集》，吾欲借来一阅，取其无注，便于温诵也。又《文献通考》（吾曾点过田赋、钱币、户口、职役、征榷、市籴、土贡、国用、刑制、舆地等门者）、《晋书》、《新唐书》（要殿本，《晋书》兼取李芋仙送毛刻本）均取来，以便翻阅。《后汉书》亦可带来（殿本）。冬春皮衣均于此次舢板带来（缺衿者一裹圆者皆要，袍褂不要）。此嘱。

涤生手示

评点 刻印船山遗书

打下金陵城后，紧接着开科取士的盛举，曾氏又办了一件有利于弘扬中华文化、广受士人赞誉的大事，那便是筹建金陵书局，刻印王夫之的著作。

王夫之，字而农，湖南衡阳人，晚年因居于衡阳石船山，世称船山先生，明末清初大学问家、大思想家，生平著述甚丰，但因家境清贫，无力付梓。死后，其子刻印遗书十余种，乾隆时开四库全书馆，经湖南巡抚推荐，收船山著作六种。嘉庆时，衡阳汇江书室又刻印船山之书十余种。道光末年，船山著作刻印渐多，此中规模最大的便是由曾氏朋友湘潭欧阳兆熊资助，由湘中著名学者邓显鹤主持的《船山遗书》，共刻印著作十八种一百五十卷。不久，版毁于战火中。此次，由曾氏倡议，曾国荃出资重刻船山著作，便是湘潭版本的扩充，也请欧阳兆熊董理其事，书名也叫《船山遗书》。

完工后，曾氏亲自写了一篇《王船山遗书序》，开头一段说："王船山遗书，同治四年十月刻竣，凡三百二十二卷。国藩校阅者：《礼记章句》四十九卷，《张子正蒙注》九卷，《读通鉴论》三十卷，《宋论》十五卷，《四书》《易》《诗》《春秋》诸经稗疏考异十四卷，订正讹脱百七十余事。军中鲜暇，不克细紬全篇。"

从这段话里，可以得知在日理万机之际，曾氏仍为重刻《船山遗书》做了大量的卓有成效的编校实事。船山思想在清末为反满革命者所接受，成为他们捍卫民族大义的指导思想之一，湖南的士人受船山思想影响更大，谭嗣同甚至说："五百年间，真通天人之变者，船山一人而已！"而让船山思想得以广为传播者，便是金陵书局。曾氏兄弟官高望重，财力雄厚，《船山遗书》校刊精致，印刷量大，且大部分都是免费赠予。船山思想本博大精深，又得到曾氏兄弟这般推崇，遂更加风行全国士林。正因为船山思想在清末盛行，故有人认为曾氏兄弟此举是对自己镇压汉人维护满人的忏悔，其实这完全是附会。曾氏为什么要开金陵书局刻船山之书，他的目的在《序》中说得很明白："昔仲尼好语求仁而雅言执礼，孟氏亦仁礼并称，盖圣王所以平物我之情而息天下之争，内之莫大于仁，外之莫急于礼。自孔孟在时，老庄已鄙弃礼教。杨墨之指不同，而同于贼仁。厥后众流歧出，载籍焚烧，微言中绝，人纪紊焉。汉儒掇拾遗经，小戴氏乃作记，以存礼于什一。又千余年，宋儒远承坠绪，横渠乃作《正蒙》，以讨论为仁之方。船山先生注《正蒙》数万言，注《礼记》数十万言，幽以究民物之同原，显以纲维万事，弭世乱于未形。其于古昔明体达用、盈科后进之旨，往往近之。"

原来，曾氏推崇船山，是推崇他的继承孔孟仁礼并重治心治世的圣教，希望通过弘扬船山学说来弭世乱于无形。

一百二十年后，岳麓书社重编《船山全书》，收集更全，校审更精，印装更美，然其基础，仍是当年曾氏兄弟的金陵本。

□ 谕纪泽纪鸿　同治四年八月二十一日

字谕纪泽、纪鸿儿：

二十日马得胜至，接尔十一日禀暨尔母一函、松生一函，均悉。家眷旋湘，应俟接筠仙丈复信乃可定局。余意姻期果定十二月初二，则泽儿夫妇送妹先行，至湘阴办喜事毕，即回湘乡，另觅房屋。觅妥后，写信至金陵，鸿儿奉母并全眷回籍。若婚期改至明年，则泽儿一人回湘觅屋，冢妇及四女皆随母明年起程。

黄金堂之屋，尔母素不以为安，又有塘中溺人之事，自以另择一处为妥。余意不愿在长沙住，以风俗华靡，一家不能独俭。若另求僻静处所，亦殊难得，不如即在金陵多住一年半载亦无不可。泽儿回湘与两叔父商，在附近二三十里觅一合适之屋，或尚可得。星冈公昔年思在牛栏大丘起屋，即鲇鱼坝萧祠间壁也。不知果可造屋，以终先志否？又油铺里系元吉公屋，犁头嘴系辅臣公屋，不知可买庄兑换或借住一二年否？富托可移兑否？尔禀商两叔，必可设法办成。尔母既定于明年起程，则松生夫妇及邵小姐之位置，新年再议可也。

近奉谕旨，饬余晋驻许州。不去则屡违诏旨，又失民望；遽往则局势不顺，必无成功，焦灼之至。余不多及。

涤生手示

再，泽儿前寄到之《几何原本序》尽可用得，即由壬叔处照刊，不必待批改也。末书某年月曾△△，不写官衔，不另行，用宋字，不另写真行书。

评点　宰相府起因于欧阳夫人

曾氏虽带兵北上，欧阳夫人及儿女们继续住在金陵城是完全可以的，但曾氏因有辞江督之念，不愿眷属在金陵久住，故有全家搬回湖南老家的讨论。

当年分家时，曾氏作为长房分得曾家祖传的正房黄金堂。欧阳夫人不喜欢这个宅子，其主要原因是咸丰七年媳妇贺氏难产死于该屋，又加之前面池塘里淹死过人，于是有觅新居的想法。这便是后来有名的“宰相府”的诞生渊源。

宰相府是当地百姓的俗称，曾氏将他的新居命名为富厚堂。在这之前，老九早已建好了华丽闳阔的“大夫第”，老四、老幺也相继建成了高大的“万宜堂”“有恒堂”。

富厚堂主建筑为两层楼房，两旁有三层楼的望楼，槽门口有石狮、拴马柱、停轿坪、水池，大门内有宽大的天井，种有四季花木，大大小小的房子有百余间。关于起房，曾纪芬在《自订年谱》中有一段记载：“湘俗构新屋必诵上梁文，工匠无知，乃以湘乡土音为之颂曰：‘两江总督太细哩，要到南京做皇帝。’湘谚谓小为细也。其时乡愚无知，可见一斑。”

湘乡工匠满以为这话是对曾氏的恭维，岂知这种颂词很有可能将曾氏送上断头台！曾纪芬作年谱时已是民国二十年，皇帝早不存在了，倘若大清王朝未亡，想必她也不敢将这两句话写进书中。

这座“宰相府”虽已陈旧，个别地方也有破损，但大体上保存尚好，位于现在的湖南双峰县荷叶乡，近年已多次修缮，被列为省重点文物保护单位。富厚堂建好后，欧阳夫人带着儿女们住在这里，但曾氏本人因一直在外，并没有在新居住过一天。

信中所提到的《几何原本序》，是纪泽代父亲为《几何原本》中译本所作的序言，至今保留在《曾纪泽遗集》中。《几何原本》是伟大数学家欧几里得的一部数学名著。明万历年间意大利传教士利玛窦与徐光启合作翻译了前六卷，后九卷由李善兰与英国人伟烈亚力共同翻译。

李善兰，浙江海宁人，近代中国著名数学家。除《几何原本》外，他还翻译了《代微积拾级》《重说》《植物学》《谈天》等西方科技书籍，为西学东渐做出了很大贡献。咸丰十一年，曾氏在安庆创设安庆内军械所，实为我国第一所生产近代武器的兵工厂，广为延请海内洋务人才，李善兰及数学家华蘅芳、化学家徐寿等一大批中国早期的科技专家高薪受聘。《几何原本》后九卷的翻译就在这段时期内。曾氏十分重视李善兰的这个业绩，并欣然答应为此书作序。一则因为太忙，二则也要借此培养儿子，曾氏遂将序文的写作交给了纪泽。

《几何原本》是西人所著的数学书，为此书作序，对于在《四书》《五经》的诵读声中长大的中国士人来说是一件陌生事。我们且从这篇序文里抄出一段来，让读者看看曾纪泽的文章风格和西学水平：“《几何原本》不言法而言理，括一切有形而概之曰点、线、面、体。点、线、面、体者，象也。点相引而成线，线相遇而成面，面相叠而成体，而线与线、面与面、体与体，其形有相兼、有相似，其数有和有较、有有等有无等、有有比例有无比例。洞悉乎点、线、面、体，而御之加、减、乘、除，譬诸闭门造车，出门而合辙也，奚敝敝然逐物而求之哉？”

曾氏对儿子的这篇代笔很满意，评之曰：“文气清劲，笔亦足达难显之情。”

热心西学、不久后充当中国驻英法第一任大使的现任粤抚郭嵩焘也很赞赏这篇文章，在文后题了几句话：“观其象而通其理，然后立法以求其数：数语尽算学之用。西洋线法推行，至于抛物线以穷其变。惟明乎数之理，故能取给于心而用不穷，以是为澈乎《九章》立法之源，故是笃论。”

曾纪泽后来接替郭嵩焘成了第二任驻英法大使，其间的因缘或许就在这篇序文之中。

□ 谕纪泽　同治四年九月初一日

字谕纪泽儿：

三十日成鸿纲到，接尔八月十六日禀。具悉尔十一后连日患病，十六尚神倦头眩，不知近已全愈否？吾于凡事皆守“尽其在我，听其在天”二语，即养生之道亦然。体强者，如富人因戒奢而益富；体弱者，如贫人因节啬而自全。节啬非独食色之性也，即读书用心，亦宜检约，不使太过。余八本匾中，言养生以少恼怒为本。又尝教尔胸中不宜太苦，须活泼泼地，养得一段生机，亦去恼怒之道也。既戒恼怒，又知节啬，养生之道，已尽其在我者矣。此外寿之长短，病之有无，一概听其在天，不必多生妄想去计较他。凡多服药饵，求祷神癨，皆妄想也。吾于医药、祷祀等事，皆记星冈公之遗训，而稍加推阐，教示后辈。尔可常常与家中内外言之。尔今冬若回湘，不必来徐省问，徐去金陵太远也。朱金权于初十内外回金陵，欲伴尔回湘。

近日贼犯山东，余之调度，概咨少泉宫保处。澄、沅两叔信附去查阅，不须寄来矣。此嘱。

涤生手示

评点　听天命亦是养生之道

曾家子弟，大多身体不强壮。此时的曾纪泽，不过二十六七岁的青年，却体弱多病。他后来五十一岁上去世，连下寿都不及。“尽其在我，听其在天”与“尽人事而听天命”，是同一个意思的两种表叙方式，原本说的是一种处世办事的态度，曾氏认为这也是养生之道，抱这种态度对待生老病死，可以免去许多烦恼和忧虑；既积极地保养治病，又不妄求长生，顺其自然，心境平和，反倒可以健康长寿。

其实，许多处世办事之法亦是养生卫生之方，如宽厚和气、勤快朴素、不存害人之心、不贪非分之财等等，说的是处世办事，然都可借来养心卫生，因为这二者在道理上是相通的。

□ 谕纪泽纪鸿　同治四年九月晦日

字谕纪泽、纪鸿儿：

二十六日接纪泽二十日排递之禀，纪鸿初六日舢板带来禀件、衣书，今日派夫往接矣。李老太太病势颇重，近日略愈否？深为系念。泽儿肝气痛病亦全好否？尔不应有肝郁之症。或由元气不足，诸病易生，身体本弱，用心太过。上次函示以节啬之道，用心宜约，尔曾体验否？张文端公（英）所著《聪训斋语》，皆教子之言。其中言养身、择友、观玩山水花竹，纯是一片太和生机，尔宜常常省览。鸿儿体亦单弱，亦宜常看此书。吾教尔兄弟不在多书，但以圣祖之《庭训格言》（家中尚有数本）、张公之《聪训斋语》（莫宅有之，申夫又刻于安庆）二种为教，句句皆吾肺腑所欲言。

以后在家则莳养花竹，出门则饱看山水，环金陵百里内外，可以遍游也。算学书切不可再看，读他书亦以半日为率。未刻以后，即宜歇息游观。古人以惩忿窒欲为养生要诀。惩忿即吾前信所谓少恼怒也，窒欲即吾前信所谓知节啬也。因好名好胜而用心太过，亦欲之类也。药虽有利，害亦随之，不可轻服。切嘱。

此间派队于二十八日出剿，初一二可以见仗。十九日折奉旨留中，暂无寄谕。尔可先告李宫保也。余不多及。

涤生手示

评点　借花竹山水以养身心

中国的传统士人都看重自然景物对人的身心的陶冶培植作用，这大概与中国文化的最高境界“天人合一”的熏陶分不开。有“天人合一”的境界，自然而然地产生了“民胞物与”的宝贵思想：“民吾同胞，物吾与也”，这是多么博大的胸怀！从某种意义上说，这也可算是中国最早的环保意识。

此外，曾氏还提出惩忿窒欲、戒好名好胜、少吃药特别是少吃补药等养生要诀，都可以作为我们的参考。

□ 谕纪泽纪鸿 同治四年十月二十四夜

字谕纪泽、纪鸿儿：

十八日接泽儿十一夜禀并笔墨二包。余日内偶忘写信，故戎国治未得速归。二十二日又接尔十一日禀。余近日身体平安。捻匪自窜河南后，久无消息。十九日之折，顷接寄谕，业经照准。

明年寓中请师。顷桐城吴汝纶挚甫来此，渠以本年连捷，得内阁中书，告假出京。余劝令不必遽尔进京当差，明年可至余幕中专心读书，多作古文。因拟请其父吴元甲号育泉者至金陵教书，为纪鸿及陈婿之师。育泉以廪生举孝廉方正，其子汝纶，系一手所教成者也。挚甫闻此言欣然乐从，归告其父，想必允许。惟澄、沅叔已答应将富圫让与我家居住，明岁将送全眷回湘，吴来金陵，恐非长久之局。挚甫由徐赴金陵，余拟派差官送之。尔可与之面商一切。沈戟门先生今冬可辞谢也。邵铭既难遽刻，拟换写后半。琦、赛两名之下各添一公字，便中寄来。滕将薪水单阅过，可照此发。鸿儿每十日宜写一禀，字宜略大，墨宜浓厚。此嘱。

涤生手示

评点　请吴汝纶之父为西席

吴汝纶字挚甫，是近代著名散文家，曾做过京师大学堂的总教习。他是安徽桐城人，从小深受桐城文派的影响，为文气势纵肆。同治四年中进士后来曾氏幕中，备受曾氏器重，一时奏折大多出于吴之手。吴师事曾氏，与张裕钊、黎庶昌、薛福成合称曾门四子。四子为乃师文章革新之举推波助澜、摇旗呐喊，共同创建湘乡文派。

曾氏由喜爱吴汝纶而敬重吴父，拟请他来金陵节署，教曾纪鸿及寓居署内的二女婿陈远济读书。吴老先生教出了一个佳儿，却没有让两个学生达到预期目标。这两个学生既未博得功名，也没有向文章方面发展，一个后来醉心数学，一个后来做了外交官。命之使然，性之使然，即便有再好的名师，也不一定能扭转得了。

□ 致澄弟沅弟 同治四年十二月十五日

澄、沅弟左右：

近日贼情，张总愚一股尚在南阳，赖汶光、任柱等股尚在光州、固始一带。闻京师之东北、山海关外、奉天等处马贼猖獗，派文尚书、福将军剿办，尚未得手。新授徐海道张树声为直隶臬司。圣意盖欲多调淮勇北卫畿辅，局势又当少变矣。

沅弟出处大计，余前屡次言及，谓腊月乃有准信。近来熟思审处，劝弟出山不过十分之三四，劝弟潜藏竟居十分之六七。

部中新例甚多。余处如金陵续保之案、皖南肃清保案全行议驳，其余小事动遭驳诘；而言路于任事有功之臣，责备甚苛，措辞甚厉，令人寒心。军事一波未平，一波复起，头绪繁多。

西北各省饷项固绌，转运尤艰。处山西完善之区，则银钱分文皆须入奏，难以放手办事。若改调凋残之省，则行剥民敛怨之政，犹恐无济于事。去年三四月间，吾兄弟正方万分艰窘，户部犹将江西厘金拨去，金陵围师几将决裂。共事诸公易致龃龉，稍露声色，群讥以为恃功骄蹇。为出山之计，实恐呕气时多，适意时少。若为潜藏之计，亦有须熟筹者。大凡才大之人，每不甘于岑寂，如孔翠洒屏，好自耀其文彩。林文忠晚年在家，好与大吏议论时政，以致与刘玉坡制军不合，复思出山。近徐松龛中丞与地方官不合，复行出山。二人皆有过人之才，又为本籍之官所挤，故不愿久居林下。沅弟虽积劳已久，而才调实未能尽展其长，恐难久甘枯寂。目下李筱荃中丞相待甚好，将来设与地方官不能水乳交融，难保不静极思动，潜久思飞。

以余饱阅世变、默察时局，则劝沅行者四分，劝沅藏者六分。以久藏之不易，则此事须由沅内断于心，自为主持。兄与澄不克全为代谋也。余前所谓腊月再有确信者大率如此，下二次更当申明之。

评点　沅甫出处大计——行四藏六

年初，朝廷命老九出任山西巡抚，他以病辞，朝廷给假六个月。眼看假期就要满了，出不出山？兄弟俩讨论的是这件事。

此时的曾氏，各方面都处于不顺之际：捻军奔驰飘忽，曾氏临时拼凑的这支军队根本不是其对手。张宗禹、任柱等率部时而全数西去，时而又全萃湖北，官军疲于奔命。另外，曾氏名为最高统帅，但淮军各营并不完全听他的指挥，李鸿章在金陵遥控他们。李昭庆畏惧艰苦，想离开前线，请他的哥哥李鸿章代为向曾氏请假。曾氏为此事生气地对李鸿章说：淮军既由鄙人指挥，阁下可不必再插手。至于鲁豫等省的绿营兵，曾氏更是指挥不动。面对着这种局面，曾氏几有不能驾驭之叹！又加之欠饷久不能发放，闹饷一事令曾氏头痛不已。最为严重的是，曾氏看出朝廷对他的圣眷已有衰退的迹象，不像前两年那样倚重了。他的保折频遭部驳，对他的各种指责时见邸报所登的御史弹章中。所有这些，令身体日渐衰弱的曾氏有一种秋风末路之感，故而在对老九的出处行藏的思考上，他倾向于藏卧。但十天后，他在给两弟的信中又否定了这个倾向："天下纷纷，沅弟断不能久安，与其将来事变相迫，仓卒出山，不如此次仰体圣意，假满出山。余十五之信，四分劝行，六分劝藏，细思仍是未妥。不如兄弟尽力王事，各怀鞠躬尽瘁死而后已之志，终不失为上策。"

前后两信，典型地反映出曾氏此时的进退两难的矛盾心情和他一贯的遇事瞻徇的谨慎性格。

信中所说的林文忠即林则徐，刘玉坡即刘韵珂，林谪居家乡时的闽浙总督。徐松龛即徐继畬，也做过闽浙总督。他有一部名气很大的书叫作《瀛环志略》，是中国知识界介绍世界史地的早期图书之一。

李筱泉乃李鸿章的哥哥，他由广东藩司升为湖南巡抚。随着筱泉升任巡抚，李家与曾家双峰并峙的局面开始出现。以后淮军势力日强，湘军势力日弱，李家也就寖寖然超过曾家了。

□ 谕纪鸿　同治五年正月十八日

字谕纪鸿：

尔学柳帖《琅邪碑》，效其骨力，则失其结构，有其开张，则无其抗搏。古帖本不易学，然尔学之尚不过旬日，焉能众美毕备，收效如此神速？

余昔学颜柳帖，临摹动辄数百纸，犹且一无所似。余四十以前在京所作之字，骨力间架皆无可观，余自愧而自恶之。四十八岁以后，习李北海《岳麓寺碑》，略有进境，然业历八年之久，临摹已过千纸。今尔用功未满一月，遂欲遽跻神妙耶？余于凡事皆用困知勉行工夫，尔不可求名太骤，求效太捷也。以后每日习柳字百个，单日以生纸临之，双日以油纸摹之。临帖宜徐，摹帖宜疾，专学其开张处。数月之后，手愈拙，字愈丑，意兴愈低，所谓困也。困时切莫间断，熬过此关，便可少进。再进再困，再熬再奋，自有亨通精进之日。不特习字，凡事皆有极困极难之时，打得通的，便是好汉。余所责尔之功课，并无多事，每日习字一百，阅《通鉴》五叶，诵熟书一千字（或经书或古文、古诗，或八股试帖，从前读书即为熟书，总以能背诵为止，总宜高声朗诵），三八日作一文一诗。此课极简，每日不过两个时辰，即可完毕，而看、读、写、作四者俱全。余则听尔自为主张可也。

尔母欲与全家住周家口，断不可行。周家口河道甚窄，与永丰河相似，而余住周家口亦非长局，决计全眷回湘。纪泽俟全行复元，二月初回金陵。余于初九日起程也。此嘱。

评点　打得通的便是好汉

曾纪鸿临摹字帖不过十日便有收效不大的感叹，针对儿子这种急功近利的心态，曾氏予以谆谆教导，且以自己习字的实践和切身体会来证明。曾氏认为凡真本事都出于困知勉行之中，这是真正的阅历之言，十分值得我们重视。

略有点经历的人都知道，学习的过程都有一个从易到难，再从难到易，又从易到难的过程。学习一样东西，一开始会有一个进展较快的时候，那时的兴趣很大。过了这个阶段，再要提高一步便会觉得难了。过了这个难关，又有一段进展快的时期。到一定的时候，又出现了新的难关。这道难关往往要比上道难关更大。这一道道难关，实际上便是一个个飞跃的起点。过了，便超越了前一段的自我。当自我越来越高的时候，超越也便越来越难，攻关者也便因陆续淘汰而越来越少：怕苦怕难者被淘汰了，满足现状者被淘汰了，天分差者被淘汰了，而能打通极困极难关口的才是好汉，才是成功者。

□致沅弟　同治五年二月初一日

沅弟左右：

顷奉正月二十六日谕旨，弟调湖北巡抚，且令即赴新任。虽明发谕旨中无“无庸来京”字样，而寄谕中似饬弟就近履任，即办鄂境之捻。朝廷为地择人，亦即为人择地。圣恩优渥，无以复加。而余办捻事，正苦鄂中血脉不能贯通，今得弟抚鄂，则三江两湖均可合为一家，联为一气。论公论私，均属大有裨益。

余前调张诗日、刘松山二镇带十九营赴鄂助剿，定于二月中旬起程。又春霆一军，谕旨令赴楚豫之交，归余调度。余正虑相离太远，呼应不灵，弟在湖北，则就近调遣，节节灵通。弟奉旨后，即于谢恩折内声明一面酌带营勇赴鄂剿贼，俟鄂难稍平人心稍定，即行进京陛见。如谕旨不令来京，亦尽可带兵出境，兄弟相会。

赴鄂行期，或可不待六个月假满。如待假满，亦断不可展限。君恩过厚，无令外人疑为装腔做势也。余俟续致。顺贺大喜，并问澄弟近好。

评点　曾国荃调任湖北巡抚

正月二十六日这道谕旨，曾国荃二月在湘乡也接到了。他没有再行辞谢，三月初七日从长沙起程，十七日抵武昌接印。

为什么这一次他不再拒绝而欣然接受呢？笔者以为，大概出于以下几个方面的原因：一是他已回籍养病一年多了，再以病体未愈为由软顶也说不过去；万一朝廷恼火了，从此不再用他，那也不是他所希望出现的事。二则他是南人，不喜欢北方苦寒之地，湖北与湖南相差无几，做鄂抚较为理想。第三，最重要的是，湖北现为对抗捻军的重要省份，他此番出山实际上仍是做军事统帅。老九从未有过一天地方官的经历，于吏治民事全然不懂，带兵打仗才是他的强项，况且现在打捻的统帅是他的兄长。无论从扬长避短的角度考虑，还是从兄弟情分的角度考虑，鄂抚一职都是老九最好的选择。于是，在短短的一个多月内，老九便招集旧部组成六千余人的军队，号称新湘军，浩浩荡荡由湖南开赴湖北。新湘军的大将分别为记名布政使表弟彭毓橘和福建提督原吉字营营官郭松林。

□ 谕纪泽纪鸿 同治五年二月二十五日

字谕纪泽、纪鸿儿：

二十日接纪泽在清江浦、金陵所发之信。二十二日李鼎荣来，又接一信。二十四日又接尔至金陵十九日所发之信。舟行甚速，病亦大愈为慰。老年来始知圣人教孟武伯问孝一节之真切。尔虽体弱多病，然只宜清静调养，不宜妄施攻治。庄生云："闻在宥天下，不闻治天下也。"东坡取此二语，以为养生之法。尔熟于小学，试取在宥二字之训诂体味一番，则知庄、苏皆有顺其自然之意。养生亦然，治天下亦然。若服药而日更数方，无故而终年峻补，疾轻而妄施攻伐强求发汗，则如商君治秦、荆公治宋，全失自然之妙。柳子厚所谓名为爱之其实害之，陆务观所谓天下本无事庸人自扰之，皆此义也。东坡游罗浮诗云："小儿少年有奇志，中宵起坐存黄庭。"下一存字，正合庄子在宥二字之意。盖苏氏兄弟父子皆讲养生，窃取黄老微旨，故称其子为有奇志。以尔之聪明，岂不能窥透此旨？余教尔从眠食二端用功，看似粗浅，却得自然之妙。尔以后不轻服药，自然日就壮健矣。

余以十九日至济宁，即闻河南贼匪图窜山东，暂住此间，不遽赴豫。贼于二十二日已入山东曹县境，余调朱星槛三营来济护卫，腾出潘军赴曹攻剿。须俟贼出齐境，余乃移营西行也。

尔侍母西行，宜作还里之计，不宜留连鄂中。仕宦之家，往往贪恋外省，轻弃其乡，目前之快意甚少，将来之受累甚大。吾家宜力矫此弊。余不悉。

涤生手示

李眉生于二十四日到济宁相见矣。四叔、九叔寄余信二件寄阅。他人寄纪泽信四件、王成九信一件查收。

评点 养生之法在顺其自然

《论语·为政篇》里记载孔子与他的弟子们谈孝道的事，曾氏独称孟武伯问孝一节为真切。让我们来看看这一节的原文："孟武伯问孝。子曰：'父母惟其疾之忧。'"

孔子回答的这句话是什么意思呢？他的意思是，什么是孝？孝就是让父母对自己除开担忧生病一事外，再无别的担忧。生病是难以防患的，故不是过失。换句话说，即子女自爱，生活得好好的，没有过失，便是对父母的孝顺。

正在山东与捻军周旋的曾氏，怎么会突然想起这一段话来呢？原来，他的心里一直在牵挂着儿子的病情。少时读《论语》的这一节，很可能没有什么特别的感觉，因为那时没有这种切身体验，老来却有特别亲切之感。笔者想，当年孔老夫子或许正是因为牵挂儿子孔鲤的病情，才有这样一句回答孟武伯的话。

曾氏对待养生十分重视，但他的重视是在顺其自然，而不是多服补药，妄施攻治，并认为治理天下也宜如此。他不主张商鞅、王安石的强制政治，有点无为而治的味道。

□ 谕纪泽纪鸿 同治五年三月十四夜

字谕纪泽、纪鸿：

顷据探报，张逆业已回窜，似有返豫之意。其任、赖一股锐意来东，已过汴梁，顷探亦有改窜西路之意。如果齐省一律肃清，余仍当赴周家口以践前言。

雪琴之坐船已送到否？三月十七果成行否？沿途州县有送迎者，除不受礼物酒席外，尔兄弟遇之，须有一种谦谨气象，勿恃其清介而生傲惰也。余近年默省之勤、俭、刚、明、忠、恕、谦、浑八德，曾为泽儿言之，宜转告与鸿儿，就中能体会一二字，便有日进之象。泽儿天质聪颖，但嫌过于玲珑剔透，宜从浑字上用些工夫。鸿儿则从勤字上用些工夫。用工不可拘苦，须探讨些趣味出来。

余身体平安，告尔母放心。此嘱。（济宁州）

评点　不宜过于玲珑剔透

曾氏眷属已决定离宁回湘，纪泽、纪鸿兄弟均已成人娶妻，护送母亲、妹妹的事，自是他们的本职。曾氏叮嘱两儿，沿途既不可接受别人的礼物酒食，又要谦虚礼貌相待。接人待物，是一种艺术，处置得好，朋友遍天下；处置得不好，易招怨惹是非。像纪泽、纪鸿这种侯门公子，沿途张扬招摇，让州县故旧都来迎送宴请，固然不好，但若做起一副清高绝俗、拒人于千里之外的神态来，或许更不好。把握分寸，适中合度，艺术技巧全在此八字中。

人人都希望自己聪明敏捷，也都盼望儿女天资聪颖，但聪明的人也有其弊端。曾氏指出的“过于玲珑剔透”，不仅是聪明如纪泽者身上有，也几乎是所有聪明人的通病。

所谓聪明，耳聪目明之谓也。具体地说，头脑灵泛，反应快，口齿伶俐，善察风色等等，都是聪明的表现。但若把握不好，过了分寸，便会变为过于玲珑剔透，则反为不美。

为什么不美？个中原因太多太复杂，绝不是一篇短文所能说清楚的。这里只略说几点。

一、过于玲珑剔透者，求学做事往往不愿意下笨功夫，也难以久耐艰苦寂寞。但大学问大事业，大多都是从笨、苦、持久中得来。因而，此种人难成大器。

二、过于玲珑剔透者，对人对事往往沉不住气，好表现，喜跟风，而世道人心，却复杂多变。故此种人不如持重者稳妥，易栽跟头。

三、过于玲珑剔透者，往往讲究清爽明白，打破砂锅问到底。但世界上许多事情是不能够求个清爽明白的，一味讲究，反倒招烦招怨招是非。

故而曾氏从他的丰富阅历中总结出一个“浑”字出来，与勤、俭、刚、明、忠、恕、谦一道列为人之八德。

“浑”不是圆滑，更不是糊涂，它是一种高境界的处世待人之方。阅世浅的人难以理解，容易将它与“世故”混为一谈。阅世多而又有心者，当可从“浑”中体味出许多意蕴来。世人有句话叫作“聪明反被聪明误”，杨修丧命，祢衡问斩，头都掉在“聪明”二字上。所以古人从来不把聪明与否看得太重，而将深沉稳重坚毅等视为人生的种种美德。

□ 谕纪泽纪鸿　同治五年三月十九日

字谕纪泽、纪鸿儿：

日内未接来禀，不知十七日业已成行否？十日发信一次，使余放心，自不可少。自金陵起借用善后局封，过安庆后借竹庄封，至两湖则用沅叔暨李筱泉封可也。尔前禀问《二十四史》《五礼通考》之外更须何书：《大学衍义》《衍义补》及《皇朝职官表》六套亦可交竹庄觅便寄来。

此间军事惟运河之沈口一带最为吃紧，余则守局尚稳。昨有复吴仲仙一函抄寄尔阅。沅叔将富圫兑与我住，又多出田一百余亩。兹将各信寄尔等看。道途太远，可不必带回大营矣。余身体平善。所最虑者，恐贼窜过运河，则济宁省城与曲阜孔林皆可危耳。沅叔拟住襄阳，大约俟尔母子过后再出省也。

袁秉桢在徐州粮台扯空银六百两，行事日益荒唐。顷令巡捕传谕，以后不许渠见我之面，入我之公馆。渠未婚而先娶妾，在金陵不住内署，不入拜年，既不认妻子，不认岳家矣。吾亦永远绝之可也。大女送至湘潭袁宅，不可再带至富托，教之尽妇道。二女究留金陵否，前信尚未确告，想有禀续陈矣。

涤生手示

评点　可悲的侯门长女

像袁秉桢这样荒唐透顶的女婿，宜尽早一刀两断，与之脱离婚姻关系。然而曾氏只与他本人永绝，却还要将大女儿送至夫家尽妇道。可怜的曾纪静，今后的日子怎么过？果然，她长期抑郁，终成不治之症，五年后病逝，年仅二十九岁。

一个一等侯爷、协办大学士、两江总督的女儿，居然被一个浑小子给活活折磨死了，这在今人看来简直不可思议！如果说，让曾氏出面解除女儿婚约的这个要求，在当时来说过分了点，但他至少可以将女儿留在娘家，免受丈夫的窝囊气！然而曾氏没有这样做。是曾氏没有父爱吗？让我们读读他接到女儿去世信息的当天日记："接李少泉信，知长女适袁者于九月下旬去世，为之伤感！日内所深虑者，家乡哥老会滋事，恐扰及桑梓丘墓，又恐沅弟带兵未能得手，不料女儿中有袁氏女之变。老境颓唐，不堪伤感！"

从这段话里，我们感受到白发人送黑发人的那种痛苦与凄凉的心情。曾氏与天下所有的父亲一样，对女儿是疼爱的。他之所以仍叫女儿去夫家尽妇道，完全是遵循着"三纲五常"的说教。别的父亲也许不会这样，他是一个标准的礼教捍卫者、遵守者，故而会做出这种大悖亲情的事。礼教杀人！与其说曾纪静是被"绝情"的父亲所害死，还不如说她是被绝情的礼教所杀。

□致澄弟沅弟 同治五年三月二十六日

澄、沅弟左右：

三月十八接沅弟二月二十八日长沙河干一信，二十二日接澄弟二月二十二日一缄，具悉一切。

沅弟定于十七接印，此时已履任数日矣。督抚本不易做，近则多事之秋，必须筹兵筹饷。筹兵，则恐以败挫而致谤；筹饷，则恐以搜括而致怨。二者皆易坏声名。而其物议沸腾，被人参劾者，每在于用人之不当。沅弟爱博而面软，向来用人失之于率，失之于冗。以后宜慎选贤员，以救率字之弊；少用数员，以救冗字之弊。位高而资浅，貌贵温恭，心贵谦下。天下之事理人才，为吾辈所不深知、不及料者多矣，切弗存一自是之见。用人不率冗，存心不自满，二者本末俱到，必可免于咎戾，不坠令名。至嘱至嘱，幸勿以为泛常之语而忽视之。

陈筱浦不愿赴鄂。渠本盐务好手，于军事吏事恐亦非其所长。余处亦无折奏好手，仍邀子密前来，事理较为清晰，文笔亦见精当。自奏折外，沅弟又当找一书启高手，说事明畅，以通各路之情。

此间军事，二十一日各折已咨弟处，另有密件抄去一览。复张子青一信亦抄阅。纪泽母子等四月中旬当可抵鄂，纪鸿留弟署读书，余以回湘为是。科三嫂病愈，甚慰甚慰。顺问近好。

评点　用人不率冗，存心不自满

曾国荃此时已在武昌，与曾国潢分开了。曾氏此信仍是两弟并称，应是让老九看后再寄回湘乡让老四看。

可谓千呼万唤，老九终于重新出山了。名为鄂抚，其实依旧是一员带兵的统帅，只是统率的人马由吉字营换成了新湘军，对手也由据城守地的太平军换为飘忽不定的捻军。

知弟莫如兄，曾氏深知从小看着长大的老九身上的毛病。当他只是一个普通耕读子的时候，他的毛病只是伤及自身和家庭；而现在，他身为一省之主、一军之主，其毛病就有可能伤及一省一军，甚至于更大范围。老九这个人究竟有什么特征，让我们借赵烈文与曾氏的一段对话来看看。这段对话见赵同治六年九月初十日《能静居日记》：

“因问师故乡山甚多，亦有园池之概否？沅师所居，闻有大池，然乎？师曰：‘乡间唐泺所时有。舍弟宅外一池，闻架桥其上，讥之者以为似庙宇。所起屋亦极拙陋，而费钱至多，并招邻里之怨。’余问：‘费钱是矣，招怨胡为者？’师曰：‘吾乡中无大木，有必坟树，或屋舍旁多年之物，人借以为荫，多不愿卖。舍弟已必给重价为之，使令者则从而武断之。树皆松木，油多易蠹，非屋材。人间值一缗者，往往至二十缗，复载怨而归。其从湘潭购杉木，逆流三百余里，又有旱道须牵拽，厥价亦不啻数倍。买田价比寻常有增无减，然亦致恨。比如有田一区已买得，中杂他姓田数亩，必欲归之于己。其人或素封，或世产，不愿则又强之。故湘中宦成归者如李石湖、罗素溪辈买田何啻数倍舍弟，而人皆不以为言。舍弟则大遗口实，其巧拙盖有如天壤者。’余曰：‘此正沅师厚德处。烈以为宦族归置产业，乃恒情，与其巧，毋宁拙。拙不过损一时清名而已，究竟用心不伤纤薄，必可以久贻子孙。纵使荒乱之时，以厚实贻累，天亦有乘除之理，忧患较轻。’师曰：‘此理诚是，然如舍弟亦太拙矣。忆咸丰七年，吾居忧在家，劼刚前妇贺氏，耦庚先生女也，素多病，其生母来视之，并欲购高丽参。吾家人云：“乡僻无上药，既自省垣来，何反求之下邑邪？”对曰：“省中高丽参已为九大人买尽。”吾初闻不以为然。遣人探之，则果有其事。凡买高丽参数十斤，临行装一竹箱，令人担负而走。人被创者则令嚼参以渣敷创上，亦不知何处得此海上方。’余大笑曰：‘沅师举动，真英雄不可及，书之青史，古人一掷百万，奚以过之！’”

之所以不厌其烦地抄录这一大段文字，是想让读者较为真切地感受到曾氏的言谈风采。从这段对话中，我们看到了一位不拘小节、我行我素、招摇张扬、挥金如土的曾老九！其行事做人，与乃兄真有霄壤之别。

□谕纪泽纪鸿 同治五年五月十一夜

字谕纪泽、纪鸿儿：

前接泽儿四月二十一日信，兹又接尔二人二十七日禀，知尔九叔母率全眷抵鄂，极骨肉团聚之乐。宦途亲眷本难相逢，乱世尤难。留鄂过暑，自是至情。

鸿儿与瑞侄一同读书，请黄宅生先生看文，恰与吾前信之意相合。屡闻近日精于举业者，言及陕西路闰生先生（德）《仁在堂稿》及所选仁在堂试帖、律赋、课艺无一不当行出色，宜古宜今。余未见此书，仅见其所著《柽华馆试帖》，久为佩仰。陕西近三十年科第中人，无不出闰生先生之门。湖北官员中想亦有之。纪鸿与瑞侄等须买《仁在堂全稿》《柽华馆试帖》悉心揣摩，如武汉无可购买，或折差由京买回亦可。

鸿儿信中拟专读唐人诗文。唐诗固宜专读，唐文除韩、柳、李、孙外，几无一不四六者，亦可不必多读。明年鸿、瑞两人宜专攻八股试帖。选仁在堂中佳者，读必手抄，熟必背诵。尔信中言须能背诵乃读他篇，苟能践言，实良法也。读《柽华馆试帖》，亦以背诵为要。对策不可太空。鸿、瑞二人可将《文献通考》序二十五篇读熟，限五十日读毕，终身受用不尽。既在鄂读书，不必来营省觐矣。余详初六日所送四月日记及九叔信中日记。

涤生手示

评点　一百四十年前的高考辅导书

信中所说的《仁在堂全稿》《柽华馆试帖》是当年的闱场指导书，也就是我们今天所说的高考辅导书。曾氏建议子侄悉心揣摩这两部书。曾氏本人也曾见过《柽华馆试帖》，并对著者久为佩仰，可知其书知名度甚高，且畅销了很多年。那个时代没有出版公司，写书的人不但没稿费，还得自己筹集重金雕版印刷，印出来后也难于或羞于出卖，不过送人而已。但若是写作闱场指导这类的书，却不愁无人来买；若是像这位路闰生先生，想必获利甚多，是足可仗此养家糊口，过上好日子的。

□致澄弟　同治五年六月初五日

澄弟左右：

五月十八日接弟四月八日信，具悉一切。七十侄女移居县城，长与娘家人相见，或可稍解郁郁之怀。乡间谷价日贱，禾豆畅茂，尤是升平景象，极慰极慰。

此间军事，贼自三月下旬退出曹、郓之境，幸保山东运河以东各属，而仍蹂躏于曹、宋、徐、泗、凤、淮诸府，彼剿此窜，倏往忽来。直至五月下旬，张、牛各股始窜至周家口以西，任、赖各股始窜至太和以西，大约夏秋数月山东、江苏可以高枕无忧，河南、皖、鄂又必手忙脚乱。余拟于数日内至宿迁、桃源一带察看堤墙，即由水路上临淮而至周家口。盛暑而坐小船，是一极苦之事，因陆路多被水淹，雇车又甚不易，不得不改由水程。余老境日逼，勉强支持一年半载，实不能久当大任矣。因思吾兄弟体气皆不甚健，后辈子侄尤多虚弱，宜于平日讲求养生之法，不可于临时乱投药剂。

养生之法约有五事：一曰眠食有恒，二曰惩忿，三曰节欲，四曰每夜临睡洗脚，五曰每日两饭后各行三千步。惩忿，即余匾中所谓养生以少恼怒为本也。眠食有恒及洗脚二事，星冈公行之四十年，余亦学行七年矣。饭后三千步近日试行，自矢永不间断。弟从前劳苦太久，年近五十，愿将此五事立志行之，并劝沅弟与诸子侄行之。

余与沅弟同时封爵开府，门庭可谓极盛，然非可常恃之道。记得己亥正月，星冈公训竹亭公曰："宽一虽点翰林，我家仍靠作田为业，不可靠他吃饭。"此语最有道理，今亦当守此二语为命脉。望吾弟专在作田上用些工夫，而辅之以书、蔬、鱼、猪、早、扫、考、宝八字，任凭家中如何贵盛，切莫全改道光初年之规模。凡家道所以可久者，不恃一时之官爵，而恃长远之家规；不恃一二人之骤发，而恃大众之维持。我若有福罢官回家，当与弟竭力维持。老亲旧眷、贫贱族党不可怠慢，待贫者亦与富者一般，当盛时预作衰时之想，自有深固之基矣。

凯章家事，即照弟信办一札照收。湘军各营俱不在余左右，故每月仅能送信一次，俟至周家口后即送三次可也。余详日记中。顺问近好。沅弟在鄂拆阅，均此。

评点　养生五事

曾氏所述的这五条养生之法，即便从今天的科学角度看也很有道理。眠食有恒，即起居有规律；惩忿，即常保心情舒畅；节欲，即不让欲望过多过滥。人之欲望固然是导致人类前进的原始动力，但若不节制，则将有害人类自身。至于洗脚，则被今人抬到很高的地步。其科学根据是，脚掌上有许多穴位，双脚切磋时，可起按摩穴位、促进血液循环的作用。民间一直流传这样的谚语：天天洗脚，胜过吃药。眼下遍布大街小巷的足浴馆，生意兴隆，足见洗脚好处甚多。饭后散步，则更是为人们所喜爱的运动。毛泽东在《新青年》第三卷（一九一七年四月一日出版）发表了一篇很有名的文章：《体育之研究》。在这篇文章中，他向全国青年推介曾氏的养生之法："曾文正行临睡洗脚、食后千步之法，得益不少。"

二十多年前，当曾氏刚中进士入翰苑的时候，其祖星冈公所说的"仍靠作田为业，不可靠他吃饭"的话，体现了一个乡间农人的长远见识，这句话让曾氏一辈子牢记。当家门鼎盛之时，他又重提乃祖之训以教育子弟。曾氏的这个守农思想，从今天来看，固然有落后保守的小农经济意识在内，但它也有另外的一面，即虽处富贵亦不忘贫贱时，不因富贵而骄人，不恃富贵为根本，这些方面仍对今天有启迪价值。试想当今有不少人一阔脸就变，仗势欺人，还有不少暴富之徒纸醉金迷、骄奢淫逸。与曾氏那虽有点陈旧的观念相比，孰优孰劣，是显而易见的。

顺便提一下，写完这封信的第三天，即六月初七，曾氏随军营来到山东嘉祥县，拜谒宗圣曾子庙，接见宗子曾广莆，捐银一千两作为祭祀之资。次日，又谒曾子之墓。据族谱所载，曾氏乃曾参第七十代孙。曾参的第四十二代孙曾孟鲁于宋雍熙年间迁至湖南茶陵州。此人为曾氏家族迁湖广的始祖。第四十五代孙曾霸于南宋时由茶陵迁衡州。第六十二代孙曾孟学于清康熙年间迁至湘乡。此人为曾氏家族迁湘乡的鼻祖。再传八代便是曾氏兄弟了。清康熙年间，曾家与孔、孟、颜三家联谱，统一使用康熙皇帝所赐的派名，后来道光皇帝又增加十代派名，共二十五代派名，依次为：宏闻员尚衍，兴毓传记广，昭宪庆繁祥，令德维垂佑，钦绍念显扬。

曾氏为传字派。按曾氏家谱所载，曾氏本人的嫡系后裔，现在当旺的是宪、庆两辈。

□ 致沅弟 同治五年六月十二日

沅弟左右：

六月六日连接五月十八日、二十四日两次来信。同一排单，何以迟速悬殊？足毒居然全好，大慰大慰。不特鼻子无缺，并脚梗亦不短欠丝毫，足以间执谗慝之口。豹岑处，弟复雨亭信，未令西来，从此即作罢论。一万二千之数，恐不足保鄂省疆土，自可量力多招。至于有文一篇，便使天下后世知某某为小人云云，则未免视文太重，而视天下后世太轻。此室所论之是非，易一室而彼不以为然，易一邑而其说更变矣；此乡所服之贤士，易一乡而彼不以为然，易一府而屡变不一变矣。况天下乎？况后世乎？

此间军情，凡大处调度，均已咨达弟署。若各股均渡至沙河、淮河之南，余当以淮军扼守沙河、贾鲁河。此数月内鄂境虽十分吃紧，而使贼不得回窜东北平旷之区，各军得悉萃于西南山多田多之处，剿办当稍易为力。恐其半过沙河以南，半留沙河以北，则尤疲于奔命耳。

以贤四本家为罪魁，诚为笃论。惟信风本家向来在京在粤声望极劣，人以巨憝目之，尚须细察。绅士如藿郊、畏之尚相洽否？子寿、孝凤、廉卿等曾晋省一晤否？小舫、云黼等曾通信否？皆顺斋排行之至交也。本日寄谕中有左帅折片，另咨抄阅。余详日记中。顺问近好。

评点 不能视文章太重

中国读书人一向把文章摆在极高极重要的地位，魏文帝曹丕一句“文章乃经国之大业，不朽之盛事”的过头话，千余年来被人们津津乐道。自隋朝以来的科举制度，也是以文章取士。“书中自有黄金屋，书中自有千钟粟，书中自有颜如玉”，会写文章，便有了一切。“文章千古事。”文章可流传万代千秋，既可让作者名垂不朽，也可让文中所写的人与事永垂不朽。

然而，当时执天下文章牛耳的曾氏，却并不这样看。他以明智通达的心态看待文章的功能。可惜我们不能找到曾国荃的原信，不知“有文一篇”的具体所指，估计是老九心中对某人有愤懑之情，欲借一篇文章来发泄。曾氏以“未免视文太重，而视天下后世太轻”来劝阻。

平心而论，曾氏的话道理更充足，事实上也是如此。像《讨武曌檄》《辨奸论》这种让天下后世知武则天、王安石为“大奸”的文章，古往今来能有几篇？随着资讯的发达、发表的简易，从今往后，大概再也不可能出现像过去那种千百年传颂不衰的文章了。这是文章的不幸，但这的确是文明的幸事。

□ 谕纪泽纪鸿 同治五年六月十六日

字谕纪泽、纪鸿儿：

六月六日接纪泽五月十七、二十六日两禀，具悉一切。沅叔足疼全愈，深可喜慰。惟外毒遽瘳，不知不生内疾否。

唐文李、孙二字，系指李翱、孙樵。八家始于唐荆川之文编，至茅鹿门而其名大定，至储欣同人而添孙、李二家。御选《唐宋文醇》，亦从储而增为十家。以全唐皆尚骈俪之文，故韩、柳、李、孙四人之不骈者为可贵耳。

湘乡修县志，举尔纂修。尔学未成，就文甚迟钝，自不宜承认，然亦不可全辞。一则通县公事，吾家为物望所归，不得不竭力赞助；二则尔惮于作文，正可借此逼出几篇。天下事无所为而成者极少，有所贪有所利而成者居其半，有所激有所逼而成者居其半。尔篆韵抄毕，宜从古文上用功。余不能文，而微有文名，深以为耻。尔文更浅而亦获虚名，尤不可也。或请本县及外县之高手为撰修，而尔为协修。

吾友有山阳鲁一同通父，所撰《邳州志》《清河县志》（下次专人寄回），即为近日志书之最善者。此外再取有名之志为式，议定体例，俟余核过，乃可动手。

纪鸿前文申夫改过，并自作一文三诗，兹寄去。申夫订于八月至鄂，教授一月，即行回川。渠善于讲说，而讲试帖尤为娓娓可听。鸿儿、瑞侄听渠细讲一月，纵八股不进，试帖必有长进。鸿儿文病在太无拄意，以后以看题及想拄意为先务。

余于十五日自济宁起程，顷始行二十余里。身体尚好，但觉疲乏耳。此谕。

涤生手示

评点　贪利而成居半激逼而成居半

对于古文，今人大多都知道唐宋八大家，少有知道在八大家之外尚有李翱、孙樵两大家的。纪泽兄弟当时也不知，故在信中问乃父。实事求是地说，李、孙二家是远不能与其他八家相提并论的。人们不读《唐宋文醇》而读《唐宋八大家》，尽管前者之选家贵为天子，后者之选家只是一个普通士人。这说明权势毕竟不能代替真理。在一个极短的时期内，权势、财富等会有一定的支配力，但从长远的角度看，它是绝对不能与真理抗衡的。

各县修县志，照例都推举一县之望来领衔。比如光绪年间衡阳县修志，领衔的便是当时衡阳第一人彭玉麟。湘乡县修志，自然由曾氏领衔。老子无暇，把儿子推出来，也是当时的人情物理。借此逼出几篇文章，亦是好事。曾氏由此而申发，得出“天下事无所为而成者极少，有所贪有所利而成者居其半，有所激有所逼而成者居其半”的结论来。曾氏此论，的确是阅历之得。我们略为检索下历史上一切成就大功名大事业者，不是出于功利，便是出于激逼，舍此两途外的强大推动力，可谓极少极少。曾氏本人就毫不隐瞒地承认自己的成功源于激逼。他的这番话见于《能静居日记》同治六年八月二十一日：“下午，涤师复来久谭。自言：‘初服官京师，与诸名士游接。时梅伯言以古文、何子贞以学问书法，皆负重名。吾时时察其造诣，心独不肯下之。顾自视无所蓄积，思多读书，以为异日若辈不相伯仲。无何，学未成而官已达，从此与簿书为缘，素植不讲。比咸丰以后，奉命讨贼，驰驱戎马，益不暇，今日复视梅伯言之文，反觉有过人之处，往者之见，客气多耳。然使我有暇读书，以视数子，或不多让。’余鼓掌狂笑曰：‘人之性度，不可测识，世有薄天子而好为臣下之称号者，汉之富平侯、明之镇国公是也。公事业凌铄千古，唐宋以下几无其伦，顾欲与儒生下竟呫毕之业，非是类耶？今聆师语，可见当日雄毅之姿，不可一世，逮后而与狂贼争胜负，始为得所发泄矣。’师曰：‘起兵亦有激而成。初得旨为团练大臣，借居抚署，欲诛梗令数卒，全军鼓噪入署，几为所戕。因是发愤募勇万人，浸以成军，其时亦好胜而已。不意遂成今日，可为一笑。’”

发愤读书作文，是想与梅曾亮、何绍基不相伯仲；发愤募勇成军，是要与绿营比一比高低。曾氏以自己的经历为“有所激有所逼而成者居其半”，做了最好的注脚。

在社会上没有地位，被人所轻，对于好强者来说，也许并不是坏事，在激逼中发愤而为，事业和成就有可能就在这时候出来了。让我们重温一下太史公那段千古不朽的名言：“古者富贵而名磨灭，不可胜记，唯倜傥非常之人称焉。盖文王拘而演《周易》；仲尼厄而作《春秋》；屈原放逐，乃赋《离骚》；左丘失明，厥有《国语》；孙子膑脚，兵法修列；不韦迁蜀，世传《吕览》；韩非囚秦，《说难》《孤愤》；《诗》三百篇，大抵贤圣发愤之所为作也。”愿这段话能给处在困厄阶段的朋友以鼓舞和力量。

□谕纪泽纪鸿 同治五年八月初三日

字谕纪泽、纪鸿儿：

接纪泽六月二十三、七月初三日两禀，并纪鸿及瑞侄禀信、八股。两人气象俱光昌，有发达之概，惟思路未开。作文以思路宏开为必发之品；意义层出不穷，宏开之谓也。

余此次行役，始为酷热所困，中为风波所惊，旋为疾病所苦。此间赴周家口尚有三百余里，或可平安耳。尔拟于《明史》看毕，重看《通鉴》，即可便看王船山之《读通鉴论》，尔或间作史论或作咏史诗。惟有所作，则心自易入，史亦易熟，否则难记也。余近状详日记中。到周口后又专□（评点者按：此处原件缺一字）送信。此示。

涤生手谕

早间所食之盐姜已完，近日设法寄至周家口。吾家妇女须讲究做小菜，如腐乳、酱油、酱菜、好醋、倒笋之类，常常做些寄与我吃。《内则》言事父母舅姑，以此为重。若外间买者，则不寄可也。

评点　思路宏开为文章必发之品

所有初学写文章的人，大概都会时常想到这样一个问题：如何才能把文章写好？所有常写文章的人，大概也会这样想：如何才能把文章写得更好？

曾氏认为，作文的关键在于思路宏开。什么是宏开？他的答案是：意义层出不穷。确切地说，这是对论说文的指导，因为当时科场考试的八股文是属于论说文这个范畴的。对于闱中之文，向来有严格的规定，只能写代圣贤立言的议论文章，不能有别的体裁。曾经做过曾氏短期幕僚、后来一直与曾氏保持文字之交的王闿运，是近代一位大教育家、大学问家，也是一位不拘常礼的风流名士。咸丰十年，他第三次进京会试。头场考四书文，他兴之所至，乱发议论；卷子交上后，细思这次的文章又出格了，此科必罢无疑。于是在第二场写五经义的时候，他索性来个大大的出格，在闱场里写了一篇洋洋洒洒的大赋，弄得阅卷官们惊愕不已。这位风流名士便借此出了大名。现在看来，王闿运很会自我炒作。不过，我们也从这个故事中知道闱文的规矩极严。

今天的读者，当然是决不会再作八股文的。但不管你从事什么职业，都免不了要写一些带有议论色彩的文章，至于文字工作者，自然更是免不了要写论说文。按曾氏的意思，此种文章要写得好，关键是在有层出不穷的意义在胸间。我们常说的言之有物，与此说接近，但细揣"层出不穷"四字的意思，还不只是"有物"便行了的。它有如剥笋，剥去一层又一层；它有如走山路，转过一山遇到一番景色，再转过一山又是一番景色；它又如登高览胜，视角一换，眼底立刻又是一片不同的风光。作者议论勃发，左右逢源，读者也如羊被牵，自愿进入水草丰茂之地。这样的文章，岂有不发达之理？

□ 致澄弟 同治五年八月初十日

澄弟左右：

八月初六日接弟六月十八山枣一缄，初九日沅弟寄到弟七月十九与沅之函，具悉一切。

哥老会之事，余意不必曲为搜求。左帅疏称要拿沈沧海，兄未见其原折，便中抄寄一阅。提镇副将，官阶已大，苟非有叛逆之实迹实据，似不必轻言正法。如王清泉，系克复金陵有功之人，在湖北散营，欠饷尚有数成未发。既打金陵，则欠饷不清不能全归咎于湖北，余亦与有过焉。因欠饷不清，则军装不能全缴，自是意中之事。即实缺提镇之最可信为心腹者，如萧孚泗、朱南桂、唐义训、熊登武等，若有意搜求，其家亦未必全无军装，亦难保别人不诬之为哥老会首。余意凡保至一、二、三品武职，总须以礼貌待之，以诚意感之。如有犯事到官，弟在家常常缓颊而保全之。即明知其哥老会，唤至密室，恳切劝谕，令其首悔而贷其一死。惟柔可以制刚很之气，惟诚可以化顽梗之民。即以吾一家而论，兄与沅弟带兵，皆以杀人为业，以自强为本；弟在家，当以生人为心，以柔弱为用，庶相反而适以相成也。

孝凤为人，余亦深知，在外阅历多年，求完善者实鲜。余外病全去，尚未复元。初九抵周家口，此间或可久住。余详日记中。顺问近好。

评点 不必曲为搜求哥老会徒

因鲍超及其所统率的霆军，盛行于四川民间的哥老会，咸丰末期开始在湘军内部蔓延开来。哥老会徒仗着团伙的力量无视军纪，自成一派，故为湘军带兵将领们所恼火，尤为其统帅曾氏、左宗棠等人所痛恨。

信中所提到的捉拿沈沧海的左宗棠奏疏，收在岳麓书社出版的《左宗棠全集》中。这份同治五年四月十九的奏疏称都司衔守备沈沧海结交哥老会，在撤勇期间散布谣言，煽惑军士不缴军器，现已逃避无踪。故此，左除请求朝廷下旨湖广总督、湖南巡抚将沈查拿正法外，另请旨敕部查销沈的历次保案。朝廷同意左的建议。

圣旨下达后，湖南刮起一股清查哥老会之风。

历史经验告诉我们，这种清查某一事件、某一团伙，尤其是清查某一种思潮的事情，一旦在大范围内用大轰大嗡的方式进行，往往是弊大于利，祸大于福。株连、诬陷、挟嫌报复、冒功请赏等奇奇怪怪的东西都会出现，势必出现扩大化，甚而酿至冤狱遍地的后果，实在不可取。处置这种事，只能就事论事，一案一办。但在位者往往希望借此制造一种气氛，以求达到杀鸡给猴子看的效果。朝廷既有这样的圣旨，曾氏自然不会叫湖南巡抚顶着不办，他只能劝主张“极力追求根株”的自家兄弟对此事宜宽宜柔，不可激发事端。应该说曾氏的这种做法比较得宜。联想到咸丰三年初办团练时那种杀气腾腾、恨不得一天之内把各种会党一网打尽的做法，十多年的阅历和磨炼，毕竟让此公老到圆熟了。

另外，通过这封信，也让我们知道，当年有关攻打金陵的吉字营主要头领大多都是哥老会头目的传言，并不是空穴来风。

□ 谕纪泽纪鸿 同治五年八月二十二日

字谕纪泽、纪鸿儿：

接尔等八月初十日禀，知鸿儿生男之喜。军事棘手，衰病焦灼之际，闻此大为喜慰。排行用浚、哲、文、明四字。此儿乳名浚一，书名应用广字派否，俟得沅叔回信再取名也。

九月初十后，泽儿送全眷回湘，鸿儿可来周家口侍奉左右。明年夏间，泽儿来营侍奉，换鸿儿回家乡试。余病已全愈，惟不能用心。偶一用心，即有齿痛出汗等患，而折片等不肯假手于人。责望太重，万不能不用心也。

朱子《纲目》一书，有续修宋元及明合为一编者，白玉堂忠愍公有之，武汉买得出否？若有而字大明显者，可买一部带来。此谕。

涤生手示

评点　风流名士曾广钧

八月初十日，曾纪鸿的妻子郭筠生下一个儿子。早在四月，曾氏家属包括欧阳夫人、纪泽纪鸿兄弟及内眷、大女纪静、二女纪耀夫妇、三女纪琛夫妇、四女纪纯、小女纪芬，一大家人浩浩荡荡乘船离开金陵回湖南。

那时，老九已就任湖北巡抚，留他们在湖北巡抚衙门暂住。不多久，老九的太太熊氏也带着两个儿子来到武昌。曾家的眷属们在武昌城里小团聚。这一住，便是几个月。纪鸿的儿子便生在湖北抚署东偏房名桂堂。

这是纪鸿的长子，也是曾氏的长孙子。纪泽虽结婚多年，但此时尚只有一女，并无儿子。那个时代，自然是重男轻女的，所以这个婴儿的降临，给曾府上下带来了巨大的喜悦。儿子生下的当天，纪鸿便兴冲冲地给在山东前线的父亲报喜。果然曾氏闻之大为喜慰，第二天在给老九的信中又说："知科一得生一子，于万分忧郁之中得一届公公之喜，老怀稍纾，病亦日痊。"得一孙子，连病都好了！此子，曾氏为他取名广钧，字重伯。

曾广钧七岁时，曾氏去世，他与父亲曾纪鸿同获举人之赏，"准其一体会试”。这就是说，曾广钧长大后，无须府试、乡试便可直接进京会试。这为他的科举道上扫除了多少障碍！这个好处，他的父亲曾纪鸿没有用上，而让他得了极大的便利。光绪十五年，二十三岁的曾广钧考中进士，朝考改翰林院庶吉士，成为曾家的第二个翰林，且比乃祖早中五年。尽管曾广钧的起点大为超过普通士子，但中进士点翰林，也不是一桩易事，须知曾氏是三次会试才如愿，左宗棠是三次也未如愿！

曾广钧的确天资聪颖，从小便有神童之称，尤擅长诗。十三四岁的时候，他的诗作便受到老辈诗人的赏识，被公认为湖湘诗坛的后起之秀。让我们借此机会抄录他的两首诗，以便读者略窥他的诗风。

其一《题齐河壁》：“岱顶人归小九州，马前晴色鹊华秋。穿山古驿兼愁断，到海长河破晓流。辩士文章恢赤县，女郎风雨避青邱。羁吟莫认还乡路，明日车程过白沟。”

其二《陶然亭薄暮》：“节序惊人不可留，风丝檐角见牵牛。寒砧和笛风清响，玉露兼风作素秋。京洛酒痕消短褶，关河幽梦落渔钩。雄心绮思成双遣，拼得红香委暮流。”

读者看看，比起他那爱吟诗的伯父来，“神童”的诗是不是真的才气多一点？

论资质，曾广钧或许胜过父、祖两辈，但论立身处世，却不如父、祖两辈远矣。曾广钧风流不羁，以诗酒名士自居。我们来看他的胞妹曾广珊后来是怎么评价他的：“幸亏文正公未做皇帝，如做，到了第三代，皇位如果传给他那个擅长诗词、爱搞女人的孙儿，那就会做李后主或宋徽宗了。”（见罗尔纲著《太平天国史》第二千零六十四页）可见，曾广钧在家族中口碑并不好。他的官只做到知府，似乎也无任何政绩可言。不过，他有一个很有名气的女儿曾宝荪。她是中国第一个获得外国大学学位的女性，后来在长沙创办艺芳女校，终身未嫁，献身教育事业，为曾氏家族赢得了极好的声誉。

□ 致沅弟　同治五年八月二十四夜

沅弟左右：

二十三日接弟十八日信，欣悉甲五、科三两侄于初一、初四均得生子，先大夫于十日之内得三曾孙。余近年他无所求，惟盼家中添丁，心甚拳拳，今乃喜溢望外。弟之有功于家，不仅谋葬祖父一事，然此亦大功之昭著者。即越级超保，亦必不干部驳也。来汝会晤一节，尽可置之缓图。顺斋排行一节，亦请暂置缓图。此等事幸而获胜，而众人耽耽环伺，必欲寻隙一泄其忿。彼不能报复，而众人若皆思代彼报复者。吾阅世最久，见此甚明。寄云一疏而参抚，黄藩又一片而保抚，郭臬、李非不快意，当时即闻外议不平。其后小蘧果代黄报复，而云仙亦与毛水火，寄云近颇悔之。吾参竹伯时，小蘧亦代为不平，至今尚痛诋吾兄弟。去冬查办案内，密片参吴少村，河南司道颇为不平，后任亦极隔阂。陈、黄非无可参之罪，余与毛之位望积累，尚不足以参之，火候未到，所谓燕有可伐之罪，齐非伐燕之人也。以弟而陈顺斋排行，亦是火候未到，代渠思报复者必群起矣。苟公事不十分掣肘，何必下此辣手？汴之紫三本家于余处颇多掣肘，余顷以密片保全之，抄付弟览。吾兄弟位高功高，名望亦高，中外指目为第一家。楼高易倒，树高易折，吾与弟时时有可危之机。专讲宽平谦巽，庶几高而不危。弟谋为此举，则人指为恃武功，恃圣眷，恃门第，而巍巍招风之象见矣，请缓图之。

春霆何以缺饷？每月十一万五千，渠究竟有亏空否？请细查见示。余拟定霆军饷项单，两次咨弟，曾细阅否？顺问近好。

再，星冈公教人常言："晓得下塘，须要晓得上岸。"又云："怕临老打扫脚棍。"兄衰年多病，位高名重，深虑打扫脚棍，蹈陆、叶、何、黄之复辙。自金陵告克后，常思退休藏拙。三年秋冬，应让弟先归。四年夏间，僧邸殉难，中外责望在余，万难推卸。又各勇遣撤未毕，不得不徘徊审慎。今年弟既复出，兄即思退。逮大暑病疲之后，言路又有避贼而行之劾，决计引归。拟八九月请假二次，十月开缺。今群捻东窜，贼情大变，恐又不能遽如吾意。弟若直陈顺斋排行，则人皆疑兄弟熟商而行。百喙无以自解，而兄愈不能轻轻引退矣。望弟平平和和作一二年，送阿兄上岸后，再行轰轰烈烈做去。至嘱至嘱。

胡润帅奉朱批不准专衔奏军事，其怄气百倍于弟今日也，幸稍耐焉。兄又手致。

评点　曾老九参劾官文

信中所说的先大夫十日内得三曾孙，即曾纪鸿生广钧、曾纪梁生广祚、曾纪渠生广敷，他们都是竹亭公的曾孙。纪梁、纪渠皆为曾国潢的儿子。纪渠出抚曾国葆，他的儿子算是第五房之后了。

老九抵武昌不过五个月，便与湖广总督官文闹起了矛盾。事情的起因缘于老九接事之初便大裁湖北军队，用新募的湘军替代。总督又称制军，主管军事，裁湖北之军无疑让官文下不了台面。官文因此恼恨老九。不久，老九的军队在前方缺粮，后方的粮台无足够的粮食供应。有人密告老九，说是官文将粮食作为补发欠饷发给了被裁撤的鄂军，这是有意为难新湘军。老九本就因官文并无实战功劳而与他同封伯爵一事，对官极为反感，这时可谓旧隙新怨凑到一起了，于是决定上疏弹劾官文。

官文是个平庸无能的人，仗着满人身份和圆滑乖巧的做官技艺，在官场上一直混得很好。咸丰五年从荆州将军改任湖广总督，至今已在这把交椅上坐了十七年。

清代在地方政权上实行总督、巡抚并存制。巡抚为一省的最高长官，总督则为一省、两省甚至三省的最高长官。通常情况下，巡抚的职责重在民政，总督的职责重在军政；战时，巡抚也要负责一省的军务。在品衔上，总督为正二品，巡抚为从二品。巡抚虽低一级，但不是总督的下属，双方见面时行的是平礼。巡抚对朝廷负责，有权单独上奏章。这样的设置，本出于对地方政权长官的相互制约，但弊端也便因此而起。尤其在督抚同城的省份与战争时代，督抚闹纠纷而不和的事，几乎在所难免。这是职权交错而必然引发的矛盾。咸丰五年至咸丰十一年，胡林翼做了六年多的湖北巡抚。胡是一个很聪明的人，为了在军事上得到官文的支持，他谦辞卑容，又配以种种手段，从而博得了官文的完全信任。这六年间，胡在军事上取得了很大的进展。与此同时，官文也坐收渔利，获能干的美誉。据此，官文将湖广总督的座椅打得牢牢的，以后的几任鄂抚也不敢对他不恭。官文也因而得意忘形，以为自己真的是一个很有本事的人，骄矜之气逼人。这下遇到一个心高气傲、因打下金陵而以天下第一功臣自居的曾老九，两人便水火不相容了。

就参劾一事，老九去信乃兄。曾氏认为此事当“暂置缓图”。他列举几个督抚互参结局均不佳的例子来说明。又提到自己咸丰五年参劾江西巡抚陈启迈一事，至今还有后遗症。希望老九以前事为师，不要将冲突激化。

至于信中所说的“汴之紫三本家于余处颇多掣肘，余顷以密片保全之”这句话，笔者想点破一下。“汴之紫三本家”系指河南巡抚李鹤年。曾氏以此作为宽容的例子，其实这中间还有另外一层原因。咸丰七年，曾氏在籍守父丧的时候，就再次出山之事与朝廷讨价还价。后来朝廷见江西军事进展较顺，以为有无曾氏都无所谓，便顺水推舟，将曾氏晾起来。眼看着自己千辛万苦种下的果树，让别人摘现成的果子，曾氏心里又气又悔。这时，身为给事中的李鹤年仗义上疏，请求朝廷再次启用曾氏。李的奏疏引起了朝廷的重视，再加之浙江告急，才有了曾氏咸丰八年的再次出山。这次豫军防守不力，让捻军从朱仙镇南面的沙河、贾鲁河一带的防线上突围东去，弄得曾氏经营年余的河防之策泡了汤。作为巡抚，李鹤年负有不可推卸的责任。因为有当年推荐之功这个背景，曾氏为李鹤年开脱，并请朝廷免于对他的处分，继续在豫抚任上办理军事，以观后效。

严刑重典办会党、锋辞峻语参同僚，这些都是初办地方事的曾氏所惯用的手法，但现在勋望在世大权在握的总督却力劝九弟不要像他当年那样，宜改弦易辙，平和行事。

咸丰七、八两年，曾氏在守父丧期间，在大悔大悟的过程中，其思想得到一个较大的升华。他将早期崇仰的程朱之学、出山后所奉行的申韩之法与他过去不够重视的老庄之术结合起来，儒、法、道三家相互糅合、交替使用，终于导致了曾氏事业上的成功。而相应地，他整个的人生境界也得到一次巨大的飞跃。以柔和宽谅的态度来处置会党、对待同僚，便是这种心境下的产物。

□致沅弟 同治五年九月初二日

沅弟左右：

二十二、二十五日寄去二信，想早到矣。二十八日接弟二十三五日两信，具悉一切。

顺斋一案，接余函后能否中辍？悬系之至。此等大事，人人皆疑为兄弟熟商而行，不关乎会晤与否。譬如筱泉劾官，谓少泉全不知情，少泉劾余，谓筱泉全不知情，弟肯信乎？天下人皆肯信乎？异地以观，而弟有大举，兄不得诿为不知情也。审厚庵告病，季高调督陕甘，仲山升督闽浙，子青督漕，鹤侪抚秦，环视天下封疆，可胜两湖之任而又与弟可水乳者，殊难其选。朝廷亦左右搜索，将虽器使，良具有苦心耳。

捻众于二十二三至曹县、菏泽一带，二十五六麇集郓、巨，琴轩亦于二十三日追至单县。刘、张、刘、杨四淮军二十七八均抵东境。幼泉本在济宁。官军势盛，贼或不渡运。如不窜运东，不久当又西来，鄂事宜时时预防。

纪鸿儿来周口可坐一轿，从人行李则小车可也。余详日记中。顺问近好。

再，此间幕府有王定安，号鼎丞，湖北东湖人，以分发江苏知县。贺云黼荐至兄处，学习安详，有识。其胞兄王赓飏，号策臣，戊午解元，闻学识俱可。鼎丞求余函荐弟处觅一差使，若晋谒时，弟接见，察看才具，量为位置可也。涤生又行。

评点　《湘军志》与《湘军记》

老九不听乃兄颇有点苦苦哀求似的劝谏，一意孤行，上疏弹劾官文，列举官文六大罪状：贪庸骄蹇、欺罔徇私、宠任家丁、贻误军政、笼络军机处、肃党遗孽。劾疏末尾处，还附带刺了一下军机处，说军机处故意与鄂抚为难，凡有寄谕，从不径寄，而由督署转递。

老九所列官文的这些罪状，有的有根据，有的只是捕风捉影，至于肃党遗孽，更是缺乏足够的证据，倘若是御史言官，闻风上奏，也勉强说得过去。但身为一省巡抚，却不宜这样轻率，尤其是指责军机处更为不策略。这道奏章，最终会落到军机处大臣手中。他们看后心里作何想？

老九这份参劾，的确有点孟浪！

继前信的种种规劝后，曾氏在这封信里又提出参掉官后谁来继任的问题。这确实也是一个大问题。据《清史稿》官文本传里记载，胡林翼与官文共事之初，也担心官文驭下不严、用财不节而影响大事，因而萌发劾官文的念头。胡的心腹阎敬铭劝胡，除说了一通满汉畛域的大道理之外，也提出了一个谁来接替的问题。阎说：督抚相劾，未必能胜，即便胜了，你能料定后来者就一定比前任好吗？假使来了个品德好又勤于政事，但缺乏远谋又专横自是的人，他又怎么肯事事让你做主？官文无主见且为满人，你正可借他的名义来办自己的事。他无非是喜好钱财贪图享受罢了，你每年拿出十万两银子给他挥霍好了。至于他手下的人不好，可容则容之，不可容则罢去，谅他也不会因为这点小事跟你闹意见。

胡林翼听从阎敬铭的话，彼此相安。但老九不是胡这种性格的人，他听不进别人的劝告，即便是他所敬重的大哥的话，他也不听，弹章照发。

此信的末段提到一个名叫王定安的人。此人后来也做了一些颇有影响的事，借此多说几句。

王定安是湖北东湖（今宜昌）人，举人出身。王学问、文章均好，尤擅诗。投到老九幕府后，为其主管文案，深得老九信任。光绪三年，老九出任山西巡抚，又将王召来山西办赈灾捐款事，后正式任命王为冀宁道。王在办赈期间贪污了大量的灾款，被人告发，革职查办。老九有“滥保”之责，那时他已任两广总督，奉旨“革职留任”。

王定安如此恶劣，老九依旧信任他。

光绪七年，王闿运撰写的《湘军志》竣工付梓。王闿运对这部书很自负，认为可以跟《史记》《汉书》媲美；士林也对此书评价甚高，认为史料充足，议论允当，文笔雄深雅健。但湘军将领普遍对这部书不满，尤其是老九和吉字营的将领更是对之深恶痛绝。原来，王闿运在书中对吉字营在打金陵后的种种不法行为予以揭露和讥讽。一介书生王闿运当然不是老九等人的对手，《湘军志》的版被捣毁，永不许再印刷。然后，他们决定重新写一部以颂扬吉字营为主旨的新书——《湘军记》，其作者便是老九所指定的王定安。

王定安深谢老九的器重，极尽阿谀粉饰之能事，为《湘军记》精心谋篇布局，咬文嚼字。《湘军记》完工后，大获老九赞赏，又亲笔为之写了一篇序言，对王定安大加吹捧：“少负异才，不谐于俗，由州县历监司，所至树立卓卓。”“龋龁于时，偃蹇湖山，行见以著述老，人多惜之，然鼎丞不穷。夫名位煊赫一时，而文章则千载事也。韩愈氏所谓不以所得易所失者，其斯之谓乎！”

王定安贪污赈灾款被革职查办，本是罪有应得，老九却把它说成“不谐于俗”“人多惜之”，连起码的是非观念都不顾了。这位九帅的我行我素也到了惊人的地步。

□ 谕纪泽纪鸿 同治五年九月初九日

字谕纪泽、纪鸿：

接泽儿八月十八日禀，具悉。择期九月二十日还湘，十月二十四日四女喜事，诸务想办妥矣。凡衣服首饰百物，只可照大女二女三女之例，不可再加。纪鸿于二十日送母之后，即可束装来营，自坐一轿，行李用小车，从人或车或马皆可，请沅叔派人送至罗山，余派人迎至罗山。

淮勇不足恃，余亦久闻此言，然物论悠悠，何足深信。所贵好而知其恶，恶而知其美。省三、琴轩均属有志之士，未可厚非。申夫好作识微之论，而实不能平心细察。余所见将才杰出者极少，但有志气，即可予以美名而奖成之。

余病虽已愈，而难于用心，拟于十二日续假一月，十月奏请开缺，但须沅弟无非常之举，吾乃可徐行吾志耳。否则别有波折，又须虚与委蛇也。此谕。

评点 人但有志气即可奖成之

曾氏十分重视人才，在长期治军行政的过程中，逐步形成一个较为完善的人才学体系，在爱才、识才、育才、用才等方面都有不少可资借鉴之处。此信中所说的“余所见将才杰出者极少，但有志气，即可予以美名而奖成之”，属于曾氏育才方面的思想，用曾氏自己另一句简单的话来表述，即“宏奖以育才”。他在给部属许振祎的信中说：“人才何常，褒之则若甘雨之兴苗，贬之则若严霜之凋物……米汤若醍醐之灌顶，高帽若神山之冠鳌。昔胡文忠每以此法诱掖人才，今阁下以此法诱奖诸生，何患人才不勃然兴起？”

曾氏这种“宏奖”育才法，基于人都有向上慕好的心理。多用奖劝，少用批评，体现了教育者对被教育者人格的尊重。曾氏认为世人大抵分为两种。一种为高明者。这种人好顾体面，耻居人后，勉之以忠可为忠，勉之以廉可为廉。另一种为卑琐者。这种人无大志，斤斤计较小得失，管得严则有所畏惧，管得松则懒散堕落。用奖励而不用苛责，正是把对方置于高明而好体面者之列，所以更能激发其自尊心，从而为忠为廉。

宏奖还可以成为一种动力，使被奖者对自己充满信心，明确目标，会在成才的路上前进更快，便有可能变庸才为人才，变小才为大才。信中所说的将才极少，就是说，人才、大才极少，但用鼓励奖勉的办法，便有可能使他们成为带兵之人才，甚或可为带兵之大才。

他在教育部下方面有两句名言，即“扬善于公庭，规过于私室”。下属为善，则在大庭广众之中予以表扬；若有过失，则将他单独召来予以批评。这种方法既顾全了部下的脸面，又起对大众导向的作用，的确不失为良法。

曾氏曾在日记中写过这样的话："君子有三乐：读书声出金石，飘飘意远，一乐也；宏奖人才，诱人日进，二乐也；勤劳而后憩息，三乐也。"他把宏奖人才作为自己的乐趣，这确乎已到了很高的境界。

与郭家的婚事，因郭嵩焘的意见而推迟了一年。秋高气爽，长孙广钧也已满月，正是启程的好时候。全家于九月二十日取道水路回湖南，途中路过湘阴郭氏老家。曾纪泽下船，护送四妹至夫家举行婚礼。

□ 致沅弟 同治五年九月十二日

沅弟左右：

九月初六接弟八月二十七八日信，初十日接初五樊城所发之信，具悉一切。

顺斋一事业已奏出，但望内召不甚着迹，换替者不甚掣肘，即为至幸。弟谓命运作主，余素所深信；谓自强者每胜一筹，则余不甚深信。凡国之强，必须多得贤臣工；家之强，必须多出贤子弟。此亦关乎天命，不尽由于人谋。至一身之强，则不外乎北宫黝、孟施舍、曾子三种。孟子之集义而慊，即曾子之自反而缩也。惟曾、孟与孔子告仲由之强，略为可久可常。此外斗智斗力之强，则有因强而大兴，亦有因强而大败。古来如李斯、曹操、董卓、杨素，其智力皆横绝一世，而其祸败亦迥异寻常。近世如陆、何、肃、陈亦皆予知自雄，而俱不保其终。故吾辈在自修处求强则可，在胜人处求强则不可。福益外家若专在胜人处求强，其能强到底与否尚未可知。即使终身强横安稳，亦君子所不屑道也。

贼匪此次东窜，东军小胜二次，大胜一次，刘、潘大胜一次，小胜数次，似已大受惩创，不似上半年之猖獗。但求不窜陕、洛，即窜鄂境，或可收夹击之效。余定于明日请续假一月，十月请开各缺，仍留军营，刻一木戳，会办中路剿匪事宜而已。余详日记中。顺问近好。

评点　求强在自修处不在胜人处

尽管曾氏对老九参劾官文之事老大不同意，但眼下的老九，已不是十多年前那个在大哥面前虽心里不同意但行动上不得不听话的小青年了。他要做的事情，已无人可阻挡了。

曾氏只能退而求其次，但愿后果不太严重就算是幸运了。

针对老九“自强者每胜一筹”的观点，曾氏发表了自己的不同看法。他在谈到一身之强时，列举了三种不同自强模式，即北宫黝式、孟施舍式、曾子式。北宫黝、孟施舍，这两个人已不可考，曾子即曾氏家族奉为始祖的宗圣曾参。这三种自强模式出于《孟子·公孙丑篇》。

孟子与其学生公孙丑在谈到培养自己的勇气的时候，说北宫黝皮肤被刺不退缩，眼睛被戳不眨眼皮，但在大庭广众下却不能忍受一丝被人所挫。有人骂他，他一定回骂，无论是一国君主还是市井小民，他都视如等同。而孟施舍与人交战，是一点也不考虑对方的实力和自己的后果，他只是凭借着胆气去较量。至于曾子，他奉行的原则是守约，即遵守一个标准：倘若是自己不占理，即便对方是最卑贱者，也不去欺侮；倘若道理在自己手上，即便对方是千军万马，也勇往直前。

“孔子告仲由之强”见于《论语·述而篇》。孔子告诉弟子仲由，不能做暴虎冯河的莽撞勇者，而是要做临事而惧、好谋而成的有头脑的勇者。

显然，曾氏是服膺孔、孟、曾子的自强模式的，即从自修处求强，也就是说强大自己本身，强大内在的力量。如对一个国家而言，即增强本国的经济、军事实力。实力一旦到了相当的地步，国家自然而然就强了，用不着去今天打这个，明天打那个。如对一个人而言，即增强自身的道德、才干，埋头苦干，在事业中去获得成就，用不着去忌妒别人，打击别人。在曾氏看来，专在对付别人方面下功夫的人，不是真正的强者。因为此种做法招怨招恨，强不了多久，即便强梁到能让别人奈何不了你，也不是正道，也不值得称赞。话虽没有挑明，但曾氏的意思已经很明显了，他认为老九只是孟施舍、仲由一路的强者，而不是圣贤所认可的真正强者。

当然，曾氏的这种自强理论也并不见得就能指导一切，面临着邪恶横行、是非颠倒的时候，一味地恪守在"自修处求强"的原则，则往往会吃亏。但是，我们应当相信，邪恶横行、是非颠倒的时候毕竟不可能是长久的。所以笔者还是赞同这种"略为可久可常"的自强理论。

关于"在胜人处求强"的人，曾氏列举了几个代表人物。李斯、曹操、董卓、杨素这四个古代人物，读者都知道。近世几个则可能不一定清楚了。陆，即曾做过两江总督的陆建瀛，咸丰三年死于太平军手中。何，即陆之后的两江总督何桂清。咸丰十年，在太平军的打击下弃城逃命，后被朝廷斩首。肃，即肃顺，顾命八大臣的首领，后被慈禧杀头示众。陈，即陈孚恩，做过军机大臣、尚书，肃顺党羽，后被抄家，发配新疆。这四个人的共同特点是为人强梁而下场都惨。

□ 致沅弟　同治五年九月二十八夜

沅弟左右：

二十六日接弟十四日沙阳之信，具悉一切。顺斋一案，何以至今未录批谕寄来？即折稿亦须抄来一阅。兄实悬悬，已屡次占卦矣。闻放钦差绵尚书森、谭侍郎廷襄至河南查办事件。河南无事可查，恐系至湖北查案耳。兄昨复咨，令弟遵旨进驻南阳。一则以黄、麻无事，一则恐星使入鄂，纷纷索凭索证。越境治军，或可少省烦恼。或来或否，听弟自酌。如其至豫，则不可与李子和小有龃龉。兄虽不求回籍置身事外，然实切求开缺，稍轻责任，不欲更得罪一人也。法条走满之说，如果有之，则兄早走满，停摆正其时矣。弟之法条微嫌上得太紧，在各幕府须请一二阅历多文笔圆者，凡遇大事，与之商量法条松紧之节。顺斋一案，究竟有何人商酌，便中示及。

少泉于初一日接余密片稿，是日料理赴津。初七日接奉寄谕，初九带印出省，颇为迅速。

纪鸿儿已起程否？如未起行，此时西贼赴洛，东贼在齐，南、汝无事，尽可起行前来，每日发探马先走三四十里可耳。顺问近好。

评点　进驻南阳略作回避

刑部尚书绵森、工部侍郎谭廷襄，对外放风说是去河南办事，实际上正是奉命来武昌调查这场巡抚告总督之案。曾氏希望老九离开武昌进驻河南南阳，略作回避。这既对钦差办案有利，也对老九本人有利。在曾氏看来，老九此举实在没有必要，闹得这样沸沸扬扬，天下皆知，徒给自己招来烦恼而已，于事并无多大补益，何况所参的又是朝廷十分信任的满洲大员。当年曾氏自己虽参这个劾那个，但却十分谨慎地避开与满大员发生冲突。尤其令曾氏担心的是，老九过去还对乃兄说过“吾不能仰鼻息于傀儡膻腥之辈”的话。也不知他平时对多少人说过类似的话，也不知朝廷中的满蒙权贵们耳闻与否，而这次为首的钦差又正是满洲人，若老九情急之中当着这位满钦差之面，说出什么没分寸的话来，那岂不是连辩解的余地都没有了！

李鹤年不久前放走了捻军，也是老九眼中的“庸碌老朽”之辈。曾氏又生怕老九口没遮拦，与李鹤年闹翻。故带着请求的口吻，望老九再勿惹是生非，让他安安稳稳“软着陆”。哎，遇着一个这样的老弟，曾氏真是说重了也不是，说轻了也不是，难着哩！

□ 谕纪泽 同治五年十月十一日

字谕纪泽儿：

九月二十六日接尔初九日禀，二十九、初一等日接尔十八、二十一日两禀，具悉一切。二十三如果开船，则此时应抵长沙矣。二十四之喜事，不知由湘阴舟次而往乎？抑自省城发喜轿乎？

尔读李义山诗，于情韵既有所得，则将来于六朝文人诗文，亦必易于契合。

凡大家名家之作，必有一种面貌，一种神态，与他人迥不相同。譬之书家羲、献、欧、虞、褚、李、颜、柳，一点一画，其面貌既截然不同，其神气亦全无似处。本朝张得天、何义门虽称书家，而未能尽变古人之貌。故必如刘石庵之貌异神异，乃可推为大家。诗文亦然。若非其貌其神迥绝群伦，不足以当大家之目。渠既迥绝群伦矣，而后人读之，不能辨识其貌，领取其神，是读者之见解未到，非作者之咎也。尔以后读古文古诗，惟当先认其貌，后观其神，久之自能分别蹊径。今人动指某人学某家，大抵多道听途说，扣槃扪烛之类，不足信也。君子贵于自知，不必随众口附和也。余病已大愈，尚难用心，日内当奏请开缺。近作古文二首，亦尚入理，今冬或可再作数首。

唐镜海先生没时，其世兄求作墓志，余已应允，久未动笔，并将节略失去。尔向唐家或贺世兄处（蔗农先生子，镜海丈婿也），索取行状节略寄来。罗山文集年谱未带来营，亦向易芝生先生（渠求作碑甚切）索一部付来，以便作碑，一偿夙诺。

纪鸿初六日自黄安起程，日内应可到此。余不悉。

涤生手示

评点　大家名作自有一种面貌神态

曾氏在这里提出一个审美标准，即艺术家要想成为大家的话，则必须在自己的作品中创造出别于他人的貌与神来。这个标准将那些模仿之技高得足以乱真的人，排斥在大家之外。当然，这个标准并非曾氏所提出，也不奇特怪异，而是被众人所一致认同。曾氏写在家信中，无非是向儿子传授这个知识罢了。但话又要说回来，作为艺术欣赏者，或者艺术领域的涉足者，有没有这个知识，也是有没有艺术素养的一个衡量之点。假若具备了这种鉴赏力，即能在众多的艺术品中看出其中的别于常态之作来，也就具备了相当高的艺术素质，堪称大鉴赏家了。

曾氏在摈弃了诸如张得天、何义门等名满一时的书法家后，独推刘石庵为大家，可见他对此人的尊崇。刘石庵即为近年来被电视剧《宰相刘罗锅》弄得人人皆知的那个"刘罗锅子"刘墉，他做过乾隆朝的大学士，死后谥文清。他的父亲刘统勋也做过乾隆朝的大学士，死后谥文正。父子宰相，在中国两千余年的封建社会里并不多见。

为什么曾氏如此推崇刘墉呢？我们在前面提到过曾氏咸丰十一年六月十七日记中的一段名言："看刘文清公《清爱堂帖》，略得其冲淡自然之趣。方悟文人技艺佳境有二，曰雄奇，曰淡远。作文然，作诗然，作字亦然。若能含雄奇于淡远之中，尤为可贵。"

原来，曾氏在欣赏刘墉的书法时，悟出了一个很大的道理，即将技艺佳境中的两端——雄奇与淡远，也就是人们所常说的阳刚之美与阴柔之美结合起来，才是最佳的境界，而这种结合的最好方式则是把雄奇寓含于淡远之中；说得浅白些，即外表上的显现为淡远，内里的实质为雄奇。更为重要的是，曾氏从艺术中获得的这个认识，又融入了他的人生感悟中。他在咸丰八年复出之后，注意将峻厉的申韩之法寓含于柔弱谦退的黄老之道中，因此而将事业和人生提升到一个新的境界。

□ 致沅弟 同治五年十月二十三日

沅弟左右：

十二日接初五日长信，言春霆事，十八日接李鼎荣带回之信，二十一日接十七夜之信，具悉一切。十六日交便勇带来之信与澄弟信则尚未到。此间子密接方子颖信，言光一外家已暂出军机。明白回奏两次，初次认系程仪千金，二次认系充炮船之赏，从来无明白回奏而可两次互歧者，或亦神魂扰乱之故。余初闻弟折已发，焦灼弥月，直至十月朔日得见密稿，始行放心。所言皆系正人应说之事，无论输赢，皆有足以自立之道，此后惟安坐听之而已。

余腰疼旬余，今将全愈。开缺辞爵之件，本拟三请四请，不允不休。昨奉十四日严旨诘责，愈无所庸其徘徊。大约一连数疏，辞婉而意坚，得请乃已，获祸亦所不顾。春霆奉旨入秦，霞仙亦催之甚速。然米粮子药运送万难，且恐士卒滋事溃变，已批令毋庸赴秦，又函令不必奏事。除批咨达外，兹将函稿抄阅。

鸿儿十五日到此，一切平安。左公进京，当添多少谤言。日者言明年运蹇，端已见矣。顺问近好。

评点　自请开缺辞爵

十天前，曾氏一天之中连上一折一片。折题为《病难速痊请开各缺仍留军中效力折》，片名为《剿捻无功请暂注销封爵片》。曾氏奉旨北上，与捻军作战，已近一年半。一年半中，尽管他双管齐下——军事围剿和清乡查圩并行，却收效甚微。素来多病的身体又因劳累过度而更加衰弱，加之平地又刮起老九参劾官文的风波，真把曾氏弄得焦头烂额，身心交瘁。朝廷不满，御史责备，更让这个不久前尚处在荣誉巅峰状态的湘军统帅蒙羞负愧。他已清醒地意识到自己不是平捻之人，遂来个自请开缺辞爵，以求稍保面子。半个月后，曾氏接到让他回到江督本任、李鸿章继任为钦差大臣的上谕。他再次上疏，请求开缺两江总督、协办大学士。朝廷予以拒绝，并命他“懔遵前旨，克期回任”，以便办理后路粮饷，“俾李鸿章得专意剿贼，迅奏肤功”。在这道严旨面前，他不能再喋喋不休了。

就在他重返金陵途中，继御史朱镇、卢士杰、朱学笃等人的参劾之后，御史穆缉香阿、阿凌阿又劾他督师日久无功，骄妄轻率，请求朝廷予以谴责。事实上，曾氏是在朝廷上下一片指责声中，黯然失意回到金陵城的。

□致沅弟　同治五年十一月初七日

沅弟左右：

初四日接二十八日信，初五日又接三十夜信，具悉一切。

二十日之寄谕令余入觐者，初二日之复奏，均于初三日交专差带去，想已收到。顷又得初一日寄谕，令回江督本任。余奏明病体不能用心阅文，不能见客多说，既不堪为星使，又岂可为江督？即日当具疏恭辞。余回任之说，系小泉疏中微露其意。兹将渠折片并来信抄寄弟，余回信亦抄阅。

弟信云宠荣利禄利害计较甚深，良为确论。然天下滔滔，当今疆吏中不信倚此等人，更有何人可信可倚？吾近年专以至诚待之，此次亦必以江督让之。余仍请以散员留营，或先开星使、江督二缺，而暂留协办治军亦可，乞归林泉亦非易易。弟住家年余，值次山、筱泉皆系至好，故得优游如意。若地方大吏小有隔阂，则步步皆成荆棘。住京养病尤易招怨丛谤。余反复筹思，仍以散员留营为中下之策，此外皆下下也。

弟开罪于军机，凡有廷寄，皆不写寄弟处，概由官相转咨，亦殊可诧。若圣意于弟，则未见有薄处，弟惟诚心竭力做去。吾尝言“天道忌巧，天道忌盈，天道忌贰”，若甫在向用之际，而遽萌前却之见，是贰也。即与他人交际，亦须略省己之不是。弟向来不肯认半个错字，望力改之。顺问近好。

评点　兄弟私议李鸿章

这封信在光绪二年传忠书局的刻本中，将从“余回任之说”起到“此次亦必以江督让之”一段话删去了。其删去的理由与前面那封信相同。即此次兄弟俩所议论的这个人也是李鸿章。看来，曾氏对这个他亲手选定的接班人确实很不满意，其不满意处在品德上。但李能干，且拥有未遭裁撤的淮军，放眼天下疆吏，又还有谁强过李呢？不能信倚也要信倚，曾氏真是有点无可奈何！

信中所说的“天道忌巧，天道忌盈，天道忌贰”三句话，很值得玩味。巧者，乖巧也，好使小聪明、小权术，善观风向，见风使舵，八面玲珑，四方讨好等等，都属于巧之列。盈者，盈满也。名利权位，样样都想得到；踌躇满志，趾高气扬，无视别人的存在，等等，都属于盈之列。贰者，三心二意也。脚踩两边船，眼睛望着这个，心里想着那个；与人交往，不真诚，不坦荡，办事不光明磊落，都属于贰之列。

《书》曰："天视自我民视，天听自我民听。"所谓天道，便是大多数人的指向。曾氏以其自身的阅历，指出"巧""盈""贰"为大多数人所忌恨，值得我们重视。

□ 致欧阳夫人 同治五年十二月初一日

欧阳夫人左右：

接纪泽儿各禀，知全眷平安抵家，夫人体气康健，至以为慰。余自八月以后，屡疏请告假开缺，幸蒙圣恩准交卸钦差大臣关防，尚令回江督本任。余病难于见客，难于阅文，不能复胜江督繁剧之任，仍当再三疏辞。但受恩深重，不忍遽请离营，即在周口养病，少泉接办。如军务日有起色，余明年或可回籍省墓一次。若久享山林之福，则恐不能。然办捻无功，钦差交出，而恩眷仍不甚衰，已大幸矣。

家中遇祭酒菜，必须夫人率妇女亲自经手。祭祀之器皿，另作一箱收之，平日不可动用。内而纺绩做小菜，外而蔬菜养鱼、款待人客，夫人均须留心。吾夫妇居心行事，各房及子孙皆依以为榜样，不可不劳苦，不可不谨慎。近在京买参，每两去银二十五金，不知好否？兹寄一两与夫人服之。澄叔待兄与嫂极诚极敬，我夫妇宜以诚敬待之，大小事丝毫不可瞒他，自然愈久愈亲。此问近好。

评点 做各房及子孙的榜样

现存的曾氏家书中，给夫人欧阳氏的信，仅存两封，此为其中另一封。欧阳夫人率全家于十月抵达湘乡老家。她比丈夫小五岁，此时应为五十一岁。她身负双重责任：在她自己的家庭，下有两子两媳一孙女一孙子，另有一个十五岁的小女，八口之家，她为长。在曾氏家族，她是长房冢妇，下有三房人口亦多的兄弟家庭，遇有家族中的内事如祭祀、婚嫁等，她所起的作用也不是别人能够替代得了的。所以，曾氏一再叮嘱夫人要为各房及子孙的榜样。

据说，欧阳夫人曾用七钱银子打了一个小挖耳勺，后不慎掉了，她为此哭了三天。又，在两江总督衙门里，她带头纺纱，并与众媳妇女儿定下每天纺纱的指标。由此可见，欧阳夫人是俭朴而勤劳的，并没有当时常见的贵妇人身上那种养尊处优、奢侈华靡的习气。

欧阳夫人出生于书香之家，略通文墨。在湘乡曾氏文献中所保留的给丈夫的两封家信，都不长，前面我们抄录过一封，这次将第二封也录于此：

“妾欧阳氏敬上夫子大人福座：接手示，敬悉一切，大人身体平安为慰。九叔归家，将家分开，妾仍住元（原）宅，作本宅田五十五亩。前大人在家时，许龙愿七日，即此初八日起，十四日散。现家内大小清吉，但惟叔父病体不能痊愈。多感大人盛意，厚赠家伯母银，二十九接到。是夜着人送往，不幸即此夜已先归西矣。外，女儿做靴页一个，不为甚好。众女云，下次再做好的呈上。即此顺候近好，并叩新喜。正月初四日。”

这封信有日月期，没有年份。信中有“九叔归家，将家分开”的话，显然此信写在分家之后。查曾氏咸丰十年正月二十四日致澄弟、沅弟的信中说：“沅弟信中有分关田单，一一读悉。我于家中毫无补益而得此厚产，亦惟学早三爹频称‘多多谢’而已。”可见曾氏大家庭的分家在咸丰九年年底，此时老九正在家中。如此看来，欧阳夫人此信当写在咸丰十年正月初四日。

□ 致澄弟 同治五年十二月初六日

澄弟左右：

十一月二十三日芳四来，接弟长信并墓志，二十六日接弟十一日在富圫发信，具悉一切。

余于十月二十五接入觐之旨，次日写信召纪泽来营，厥后又有三次信止其勿来，不知均接到否？自十一月初六接奉回江督任之旨，十七日已具疏恭辞；二十八日又奉旨令回本任，初三日又具疏恳辞。如再不获命，尚当再四疏辞。但受恩深重，不敢遽求回籍，留营调理而已。兹将初三折稿付阅。余从此不复作官。同乡京官，今冬炭敬犹须照常馈送。昨令李翥汉回湘送罗家二百金，李家二百金，刘家百金，昔年曾共患难者也。

前致弟处千金，为数极少，自有两江总督以来，无待胞弟如此之薄者。然处兹乱世，钱愈多则患愈大，兄家与弟家总不宜多存现银。现钱每年足敷一年之用，便是天下之大富，人间之大福。家中要得兴旺，全靠出贤子弟。若子弟不贤不才，虽多积银积钱积谷积产积衣积书，总是枉然。子弟之贤否，六分本于天生，四分由于家教。吾家代代皆有世德明训，惟星冈公之教尤应谨守牢记。吾近将星冈公之家规编成八句，云："书、疏、鱼、猪，考、早、扫、宝，常说常行，八者都好；地、命、医理、僧巫、祈祷、留客久住，六者俱恼。"盖星冈公于地、命、医、僧、巫五项人，进门便恼，即亲友远客久住亦恼。此八好六恼者，我家世世守之，永为家训。子孙虽愚，亦必略有范围也。

写至此，又接弟十一月二十三日信并纪泽信矣。余详日记中。顺问近好。

评点　再四辞职苦衷何在

早在八月中旬，曾氏便上疏朝廷请病假一月，仍住军营调理。疏中所列病况为：浑身酸疼，盗汗，耳鸣，朝廷批准他在营调理一月。两个月后的十月十三日，曾氏再次上疏，称自己病情并未好转，需要继续治疗，并进而提出开除各缺的请求。同日又附片自劾剿捻无功，请求注销一等侯爵的封号。二十天后，奉到朝廷寄谕：钦差大臣的关防交李鸿章暂行署理，命曾氏调理一月后再进京陛见。四天后，又接到朝廷命回江督本任，捻战之事交由李鸿章专职办理。十一月十七日，再次上疏，言自己病情严重，不能应付江督繁剧，请由李鸿章兼署江督，他以散员身份在军营料理一切，维护军心。二十八日，严旨命他速回本任，以便李鸿章移营前进。十二月初三日，曾氏第三次请开协办大学士、两江总督之缺，回籍养病。初九日，他奉到上谕。上谕严令他不要再固执己见，着即谨遵前旨，克期回任，毋许再有固请。曾氏接旨后上疏，一面表示以大局为重，遵旨回任，一面仍请朝廷为江督一职另拣能员，过两三个月后再剀切具奏。

曾氏一连三次请求开缺，朝廷也一连三次予以挽留。君臣之间的这种交道，在封建社会里，尤其在有清一代并不多见。细细解剖一下这中间的过节，是一件颇为有趣的事。

从曾氏的本性来说，他有秉母亲刚强之性一面，又自小谨遵祖父“男儿以懦弱无刚为耻”的家训，故而倔强刚烈、自负好胜为其性格之主导方面。这种性格自然而然地导致他初办团练时的选择申韩之术：严刑峻法，我行我素。申韩法家的霹雳手段，促成他组建了一支极富战斗力的湘军，赢得了早期举世瞩目的军功，也让他与周边的人事关系迅速僵化恶化，从而导致军事上的进退维谷，一筹莫展。守父丧之初，他仍处执迷不悟的时期。在朝廷命他再次墨经出山时，他大诉委屈讨价还价，结果价没讨成，反而被晾在一旁，眼睁睁地看着别人建功立业，轻易地摘取胜利的果实。种种无奈逼得他悔恨。在悔恨中，他终于醒悟过来，真正地弄清了黄老之术的价值所在。再次复出之后，他竭力借黄老之谦抑退让来换取融洽和谐的人际环境，最终取得了事业的大成。在本书的前面，笔者曾说过，曾氏性格中也有秉承其弱父遗传的一面。能接受黄老之术，正是这一面的体现。试想，一个里外全是强悍的人，是很难听得进“柔弱胜刚强”一类话的。这个话题需要很多文字来阐述，此处且说这几句吧！

但是，从同治五年八月到十二月这段时间里，我们看到的似乎不再是近七八年来谦退柔和的两江总督，先前那个刚狠倔强的在籍侍郎形象仿佛又重现眼前。这种以退为进、以守作攻的情势，就连今天的读者都可以看得出，又怎能瞒得过那批深谙宦术的军机大臣和机巧过人的慈禧太后？

这位一向沉稳持重的毅勇侯，为什么又犯起“傻劲”了？笔者看来，这是他一年多来各种怨恨的一次总爆发。

同治四年五月初，曾氏奉到北上剿捻的谕旨，当即便上了一道历陈种种困难的奏章。主要的几大困难是：湘军已裁撤殆尽，仅存三千亲兵，没有骑兵；需要重新筹建黄河水师，以扼制捻军北窜；难以调度豫鲁等省的地方军队。附片又奏“精力日衰，不任艰巨，更事愈久，心胆愈小”，请朝廷“另简知兵大员督办北路军务”，他愿“以闲散人员效力行间”。这两道奏疏背后的意思很明显：他不愿意接受这个使命。

当年怀抱澄清天下之志，在千难万难之中都敢组建湘军与已建都立国、其势力十倍于捻军的太平军角逐，而今反而丧失了信心和勇气，这是为何？十多年的征战生涯，大大地斫伤了他的身体。五十五岁的半老头子，已没有四十二岁时的旺烈血气，这无疑是一个重要原因。此外，如果说十多年前的出兵，是负有个人建功立业和拯救孔孟圣教的双重责任的话，眼下的与捻军作战，这两方面都远不能跟昔日相比。战胜了，普天下都认为应该，他的爵位不可能再升，官阶也不会再上；战败了，过去的荣耀则有可能扫地以尽。掂掂这次北上之行，他对迅速蒇事不太抱希望。先前的胜利，他依仗的是两支劲旅。一是杨岳斌、彭玉麟的长江水师。在豫鲁鄂皖山丘中与敌人周旋，水师不起作用。二是曾国荃的吉字营。不要说吉字营已全部裁撤，即便完整地保留，吉字营的长项也只是挖壕围城。捻军是飘忽不定的流动军队，曾国荃和他的吉字营的狠劲使不上。号称铁骑的蒙古马队和骁勇善战的僧格林沁都敌不过，这支临时拼凑的松散军团能够取胜吗？更为主要的是，打下金陵之后的种种意想不到的险恶政治局面，至今令他想起来尚心有余悸。他的那几句战战兢兢的话——“置祸福毁誉于度外，坦然做去，见可而留，知难而退，但不得罪东家，好来好去就行了”——想必仍时常在心头浮起。他的灵府深处早已是对“大功大名”心灰意冷了。

事实上，一年多的战况恰不出他所料，军队调度了五六万，饷银耗费数百万，却无尺寸之功。他自己本已无面目见江东父老了，还要备受御史言官的奚落，让各省绿营兵看笑话。他心中的愤懑早已积压千万重，随时都将寻找一个缺口喷发出来。接二连三地与朝廷较真，便是他所找到的一个发泄口。这是其一。

其二，他要借此与曾国荃弹劾官文一案作点平衡。曾老九在甫任鄂抚正当湖北大用兵之际，弹劾湖督官文，无论从哪个方面来说，都是做了一件大蠢事。曾氏拿这个老弟真是啼笑皆非，毫无办法。他深知老九的孟浪将会结怨朝中满洲亲贵，给他们兄弟今后的仕途带来严重后患，他需要以自劾来减轻别人对曾氏家族的嫉恨，换取局外人对此事的体谅。

第三，曾氏已看准朝廷还得用他这只功狗，一时半会尚不至于烹煮，他可借朝廷的屡次挽留来为自己赢得些许颜面。为什么还得用他呢？一则老九依旧在带兵，这是一支重要的力量。再则剿捻前线的军队一半乃曾氏旧部，这又是一支重要的力量。有这两支力量支撑着，曾氏明白，只要捻军存在一日，他便也可以在位一日，不妨与朝廷叫叫板，虽会招致一些小非议，但于大局无损。

“政治”这两个字，早已被世事洞明的曾氏摸得精熟了。想必那班子安富尊荣的军机大臣和羽翼尚不十分丰满的三十二岁太后，尽管窝了一肚子气，也还只得迁就一下。

□ 致沅弟　同治五年十二月十二日

沅弟左右：

初六日接初二、初三日两次来信，初九日接初四、初六之信，十二日又接初七、初八及初九夜之信，具悉一切。

郭子美皂吊挫后又有臼口之挫，殊为忧灼。人皆言捻子善避兵，只怕打不着。余则谓不怕打不着，只怕打不胜。即鲍、刘等与之相遇，胜负亦在不可知之数。如鲍、刘不败，群捻幸出鄂境，弟当将各军大加整顿，无以曾克安庆、金陵，遂信麾下多统将之才。杏岳亦非可当一面者，祈慎使之。即与鲍、刘、周、张等通信，亦勿以灭贼劝之，姑以不败期之。百战之寇，屡衰屡盛，即仅存数十人尚是巨患，况有数万乎？

光一外家轻轻议处，虽有后患，然弟不大赢，究不大犯众怒。渠虽巧于出脱，究为人所窃笑。少泉劝我密疏保全顺斋，不知邪火正旺，弟用芒硝大黄且攻之不下，吾岂可更进参茸乎？人心日伪，大乱方长，吾兄弟惟勤劳谦谨以邀神佑，选将练兵以济时艰而已。湖北水师诸将中与弟颇相联络否？恐其放贼渡汉渡江，不可不防。年终密考暂不必办，新年另专一差亦无不可。余同治二年二月十五始在金陵拜发，弟所见也。伟勇号之案，亦俟腊底查出送去。顺问近好。余详日记中。

评点　人心日伪大乱方长

绵森、谭廷襄两位钦差在武昌住了一段时期，返回京师后奏报太后，说曾国荃列举官文的几大罪状都查无实据，唯一过错是动用捐款，但与贪污性质大不相同。显然，两钦差在为官文避重就轻，蓄意开脱。朝廷于是念及他的功劳，优与保全，处以罚款、停伯爵俸十年，召还京师管理刑部，仍是文华殿大学士，还兼正白旗都统；没有多久，又署理直隶总督：一切照旧。老九与官文的这场官司，以双方打个平手而结束。眼下老九虽未输，但却埋下了隐患。明年他开鄂抚缺回籍养病，这一养便是整整八年，朝廷不闻不问。冷落这么久，岂不正是无言的报复？

而李鸿章却来劝老师密保官文，借此补救老九的过失，抵消满洲亲贵的怨恨。曾氏予以拒绝。“人心日伪”这四个字，既是对官文、绵森、谭廷襄等人的指责，看来也是对李鸿章为人的指责。此信的一个多月前，老九在给大哥的信里说：“去、前年少泉尚是宠荣利禄中人，近日见解又少进矣，其计较利害也亦甚深。”

可见曾氏兄弟一直对李鸿章的过分乖巧深为不满。

拼命做官，而又巧于仕宦，这大概是李鸿章官运亨通而又长盛不衰的秘诀了。

在曾氏看来，从官文到李鸿章都是一班虚伪的官僚。这班人身居高位，掌握权柄，这乱局岂有休止之时！

□ 致沅弟　同治五年十二月十八夜

沅弟左右：

十四、十五六日接弟初十日函、十二日酉刻及四更二函。贼已回窜东路，淮、霆各军将近五万，幼泉万人尚不在内，不能与之一为交手，可恨之至！岂天心果不欲灭此贼耶？抑吾辈办贼之法实有未善耶？目下深虑黄州失守，不知府县尚可靠否？略有防兵否？山东、河南州县一味闭城坚守，乡间亦闭寨坚守，贼无火药，素不善攻，从无失守城池之事，不知湖北能开此风气否？鄂中水师不善用命，能多方激劝，扼住江、汉二水，不使偷渡否？少泉言捻逆断不南渡，余谓任逆以马为命，自不肯离淮南北，赖逆则未尝不窥伺大江以南。屡接弟调度公牍，从未议及水师，以后务祈留意。

奉初九、十三等日寄谕，有严行申饬及云梦县等三令不准草留之旨。弟之忧灼，想尤甚于初十以前。然困心横虑，正是磨炼英雄玉汝于成。李申夫尝谓余怄气从不说出，一味忍耐，徐图自强，因引谚曰“好汉打脱牙和血吞”。此二语是余生平咬牙立志之诀，不料被申夫看破。余庚戌、辛亥间为京师权贵所唾骂，癸丑、甲寅为长沙所唾骂，乙卯、丙辰为江西所唾骂，以及岳州之败、靖江之败、湖口之败，盖打脱牙之时多矣，无一次不和血吞之。弟此次郭军之败、三县之失，亦颇有打脱门牙之象。来信每怪运气不好，便不似好汉声口。惟有一字不说，咬定牙根，徐图自强而已。

子美倘难整顿，恐须催南云来鄂。鄂中向有之水陆，其格格不入者，须设法笼络之，不可灰心懒漫，遽萌退志也。余奉命克期回任，拟奏明新正赴津，替出少泉来豫，仍请另简江督。顺问近好。

评点 好汉打脱牙和血吞

过去有人说过，上天降生曾氏兄弟，是安排做太平天国的对头的，太平天国失败后，他们也应在那时死去。若如此，无论是对他们个人，还是对清朝廷来说都是好事。此话虽是玩笑，却有一定的道理。自从金陵城被打下后，曾氏兄弟都开始走背运了。老大一年多的剿捻是吃尽了苦头，到头来无功而返，耳边听到的是一片讪笑声。老九的新湘军更是屡败于东捻任化邦、赖文光之部，先前吉字营的悍将彭毓橘、郭松林、熊登武等人，在捻军面前都抖不出半点威风来。十一月中，接连丢掉云梦、孝感、应城三县。朝廷震惊。十二月初一，上谕严斥曾国荃："该抚毫无布置，且近省各军俱已调拨赴营，致令后路空虚，实属调度无方；倘掉以轻心，不能速筹防剿，就地殄除，致令窜出本境，坐失机会，恐不能当此重咎也。懔之！"

十二月初九日，曾国荃再度遭到朝廷申斥："曾国荃驻扎德安，统领兵勇不少，调度无方，致令该逆如入无人之境，不知所司何事！着传旨严行申饬。""曾国荃身临前敌，责有专司，尤不得稍涉推诿，致干重咎。"

一个自视为天下第一战将的人，面临着屡战屡败的局面和朝廷一而再声色俱厉的训斥，他心里作何想？尤其令人玩味的是，上谕讲得清清楚楚，是据"官文奏"。此时官文的湖广总督虽已由钦差大臣谭廷襄暂署，但他仍在湖北督办军务。朝廷对官文的信任及军机处对官、曾两人的心之向背已昭然若揭。曾氏兄弟对此自然心知肚明。

事情已经是这样子了，只得硬着头皮顶下去。做哥哥的道出他平生成功的最大秘诀来，既是点拨，亦是安慰。这秘诀便是"好汉打脱牙和血吞"。

"打脱牙"意谓失败了；"和血吞"则是不在人前示弱，将仇恨埋在心里，下次再来较量。这的确是硬汉子的所作所为。前苏联有部电影叫作《莫斯科不相信眼泪》，其实，岂止是莫斯科，全世界都如此！凡有人群之所，凡处竞争之地，如官场，如战场，如商场，如考场，即便是最缱绻最软性的情场，也不相信眼泪，它们都相信实力！哪怕是“运气不好”这样的话都不应该说。若有这种思想，便会为自己的失败寻找借口，便是在换取别人的廉价同情。这是软弱无能的表现，是没有出息的。有出息的强者就是曾氏所说的：“一字不说，咬定牙根，徐图自强。”

笔者常常想：强者绝不是事事都强，时时都强，他必定有遭受挫折的时候，有失意的经历。古往今来，人们大多在胜利到来时才看到谁是强者。其实，真正的强弱早在如何面对挫折和失意时便已见分晓了。笔者真愿“打脱牙和血吞”这句最形象也最直白的湖南俚语，成为一切立志奋斗者的座右铭。

□致沅弟 同治五年十二月二十五日

沅弟左右：

二十五日接弟二十日信，商参郭军门之事。十九日之寄谕已言郭松林受伤甚重，曾某恐不能当此重咎云云，吾意即弟所发之折，不知系谭公所发。其中有请恤数员，是否即子美之部将？初六日之战，弟于正月再奏参究，似嫌稍迟。最轻则拔去花翎，革去勇号，稍重则褫去黄马褂，再重则请以总兵副将降补。一开提督实缺，即与革职无异，是最重矣。或重或轻，听弟斟酌，但不可请交部议处，恐轻则全无分晓，重则革职也。弟此后必须加意选将练兵，参郭之应轻应重，但求有益于将来之军事，轻而无益犹可为之，重而无益不可为也。

本日阅邸抄，胡、张革职留任，四年无过，方准开复。胡不准在军机大臣上学习行走，计顺斋处分亦必不甚轻松。吾兄弟位太高，名太重，必须军务办得结实，乃不为见仇者所快。余虽决计不作星使、江督两席，然到徐州后必认真讲求操练马队。弟请处分，亦不过言调度无方交部议处而已。而当兹挫衄之后，正宜力戒自是，专求破捻之法。思之思之，鬼神通之，弟其勉之。顺问近好。

评点　贪色贪财又豪气的郭松林

曾国荃重组新湘军的第一号统领郭松林，打仗并无多大本事，然在女色风流上却大过常人。早在同治二年，老九在给大哥的信中便写道："昨接程学启来函，称郭松林已置五妾，已扯空营中口粮七八千两。"至今又过去了三年，说不定他的后院又增加了几房小妾。笔者在前面的评点何绍基的字时，说过郭松林用一千两银子买下何的一副十字寿联的故事，手笔之大，举世骇然。郭出手如此阔绰，可见他平日花钱大方，他哪来的这么多银子？还不是吃的兵饷："扯空营中口粮七八千两"便是注脚。

□致沅弟　同治六年正月初二日

沅弟左右：

鄂署五福堂有回禄之灾，幸人口无恙，上房无恙，受惊已不小矣。其屋系板壁纸糊，本易招火。凡遇此等事，只可说打杂人役失火，固不可疑会匪之毒谋，尤不可怪仇家之奸细。若大惊小怪，胡思乱猜，生出多少枝叶，仇家转得传播以为快。惟有处处泰然，行所无事。申甫所谓"好汉打脱牙和血吞"，星冈公所谓"有福之人善退财"，真处逆境者之良法也。

弟求兄随时训示申儆。兄自问近年得力惟有一悔字诀。兄昔年自负本领甚大，可屈可伸，可行可藏，又每见得人家不是。自从丁巳、戊午大悔大悟之后，乃知自己全无本领，凡事都见得人家有几分是处。故自戊午至今九载，与四十岁以前迥不相同，大约以能立能达为体，以不怨不尤为用。立者，发奋自强，站得住也；达者，办事圆融，行得通也。吾九年以来，痛戒无恒之弊。看书写字，从未间断，选将练兵，亦常留心。此皆自强能立工夫。奏疏公牍，再三斟酌，无一过当之语自夸之词。此皆圆融能达工夫。至于怨天本有所不敢，尤人则常不能免，亦皆随时强制而克去之。弟若欲自儆惕，似可学阿兄丁戊二年之悔，然后痛下箴砭，必有大进。

立达二字，吾于己未年曾写于弟之手卷中，弟亦刻刻思自立自强，但于能达处尚欠体验，于不怨尤处尚难强制。吾信中言皆随时指点，劝弟强制也。赵广汉本汉之贤臣，因星变而劾魏相，后乃身当其灾，可为殷鉴。默存一悔字，无事不可挽回也。

评点　悔字诀助老九过难关

同治五年十二月二十七日，老九给大哥的信中写道："二十二日黎明，五福堂两栋均被火烧。幸人丁清吉，然受惊不少。火从上而下，非会匪之毒谋，即仇家之奸细……弟德凉福薄，又不量力而参秀相，本系取祸之道。今值此内讧外侮之交，又灾生意外，惟有益自儆惕，不敢稍涉怨尤，当求随时训示申儆为叩。"

此信即是对老九二十七日信的回复。

五福堂即湖北巡抚衙门后院。当时的规矩，各级官府的正堂（即一把手）及其眷属住衙门的后院。老九为湖北巡抚，巡抚衙门的后院则居住着他的妻儿婢仆。"五福堂"当系老九为后院所取的名字。如果换成别人做巡抚，同一座后院，则又是另一个名字了。后院起火，从上烧到下，很有可能是人为的放火，故而老九认定：要么是公敌——会匪，要么是私怨——仇家。但大哥劝老弟不要这样去想，而是把责任者局限在自家内部。多半是一件遭人暗害的事，为什么不去追查到底，揪出作案者，予以严惩，反而把责任揽在自己身上，这岂不是在示人以弱吗？何况受害人乃堂堂的一省之主！于是曾氏向老九推出他的一大人生诀窍：悔字诀。

什么是悔？悔者，悔过自新之谓。《易·系辞》曰："震无咎者存乎悔。"也就是说，行动而无过失的原因，在于能够悔改。咸丰七年八年之间，曾氏在家守父丧的时候，回顾出山办事以来的种种不顺，终于悟出了一个道理，即自己并非万能者，而事情的成功也不是靠的一味硬干。从老庄的"柔弱胜刚强"的学说中，曾氏获得了人生的最大启迪。因为这一转变得力于对自己过去所作所为的悔改，故他将这一启迪命名为悔字诀。他又将这个悔字诀在"体""用"两个层面上予以充实。所谓体，即主干本体，"悔"的主体为立、达二字。立，即自立自强，这是核心。达，即通达圆融、事业成功，这是最终的目的。所谓用，即所采取的途径、方式、手段等等。"悔"的途径为不怨不尤。不怨不尤，则自心平静，亦不至于招恨结仇。以不怨不尤之用，可成能立能达之体。这就是曾氏"悔字诀"的主要内容。

以眼前的例子来说，家里失火，怀疑是别人有意加害，便是怨尤，要不得。

一个人身处逆境之际，一定是外界强自己弱的时候。此时行"悔字诀"，好比韬光养晦，减少被人攻击的目标；好比藏锋削芒，少了许多与人冲突的可能性。如此则能更好地保护自己，免受太多的伤害。若在顺境的时候也能奉行此诀，则更能赢得别人发自内心的敬服。

悔字诀或许真的是做人做事的成功诀窍。一向自视甚高的老九，在连遭挫折后，渐有自知之明。他在收到大哥此信后，回复道："前日奉初二手示，训诲肫详。悔字一诀，吉之所由生也。能站得住之谓立，能行得通之谓达。切实浅近，令人易于意味。兄去年信内随时指点一二语，弟犹漫然，不甚介意。今于忧患之后，一经提醒，始知一字一珠，均早诰诫于事端未发之先也。"

□ 致澄弟　同治六年正月初四日

澄弟左右：

军事愈办愈坏。郭松林十二月初六日大败，淮军在德安附近挫败，统领张树珊阵亡。此东股任、赖一股也。其西路张逆一股，十二月十八日，秦军在灞桥大败，几于全军覆没。捻匪凶悍如此，深可忧灼。

余二十一日奏明正初暂回徐州，仍接督篆。正月初三接奉寄谕。现定于正月初六日自周家口起行，节前后可到徐州。身体尚好。但在徐治军，实不能兼顾总督地方事件，三月再恳切奏辞耳。

沅弟劾官相，星使业已回京，而处分尚未见明文；胡公则已出军机矣。吾家位高名重，不宜作此发挥殆尽之事。米已成饭，木已成舟，只好听之而已。

余作书架样子，兹亦送回，家中可照样多做数十个。取其花钱不多，又结实又精致。寒士之家，亦可勉做一二个。吾家现虽鼎盛，不可忘寒士家风味，子弟力戒傲惰。戒傲以不大声骂仆从为首，戒惰以不晏起为首。吾则不忘蒋市街卖菜篮情景，弟则不忘竹山坳拖碑车风景。昔日苦况，安知异日不再尝之？自知谨慎矣。

评点 虽处鼎盛不可忘寒士家风味

这几个月，应是捻军起事来战绩最好的一段时期，东捻西捻全面获胜。对付东捻的战地统帅，已由曾氏换成了李鸿章，其偏师总指挥即湖北巡抚曾国荃。李麾下的淮军与曾麾下的新湘军在湖北联合围攻东捻，结果都败在任化邦、赖文光手下：先是郭松林全军惨败，继则淮军大将张树珊阵亡。

张树珊，安徽合肥人，李鸿章的同乡。张树珊与其兄树声、弟树屏，早在咸丰三年便组团与太平军角逐，在安徽已小有名声。同治元年，李鸿章组建淮军，便以张氏三兄弟的树字营为淮军的基础。树字营是淮军中一支战斗力极强的劲旅。金陵打下时，树珊、树屏都做到镇协高级武官；至于树声，眼下已是直隶按察使了。张氏三兄弟数老大官运最好，后来做过贵州巡抚，晚年做到两广总督。但在光绪十年的越南战场上，他的淮军旧部却被法国军队打得丢城弃地，他一生引以为自豪的军功也便蒙上一层厚厚的灰尘，因此而气死。受《盛世危言》的作者郑观应的影响，临死前他给朝廷上了一道遗疏，请求朝廷加快自强步伐，不仅要学习西方的科学技术，还要学习他们的教育及议会制度。他说："西人立国之本体，在育才于学堂，论政于议院，轮船大炮电线铁路皆其用。中国遗其体而求其用，常不相及，纵令铁舰成行，铁路四达，犹不足恃也。宜采西人之体以引其用，则奠国家之长久之业矣。"一百一十余年前，能有这种认识的高级官员真是凤毛麟角，张树声也算得上一个明智的人。他的第四代孙女张兆和，便是大文学家沈从文的夫人。她能打破门第观念，嫁给一个来自湘西的清贫文人，这种见识大约得自于乃祖的遗传。当然，这些都是题外话。

至于西捻，其战绩更骄人。西捻的战场在陕西，官军的战地统帅不是别人，正是曾氏的挚友亲家、曾纪泽的岳父刘蓉。

早几个月前刘蓉被告发“漏泄密折”，遭降职处分，陕西巡抚已换成了乔松年，但在陕西与捻军作战的军队都是从湖南招募来的湘军，于是刘仍留在陕西督办军务。不料，他的三十营湘军，在西安城郊灞桥遭到西捻张宗禹部的偷袭，全军溃败。朝廷下诏斥责刘蓉贻误军情，将他革职回籍。

这封家信开头一段说的便是这个背景。然而此信最值得今天读者重视的，还是最后那段关于“寒士家风”的议论。

欧阳夫人带着儿女已回到新建好的富厚堂住了，家里需得置办家具，曾氏委托老四代为办理，但书架他却要亲手操持。他自己设计了一个式样，叫人依样画出来，又打发人将图样送回老家，叫家人照此样做。到底是个什么样子，我们现在已无从得知，但从信中所说的“花钱不多”“寒士”“亦可勉做”来看，大概在当时只能算作低档次的书架。曾氏身为两江总督，多豪华的书架都可以置办得起，但他却要乡村的土木匠做几十个这样的“寒士”书架。他为何要这样？其理由是“吾家现虽鼎盛，不可忘寒士家风味”。

曾氏从来都认为自己是寒士出身。他念念不忘过去家中常年欠债，念念不忘他进京赴考家中筹不出钱而慷慨借钱给他的恩人；他念念不忘借钱买《二十三史》的经历，念念不忘第三次会试时抵京只剩下三缗线！他眼下已封侯拜相，却还在跟老四深情地回忆当年兄弟们的苦况：他在离家几十里远的蒋市街集上卖自家编的菜篮子，老四在竹山坳帮人拖运装墓碑的板车。中国人一向主张“不忘本”。不忘本的人通常不会太张狂，不会太得意忘形，私欲不会太膨胀，能保持较为平和满足的心态。不忘本的人，因为常记得过去，也便自然而然地会珍惜情谊，记得朋友，不泯爱心……

不管你眼下是如何的富有，你过去总有过贫困；不管你眼下是如何的顺遂，你过去总有过坎坷；不管你眼下是如何的尊贵，你过去总有过卑贱。富时常忆贫，顺时常忆逆，贵时常忆贱，将可以让人多保持几分清醒，少进几个误区！

□ 致沅弟　同治六年正月二十二日

沅弟左右：

日内有战事否？留霆军剿任、赖一股，昨已附片具奏，另咨弟案。嗣后奏事，宜请人细阅熟商，不可一意孤行是已非人为嘱。

弟克复两省，勋业断难磨灭，根基极为深固。但患不能达，不患不能立；但患不稳适，不患不峥嵘。此后总从波平浪静处安身，莫从掀天揭地处着想。吾亦不甘为庸庸者，近来阅历万变，一味向平实处用功。非委靡也，位太高，名太重，不如是，皆危道也。

评点　波平浪静与掀天揭地

在一连串的打击和大哥的一再点拨下，老九的人生观正在向一个较高的境地迈进。正月初十，他在给大哥的信中写道："近观世事，即色即空，旋生旋灭。老氏祸倚于福、福伏于祸之说，与圣人悔吝吉凶之理互相发明，争竞之心稍平，而自强之焰亦渐减矣。进境乎，抑弥退境乎？不自得而主，亦不得而知也。仍求兄随时策励为叩。"

然老九仍在困惑中：随着竞争之心减退，自强的激情也跟着减退。这到底是向前进了呢，还是往后退了呢？请求大哥于此开导开导。

于是曾氏对老九说，你已经建立很大的功劳，够露脸了，"立"是毫无问题的，所欠缺的是通融平稳。今后该追求的是波平浪静——安安稳稳，不要再去想掀天揭地——大功大业。说白了，曾氏是希望老九往后平平静静地做官过日子，不要老想着干惊世骇俗的大事。

对于这个性格倔强、不安本分的老弟，曾氏的这番告诫实在是太切中要害了。信写得很短，他的许多心中所想并没有写出来，结合曾氏一贯的思想，笔者想说几句他于这方面的思考。

曾氏信奉“花未全开月未圆”的哲学，求缺而不求全，对于四十岁之前已功成名就的老九相当满意了，今后即便平平庸庸也是正常的，不必去企盼一辈子都轰轰烈烈，都荣耀风光。

曾氏相信大功大业的建立是多方因素的促成，他在打下金陵后一再对老九说要把功劳让一半与天，便是这个意思。这就是说，不要太霸蛮，不要刻意去追求事功。时机不顺，则淡然处之。曾氏深知“处大位大权而兼享大名，自古曾有几人能善其末路者”的历史教训。木秀遭摧，皎皎易污，名大招嫉，位高多倾。持盈保泰的最好办法是低调，是平淡，是不惹人注目。

曾氏的这些人生阅历，可作为立志做强者和已经是强者的读者的另一种思维参考。

□致沅弟 同治六年正月二十六日

沅弟左右：

二十五日亲兵回，接正月初十日来信，具悉一切。

顷阅邸抄，官相处分极轻。公道全泯，亦殊可惧。惟以少帅督楚，筱荃署之，又以韫斋先生抚湘，似均为安慰吾弟，不令掣肘起见。朝廷调停大臣，盖亦恐有党仇报复之事，弟不必因此而更怀郁郁也。

少荃宫保于吾兄弟之事极力扶助，虽于弟劾顺斋不甚谓然，然但虑此后做官之不利，非谓做人之有损也。弟于渠兄弟务须推诚相待，同心协力，以求有济。淮军诸将在鄂中者有信至少荃处，皆感弟相待之厚，刘克仁感之尤深。大约淮湘两军、曾李两家必须联为一气，然后贼匪可渐平，外侮不能侵。少荃及此间文武力劝余即回江宁，久于其位。余以精力日衰，屡被参劾，宦兴索然，现尚未能定计。霞仙去官，屡干谕旨严诘，余不能不与之通信。兹有一函，请弟阅后封口，专人妥交。

鸣原堂文亦思多选，以竟其事。若不作官，必可副弟之望。古文目录，俟抄就再寄。顺问近好。

国藩手草

评点　湘淮两军曾李两家联为一气

官文所受的处分，落到实处的不过为罚伯爵俸禄而已，所以曾氏认为是“极轻”。之所以这样，是大部分朝中官员，包括钦差大臣、军机处在内，都不站在曾国荃一边，只是考虑到现在还得用他打仗，不得已敷衍敷衍罢了。曾氏知道老九心中不快，便从另一个角度来安慰。所谓“恐有党仇报复之事”，系指朝廷担心此中或有个人恩怨的因素在内。因为事实上同城督抚不和的原因，大多在个人恩怨上。尽管奏章上的话都说得漂亮，仿佛自己全是正义在握，对方尽皆祸国殃民，其实多不是这回事。朝廷对督抚不和的事件，多采取调离的办法来解决。这种做法的结果往往是双方都不满意，但却是较为稳当的。

官文走后，湖广总督一职的空缺由李鸿章来补，但李鸿章军务为重，不能在职，于是让他的哥哥湖南巡抚李瀚章来武昌署理，所留下的湘抚一缺则由刘昆来补。这种安排，对曾氏兄弟来说可谓最好了。

对于李鸿章，曾氏一向是把他作为替手来着意培养的。历史证明，曾氏在鼎盛时期便考虑“替手”事宜，作为一个政治家来说，是极富远见极为老到的举措；历史还证明，曾氏选择李鸿章作为替手，并有意让淮军作为湘军的后续，是极为明智极为成功的决策。捻军的最后平息，完全靠的是李鸿章的淮军。曾氏在他死后，事业得以赓续，声名得以久传，除开他本人的因素之外，也很得力于李鸿章在政坛上的长据要津以及淮军集团对近代中国的巨大影响。

尽管在个人道德修养上，曾氏对李鸿章颇多微词，但总体上对这个替手还是较为满意的。相对于大哥而言，老九对李鸿章的意见更大。这个嫌隙起于同治三年五六月间有关李增援打金陵的事。老九要独吞天下第一功，最讨厌有人来分这杯羹，故对李之援金陵极为反感。前面说过，赵烈文曾怀疑京师流传老九无力独打金陵和非淮军不能破金陵的话都是李散布的。李明里说不来金陵，暗地里又散布这样的传言。赵认为李人品不好。赵当时在老九身边，老九自然也是这样认为的，故而对李深怀成见。再则，对于这次弹劾官文，李也不以为然，这也令老九不快。这样，老九于李的嫌隙更深了。曾氏深以此为忧，遂说出“湘淮两军、曾李两家必须联为一气”的话来。

曾氏的这番兄弟私语，无论对于眼下的战事还是今后曾家的未来，无疑都是见高识远的金玉良言，但笔者却于此看到即将到来的祸害近代中国半个世纪的军阀专政的苗头。曾氏说这话时，他的心里是有很明确的概念的，即湘军是曾家的军队，淮军是李家的军队，否则他在说到湘淮两军联为一气的时候，就不会立即说到曾李两家也要联为一气。军队是私家财产，军队为维护其统帅的利益而服务，这正是军阀的典型特征。过去史学界都把曾氏称之为近代军阀的开山鼻祖，这虽不十分确切（如曾氏在打下金陵后，将湘军十裁其九，这便不是后世军阀的作为），但在心理意识上，他的确是把湘军当作他曾家的军队，多次在家信中谈到湘军关系到曾氏家族的气运。从这个层面上来看，他也可以算得上近世军阀的滥觞。

后来，曾氏的孙女嫁给李鸿章的侄子，两家结为儿女亲家，真正的联为一气了。

这里再附带说一件有趣的事。李鸿章的父亲李文安去世后，其母一直跟着长子瀚章住。瀚章这时署理湖督，李老太太随着儿子媳妇搬进督署后院，到了同治七年东捻平后，李鸿章正式做湖督，李瀚章改浙抚，他的眷属都得跟着走。但李老太太喜欢武昌，不愿走。她是可以不走的，因为继任的是她的次子。她于是继续住下，直到光绪八年死在督署后院。这中间湖督一职虽有过几次更换，但换来换去不是李家老大便是李家老二，老太太端居督署后院纹丝不动十五六年。这在有清一代的官场史上，可谓独一无二。李老太太又享高寿，一直活到八十多岁才辞世，故被人们称之为近代中国最有福气的一位女性。

□ 致澄弟 同治六年二月初五日

澄弟左右：

正月初六日起行，十五日抵徐州，十九接印。近又两奉寄谕，令回金陵。文武官绅，人人劝速赴江宁。申夫自京归，备述都中舆论亦皆以回任为善，辞官为非。兹拟于二月移驻金陵，满三个月后，再行专疏奏请开缺。连上两疏，情辞务极恳至，不肯作恋栈无耻之徒；然亦不为悻悻小丈夫之态。允准与否，事未可知。

沅弟近日迭奉谕旨，谴责严切，令人难堪。固由劾官、胡二人激动众怒，亦因军务毫无起色，授人以口实；而沅所作奏章，有难免于讪笑者。计沅近日郁抑之怀，如坐针毡之上。

霞仙系告病引退之员，忽奉严旨革职。云仙并无降调之案，忽以两淮运使降补。二公皆不能无郁郁。大约凡作大官，处安荣之境，即时时有可危可辱之道，古人所谓富贵常蹈危机也。纪泽腊月信言宜坚辞江督，余亦思之烂熟。平世辞荣避位，即为安身良策；乱世仅辞荣避位，尚非良策也。

评点　富贵常蹈危机

曾氏二子五女已婚嫁六人，六个亲家健在的仅只纪泽的岳父刘蓉（霞仙）、纪纯的公公郭嵩焘（云仙）。这两位亲家翁眼下都在走背运：刘蓉从陕西巡抚任上革职回籍，郭嵩焘则从广东巡抚任上降调两淮盐运使。再加上老九军事不顺及他本人快快回任，可谓内亲外戚尽碰上了倒霉事。曾氏为此发出“富贵常蹈危机”的感叹。

富者多涉商。人们通常把经商比作下海。大海藏有珍珠宝贝，大海亦多风浪危险，故下海可致富，亦可丧身。

贵者皆为官。官场，人们又叫宦海，故做官也是下海。相对于商海来说，宦海更可怕，因为它只有一根独木桥，而奔竞于此桥的人又更多。从政者更多学问知识，也便更多心计虚伪。

看来，人生欲求轻松平顺，还是远离富贵为好。有句流行歌词唱道：“平平淡淡才是真。”初听起来，似觉不太好理解，若将曾氏所说的“富贵常蹈危机”对照来咀嚼，便觉得这句浅白的歌词实在值得回味。

□谕纪泽　同治六年二月十三日

字谕纪泽儿：

二月初九日王则智等到营，接澄叔及尔母腊月二十五日之信并甜酒、饼粑等物。十二日接尔正月二十一日之禀，十三日接澄叔正月十四日之信，具悉一切。

富圫修理旧屋，何以花钱至七千串之多？即新造一屋，亦不应费钱许多。余生平以大官之家买田 起屋为可愧之事，不料我家竟尔行之。澄叔诸事皆能体我之心，独用财太奢与我意大不相合。凡居官不可有清名，若名清而实不清，尤为造物所怒。我家欠澄叔一千余金，将来余必寄还，而目下实不能遽还。

尔于经营外事颇有才而精细，何不禀商尔母暨澄叔，将家中每年用度必不可少者逐条开出，计一岁除田谷所入外，尚少若干，寄营余核定后以便按年付回。袁薇生入泮，此间拟以三百金贺之。以明余屏绝榆生，恶其人非疏其家也。余定于十六日自徐起行回金陵。近又有御史参我不肯接印，将来恐竟不能不作官。或如澄叔之言，一切遵旨而行亦好。兹将折稿付回。曾文煜到金陵住两三月，仍当令其回家。余将来不积银钱留与儿孙，惟书籍尚思添买耳。

沅叔屡奉寄谕严加诘责。劾官之事，中外多不谓然。湖北绅士公呈请留官相，幸谭抄呈入奏时，朝廷未经宣布。沅叔近日心绪极不佳，而捻匪久蹂鄂境不出，尤可闷也。此信呈澄叔阅，不另致。

涤生手草

评点　世上几无真正的清官

从这封信里我们可知现今大体保存完好的曾氏故居富厚堂，当年修建时花了七千串，折合银子约六千两。曾氏本意是将旧的房屋修理下，或少量地再建几间，不料竟是一个这样大的工程。他对老四这个主事者的大手大脚颇为不满。从信中看来，老四垫了一千多两银子，曾氏表示将来要归还给他。当然这些年来，曾氏送给老四的银子远过这笔数目，但亲兄弟，明算账，桥归桥，路归路，送归送，借归借。借的钱还是应该还的。

曾氏说“居官不可有清名，若名清而实不清，尤为造物所怒”，这句话的后半句好理解，即要名实相符，若名实不符反为不美。那么前半句该怎么理解呢？难道做官不要清廉之名还要贪污之名吗？笔者想，曾氏当然不希望有贪名，但他也不希望社会上都说他是清官。因为事实上，官场上不可能有真正意义上的清官。当然，中国历史上也曾有几个一清到底的清官，比如明代的海瑞。但传说海瑞母亲过生日，家里连几斤肉都买不起。这种官做得有什么意思，又有几个人愿意去做这种官？这涉及中国官场的薪俸制度，也就是说，朝廷所定的俸禄标准不太合理。

比如一个七品县令，年薪四十五两，一年下来平安无事，钱粮也照数收上来了，年终可得养廉费一千两。两项加起来除以十二个月，每个月的月薪八十余两。对于一个普通百姓人家，每个月有八十多两银子的收入，自然日子过得舒服。但对于一个县令来说，这笔钱就不够花，若规规矩矩谨守这点钱，家里的日子就会过得紧巴巴的，真有可能办不出像样的寿筵来。这是因为一旦做了县令，便有许多穷亲戚穷朋友要来求接济、打秋风，便有许多应酬要出血，还有许多说不出名目的银子要花。所以，不得不在该上交的钱粮中打主意。于是，“火耗”“折色”过程中所多出的银钱，便成了官府的小金库，从正堂到佐隶，大家都从中分一点。上级默认，老百姓也知道，上上下下都睁一只眼闭一只眼，不把此项进息当作贪污。其实，这就是贪污。此外，一年下来，一个握有实权的官吏，因为可以给人方便不知要接受多少红包、礼物。如果不触犯法律法规，人们通常也不把它视作受贿。其实，这就是受贿。所以，若要较起真来，世上能有清官吗？即便有，怕也是几十万里挑一个，几十年里遇一人。

就拿曾氏来说，即便他本人一个额外子不要，他容忍老九将数不清的金银财宝运回老家便不对。老九从这些钱财中分出一部分来给了兄弟子侄们，还得到曾氏的称赞，说他是“家族的功臣”。仅凭这一点，曾氏的“清廉”便不纯洁。

如此一剖析，这前半句话也好理解了：既然根本就做不到真正的清，又何必空顶一个清名？

□ 致沅弟　同治六年二月二十一日

沅弟左右：

澄弟之孙元五殇亡，忧系之至。家中人口不甚兴旺，而后辈读书全未寻着门路，岂吾兄弟位高名大，遂将福分占尽耶？

接吴竹庄信，捻似尚未入皖境。闻巴河、武穴焚掠一空，鄂饷日绌，军事久不得手，弟之名望必且日损，深以为虑。

吾所过之处，千里萧条，民不聊生。当乱世处大位而为军民之司命者，殆人生之不幸耳，弟信云英气为之一沮，若兄则不特气沮而已，直觉无处不疚心，无日不惧祸也。

评点　乱世处大位乃人生之大不幸

中国的传统观念认为多子为福。曾氏的父亲有五个儿子，当是有福之人。到了曾氏兄弟这一辈，没有一个赶得上父亲的：曾氏两个儿子，国潢三个儿子，国华一个儿子，国荃两个儿子，国葆无子。五兄弟加起来不过八个儿子。至于孙辈，眼下还只见四个，却又殇了一个。中国的旧观念里还有一说，即一代有一代的福分，这个福分的大小，是由上天安排的。若上一代的福分过大，超过了定额，则下一辈的福分就要相应减小。故而面对下辈人丁不旺的局面，他怀疑是否他和老九的福分过大了。当然，这是无稽之谈，不过在漫长的封建时代里，这种观念对于遏制非分与贪婪，多多少少地起过一点作用。

读“所过之处，千里萧条，民不聊生”的话，很容易令人想起建安时代的诗来：“铠甲生虮虱，万姓以死亡。白骨露于野，千里无鸡鸣。生民百遗一，念之断人肠。”（曹操《蒿里行》）“侧足无行径，荒畴不复田……中野何萧条，千里无人烟。”（曹植《送应氏》）“出门无所见，白骨蔽平原。”（王粲《七哀诗》）自从咸丰初年以来，河南、安徽、江苏一带便陷于战火之中，十余年来几乎无日不战。战争的结果，古时和今时是没有什么区别的，都只能是田野萧条，民不聊生。生此乱世，百姓的命固然不如蝼蚁，但处高位者却无力制止战争，尤其是带兵者，还得制造和加剧这种惨象。稍有点良心的人，都会于心不安的。曾氏的“疚心”和“惧祸”应不是故作姿态。

□ 谕纪泽 同治六年二月二十五日

字谕纪泽儿：

二月十六日接正月初十禀，二十一日又接二十六日信。得知是日生女，大小平安，至以为慰。儿女早迟有定，能常生女即是可生男之征，尔夫妇不必郁郁也。李宫保于甲子年生子已四十二矣。惟元五殇亡，余却深为廑系。家中人口总不甚旺，而后辈读书天分平常，又无良师善讲者教之，亦以为虑。

科一作文数次，脉理全不明白，字句亦欠清顺。欲令其归应秋闱，则恐文理纰缪，为监临以下各官所笑；欲不令其下场，又恐阻其少年进取之志。拟带至金陵，于三月初八、四月初八学乡场之例，令其于九日内各作三场十四艺，果能完卷无笑话，五月再遣归应秋试。科一生长富贵，但闻谀颂之言，不闻督责鄙笑之语，故文理浅陋而不自知。又处境太顺，无困横激发之时，本难期其长进。惟其眉宇大有清气，志趣亦不庸鄙，将来或终有成就。余二十岁在衡阳从汪师读书，二十一岁在家中教澄、温二弟，其时之文与科一目下之文相似，亦系脉不清而调不圆。厥后癸巳、甲午间，余年二十三四聪明始小开，至留馆以后年三十一二岁聪明始大开。科一或禀父体，似余之聪明晚开亦未可知。拟访一良师朝夕与之讲《四书》、经书、八股，不知果能聘请否？若能聘得，则科一与叶亭及今为之未迟也。

余以十六日自徐州起行，二十二日至清江，二十三日过水闸，到金陵后仍住姚宅行台。此间绅民望余回任甚为真切，御史阿凌阿至列之弹章，谓余不肯回任为骄妄，只好姑且做去，祸福听之而已。澄叔正月十三、二十八之信已到，暂未作复，此信送澄叔一阅。

涤生手示（宝应舟中）

徐寿衡之长子次子皆殇，其妻（扶正者）并其女亦丧，附及。

评点　二十三四聪明始小开

曾纪泽这次生的女儿，是他的次女，取名广珣。广珣后嫁给浙江吴兴人吴永。吴永并非湘军将帅之后，亦不是名宦之裔。他出身平民之家，功名亦不过一秀才而已。他是怎么娶的曾袭侯的千金呢？原来，吴永在二十一岁那年客居长沙，结识湘阴郭家的后人，因此得以跟随赋闲在家的郭嵩焘。郭嵩焘赏识吴的才华，将他推荐给时任户部侍郎的曾纪泽。曾聘吴为西席。光绪十四年，二十四岁的吴永与时年二十二岁的曾广珣结婚。吴永最大的官只做到道员为止，但他却在近代史上有点小名气。他的这点名气完全得之于一个偶然的机缘。

光绪二十六年，八国联军打进北京，慈禧携带光绪帝匆忙西逃，离开北京后到的第一个县城为怀来县，而此时的怀来县令正是吴永。在十分艰难困苦的情况下吴永接驾，让饥寒交迫的慈禧吃上了东西，穿上了像样的衣服。吴永给慈禧换的衣服正是其妻广珣的，只可惜此时广珣已去世。推算起来，广珣生年不及三十四岁，且不曾留下儿女。慈禧赏识吴永能办事，便将其留在身边，为她的西行车队办后勤。就这样，吴永跟随慈禧整整一年，与慈禧、光绪帝一道经历了一段特殊的岁月，成了两宫的患难之交。因为此，在两宫回銮时，他便擢升广东雷琼道员。吴永后来将他的这段奇遇写成《庚子西狩丛谈》一书，记述了慈禧逃难途中的种种细节，甚为历史学家、掌故学家们看重，成为研究庚子、辛丑年间的一部信史。吴永于民国二十五年七十二岁上死去，一生没有什么事业可言，但他能做曾氏的孙女婿和慈禧太后的患难朋友，也算是命运不凡了。

值得我们注意的是，在这封信里曾氏谈到了他自己的智力开发史：二十岁前后，他的文章尚是脉络不清晰文句不圆熟。二十三四岁时聪明初开。这两年间他接连中秀才中举人，应该说此时的诗文已经是很好的了。曾氏并没有把二十八岁时中进士点翰林作为聪明大开的标记，而是将三四年后的三十一二岁作为分界线。这两年间，曾氏供职翰林院，拜唐鉴为师，在唐的指点下攻读宋明理学，身体力行，与倭仁、吴廷栋、邵懿辰等一班师友，以学问节义相砥砺；又详究前史，求经世之学，兼治古诗文词，从当时的文章大家梅曾亮、何绍基等人游。曾氏从三家村的功名之学走进真正的学术殿堂，正是在这段时间，一生事业的学问基础奠定于此。他将这两年视为自己的聪明大开期，是很有道理的。

曾氏的智力开发史给我们以多方面的启迪。它告诉我们，曾氏并非神童。事实上，神童也并不见得就是好事。神童大都无大出息大作为，就是因为智力开发得太早。过早被人颂扬，过早享受优越的待遇，只会将天才扼杀在温柔手里。它也告诉我们，学历和学位与真正的学问不完全相等，即便得了个博士，也还只能说刚迈进学问之门。聪明大开、智慧大开，是在独自探得学问骊珠之后。它还告诉我们，一个男孩子即便三十岁还没找到安身立命之处，亦不必太担忧，还有几年可以寻找，可以闯荡；只要在三十多岁前定下一生的目标，依旧可望成大事业、大成就。

□致沅弟 同治六年二月二十九日

沅弟左右：

十八之败，杏南表弟阵亡，营官亡者亦多，计亲族邻里中或及于难，弟日内心绪之忧恼万难自解。然事已如此，只好硬心很肠，付之不问而壹意料理军务。补救一分，即算一分。弟已立大功于前，即使屡挫，识者犹当恕之。比之兄在岳州、靖港败后栖身高峰寺，胡文忠在爹山败后舟居六溪口气象，犹当略胜。高峰寺、六溪口尚可再振，而弟今不求再振乎？

此时须将劾官相之案、圣眷之隆替、言路之弹劾一概不管。袁了凡所谓从前种种譬如昨日死，从后种种譬如今日生，另起炉灶，重开世界，安知此两番之大败，非天之磨炼英雄，使弟大有长进乎？谚云吃一堑长一智，吾生平长进全在受挫受辱之时。务须咬牙厉志，蓄其气而长其智，切不可苶然自馁也。

评点 咬牙励志勿因失败而自馁

彭毓橘字杏南，系曾氏姑奶奶的孙子，当年吉字营中的重要将领；打下金陵后，被封记名按察使，并获赏一等轻车都尉世职。老九建新湘军，他与郭松林同任统领。据史载，彭毓橘兵败被俘后遭捻军肢解，死得很惨。捻军如此善战，这可能是刚刚取得对太平军大胜的湘淮军们所没有想到的。跋扈骄矜的曾老九因郭松林、彭毓橘的接连失败，终于陷于舆论和军事的双重困境中。面对如此局面，做哥哥的当然不能再指责了，只能反过来安慰他，将当年自己和胡林翼屡败屡战的往事翻出来，让颇有点沮丧的老九增加点自信心。

曾氏说他平生长进全在受挫受辱之时，这是一句实话。人的一生在社会上摸爬滚打，没有不受挫折的，蒙羞受辱的事绝大多数人也会经历过。但挫折羞辱对于不同的人来说，则会有不同的后果。性格刚烈、心理素质坚强的人，往往会将挫折羞辱作为激励自己上进的动力，从而造就出一个人才来。性格懦弱、心理素质脆嫩的人，则会被挫折羞辱所打垮，从此一蹶不振。这正好比一股激流冲刷下来，遇到岩石则会溅起美丽的浪花，遇到泥土则会出现一摊泥浆。

人的性格和心理素质固然得之于天授，但有意识地加以培养，也是可望收到好效果的。曾氏经常说“读书可以改变气质”。他第一次使用望远镜时，就对玻璃镜片经过多次打磨后能改变其原本性质一事大发感慨，认为人经过多次打磨后也能有质的飞跃。每当失意之时则咬牙励志，不灰心不自馁不屈服，这便是最好的自我打磨。曾氏说：“劲气常抱于胸，而百挫不渝。”一个人能如此坚毅，世上还有什么办不成的事！

□ 致沅弟 同治六年三月初二日

沅弟左右：

接李少帅信，知春霆因弟复奏之片言省三系与任逆接仗、霆军系与赖逆交锋，大为不平，自奏伤疾举发，请开缺调理。又以书告少帅，谓弟自占地步。弟当此百端拂逆之时，又添此至交龃龉之事，想心绪益觉难堪。然事已如此，亦只有逆来顺受之法，仍不外悔字诀、硬字诀而已。

朱子尝言：悔字如春，万物蕴蓄初发；吉字如夏，万物茂盛已极；吝字如秋，万物始落；凶字如冬，万物枯凋。又尝以元字配春，亨字配夏，利字配秋，贞字配冬。兄意贞字即硬字诀也。弟当此艰危之际，若能以硬字法冬藏之德，以悔字启春生之机，庶几可挽回一二乎？

闻左师近日亦极谦慎，在汉口气象何如？弟曾闻其略否？申夫阅历极深。若遇危难之际，与之深谈，渠尚能于恶风骇浪之中默识把舵之道，在司道中不可多得也。

评点　逆来顺受面对百端拂逆

鲍超的霆军历来是湘军中一支能征惯战的部队，打下金陵后，已是浙江提督的鲍超被赏一等轻车都尉。这次捻战，他也再上前线，率霆军与淮军、新湘军一道转战豫鲁苏鄂。鲍超本是曾氏一手提拔的湘军嫡系，不料也与老九闹起意见来，并以开缺养伤之举来表示他的强烈不满。继督抚互劾、军事受挫后又遭遇内部不和，老九可谓真正处于百端拂逆之时，大哥劝他采取逆来顺受之法，并于悔字诀外，再授硬字诀机宜。

元、亨、利、贞本是《易经》的卦辞，朱熹借过来，配以春、夏、秋、冬四季物象。冬天草叶凋零，只剩下粗枝强干在酷寒中顽强地生存着。干即贞也，干即硬也，故曾氏又将“冬藏之德”以一“硬”字来概括。这“硬”字诀也就是曾氏有名的“挺经”。

曾氏的孙女婿吴永在《庚子西狩丛谈》中有一段话，记载李鸿章与他谈“挺经”的事。李鸿章“又曰我老师的秘传心法，有十八条‘挺经’。这真是精通造化、守身用世的宝诀。我试讲一条与你听：一家子，有老翁请了贵客，要留他在家午餐。早间就吩咐儿子前往市上备办肴蔬果品，日已过巳尚未还家。老翁心慌意急，亲至村口看望。见离家不远，儿子挑着菜担，至水塍上与一个京货担子对着，彼此皆不肯让，就钉住不得过。老翁赶上前，婉语曰：‘老哥，我家中有客，待此具餐，请你往水田里稍避一步，待他过去，你老哥也可过去，岂不两便么？’其人曰：‘你叫我下水，怎么他下不得呢？’老翁曰：‘他身子短小，水田里恐怕担子浸着，湿坏了食物。你老哥身子高大些，可以不至于沾水。因为这个理由，所以请你避让的。’其人曰：‘你这担内，不过是菜蔬果品，就是浸湿，也还可将就用的。我担中都是京广贵货，万一着水，便是一文不值。这担子身份不同，安能叫我让避？’老翁见抵说不过，乃挺身就近曰：‘来来，然则如此办理：待我老头儿下了水田，你老哥将货担交付于我。我顶在头上，请你空身从我儿旁边岔过，再将担子奉还何如？’当即俯身脱履。其人见老翁如此，作意不过，曰：‘既老丈如此费事，我就下了水田，让尔担过去。’当即下田避让。他只挺了一挺，一场竞争就此消解。这便是‘挺经’中开宗明义的第一条”。

曾氏的十八条“挺经”，李鸿章只听到这一条。两人挺在田塍上互不相让，再来一个老头儿，宁愿自己下水田用头顶别人的担子，也不叫儿子相让。最后这位老头胜利了，对方让步了。谁能硬着头皮挺得住，谁就会赢。这大概就是曾氏“挺经”的含义。《凌霄一士随笔》中记载了一则李鸿章运用“挺经”对付政敌的实例。李与翁同龢一向不和。翁做协办大学士久了，想扶正做大学士，但没有缺，巴望李退休腾出个大学士位置来。袁世凯替翁做说客，李一口拒绝。待袁走后，李对人说：“我绝不会把位子腾给翁，让他去想得要死。我老师的‘挺经’正用得着，我是要传他衣钵的。我决计与他挺着，看他们如何摆布！”李鸿章靠什么来挺得住，当然靠的是硬字。

这硬字，既有“强硬”一层意思，也有“忍耐”一层意义，所谓“逆来顺受”便是忍耐。早在京师做官的时候，曾氏就有意培植这方面的修养。赵烈文《能静居日记》在同治六年八月二十八日中记道：

“余曰：‘少帅事机不顺，未必能如师宏忍。’师曰：‘吾谥法为文韧公，此邵位西之言，足下知之乎？’余曰：‘此一字简明的当，邵君诚知言也。’”韧者，毅也，忍也。

□致沅弟 同治六年三月十二日

沅弟左右：

春霆之郁抑不平，大约屡奉谕旨严责，虽上元之捷，亦无奖许之辞，用是怏怏者十之四；弟奏与渠奏报不符，用是怏怏者十之二；而少荃奏省三败挫，由于霆军爽约，其不服者亦十之二焉。余日内诸事忙冗，尚未作信劝驾。向来于诸将有挟而骄者，从不肯十分低首恳求，亦硬字诀之一端。

余到金陵已六日，应酬纷繁，尚能勉强支持，惟畏祸之心刻刻不忘。弟信以咸丰三年六月为余穷困之时。余生平吃数大堑，而癸丑六月不与焉。第一次壬辰年发佾生，学台悬牌，责其文理之浅。第二庚戌年上日讲疏内，画一图甚陋，九卿中无人不冷笑而薄之。第三甲寅年岳州、靖港败后栖于高峰寺，为通省官绅所鄙夷。第四乙卯年九江败后赧颜走入江西，又参抚、臬；丙辰被困南昌，官绅人人目笑存之。吃此四堑，无地自容。故近虽忝窃大名，而不敢自诩为有本领，不敢自以为是。俯畏人言，仰畏天命，皆从磨炼后得来。

弟今所吃之堑，与余甲寅岳州、靖港败后相等，虽难处各有不同，被人指摘称快则一也。弟力守悔字硬字两诀，以求挽回。弟自任鄂抚，不名一钱，整顿吏治，外间知者甚多，并非全无公道。从此反求诸己，切实做去，安知大堑之后无大伸之日耶？

评点 平生四次受人讥笑

短短的半个月内，曾氏一连三封信安慰处于逆境中的老九。本是骨肉至亲，又加之共同的事业相系，曾氏的格外关心体贴，自是出之真情。

细读曾氏的四次受人讥笑一节，启发良多。笔者最大的感受是，人生还是不要太顺利为好，常常受点挫折吃点苦头是好事而不是坏事。曾氏才大能大，但总有一种虚怀之态，既不以己之长而骄人，又常有内省不足之明智，不知者以为这是曾氏的虚伪矫情。读这封信后，方知这是曾氏历经挫折而后的长进。我们常常可以看到一些年轻人骄狂得很，仿佛天下事无所不能为，仿佛别人尽皆不如他。之所以如此，除个性外，还因为入世浅，没有遭受过挫折和失意，待到多历些岁月多经些风雨，头脑自然就会清醒了。

老九自组建吉字营来，一路顺利，连克安庆、金陵两省城，遂自我膨胀，眼不容物。曾氏明里没说，言外之意，却是很清楚的：让你受点苦头也好，今后再也不要自诩本事大得很，应该知道畏人言畏天命的道理。

关于这层意思，曾氏与心腹幕僚赵烈文在平时聊天时也曾谈起过。同治六年六月十五日赵的日记里记载：“师论兵事：‘……如沅甫之攻金陵，幸而有成，皆归功于己。余常言汝虽才大，亦须让一半与天。彼恒不谓然，今渐悟矣。’余云：‘此无足奇，人情大抵阅历既多，饱经拂乱，则知命运之有定。少、沅两帅所处皆顺境，起徒步，数年之中各建大功，安得不侈然自命！故沅帅去年劾官秀峰不胜，余以为此沅帅闻道之机，不当吊而当贺。’”

□谕纪泽　同治六年三月十八日

字谕纪泽儿：

三月初十日罗登高来，接尔二月初六之信。十五日接二月十九日禀，具悉一切。余以初六日至金陵，初八日专差送信与澄叔，此外常有信与沅叔，不知尔常得知其详否？

鸿儿自今年以来长有小病，自二月二十六七以后常服清润之药。三月初八九作三文一诗，十一二日作经文五道，盖欲三四月试考二次，令五月回家乡试也。十四日作策三道，是夜即病。初意料其用心太过，体弱生疾。十五日服熟地等滋阴之剂。是日竟日未起。十六日改服参、蓍、术、附等补阳之剂。不料壮热大作，舌有芒刺，竟先伏有外感疫症在内。十七日改服犀角、生地等清凉之剂，亦未大效。现在遍身发红，疹子热尚未退。鸿儿之意因数日吃药太杂，自请停药一日。余向来坚持不药之说，近亦不敢力主，择众论之善者而从之。鸿儿病不甚重，惟体气弱，又适在考试用心太过之后，殊为焦虑。

尔母信来，欲带眷口仍来金陵。余本欲留尔母子在富托立家作业，不令再来官署。今因鸿儿抱病，又思接全家来署，免得两地挂心。或早接或迟接，或令鸿儿病痊速归，旬日内再有确信。

余身体平安，但以见客太多为苦。鄂省军事日坏。杏南殇难，春霆又两次奏请开缺，沅叔所处极艰，吾实无以照之。甲五侄处，余近日作信慰之。尔六叔母所须绫、书、温印等物，亦于下次专人寄回。此信呈澄叔一阅，不另书。

涤生手示

评点　曾纪鸿的肺病起于十九岁

曾纪鸿死于光绪七年，仅三十三岁，他是死在肺病上。肺病是当时的不治之症，尽管他是侯门公子，也无法医救。从此信看来，曾纪鸿的病得于同治六年春，那时他不过十九岁。体气太弱，用心太过，是他致病的根由。

纪鸿生病，住在湘乡老家的欧阳夫人自然挂念不已，希望携眷口重返金陵。曾氏同意了夫人的要求，但直到第二年三月下旬，欧阳夫人才来到金陵督署。

陈氏妾早已死去，此时曾氏的身边没有别的女人。他已五十六七岁了，又体弱多病，为什么不留夫人在身旁照顾照顾呢？这在今人看来似觉不可思议，即便在当时，像曾氏这样长年累月独身在外做官的人大概也不多。

□谕纪泽 同治六年三月二十二日

字谕纪泽儿：

十八日寄去一信，言纪鸿病状。十九日请一医来诊。鸿儿乃天花痘喜也。余深用忧骇，以痘太密厚，年太长大，而所服十五六七八九等日之药，无一不误。阖署惶恐失措，幸托痘神佑助，此三日内转危为安。兹将日记由鄂转寄家中，稍为一慰。再过三日灌浆，续行寄信回湘也。

尔与澄叔二月二十八日之信顷已接到。尔七律十五首圆适深稳，步趋义山，而劲气倔强处颇似山谷。尔于情韵、趣味二者皆由天分中得之。凡诗文趣味约有二种：一曰诙诡之趣，一曰闲适之趣。诙诡之趣，惟庄、柳之文，苏、黄之诗。韩公诗文，皆极诙诡。此外实不多见。闲适之趣，文惟柳子厚游记近之，诗则韦、孟、白傅均极闲适。而余所好者，尤在陶之五古、杜之五律、陆之七绝，以为人生具此高淡襟怀，虽南面王不以易其乐也。尔胸怀颇雅淡，试将此三人之诗研究一番，但不可走入孤僻一路耳。

余近日平安，告尔母及澄叔知之。

涤生手示

评点　襟怀高淡胜过南面王

曾氏在批阅纪泽所寄来的十五首七律时，由闲适之趣谈到陶渊明的五古、杜甫的五律、陆游的七绝，指出他们在诗中都体现了一种高洁淡远的襟怀。曾氏对这种襟怀非常钦慕向往，甚至认为帝王之乐也不可与之相比。曾氏的文人情怀在这里得到最充分的体现。据此一句话，我们便可以认定，尽管曾氏戎马关山，封侯拜相，他仍然还是一个士人，即一个知识分子，与职业军人，与政客官僚不属一类。

以杀人屠城为职志的武夫和以频频升官为目标的官吏，他们绝不会想到陶、杜、陆等人的高淡襟怀，更不会想到以南面王来换取这种襟怀的快乐。曾氏不接受许多人劝他蓄势自立的好意，除开种种其他原因外，与他本性上是一个书生也有很大的关系。

□谕纪泽　同治六年三月二十八日

字谕纪泽儿：

接尔三月十一日省城发禀，具悉一切。鸿儿出痘，余两次详信告知家中。此六日尤为平顺，兹抄六日日记寄沅叔转寄湘乡，俾全家放心。

余忧患之余，每闻危险之事，寸心如沸汤浇灼。鸿儿病痊后，又以鄂省贼久踞臼口、天门，春霆病势甚重，焦虑之至。尔信中述左帅密劾次青，又与鸿儿信言闽中谣歌之事，恐均不确。余闻少泉言及闽绅公禀留左帅，幼丹实不与闻。特因官阶最大，列渠首衔。左帅奏请幼丹督办轮船厂务，幼已坚辞。见诸廷寄矣。余于左、沈二公之以怨报德，此中诚不能无芥蒂，然老年笃畏天命，力求克去褊心忮心。尔辈少年，尤不宜妄生意气，于二公但不通闻问而已，此外着不得丝毫意见。切记切记。

尔禀气太清。清则易柔，惟志趣高坚，则可变柔为刚；清则易刻，惟襟怀闲远，则可化刻为厚。余字汝曰劼刚，恐其稍涉柔弱也。教汝读书须具大量，看陆诗以导闲适之抱，恐其稍涉刻薄也。尔天性淡于荣利，再从此二事用功，则终身受用不尽矣。

鸿儿全数复元。端午后当遣之回湘。此信呈澄叔一阅，不另具。

涤生手示

评点　变柔为刚，化刻为厚

曾氏与左宗棠原本惺惺相惜，但因金陵城破后放走幼天王和忠王一事，曾氏兄弟与左闹翻了。曾氏在江西期间，很赏识沈葆桢的才干和胆识，不仅调沈来幕中办军需，而且多次向朝廷密荐沈可大用。但同治三年因截留饷银一事，曾氏兄弟与沈也闹翻了。曾氏认为左、沈是以怨报德，心中的恨意长久不能消除。直到同治十一年曾氏去世，八年之间，曾、左这对昔日朋友一直不通音问。公文往来自然是有的，只是没有私函罢了。但他们都只将芥蒂停留在本人这一代上，不愿意对下一代有影响。曾氏谆谆告诫儿辈，不得对左、沈二公有丝毫意见。左的胸襟更为豁达。同治十一年四月十四日给长子孝威的信上说："曾侯之丧，吾甚悲之。不但时局可虑，且交游情谊亦难恝然也。已致赙四百金，挽联云：'知人之明，谋国之忠，自愧不如元辅；同心若金，攻错若石，相期无负平生。'盖亦道实语。见何小宋代恳恩恤一疏，于侯心事颇道得着，阐发不遗余力，知劼刚亦能言父实际，可谓无忝矣。君臣朋友之间，居心宜直，用情宜厚。从前彼此争论，每拜疏后即录稿咨送，可谓锄去陵谷，绝无城府。至兹感伤不暇之时，乃复负气邪？‘知人之明，谋国之忠’两语亦久见章奏，非始毁今誉，儿当知吾心也。丧过湘干时，尔宜赴吊，以敬父执。牲醴肴馔自不可少，更能作诔哀之，申吾不尽之意，尤是道理。”

这是一段感人的文字，让我们看到一代雄杰左宗棠的真性情，也让我们知道什么是中国古人所谓的君子之交。

六十多年后，当曾氏最小的女儿曾纪芬在回忆往事时，更对左宗棠善待朋友后人的情谊满怀感激：“文襄督两江之日，待中丞公（笔者注：文襄即左宗棠，中丞公即纪芬丈夫聂缉椝，他做过江苏、安徽、浙江等省巡抚）不啻子侄，亦时垂询及余，欲余往谒。余于先年冬曾一度至其行辕，在大堂下舆，越庭院数重，始至内室，文襄适又公出。余自壬申奉文正丧出署，别此地正十年。抚今追昔，百感交集，故其后文襄虽屡次询及，余终不愿往。继而文襄知余意，乃令特开中门，肩舆直至三堂。下舆相见礼毕，文襄谓余曰：‘文正是壬申生耶？’余曰：‘辛未也。’文襄曰：‘然则长吾一岁，宜以叔父视吾矣。’固令余周视署中，重寻十年前卧起之室。余敬诺之。嗣后忠襄公至宁，文襄语及之曰：‘满小姐已认吾家为其外家矣。’”

曾氏地下有知，听到女儿这一段深情的回忆后，心中对左的芥蒂一定会消除殆尽。

常言道，知子莫如父。曾氏是如何看待这个今后将要袭他爵位的儿子呢？他认为儿子“禀气太清”，“天性淡于荣利”。此时的曾纪泽二十八九岁。二十八九岁的曾氏正是翰林院的新科庶吉士：争强好胜，志向远大。看来纪泽的天性与父亲相距很远，这是来自母亲的遗传。

天底下的父亲尤其是有大作为的父亲，通常都喜欢与自己性格相同的儿子，而不喜欢与自己性格不同的儿子。吕后之所以将戚妃残为人彘，主要的原因是戚妃的儿子如意险些夺了吕后的儿子惠帝的位，而刘邦之所以喜欢如意，是因为“如意类我”。

晚年的曾氏，或舐犊之情十分浓厚，也或许因阅历太多而绚烂之极归于平淡，故对淡泊之性转而欣赏。总之，他对纪泽的这种清、淡天性是肯定的，只是提醒儿子注意这种性格的负面。其实，每种性格都有它的负面。

曾氏信中叫儿子提防“稍涉刻薄”。刻薄，人人都说不好。宽厚，人人都说好。但宽厚过分，则没有原则性，容易纵容祸害。此种人尤不宜做一把手。

曾纪泽连秀才也未考中，性情又淡泊，若生在普通人家，一辈子大概只是个塾师的命。但他因为有父亲的余荫，顺利进入官场。又因为学过英文，得以外放欧洲做大使，后来又做到侍郎高官。在中俄谈判中，居然赢得了晚清仅有的一次外交胜利，被朝野称为能员。曾纪泽也应该算是一个人才。但按正常的仕途规矩，他是连门槛也进不了的人。

从这件事上可以看出科举考试压抑了多少人才。但反过来，倘若没有正规的科举考试，像曾氏那样无所依傍的农家子弟，又通过什么途径来崭露头角呢？这真是一个两难之选。

□ 致欧阳夫人 同治六年五月初五日

欧阳夫人左右：

自余回金陵后，诸事顺遂。惟天气亢旱，虽四月二十四、五月初三日两次甘雨，稻田尚不能栽插，深以为虑。科一出痘，非常危险，幸祖宗神灵庇佑，现已全愈发体，变一结实模样。十五日满两个月后，即当遣之回家，计六月中旬可以抵湘。如体气日旺，七月中旬赴省乡试可也。

余精力日衰，总难多见人客。算命者常言十一月交癸运，即不吉利，余亦不愿久居此官，不欲再接家眷东来。夫人率儿妇辈在家，须事事立个一定章程。居官不过偶然之事，居家乃是长久之计，能从勤俭耕读上做出好规模，虽一旦罢官，尚不失为兴旺气象。若贪图衙门之热闹，不立家乡之基业，则罢官之后，便觉气象萧索。凡有盛必有衰，不可不预为之计。望夫人教训儿孙妇女，常常作家中无官之想，时时有谦恭省俭之意，则福泽悠久，余心大慰矣。余身体安好如常。惟眼蒙日甚，说话多则舌头蹇涩，左牙疼甚，而不甚动摇，不至遽脱，堪以告慰。顺问近好。

评点　有盛必有衰

同治六年的端午节，曾氏给欧阳夫人写了这封信。从咸丰二年底离家筹办湘军起，到同治十一年去世这十八九年时间，曾氏夫妇相聚时少，分离时多。曾氏小家庭的家书收信人，多为二子。欧阳夫人所要对丈夫说的话，也由儿子的信中说出。这种情形，正是中国传统观念中的“男主外，女主内”的表现。

保存下来的曾氏直接写给夫人的信仅两封，这是第二封。

这封信里，曾氏与夫人谈到居官与居家、盛与衰等事。依笔者的理解，官员之身的曾氏是将“官”看成暂时的，将“家”看成永久的；将“官”视为用，将“家”视为本。他的这些观念，很值得我们重视揣摩，特别值得那些做大官、做大事的人重视揣摩。人生在世，最真实的成就感幸福感，究竟是来自于权势、财产、事业，还是来自于家庭，来自于自身？这可能是一个有争议且无固定答案的问题。

□ 致澄弟 同治六年六月初六日

澄弟左右：

闻弟与内人白发颇多，吾发白者尚少，不及十分之一。惟齿落较多，精神亦尚能支持下去。诸事棘手，焦灼之际，未尝不思遁入眼闭箱子之中，昂然甘寝，万事不视，或比今日人世差觉快乐。乃焦灼愈甚，公事愈烦，而长夜快乐之期杳无音信。且又晋阶端揆，责任愈重，指摘愈多。人以极品为荣，吾今实以为苦恼之境。然时势所处，万不能置事身外，亦惟有做一日和尚撞一日钟而已。

哥老会匪，吾意总以解散为是。顷已刊刻告示，于沿江到处张贴，并专人至湖南发贴。兹寄一张与弟阅看。人多言湖南恐非乐土，必有劫数。湖南大乱，则星冈公之子孙自须全数避乱远出。若目前未乱，则吾一家不应轻去其乡也。

南岳碑文，得闲即作。吾所欠文债甚多，不知何日可偿也。此间雨已透足，夏至插禾尚不为迟，但求此后晴霁耳。

评点　做一日和尚撞一日钟

曾国潢比大哥整整小了十岁，此刻不过四十七岁，白头发却很多了，曾氏的白发则不及十分之一。但曾国潢活到六十七岁，曾氏只活到六十一岁。可见白发多少，不是衡量身体好坏的重要标志。

五月下旬，曾氏奉到补授大学士的谕旨。清代的内阁，自乾隆三十六年起，由文华殿、武英殿、文渊阁、东阁、体仁阁二殿三阁大学士组成，另有两名协办大学士。

曾氏所授的大学士为体仁阁大学士，同时的其他大学士为文华殿大学士官文、武英殿大学士贾桢、文渊阁大学士倭仁。东阁大学士缺。曾氏所遗留的协办大学士的缺由四川总督骆秉章补授。如果我们不读这封家书，想象一下一个得到人臣之极位置的人，会是多么的兴奋、多么的激动，多么的感激涕零：谢天谢地谢君王谢祖宗。因为入阁拜相，这可是两千多年儒家弟子世世代代所追求的最高理想，所能得到的最高境遇呀！但是，你看这位曾大学士对老弟吐的苦水：“人以极品为荣，吾今实以为苦恼之境……惟有做一日和尚撞一日钟而已。”他甚至觉得死都比活着要快乐。

古往今来，有如此获大拜之命的宰相吗？有清一代，有怀着如此痛苦心情登上人臣之极的大学士吗？

造成曾氏此刻恶劣心绪的原因，除前面一再说到的剿捻无功、屡遭御史弹劾以及老九劾官文案、新湘军屡战屡败、彭毓橘被杀等外，还有回到江督原任后所面临的种种困境。其中最大的有两桩事。一是钱银匮乏。制造轮船，购买机器，要钱；进入陕西的湘军，进入湖北的淮军，要钱；长江北岸拟添募陆军以加强运河防务，要钱；运河堤坝险工林立，迫切需要修复，要钱。四处伸手要钱，而钱又无出处，弄得他焦头烂额，心绪烦躁。二是旱情严重。曾氏在给朝廷的奏章里写道：“农田枯坼，禾稻不能栽插。盐河无水，盐斤不能出场。远近祈祷，人心皇皇。”作为地方最高长官，他负有很大的责任：“皆由微臣位高德薄，上干天和，累及斯民，忧愧无地。”

眼下的两江总督，真是做得一丝味道都没有，难怪他虽补授体仁阁大学士，却无半点喜悦心情。

□ 谕纪泽　同治七年十二月初三日

字谕纪泽儿：

泰安发一信交刘高山带至金陵。是日接尔二十日禀，知十九日已移下江考棚为慰。李中堂欲借后园地球，尽可允许。俟渠到湖北，即交便轮船带去。并求其将方子可请入楚督署内，刊刻此图，附刻图说。仍求将方元徵调入鄂省，酌委署缺，必为良吏。李相创立上海、金陵两机器局，制造船炮，为中国自强之本，厥功甚伟。余思宏其绪而大其规，如添翻译馆、造地球，皆是一串之事。故余告冯、沈二君，以后上海铁厂仍请李相主持，马、丁两帅会办。尔可将此意先行函告李相，余以后再有函商之也。

应敏斋所兑号票银虽止一万二千，而言明可用二万两，计别敬用万六七千，尚有三四千作盘川，尽足敷用。小舫此举殊为多事。尔亦不宜寄来，姑带在身边可也。

日内途次平安。三十日小雪，恰与丁中丞在齐河会谈。今日至刘智庙，已交直隶境。兹将二十二以后九日日记寄去，尔速寄澄、沅两叔一览。余久未寄湘信，甚歉甚歉，过保定再寄耳。此嘱。

涤生手示

评点　制造船炮为自强之本

李鸿章接手对捻作战的统帅后，形势开始好转起来。同治六年年底，东捻首领赖文光被杀，东捻平息。沾李的光，曾氏获加赏一云骑尉世职。同治七年七月，西捻张宗禹折回直隶后陷于绝境，死之，西捻平息。至此，捻军之火完全熄灭。李鸿章因平捻之功补授协办大学士。曾国荃的新湘军虽然在剿捻战役中起了一点作用，但终究没有达到预期效果。同治六年十月，他以病重为由，获准开缺。从那以后，直到光绪元年出任河东河道总督，曾国荃被朝廷晾在一边七八年。捻战一役，是曾、李两家的一道分水岭。这之前，曾家气势煊赫，明显优于李家。这以后，李家蒸蒸日上，渐渐地跑在曾家的前面了。待到曾氏去世后，李鸿章独掌大清军事外交三十年，权倾天下，炙手可热，曾家自是望尘莫及。捻战的成功，是李家最重要的一块政治基石。

同治七年七月下旬，曾国藩奉调直隶总督，其遗缺由闽浙总督马新贻调补。九月下旬，曾国潢来到金陵。咸丰八年复出至今，整整十年，兄弟再次相见，“大被同宿，纵谈家乡琐事，以为笑乐”（见黎庶昌编《年谱》），并亲笔书箴言六则赠老四。这篇文章实在写得好，但过长，不便全录，只得摘录部分，以飨读者：

“清。《记》曰：‘清明在躬。’吾人身心之间，须有一种清气，使子弟饮其和，乡党薰其德，庶几积善可以致祥。饮酒太多，则气必昏浊；说话太多，则神必躁扰。弟于此二弊皆不能免。欲葆清气，首贵饮酒有节，次贵说话不苟。”

“俭。凡多欲者不能俭，好动者不能俭。多欲如好衣好食好声色好书画古玩之类，皆可浪费破产。弟向无癖嗜之好，而颇有好动之弊……首戒好动。不轻出门，不轻举事……其次则仆从宜少……其次则送情宜减。”

“明。三达德之首曰智。智即明也。古来豪杰，动称英明，英即明也。明有二端：人见其近，吾见其远，曰高明；人见其粗，吾见其细，曰精明。高明者，譬如室中所见有限，登楼则所见远矣，登山则所见更远矣。精明者，譬如至微之物，以显微镜照之，则加大一倍十倍矣。又如粗糙之米，再舂则粗糠全去，三舂四舂则精白绝伦矣。高明由于天分，精明由于学问。吾兄弟忝居大家，天分均不甚高明，专赖学问以求精明。”

“慎。古人曰钦曰敬曰谦曰谨曰虔恭曰祗惧，皆慎字之义也。慎者，有所谓惮之谓也。居心不循天理，则畏天怒；作事不顺人情，则畏人言。少贱则畏父师畏官长，老年则畏后生之窃议，高位则畏僚属之指责。凡人方寸有所畏惮，则过必不大，鬼神必从而原之。”

“恕。圣门好言仁，仁即恕也。曰富曰贵曰成曰荣曰誉曰顺，此数者我之所喜，人亦皆喜之。曰贫曰贱曰败曰辱曰毁曰逆，此数者我之所恶，人亦皆恶之。吾辈有声势之家，一言可以荣人，一言可以辱人……吾兄弟须从恕字痛下功夫。随在皆设身以处地。我要步步站得稳，须知他人也要站得稳，所谓立也。我要处处行得通，须知他人也要行得通，所谓达也。今日我处顺境，预想他日也有处逆境之时；今日我以盛气凌人，预想他日人亦以盛气凌我之身，或凌我之子孙。常以恕字自惕，常留余地处人，则荆棘少矣。”

“静。静则生明，动则多咎，自然之理也……静有二道：一曰不入是非之场，二曰不入势利之场。乡里之词讼曲直，于我何干？我若强为判断，始则赔酒饭，后则惹怨恨。官场之得失升沉，于我何涉？我若稍为干预，小则招物议，大则挂弹章。不若一概不管，可以敛后辈之躁气，即可保此身之清福。”

曾国潢以曾府当家人自居，在湘乡方圆百里间俨然一大绅士。他好饮酒，好说话，好出风头，好讲排场，好往来于省、府、县官商之间，干预地方事情，又有点偏听偏信，自作主张，以大老自居。湘中官、民对曾四爷口碑并不太好，哥老会更加将他视为眼中钉。凡此种种，曾氏都了然于心，但老年兄弟，不能说得太重，曾氏便借“清”“俭”“明”“慎”“恕”“静”六字来正面开导、点拨。此六字虽是开导曾国潢，然对世人皆有启发性，故笔者不惮其长，抄录于此。

十一月初四日，曾氏在办完交割手续后，于金陵城外下关码头登舟，取道运河水路进京。时欧阳夫人患咳喘病厉害，加之愈往北走天气愈冷，于病不利，故不能跟随。留下纪泽夫妇在金陵侍疾，纪鸿陪同父亲北上。曾国潢送到扬州再分手回湖南。

写这封信的时候，曾氏已到了山东德州。曾氏在泰安时收到纪泽十一月二十日寄自金陵的家信。信上说李鸿章在赴湖广总督任途中路过金陵，看望了欧阳夫人，在后花园见到地球仪。他想借去，在武昌署中暂为陈设。纪泽不敢擅自做主，请示父亲。

曾氏指示儿子，同意借给李鸿章，并由此谈到上海及金陵的机器局事。曾氏此处所说的事，当时称之为夷务或洋务。在前面的评点中，笔者说过，近代中国的洋务运动，其起始点应定在曾氏咸丰十年十一月初八日的奏章上。这个奏章提出了“师夷智以造炮制船”的思想，并得到了朝廷的肯定。八年过去了，曾氏本人以及当时的政府在洋务方面做了哪些事呢？

咸丰十一年十一月，曾氏在安庆创设安庆内军械所，开始制造洋枪洋炮。这标志着中国第一家生产近代武器的兵工厂诞生。同治元年四月，由科技专家华蘅芳所制造的开花炮弹在安庆试制成功。这年七月，由华蘅芳与化学工程师徐寿所制造的蒸气轮船成功。曾氏在日记中写道：“约试演一时，窃喜洋人之智巧，我中国人亦能为之，彼不能傲我以其所不知矣。”八月，经数学家李善兰介绍，曾氏会见中国第一个留美学士容闳，与他商量办机器厂的事。

同治二年二月，朝廷同意江苏巡抚李鸿章的奏请，在上海设立广方言馆，即翻译学校，聘请英人傅兰雅等为教师。十月，曾国藩委派容闳出洋购买机器。同治三年五月，广州同文馆开馆，聘请美人谭顺为教习。同治四年五月，李鸿章在上海创办江南制造局，容闳在美国购买的机器全部安装在该局。七月，李鸿章又在南京创办金陵制造局，并奏道：“机器制造一事，为今日御侮之资，自强之本。”同治五年，应闽浙总督左宗棠之请，朝廷在福州建马尾船厂。不久，左宗棠又在福州创办中国第一所海军学校——求是堂艺局。四月，曾氏奏请朝廷准予以江海关洋税的十分之一“为专造轮船之用”。

同治七年春，天津机器局正式开工兴建。闰四月，曾氏视察上海江南制造局的分厂——铁厂，并查阅有关洋炮、轮船的工程兴建情况。六月，江南制造局造出第一艘轮船，曾氏亲自命名为“恬吉”（取四海波恬、军务安吉之意）号。恬吉号开到金陵，曾氏亲自登上该船，并兴致勃勃随船坐到安徽采石矶。九月，恬吉号试航成功，曾氏奏报朝廷筹办上海机器局及增设翻译馆情形。

从以上简述看来，尽管朝野上下许多人尚不理解，以及国家用兵频繁，但中国历史上从未有过的新鲜事——洋务事业正在悄然兴起，曾氏、李鸿章、左宗棠等人于此起了很大的作用。

战争让这些湘淮军统帅们正视现实，眼界开阔，手中的精兵强将又使他们成为政坛上的实力人物，有能力办成别人所不能办成的事。就这样，以曾氏为代表的一批军方实力派，在十九世纪下半叶的中国引导了时代的潮流。

信中的“冯、沈二君”，系江南机器制造局的负责人冯焌光、沈葆靖；“马、丁两帅”，系指新任两江总督马新贻与江苏巡抚丁日昌。信中所谓的“别敬”，指馈赠给京官的礼金。当时官场陋习，地方官每年除固定需得向京官致送冰敬、炭敬外，还得在别的名目下敬献银钱，如各种红白喜事等等。当然，并不是所有的京官都能得到，这得看有没有实权及权力的大小。

曾氏位高权重资格老，他需要巴结的人自然很少。曾氏一向俭朴小气，且内心深处并不喜欢这种世俗应酬，但他也不能不从俗。以他这种情形，进一次京的送礼费用都得要一万六七千，倘若是别的督抚进京，该要准备多少银子！咸丰末年做过江西藩司的张集馨在其年谱中说，他在做陕西粮道时进一次京送礼一万七千两，做四川臬司时进京送礼一万四千两，做贵州藩司则送礼一万一千两，调任河南藩司时送礼一万三千两，而年节应酬、红白喜事尚不在内。他为此发出感叹：“外官以进京为畏途！”清末官场风气之坏，此事又是一例。

□ 谕纪泽　同治八年正月二十二夜

字谕纪泽儿：

久未闻两江折差入京，是以未及写信。前接尔腊月二十六日禀，本日固安途次又接尔正月初七禀，具悉一切。余自十二月十七至除夕已载于日记中，兹付回。

正月灯节以前惟初三、五无宴席，余皆赴人之召。然每日仅吃一家，有重复者辄辞谢，不似李、马二公日或赴宴四五处。盖在京之日较久，又辈行较老，请者较少也。军机处及弘德殿诸公颇有相敬之意，较去冬初到时似加亲厚，九列中亦无违言。然余生平最怕以势利相接，以机心相贸，决计不作京官，亦不愿久作直督。约计履任一年即当引疾悬车，若到官有掣肘之处，并不待一年期满矣。

接眷北来，殊难定策，听尔与尔母熟商。或全眷今春即回湖南，或全家北来保定，明年与我同回湖南，均无不可。若全来保定，三月初即可起行。余于二十日出京，先行查勘永定河。二十七八可到保定，接印后即派施占琦回金陵，二月二十日外可到。尔将书箱交施由沪运京，即可奉母北行耳。

余送别敬壹万四千余金，三江两湖五省全送，但亦厚耳。合之捐款及杂费凡万六千上下，加以用度千余金，再带二千余金赴官，共用二万两。已写信寄应敏斋，由作梅于余所存缉私经费项下提出归款。阅该项存后路粮台者已有三万余金，余家于此二万外不可再取丝毫。尔密商之作梅先生、雨亭方伯，设法用去。凡散财最忌有名，总不可使一人知（一有名便有许多窒碍，或捏作善后局之零用，或留作报销局之部费，不可捐为善举费）。至嘱至嘱。余生平以享大名为忧，若清廉之名尤恐折福也。杜小舫所寄汇票二张，已令高列三涂销寄回。尔等进京，可至雨亭处取养廉数千金作为途费，余者仍寄雨亭处另款存库，余罢官后或取作终老之资，已极丰裕矣。纪鸿儿及幕府等未随余勘河，二十三日始出京赴保定也。此谕。

涤生手示（固安工次）

评点 散财最忌有名

曾氏从金陵出发，一路上走了四十天，十二月十三抵达北京城。自从咸丰二年出京以来，曾氏再未回过京师。此次重返京华，想必他最大的感慨，大概不是这十七年间做了一桩大事业，获得封侯拜相的人生大成功，而是叹息当年踌躇满志的中年人，如今已是衰朽残年了。

他进京后下榻东安门外金鱼胡同贤良寺。当天傍晚，便奉到次日召见的通知。这是皇家对进京陛见的大臣的格外礼遇。十四日凌晨四点一刻，曾氏便起床。吃过早饭，五点半钟来到紫禁城景运门。进入大内，在隆宗门外的军机值庐里会见了恭王、惇王、孚王等近支亲王和军机大臣，又在九卿朝房里会见许多卿贰大臣。巳正时分，由道光帝的侄儿奕山带领走进养心殿东暖阁，两宫太后和同治帝在此召见他。

咸丰二年出京时，慈安太后虽已是皇后，但曾氏作为外官，是不可能见到她的。至于慈禧太后，那时只是一个地位极低的秀女。曾氏对这个那拉氏，绝对是名字都未听说过。十三岁的同治皇帝载淳，那时尚未出生。所以，他们之间的见面，彼此都是第一次。皇上一直没有开口，说话的都是两宫太后，其中慈禧说得更多些。两宫问的是一路的行程和曾家兄弟的情况，希望曾氏在直隶练出一支好兵来。第二天，第三天，又接连召见两次，问的是江南造船和撤勇的事。分成三次召见，一是一天要见的人太多，不能谈话太久，二是表示圣眷隆厚，让被召见者脸上更光彩。第一次召见时，两宫太后便赏曾氏紫禁城骑马的特殊待遇。所谓紫禁城骑马，并不是真的骑着马进紫禁城，而是朝廷将一根七八寸长装饰考究的马鞭赏给被赏者。这是对功大年高大臣的一种崇高赏赐。

在进京途中，曾氏又奉旨由体仁阁大学士改为武英殿大学士。二殿三阁的排列次序为文华殿、武英殿、文渊阁、东阁、体仁阁，这意味着大学士的位置又前挪了。既为大学士，曾氏也便到内阁去看了看，又去翰林院看了看，接见内阁及翰苑的官员们。同治八年大年初一，曾氏作为百官之首，带领群臣进宫向皇太后、皇上贺新年之喜。十六日，皇上在内宫宴请百官，倭仁坐满员首座，曾氏坐汉员首座。十七日中午，两宫太后与皇上第四次召见曾氏，再次谈及直隶练兵及防备外人入侵的事。二十日离京南下保定，一路查看永定河工。此信即写在查看河工途中。

从此信可知，曾氏的别敬是送给三江两湖五省的在京官员的。三江指的江苏、江西、安徽三省。曾氏身为两江总督，是此三省的最高行政长官，故三省全体官员沾润。两湖即湖南、湖北。曾氏为湖南人，湘籍京官自然都是乡亲，送礼在情理中。至于湖北京官为何要送呢？原来，在雍正朝以前，湖北湖南两省乡试为同一个考场，设在武昌。因为此，两湖有同乡之称。鉴于洞庭湖在六七月间风浪险恶，湖南士子此时过湖多危险，遂从雍正二年开始，两湖分闱，湖南士子在长沙乡试。但两湖同乡之谊仍沿袭下来。湖北湖南籍京官互称大同乡，湖南籍者则互称小同乡。明白了这个沿革，便可知曾氏为何要送鄂籍京官礼金。

“别敬”及捐款、杂费以及进京车马费，都是因公花的，故从公款——缉私经费上开支。缉私费类似于我们今天的罚款，它是公款，但不是正规的财政收入，朝廷是不会管的。廉洁的官员会将这笔额外收入用之于公事，不廉洁的官员则有可能私分或独吞。曾氏叮嘱家人不可从中妄取丝毫，而将余下的一万多两设法散去，但特别提醒儿子注意，不可张扬此事，不可视此事为做慈善事。为什么如此呢？

笔者想，曾氏可能认为这笔钱本不是他的私产，若张扬出去，社会上会以“清廉”“乐善好施”等来称颂他，那样将名不副实。他的名望已够大了，若加此不实之名，反为不美。在另一封给纪泽的信中，曾氏告诉儿子，他有一万八千两养廉费存于江苏藩司李宗羲处，这笔钱是他的私产，家人可用。故此信中他说，倘若家眷北上的话，其途费可以从雨亭（即李宗羲）处取养廉费数千金。

□ 谕纪泽 同治八年二月十八日

字谕纪泽儿：

初二日接印，初三日派施占琦至江南接眷，寄去一缄并正月日记，想将到矣。初八日纪鸿接尔正月二十七日信，知三孙女乾秀殇亡，殊为感恼，知尔夫妇尤伤怀也。然吾观儿女多少成否，丝毫皆有前定，绝非人力所可强求。故君子之道，以知命为第一要务，不知命无以为君子也。尔之天分甚高，胸襟颇广，而于儿女一事不免沾滞之象。吾观乡里贫家儿女愈看得贱愈易长大，富户儿女愈看得娇愈难成器。尔夫妇视儿女过于娇贵。柳子厚《郭橐驼传》所谓旦视而暮抚、爪肤而摇本者，爱之而反以害之。彼谓养树通于养民，吾谓养树通于养儿。尔与冢妇宜深晓此意。庄子每说委心任运听其自然之道，当令人读之首肯，思之发□（评点者注：此处原件缺一字）。东坡有目疾不肯医治，引《庄子》曰：“闻在宥天下，不闻治天下也。”吾家自尔母以下皆好吃药，尔宜深明此理，而渐渐劝谏止之。

吾自初二接印，至今半月，公事较之江督任内多至三倍。无要紧者，皆刑名案件，与六部例稿相似，竟日无片刻读书之暇。做官如此，真味同嚼蜡矣。纪鸿近日习字颇有长进，温《左传》亦尚易熟，稍为慰意。此谕。

涤生手示（保定）

评点　小儿女愈看得娇愈难成器

曾纪泽的三女儿夭殇了。曾氏得到这个信息后心中颇为难过，专门写了这封安慰儿子与媳妇的信。曾纪泽夫妇已生有三个女儿，尚无儿子。女儿的夭殇，自然给纪泽夫妇带来很大的痛苦。在中国传统观念中，儿女之事与富贵寿夭等均属于同一性质，即为命里所定，人力做不得主的。这个观念，当然是消极的，但这种消极的观念同时也可以让人从现实中解脱出来，给心灵以安抚。

曾氏一面传授这个消极的传统观念，一面也指出儿子在养育儿女一事上的不当做法。这应视为积极的建议。他的建议是顺其自然，不应看得太娇贵，颇有道理。过去湖南乡间有换儿抚养的做法，即两家儿女交换抚养。这种儿女易于长大，其根本原因就在于少了一点亲生父母的过分娇贵溺爱。

□ 谕纪泽　同治八年三月初三日

字谕纪泽儿：

接尔十六日禀，知二月一日去函已到，施占琦赍去之函尚未接到，尔母旧病全愈，决计暂不归湘，北来从官。若三月中旬起行，则四月初可抵济宁，余日内派人沿途察看。济宁至临清三百余里（由济宁至张秋百余里水路，由张秋至临清二百余里旱路），可请铭军代统刘子务照料。自临秋以下，笨重之物可由舟载至天津（下水），再由津雇舟送至保定（距省三十里登岸，余现开挖省河，则可径抵南门），眷口及随身要物则由济宁登陆。此间地气高燥，上房宽敞，或可却病。惟车行比之舟行，则难易悬殊耳。

余近日所治之事，刑名居其大半。竟日披阅公牍，无复读书之暇，三月初一二日始稍翻《五礼通考》。昔年每思军事粗毕即当解组还山，略作古文，以了在京之素志。今进退不克自由，而精力日衰，自度此生断不能偿夙愿。日困簿书之中，萧然寡欢。思在此买一妾服侍起居，而闻京城及天津女子性情多半乖戾，尔可备银三百两交黄军门家，请渠为我买一妾。或在金陵，或在扬州、苏州购买皆可。事若速成，则眷口北上即可带来。若缓缓买成，则请昌岐派一武弁用可靠之老妈附轮舟送至天津。言明系六十老人买妾，余死即行遣嫁。观东坡朝云诗序，言家有数妾，四五年相继辞去，则未死而遣妾，亦古来老人之常事。尔对昌岐言，但取性情和柔、心窍不甚蠢者，他无所择也。

直督养廉银一万五千两，盐院入款银近二万两，其名目尚不如两江缉私经费之正大。而刘印渠号为清正，亦曾取用。余计每年出款须用二万二三千金，除养廉外，只须用盐院所入七八千金，尚可剩出万余金，将来亦不必携去，则后路粮台所剩缉私一款断不必携来矣。尔可告之作梅、雨亭两君，余亦当函告耳。此嘱。

涤生手示

评点　备三百两银子买一妾

曾氏在直隶最大的政绩，便是清理该省多年积压下来的上万件讼案。这些官司文字，既烦琐枯燥，又还得认真细读，走不得神。一天到晚读这种东西，无异于受刑罚，何况一个年近六旬体弱多病的老者！所以上封信里曾氏说：“做官如此，真味同嚼蜡。”在这种日困簿书的日子里，曾氏突然萌发出想再买一个妾的愿望来，并且要儿子出面找黄军门去办理，也算是一桩趣事。

黄军门即黄翼升，字昌岐，湖南长沙人，咸丰三年曾氏办湘军水师时即来投奔，现为长江水师提督。其夫人为欧阳夫人义女，故曾氏托他办这种私事。

按当时习俗，老头子买小妾不是怪事。左宗棠七十岁后还买了一个十几岁的小女孩为妾。左死后，此妾一直没离开左家，二十世纪四十年代才去世。左家人将她葬在左氏祖坟内。老人买妾，主要是便于贴身照顾。买之前先说好死后即遣嫁，算是较为开明的一种买法。但从缓解“萧然寡欢”的角度来看，这位理学老夫子也有想从年轻女人身上寻找乐趣的一面，不纯为“服侍起居”而已。

对于买妾之事，家中反应如何？纪泽在给随侍父旁的弟弟的信中略有透露：“父亲命托黄军门买妾，刻下黄军门方溯流巡汛，未能即时派人往苏、扬购办。时日太促，不能随眷属带去。兄意母亲到署在近，若两老人见面熟商办理，尤为妥惬。兄因母亲目病未瘳，一时尚未将此事禀明，望弟婉禀父亲为要。”

细读这段文字，可知纪泽不以父亲此命为然。他不愿意将此事告诉母亲，怕母亲听了难受，要父亲当面去跟母亲说。“熟商”二字的背后，隐含着纪泽的意见：此事草率了！

这个小妾最后没有买成。曾氏对人说，他自知活不久了，怕耽误了买来的女孩子。是不是家人的阻力太大了呢？没有确凿的证据能证实这个推想，故而只能是猜测而已。

曾纪泽接到父亲这封信后的第五天，即三月十三日带着全家从金陵登船，取水路北上。这一行队伍庞大，计有欧阳夫人、纪芬、纪泽夫妇及两个小女儿、纪鸿的夫人郭氏及两个小儿子，共九人。途中纪鸿的次子夭殇。曾氏闻讯后十分难过，当天的日记上说：这个孙子的夭折是为服药所误，“亦由余所作大官，不无损阴德之处也”。

一家老少在四月二十日抵达保定。长时间的舟车辛苦，又加之天气炎热，到保定后大部分人都病了。从金陵到保定走了一个多月，且付出如此大的代价，可见当年长途迁徙是多么艰难！

□谕纪泽 同治九年四月十六日

字谕纪泽儿：

初六日王元回，接尔一禀。后无续信，余甚惦念。余右目病如故，后又因亢旱焦急之至。今早寅正起头忽大眩晕，立即躺倒，脚若朝天，床若旋绕，心不能主持，如是者四次，终不能起坐。请竹舲开方，服大滋阴之剂。顷至辰末始勉强起坐，进饭碗许。以后如有危症，当专差进京接尔归来；如从此平顺，则由信行寄信一二次告尔。尔不必速归也。

考荫有定期否？若在五月上半月，自宜等候，考毕再回；若为期太远，则先回一次亦可。听尔自酌。仙屏差旋，若过保定，余当送程仪百金。是星使过境，有交谊者酬赠之常例。今余未寄程仪，而渠乃先寄接礼，悚仄之至。今付去百金，尔可面交。余因病未另写亲笔信，并为我道歉忱也。尔在京宜节饮食慎调养，由沈廉处常常寄信。此嘱。

涤生手示

评点 病因可能在心血管上

曾氏同治九年四月间日记，从十六日起到二十五日，整整十天，每天的第一句话都是“眩晕如故”。此后一直到六月初赴天津办理教案的前一天，每天都有“诊脉”的字样。四月二十一日，他奏请病假一月。一个月满后，又于五月二十二日续请病假一月。可见曾氏病情不轻，极有可能是心血管方面的毛病，致使大脑供血不足，造成眩晕之症。

此时，曾纪泽正在京城等候荫生考试。因为父亲的官位，曾纪泽获得荫生的待遇。荫者，庇荫也。荫生名义上需入国子监读书，但实际上许多人都不入监，而是通过考试合格后直接去做官。曾纪泽考荫及格，由吏部官员带领引见后，奉旨以员外郎（相当于今天的副司长）分部行走，抽签后分到户部陕西司。

信中所说的"星使"，是指奉朝廷之命出京办事的官员。仙屏即许振祎，江西人，曾做过曾氏的幕僚。一个奉命外出办事的官员，路过地方上时，相识的地方官员得送银子给他。这也是当时的官场陋习。直隶地处京师四周，凡外出的官员都必须经过该省。一年之中有多少星使，一年之中地方官凭空要支出多少"程仪"！

□ 谕纪泽纪鸿　同治九年六月初四日

余即日前赴天津，查办殴毙洋人焚毁教堂一案。外国性情凶悍，津民习气浮嚣，俱难和叶，将来构怨兴兵，恐致激成大变。余此行反复筹思，殊无良策。余自咸丰三年募勇以来，即自誓效命疆场，今老年病躯，危难之际，断不肯吝于一死，以自负其初心。恐邂逅及难，而尔等诸事无所禀承，兹略示一二，以备不虞。

余若长逝，灵柩自以由运河搬回江南归湘为便。中间虽有临清至张秋一节须改陆路，较之全行陆路者差易。去年由海船送来之书籍、木器等过于繁重，断不可全行带回，须细心分别去留。可送者分送，可毁者焚毁，其必不可弃者，乃行带归，毋贪琐物而花途费。其在保定自制之木器全行分送。沿途谢绝一切，概不收礼，但水陆略求兵勇护送而已。

余历年奏折，令夏吏择要抄录，今已抄一多半，自须全行择抄。抄毕后存之家中，留于子孙观览，不可发刻送人，以其间可存者绝少也。

余所作古文，黎莼斋抄录颇多，顷渠已照抄一分寄余处存稿，此外黎所未抄之文寥寥无几，尤不可发刻送人，不特篇帙太少，且少壮不克努力，志亢而才不足以副之，刻出适以彰其陋耳。如有知旧劝刻余集者，婉言谢之可也。切嘱切嘱。

余生平略涉儒先之书，见圣贤教人修身，千言万语，而要以不忮不求为重。忮者，嫉贤害能，妒功争宠，所谓怠者不能修，忌者畏人修之类也。求者，贪利贪名，怀土怀惠，所谓未得患得，既得患失之类也。忮不常见，每发露于名业相侔、势位相埒之人；求不常见，每发露于货财相接、仕进相妨之际。将欲造福，先去忮心，所谓人能充无欲害人之心，而仁不可胜用也。将欲立品，先去求心，所谓人能充无穿窬之心，而义不可胜用也。忮不去，满怀皆是荆棘；求不去，满腔日即卑污。余于此二者常加克治，恨尚未能扫除净尽。尔等欲心地干净，宜于此二者痛下工夫，并愿子孙世世戒之。附作忮求诗二首录右。

历览有国有家之兴，皆由克勤克俭所致。其衰也，则反是。余生平亦颇以勤字自励，而实不能勤。故读书无手抄之册，居官无可存之牍。生平亦好以俭字教人，而自问实不能俭。今署中内外服役之人，厨房日用之数，亦云奢矣。其故由于前在军营，规模宏阔，相沿未改，近因多病，医药之资漫无限制。由俭入奢易于下水，由奢反俭难于登天。在两江交卸时，尚存养廉二万金。在余初意，不料有此，然似此放手用去，转瞬即已立尽。尔辈以后居家，须学陆梭山之法，每月用银若干两，限一成数，另封秤出。本月用毕，只准赢余，不准亏欠。衙门奢侈之习，不能不彻底痛改。余初带兵之时，立志不取军营之钱以自肥其私，今日差幸不负始愿，然亦不愿子孙过于贫困，低颜求人，惟在尔辈力崇俭德，善持其后而已。

孝友为家庭之祥瑞。凡所称因果报应，他事或不尽验，独孝友则立获吉庆，反是则立获殃祸，无不验者。

吾早岁久宦京师，于孝养之道多疏，后来展转兵间，多获诸弟之助，而吾毫无裨益于诸弟。余兄弟姊妹各家，均有田宅之安，大抵皆九弟扶助之力。我身殁之后，尔等事两叔如父，事叔母如母，视堂兄弟如手足。凡事皆从省啬，独待诸叔之家则处处从厚，待堂兄弟以德业相劝、过失相规，期于彼此有成，为第一要义。其次则亲之欲其贵，爱之欲其富，常常以吉祥善事代诸昆季默为祷祝，自当神人共钦。温甫、季洪两弟之死，余内省觉有惭德。澄侯、沅甫两弟渐老，余此生不审能否相见。尔辈若能从孝友二字切实讲求，亦足为我弥缝缺憾耳。

附忮求诗二首：

善莫大于恕，德莫凶于妒。妒者妾妇行，琐琐奚比数。己拙忌人能，己塞忌人遇。己若无事功，忌人得成务；己若无党援，忌人得多助。势位苟相敌，畏逼又相恶。己无好闻望，忌人文名著；己无贤子孙，忌人后嗣裕。争名日夜奔，争利东西骛。但期一身荣，不惜他人污。闻灾或欣幸，闻祸或悦豫。问渠何以然，不自知其故。尔室神来格，高明鬼所顾。天道常好还，嫉人还自误。幽明丛诟忌，乖气相回互。重者灾汝躬，轻亦减汝祚。我今告后生，悚然大觉寤。终身让人道，曾不失寸步。终身祝人善，曾不损尺布。消除嫉妒心，普天零甘露。家家获吉祥，我亦无恐怖。（右不忮）

知足天地宽，贪得宇宙隘。岂无过人姿，多欲为患害。在约每思丰，居困常求泰。富求千乘车，贵求万钉带。未得求速偿，既得求勿坏。芬馨比椒兰，磐固方泰岱。求荣不知餍，志亢神愈忲。岁燠有时寒，日明有时晦。时来多善缘，运去生灾怪。诸福不可期，百殃纷来会。片言动招尤，举足便有碍。戚戚抱殷忧，精爽日凋瘵。矫首望八荒，乾坤一何大！安荣无遽欣，患难无遽憝。君看十人中，八九无倚赖。人穷多过我，我穷犹可耐。而况处夷途，奚事生嗟忾？于世少所求，俯仰有余快。俟命堪终古，曾不愿乎外。（右不求）

评点　安排后事

同治九年五月二十五日，曾国藩奉到一道“前赴天津查办事件”的上谕。天津出的这个事件便是中国近代著名的天津教案。为方便读者阅读以下所录的几封家书，有必要将天津教案简单地介绍一下。

同治九年入夏以来，天津亢旱异常，人心不定，民间谣言甚多。传说有人用药迷拐幼孩，又义冢内有暴露的小孩尸体，暴露之尸系洋人教堂所丢弃，并有教堂挖眼剖心之说。五月二十日，有人捉拿用药迷拐幼孩的罪犯武兰珍至官府，审讯时牵涉到已加入法国教会的教民王三，于是民情汹汹。二十三日，法国领事丰大业、传教士谢福音面见武兰珍，但武不能指出王三其人，且所供与教堂实际不符。教堂外面，围观的老百姓与教堂中人发生口角、殴打。这时，丰大业持枪进入清廷设在天津的办理洋务的机构——三口通商衙门，并在衙门内放枪。丰大业走出衙门后遇到天津知县刘杰。丰向刘开枪未中，伤及刘的仆人。围观的百姓愤怒至极，遂将丰大业打死。百姓的情绪因此更加激愤，涌至法国领事馆，扯毁国旗，捣毁房屋，又放火焚烧仁慈堂一处、洋行一处、英国讲书堂四处、美国讲书堂二处，打死法国人九名、俄国人三名、比利时人二名、英美人各一名，另有无名尸十具，造成了震惊中外的天津大教案。此次教案中，外国人所遭受的打击，为历次教案所仅见。法国为此提出强烈抗议，并威胁清廷说要调集兵船，英、俄、意、比等也纷纷提出抗议，事态极为严重。

三口通商大臣崇厚急报朝廷，并请派大员来津处理此事。朝廷第一个想到的便是直隶总督曾国藩。五月二十五日曾氏所奉的谕旨是这样写的："崇厚奏津郡民人与天主教起衅，现在设法弹压，请派大员来津查办一折……曾国藩病尚未痊，本日已再行赏假一月，惟此案关系紧要，曾国藩精神如可支持，着前赴天津，与崇厚悉心会商，妥筹办理。匪徒迷拐人口，挖眼剖心，实属罪无可逭。既据供称牵连教堂之人，如查有实据，自应与洋人指证明确，将匪犯按律惩办，以除地方之害。至百姓聚众将该领事殴死，并焚毁教堂，拆毁仁慈堂等处，此风亦不可长。着将为首滋事之人查拿惩办，俾昭公允。地方官如有办理未协之处，亦应一并查明，毋稍回护。曾国藩务当体察情形，迅速持平办理，以顺舆情而维大局。"五月二十七日，朝廷在接到崇厚的再次报急后，又给曾氏下了一道上谕，令他赶赴天津查明案情，缉拿凶手，弹压滋事人员。五月三十日，朝廷谕内阁严惩作奸犯科的匪徒，紧接着又将天津道员周家勋、天津知府张光藻、天津知县刘杰先行交部分别议处，随后又派崇厚为出使法国大臣，向法国政府说明真相，赔礼道歉。

在这样的情况下，无论是事关重大、朝廷严命，还是职分攸关，重病中的曾氏都不可能不接受这个使命。离保定前夕，他想到眼下天津城一片乱哄哄，中外情绪都在激昂中，事情不仅棘手难以处置，即便处置了，也绝对是两边不讨好。事多心烦，再加之病情严重，此去天津很可能不是活着回来，于是给两个儿子写下了这份带有遗嘱性质的信。

信中所说的运灵柩回湖南之事，自是一般人的不愿客葬他乡做野鬼的心态，可不必说；关于不忮不求勤俭孝友等等，乃曾氏一贯的主张，先前的家信中反反复复地说得很多，也可不必再赘述。与通常人的遗嘱不同的事，曾氏着重叮嘱二子今后要"事两叔如父，事叔母如母，视堂兄弟如手足"。这是因为曾氏的兄弟经历与常人不同。

曾府的真正鼎盛靠的是那场战争。五兄弟四人带兵在外打仗，一人在家守摊子。曾府因此赢得“一门忠义”的御旨赞誉，又因两人死于战场，使得这四个字的分量更重。在曾氏看来，曾府今日的局面，是众兄弟共同撑起来的。此为其一。其二，老九战功最大，为家族捞得的金银最多，曾氏又常说他的侯爵是老九送的。信中说各家的“田宅之安，大抵皆九弟扶助之力”，可知曾氏一直深记老九对家族的实在贡献，并对他心存感激。其三，曾氏从三十岁起便离家宦游，不能多管家事，身为次子的老四实际上挑起了长子照顾家庭的重担。

凡此种种，使得曾氏对健在的两弟的情感大为超过常人手足之情。明白了这几层原因，便不难理解“事两叔如父”的话了。

这封信另一个值得我们重视的，是关于他对自己所留文字的处置态度：奏折、古文不可发刻送人，只留于子孙观览；不刻文集。其原因，是他认为这些文字不足以传世。

他的这个遗嘱，家人并没有执行。他死后的第二年，即同治十二年便开始刊刻他的全集，四五年间他的全集陆续刷印问世。不但奏折、古文刻了，他的诗、杂著、批牍、信函都刻了，连纯粹属于个人的东西如日记、家书等也刻印了。

由李瀚章、郑敦谨等人主编的这套《曾文正公全集》，后来成了晚清人物文集中最为著名的一种，百余年来对中国官场士林影响最为深巨。到了二十世纪八十年代，湖南岳麓书社则组织学者专家对存世的湘乡曾氏文献予以清查整理，积数十人之功，历十余年之久，出版了一套三十册一千五百万字的《曾国藩全集》，将曾氏遗留人世的所有文字搜罗一尽。

曾氏家人不执行这个遗命是对的。因为曾氏一旦谢世，他的文字便进入历史档案一类，将它公之于世，对于历史研究是大有裨益的，倘若拘泥于遗命，反倒是一种自私的行为。事实上，曾氏本人及其关系密切之人，早就知道这些文字必定会刊刻出来的。曾氏将所有文字均录副送到老家保存，便是试图尽可能完整地保存他的档案，以利于今后出全集。他的日记绝少涉及机密事，也很少臧否人物，也是出于今后面世的考虑。有一次，老九看了曾氏的日记后，发现其间有对自己不利的文字，曾氏说可以将那些文字涂掉。

既作刊刻的考虑，又不同意发刻送人，看似有点矛盾虚伪，其实不然。曾氏是一个明智的人，自我看待是一件事，别人看待又是一件事，两者不能混淆。“身后是非谁管得，满村听说蔡中郎。”尽管自己不愿刻印文集，但他知道，刻印的“厄运”是不可逃避的。一向谨慎的他，于是处处预做日后刊刻的准备。

□ 谕纪泽 同治九年六月十四日

字谕纪泽儿：

接尔十一、十二日两禀，内有澄、沅两叔信，具悉一切。

余日内平安，惟以眼蒙为苦。天津人心汹汹，拿犯之说，势不能行，而非此又不能交卷。崇帅欲余撤道、府、县三官以悦洋人之意，余虽知撤张守即大失民心，而不得不勉从以全大局。今又闻永定河决口之信，弥深焦灼。自到直隶，无日不在忧恐之中，近三四月益无欢悰。惟祝左目少延余明，即为至幸。

庚帖礼物尽可不必寄来，尔寄信先行阻止，余亦当徐寄一信也。李少帅两信言须调兵自卫，顷已调保定丁乐山所统之四千人来此，其张秋之队暂不必调。朝廷一意主和，调兵转生疑端，且亦未必能御寇也。余不多及。

涤生手示

评点　撤天津地方官以全大局

曾氏抱病受命，初六日启程，初十日到达天津。此时的天津城一片乱糟糟：津民与洋人两不相下，地方政府已经瘫痪；代表朝廷出面交涉的三口通商大臣崇厚一向与洋人亲善，又刚奉旨即将前往法国赔礼道歉，故而他更加倾向严惩闹事津民和失职的地方官员，以便自己的法国之行能顺利交差。命运将病重衰弱的曾氏推到了烈火熊熊的火炉上，事情既万难办理，心绪更是恶劣透顶。曾氏这段时期的日记中常见“郁闷”“烦闷”“寸心如焚”等字样。

来津之前，他根据所阅材料，抉出此案的关键在于：一、武兰珍是否为王三所使；二、王三是否果为教堂所养；三、挖眼剖心之说是否确实。到了天津后，经反复调查，查明教堂并无拐骗小孩事，挖眼剖心纯属谣传，至于武兰珍是否王三所使，亦无确证。鉴于此，曾氏认为天津教案是津民理曲，洋人理直。另一方面，在“维大局”即保全和局不与洋人构衅这点上，曾氏与朝廷的意见是一致的。这些，成为曾氏处理津案的基础。

当时以醇王奕譞、内阁学士宋晋、翰林院侍讲学士袁保恒等人为首，认为津案乃义举，不能违背民心，应对洋人采取强硬态度。他们代表着京师清流一派的观点。曾氏对津案的认识显然与清流派不同。当崇厚提出撤除天津道、府、县三级地方官职务的建议时，曾氏虽知道此举必遭非议，但为顾全大局，他还是同意的。

关于此事，后来果然闹成很大的风波。就在当时，连曾纪泽也不赞同。现今保留了一封曾纪泽谈此事的信件。曾纪泽是一个极恭顺的儿子，从不在信中与父亲辩论什么，而这次却在接到父亲的信后于十六日写了一封长信，申述自己的观点。我们略为摘录两段来看看：“撤道、府、县三官，诚足以悦洋人之意，然若因此遂失民心，则所损者大，而患方未已，似宜斟酌尽善，然后行之。男窃谓此次洋务之所以棘手者，不徒在洋人之凶悍、百姓之刁蛮而已，又在于总署、商臣毫无远虑，祸难未至而先自扰乱也。”“此时事务，最不可先失民心，欲得民心，在于保全好官而缓言缉凶。”

曾纪泽向父亲建议，以密函寄总理衙门，告知得罪百姓比得罪洋人更可怕，使朝廷明白此中利害。又不必先提缉凶撤地方官，让对方先提出来，然后再稍微让让步，好比做买卖样的讨价还价。

看来，曾纪泽是赞同清流派的观点的。他的这封信对曾氏的决策虽没有起什么作用，但对其心理压力却不小。这可以从日后曾氏的“后悔”中感觉得出来。

信中所说的“庚帖礼物”，系指小女曾纪芬的婚姻事。纪芬因同治十一年父丧和同治十三年的母丧而一再推迟婚期，直到光绪元年二十四岁时才出嫁，在当时是真正的晚婚了。

□ 谕纪泽　同治九年六月二十四日

字谕纪泽儿：

二十三日接尔二十二日禀。罗淑亚十九日到津，初见尚属和平，二十一二日大变初态，以兵船要挟，须将府县及陈国瑞三人抵命。不得已从地山之计，竟将府县奏参革职，交部治罪。二人俱无大过，张守尤洽民望。吾此举内负疚于神明，外得罪于清议，远近皆将唾骂，而大局仍未必能曲全，日内当再有波澜。吾目昏头晕，心胆俱裂，不料老年遘此大难。兹将渠来照会及余照复抄去（折片另札行总局，嘱诸公密之）。尔可交与作梅转寄卢、钱及存之一看，以明隐忍，为此非得已也。

日来服竹舲药，晕症已减。惟目蒙日甚，断难久支，以后亦不再治目矣。余自来津，诸事惟崇公之言是听，挚甫等皆咎余不应随人作计，名裂而无救于身之败。余才衰思枯，心力不劲，竟无善策，惟临难不敢苟免，此则虽毫不改耳。此谕。

涤生手示

评点　内疚神明外惭清议

读此信，可知曾氏当时是多么的狼狈痛苦：既知地方官无大错，撤之必失人心，但又不得不听从崇厚的意见；明知此举于大局无益，然又不得不违心去办。“内负疚于神明，外得罪于清议”，这种话他后来多次说过，还说“萃九州之铁不能铸此一错”。这说明晚年曾氏面对现实的无奈以及心理素质的脆弱。“心胆俱裂”“遘此大难”的话，很难想象是出于昔日的湘军统帅之口。此前办津案的崇厚与此后接办的李鸿章、丁日昌等人，都没有他这种心态。除心理素质上的毛病外，身体上的病情严重，大概也是很重要的原因。

读者从这样的家书中，可以看到一个活生生的享盛名、居高位的大人物。当年初办团练时置“曾剃头”恶名不顾的是曾国藩，而今对自己所做的事后悔不已的也是曾国藩。

信中所提到的陈国瑞，原本是太平军将官，后投降僧格林沁，成为僧王手下的一员悍将。此时为直隶提督。传说他为津案的幕后指使者，故法国公使罗淑亚将陈与天津三个地方官同样看待。

□谕纪泽　同治九年八月初四日

字谕纪泽儿：

初一、二、三日连接尔禀并澄叔两信，具悉一切。

今日接奉廷寄，马谷帅被刺客戕害，余仍调两江总督，李少帅调督直隶。余目疾不能服官，太后及枢廷皆早知之，不知何以复有此调？拟即日具疏恭辞，声明津案办毕再请开缺，不审能邀俞允否？

余日内食量如故，略复春间之旧。眩晕亦未再发，两腿亦较有力。惟目疾未得少愈，左目与去冬之右目相似。犬肉苟可医目，余亦不难食之。惟宰杀难于觅地，临食难于下喉。佛生少年病目，与余老年之病未必相同耳。章敬亭如肯受八百金之聘，不妨聘请，将来移交少泉。若嫌俸薄，则不聘矣。

此间拿犯已八十余人，日内督催严讯，总期于二十内外讯毕奏结。廷寄令少帅至天津接印，计亦在月杪矣。余不多及。

涤生手示

评点　两江总督马新贻被刺案

正当曾氏在天津办教案的时候，江南金陵城内又出了一件大命案：七月二十六日，两江总督马新贻在校场被人刺死。

马新贻字谷山，山东菏泽人，道光二十七年进士，与李鸿章、郭嵩焘同年，初放安徽知县，后办军务，因军功累获迁升。曾氏在安徽期间，他先后做过安徽按察使、布政使。同治三年，曾国荃开缺回籍，其所留浙江巡抚一缺便由马接替。不久，又升闽浙总督。曾氏奉调直督时，马则移督金陵，时尚未满五十。马为人精明，办事干练。他并非湘淮军系，却在四十多时便做到总督高位，当时被称为能员。

江宁城有绿营兵两千多人，月课成绩为大小头目升迁的一个主要依凭。月课即每月由督标中军主持的武功考核，分弓、刀、石、马四大项。七月的月课在江宁校场举行，马新贻亲来校场观看。当时校场内刀枪林立，校场上的看客多达万余。就在考核完毕，马新贻通过箭道回督署时，一个从外面越过栅栏跨进校场的中年男子来到马新贻的身边，一边呼喊“冤枉”，一边从怀中抽出一把匕首来将马新贻刺倒在地。

刺客并不逃走，束手就擒。马新贻因失血过多，当夜死在督署。初审时刺客招认他名叫张文祥，河南人，无业，杀马是替人报仇，此外再不多说什么了。

光天化日之下，万目睽睽之中，一个总督在校场上被人刺杀。这真是怪事一桩，也为有清一代所绝无仅有。

因为马新贻被刺，人事发生了变化，朝廷将曾氏调回金陵重任江督，将湖广总督李鸿章调任直隶总督，所遗湖督一缺由他的哥哥李瀚章接替。要从官运好的角度来看，这个李家老大可谓典型。咸丰初年，他以一个拔贡出身分发到湖南做县令，从没带过一天兵，也没看到他有什么政绩，十几年功夫，也做到了总督。其弟鸿章翰林出身，亲手创建淮军，出入多少兵凶战危之地，也只是一个总督。对做官感兴趣的读者，不妨好好研究一下这位李老大。当然，历史最终还是公允的，在近代史上留名的只有李鸿章，有几个人知道李瀚章！不过，话又要说回来，在世俗观念中，留名有什么用？“死去原知万事空”，生前的一切才是最重要的。所以李瀚章还是值得研究。自然，这几句都是题外话。

为什么将曾氏调回江南呢？这属于当时的绝密，外人无从知晓。据笔者分析，可能出于以下几方面的考虑：一、在此之前，曾氏曾因在崇厚面前晕倒过，使得崇厚请求朝廷另简大员来津，朝廷同意了，将江苏巡抚丁日昌调来天津；在丁未到之前，先由京师派出工部尚书毛昶熙代替。这就意味着曾氏可以从天津教案中抽身出来。二、为防意外，曾氏已请示朝廷同意，将刘铭传的铭军调到直隶。丁日昌、刘铭传都是李鸿章的部下，这时若由李来做直督，应比曾更合适。三、曾在两江做过近十年的总督，处理两江的案件，显然比别人有优势。如此看来，曾氏调两江、李调直隶是合适的。

这一安排对李鸿章的一生有着重大的作用。从同治九年起，到光绪二十七年去世，除甲午战争后赋闲及在广州做粤督的几年外，李鸿章一直稳坐直隶总督这个天下第一督宝座二十多年，以大学士、直督、北洋大臣的身份主持晚清的外交军事大计。

曾氏以病弱为由辞谢江督，不获准，只得勉为受命。

□ 谕纪泽　同治九年八月二十一日

字谕纪泽儿：

接尔十七八九等日禀，具悉一切。

余日内胃口甚好，腿软尚未痊愈，左目亦极昏蒙。尔母目疾，李家邀请可不必去，即至亲如李中堂亦可不必接见。目既残废，又系内眷，自以全不应酬为是。丁雨帅以空青为治目神药，用重价在苏州购得一具，专丁取来，特以见诒，厚意可感。视之黑石，大如鸡卵，摇之中作水响。据云一石可医七八盲人，只要瞳人尚存，眼未封闭者均可复明，但须有良医曾经阅历者乃能取出点注。应否另配他药，渠拟再到苏州请医来治。余试之后，尔母尚可试也。

天津教案拟于二十三日奏结。第一批应斩凶犯现定十五人，流徒等犯二十余人。又限于九月二十日以前奏结第二批。其修堂、恤银等事均于第二次完案，不知洋人允准否。

《史记》《三国志》由江南带来者，尔可寄津。余将分饷京中诸老，内择宽长者一部送李中堂。西间之两汉书宽大者，本系余自留之物，亦可割以送李中堂。初印精纸者，余父子三人共有两部，亦云多矣。

男妇等有喜，不能坐辆车，自以雇骡轿为是。虽与肩舆之价不甚悬远，然肩舆四人者究嫌奢靡，尔可速觅骡轿。闻榜信数日后家眷可起行，粗物分两批：一由运河，一寄荃相处托由海运亦无不可，然终以运河为正。盐吏占费将余千金，余不欲以之肥私，可以四百捐育婴堂，余分给诸人（五巡捕各五十，内戈什各三十，外戈什及上房仆婢酌分）。李佛生难带之南行，当力荐之荃相耳。此嘱。

涤生手示

评点 治目神药空青石

曾氏目力一直不好，咸丰七、八年期间在家守父丧，不过四十七八岁，便自云寸径大的字都看不清楚，后来也一直以眼病为苦。此时右目已经失明，左目亦极昏蒙。刚从苏抚任上调到天津办理教案的丁日昌（字雨生，“雨帅”为其尊称），从苏州给曾氏带来治目神药。此药名曰空青，看起来像一块黑石头，鸡蛋大，摇动起来可听见里面的水声。用石头里面的水来点眼睛，只要未全瞎，均可治好。

这事说起来真是神奇得很，似有点荒诞不经，但中国古代的医书中确有记载。成书于明万历年间的《神农本经会通》一书对“空青”有这样的注释：“生于铜外，铜精熏，则生空青。其腹中空，三月中旬采，状若杨梅……破之有浆，绝难得。大者如鸡子，小者如豆子。”又说：“《本经》云，主青盲耳聋，明目，利七窍，通血脉，养精神，益肝气，疗目赤痛，去肤医，止泪出，利水道，下浮汗，破坚积。久服轻身延年不老，令人不忘，志高神仙。”“《图经》云……治眼障，为最要之药。”这本书还说康熙皇帝曾诏令御药院将“空青”赏赐近戚。

看来，“空青”石之水的确有许多药效，不仅可外用，还可内服，是极难得到的宝贝，以至于皇帝都拿它来赏赐皇亲国戚。其最大的药效又在于治眼障。丁日昌送的这块空青石有鸡蛋大，应属大者，“重价”云云，当不是谎言。但可惜它并没能成为神药，曾氏的目疾仍在继续恶化。

八月二十三日，曾氏出奏天津教案的第一批人犯。奏折上说，抓获的七八十个犯人中，真正招供杀了洋人的只有七八人。考虑到洋人死了二十多人，若只杀七八人，怕洋人不同意，只得变通办理，“但得旁证二人、三人指实，取具切结，亦即据以定案”。这样又增加几人，共拟正法者十五名，军徒者二十一人。过了二十天，曾氏又上一折，再正法五名，军徒四名。

津案最后的处理：正法二十人，军徒二十五人，流放天津知府、知县，开缺天津道员，赔偿白银五十万两，修复领事馆、育婴堂、讲书堂，派崇厚去法国赔礼道歉。作为出面处理此事的曾氏，因此而受尽了京师清流和全国士林的谴责，骂他是“卖国贼”“软骨头”。他为京师湖南长郡会馆题写的匾额，也被国子监学生们愤怒砸毁。曾氏一生的名望跌至谷底。一年多后曾氏即死去，天津教案带给他的痛苦抑郁，无疑是置他于死的主要原因。

八年后曾纪泽奉旨出使英法，陛见时，与慈禧太后有一段谈及教案的对话，现抄录如下：

旨（笔者注：旨即圣旨，即慈禧的话）：“办洋务甚不容易。闻福建又有焚毁教堂房屋之案，将来必又淘气。”

对（笔者注：即曾纪泽的回答）：“办洋务难处，在外国人不讲理，中国人不明事势。中国臣民常恨洋人，不消说了，但须徐图自强，乃能为济，断非毁一教堂杀一洋人，便算报仇雪耻。现在中国人多不明此理，所以有云南马嘉理一事，致太后、皇上宵旰勤劳。”

旨：“可不是么！我们此仇何能一日忘记，但是要慢慢自强起来。你方才的话说得很明白，断非杀一人烧一屋就算报了仇的。”

对：“是。”

旨：“这些人明白这理的少。你替国家办这等事，将来这些人必有骂你的时候，你却要任劳任怨。”

对：“臣从前读书到‘事君能致其身’一语，以为人臣忠则尽命，是到了极处。观近来时势，见得中外交涉事件，有时须看得性命尚在第二层，竟须拼得将声名看得不要紧，方能替国家保全大局。即如前天津一案，臣的父亲先臣曾国藩，在保定动身，正是卧病之时，即写了遗嘱分付家里人，安排将性命不要了。及至到了天津，又见事务重大，非一死所能了事，于是委曲求全以保和局，其时京城士大夫骂者颇多。臣父亲引咎自责，寄亲朋的信常写‘外惭清议，内疚神明’八字，正是拚却声名以顾大局。其实当时事势，舍曾国藩之所办，更无办法。”

旨：“曾国藩真是公忠体国之人。”

曾纪泽在父亲死后八年，能有这样的机会向慈禧谈及当年的天津教案，实为难得；他能将父亲拼却声名、委曲求全以顾大局的良苦用心说得这样清楚允当，引来慈禧一句“公忠体国”的称誉，可见曾纪泽头脑甚为明白。曾氏有子如此，应为几十年的家教成功而含笑九泉！

□ 致澄弟沅弟 同治十年正月二十五日

澄、沅弟左右：

十五日发出一缄到否？后于十八日寅刻，纪泽生一子，小大平安，深以为慰。纪泽今年三十三岁，正在望子极殷之际，如愿得之，满门欣喜。惟八字于五行缺水缺火，不知易于养成否？二十九日堂弟厚九至此。署中内外清吉。余眩晕之疾近日未发，目病则日益昏蒙，恐左目亦不能久保。闻堂叔母彭孺人亦盲一目，其脚本不能行动，又增目疾，老景亦苦矣。

郑小山尚书自除夕到此，初二日即督同司员审马制军之案，至今熬审将近一月。张汶祥毫无确供，即再熬亦属无益，只好仍照魁将军等上年原定之案具奏。

长江水师，外间啧有烦言。或谓遇民间有骨牌者字牌者，则以拿赌讹索，得数千或千余文乃肯释放。或以查拿私盐、查拿小钱、搜索民舟及附近人家，讹钱释放。夜索打更之灯油钱。民船拉纤，不许在炮船桅上盖过。干预词讼，至有哨官棍责举人者。甚且包庇私盐、袒护劫盗种种弊端。余设立水师，不能为长江除害，乃反为长江生害。两弟在省时，亦常闻此等闲话否？如有所闻，望详细告我。

兄精神衰惫，加以目病，每日治事甚少，任内应尽之职，不克一一办妥。而昔年所办之事，又有大不妥如水师者，贻人讥议。用是寸心焦灼，了无乐趣。境颇顺而心不适，对老弟而滋愧矣。沅弟若果居省城，澄弟又常不在家，则吾乡五家日益寂寞，深以为念。而荇、剑两侄欲求学问文章之日进，又似宜在省会，多求良友，以扩充其识而激发其志。二者利害参半，若不得良友而亲损友，则居省之利少矣。

意臣信来，欲余专疏为黄南翁申雪表章。余以昔年曾两次疏陈南翁之才而表其功俱遭谴诘，其时余当物望尚隆之际，已不能有益于南翁，近则余望大减，恐拜疏反为南老之累，故慎重而不敢轻出。《东皋书院记》余尚未作，而澄弟写来之节略又失去矣。顺问近好。

兄国藩手草

评点　张文祥为何杀马新贻

同治九年十月十五日，曾氏由北京启程南下。四天前，他在京寓迎来六十初度，皇上赏他一块寿匾，题曰“勋高柱石”。慈禧太后又专为他写了“福”“寿”各一字，又赐金佛一尊、玉如意一柄、吉绸十卷、线绉十卷。两湖京官则为他在湖广会馆设宴庆祝。因津案而声名大伤的曾氏，再隆重的庆典，可能都不会让他感觉到生日的快乐。闰十月二十日，曾氏一家老少回到离别两年的六朝旧都。十二月二十九日，负责查讯马案的钦差大臣刑部尚书郑敦谨抵达金陵，配合曾氏、署苏抚张之万及江宁将军魁玉一道审理此案。在曾氏抵宁之前，张之万、魁玉及江苏藩司梅启照等人已对张文祥进行了多次审讯，曾、郑并没有审出新东西。正月二十九日，曾、郑会衔向朝廷奏报了此案的审理过程。

张文祥为什么刺杀马新贻呢？奏折是这样说的——

道光二十九年，张离开河南老家，来浙江做毡帽生意。咸丰年间张在宁波开小押店（即小当铺）。太平军打到宁波时，张投靠太平军。同治三年离开太平军转投湘军，后又到福州当兵。同治四年他回宁波探视妻儿，却不料妻子已跟了一个叫吴炳燮的人。张告官府，将妻子断回，妻子所带去的银两因无凭证没有要回。张向一批江湖朋友借钱重开小押店，并代他们销赃获利。同治五年马新贻做浙江巡抚，严厉禁盗，张的一班朋友被杀被抓。马亦禁小押店，张的处境更不好。张曾在马出巡中，为银子被吴所占事拦轿喊控，马将其状子掷还不理。吴借此取笑张，又乘机将张的妻子勾引走。张再次告官府，并逼令妻子自杀。就这样，张仇恨马，在江湖朋友的唆使下，终于将马杀了。

鉴于张被抓时曾说过“养兵千日，用在一时”的话，许多人都怀疑张的背景一定复杂。曾、郑又特为此再上一奏，声称张的确无主使人，罪是他一人犯的。

朝廷批准曾、郑的奏章，张随即被凌迟处死，并祭奠马新贻。据刑场目击者言，张至死未喊叫一声，四周成千上万的围观者莫不称他是一条铁汉子。

曾、郑的奏章属于官方文本，民间关于此案的版本很多。一时间，金陵街头巷尾纷纷传说此事，更有民间艺人将它编为说书、弹词，在酒楼茶馆里表演，酒茶生意为之火爆。民间的传说多种多样，最主要的一种是说张杀马为的是给结拜兄弟报仇。

当年马在安徽做知县，率团勇与捻军作战被获。抓马的这支捻军的头目即张文祥，他有两个结义兄弟曹二虎、石金标。曹精于面相，看出马今后会大有出息，于是和张、石商量，借放马为进身之阶，弃捻投靠官军。张、石同意，第二天率部与马一道来到官府。马向上司禀报，说这支捻军是他招降的，因此而升官，后又仗着张等人的会打仗而步步高升。后来马为了霸占曹的妻子，诬陷曹私通太平军，并杀了曹。张为此离开了马，并下决心要杀马为兄弟报仇。直到几年后，才有了校场相遇的机会。

张杀马的原因究竟如何，背后有没有大人物的指使，在当时便扑朔迷离，现在要弄清楚更不可能了。正因为难以弄清楚，故而史学家、文艺家就更感兴趣。“刺马案”与后来的“杨乃武案”“慈安太后暴死案”“慈禧毒死光绪案”一起被称为晚清四大奇案。这四大奇案，史学家们喜欢研究，文艺家们更乐于描绘表演。

湘军水师为曾氏一手所创制。水师的两个大头目彭玉麟、杨岳斌，也是曾氏从微末中越级提拔上来的。十多年征战中，水师的功绩也是特别突出的。曾氏对水军格外看重，将它视为嫡系。同治三年湘军大裁撤时，独水师未动，全军转入国家经制之师。曾氏希望这支水师成为一支能打仗、军纪好的军队，但在整个绿营、八旗全面腐败的当时，怎么可能会有一支不合时尚的军队存在？长江水师的腐败害民种种弊端，反倒是正常的现象。但曾氏执迷不悟，仍力求将长江水师整顿好。同治十年十二月下旬，距离他逝世不到两个月，在生命已经走到尽头的时候，他仍扶病修改水师章程，并给朝廷上报此事，企盼经过整顿后的长江水师能有起色。

□ 致澄弟沅弟　同治十年四月初七日

澄、沅弟左右：

四月初一日发出一缄交信号寄，不知可速到否？黄南翁仙逝，三月中旬始由钱子密处交到讣书。唁信及联幛等办好，又苦无便可寄，兹命彭芳四送归。自十月后日记久未付去，此次将十一二、正、二、三五个月日记付去。弟观之亦足见余近来衰惫之状，但不可与外人看。老病如此，不知引退，亦可愧也。目光昏蒙日甚，较之右目之全盲者无甚区别。幸眠食如常，不似即亲近眼闭箱者。内人腿肿渐消，亦似不至遽死，殊非意料所及。

纪鸿之次子病白喉数日，今已全愈。余合室小大平安。惟署中所用弁仆妪婢等太多，食口众，则用度浩繁。又兼治病医药，百端奢靡，入少出多，江督岁中进款竟不敷一岁之用。曩者尝怪澄弟日用太侈，不能节俭，以致欠债甚巨。今余亦因用度不俭，亦将欠债，深为可讶。今付甥女贺王氏处百金，黄南翁赙仪百金，皆嫌其轻，故将近状略告弟知，以明余不善经理也。

八年春在京用去一万金，九年冬在京用去万余金。在他人见为简啬，在余已筋疲力竭。近嘱戒纪泽等必须从上房、厨房两处节省，而后不至亏空。澄弟负累本重，沅弟亦无源之水，以后三家均须力行节俭。余平日自誓不欲身后多留余财，亦不宜留债与后人耳。

扬州洋人近又与李世忠构衅，与陈国瑞构衅，并有因观剧观艺与士民争殴之事，不知能速了否。余有复总署信，抄寄两弟一阅。顺问近好。

国藩手具

评点　空青石回天无力

这一年来，曾氏所犯的病症除眩晕外，另有腿浮肿无力、疝气、肾坚肿下坠、右目全盲。左目虽有空青石水点滴，但此信说“昏蒙日甚”，可见治目神药无效。是药效不行，还是曾氏已病入膏肓，生命力微弱，任何药物都不可能在他身上发生作用？可能是两者兼备。

曾氏为大学士总督，按例俸禄加上养廉费，岁入可至两万两银子，但竟不能供府内一岁之用，可见开支浩大。曾氏夫妇均病状严重，一年的医药费花去不少。曾氏夫妇都力行俭朴，尚入不敷出，何况挥霍奢靡之官府家！岁入两万，在老百姓看来真是天文数字。官府与百姓生活差距之大，直有天地之隔。

□ 致澄弟沅弟　同治十年五月初十日

澄、沅弟左右：

四月二十日接初六日信，论敕书、养廉等事。五月初二日接洋局寄信，报岳菘侄案首之喜。初七日又连接二十一日之排递信、二十八日之洋行信——论李廷章剿办等事，具悉一一。鲁秋航带到好茶及前此寄来之早茶俱已收到，至情佳味，感谢感谢。纪寿早得入庠，足以少慰高轩公、愍烈公于地下，良为慰幸。惟府考院考尚须敬慎将事。

余昏眩之疾、疝气之症近皆未发，目光则昏蒙如常，无法挽回。内人右脚肿已全消，疼亦大减，能伸缩而不能行走。虽眼不光脚不健为极苦之境，而三月间势处必死，竟能逃出命来，亦不幸中之幸也。其余合室平安。

澄弟问余所作慎独、主敬等四条，兹抄一分寄去。澄与诸侄辈若能行之，于身心及治家俱大有益。《阅微草堂笔记》系纪文达公所著，多言狐鬼及因果报应之事。长沙如有可买，弟亦可常常阅之。

云仙极言有笔之劣，而筱泉则谓是老实人耳。究以何说为宜？朱唐洲、彭霖系何处人？“俟其至当优待之。”此间差事亦极难逢，瑞臣及厚九近始各得一差，已候半年矣！

封爵敕书同治四年领得。错字极多，令纪泽带至湖北呈弟处。弟因其错误一笑而未收，纪泽即带回湘乡。不知今尚在富厚堂否？拟到京换领，尚未果行。养廉有领与否？可在外省藩库领否？须托人到京一查（余之爵廉未曾领过一次）。

《湖南文征》收到。研翁去年寄书，意欲余为伯宜作碑传等，语甚沉痛。余顷为作伯宜墓志。其《文征》之序，少迟亦当一作，俟作就一并寄南，请弟先告研翁。精力日衰，文笔日陋，则不能强者也。

两处设卡之详未到。鲁、秦二君既十分可靠，将来任以卡务亦无不可。此案余已具奏，思稍收回鄂岸引地，现交户部核议。部若议准，尚须筱泉肯略相助，不一力袒川，乃可期有起色。

任鹤年系何处人？现居何官？督销局向无会办，且姑待之。此间雨已沾足，本月下旬再得甘霖则丰收矣。顺问近好。

兄国藩手具

本日另有一信交江西曾姓五人。

评点　理学家亦看杂书

《能静居日记》中记载曾氏书房里有《红楼梦》，并戏称两江总督衙门里藏有私盐。此信中，曾氏又主张两弟常常阅读纪晓岚的《阅微草堂笔记》。

《红楼梦》说的是小儿女情爱，《阅微草堂笔记》记的是狐仙鬼怪，都与圣人之教相抵牾。曾氏好读此类书，可见他不迂腐，不呆板，不是一个里里外外彻底理学化的迂夫子。

信中提到的《湖南文征》的序言，曾氏后来写了。这是曾氏文集中的一篇重要文章，借评点此信略说几句。

《湖南文征》为湘潭人罗研生所主编，收集湘籍文人之作一百九十卷，是一部湖湘文章的大汇集，请曾氏来为此集作序，自然是再恰当不过的人选了。曾氏除自己雅好古文及作为三湘人望不容推辞外，他以病弱之躯作序，还有另外一层原因，那就是主编罗研生的儿子罗伯宜曾经做过他的幕僚。罗伯宜英年去世，曾氏为他作墓志铭。墓志铭中说，咸丰年间，曾在江西处于最困难时期，罗伯宜一直跟随着他，给他做机要秘书，又亲自带领一军攻城略地。到军情稍为缓解后，才回家从事艺文学问事。同治七年再次从戎，死于贵州。曾氏怜爱罗伯宜，为之作墓志铭；出于对子的怜爱，也便接受了为其父所编《湖南文征》作序的要求。

序文仅八百余字，却涵括不少内容。曾氏首先指出，为文无定法，不必强摹古人，一句“人心各具自然之文”，可谓对文章之道的最好表述。然后再对古今文章予以高度概括：一曰理，一曰情，一切文章无非此两类。但说理之文，在阐幽抉微之际往往激宕失中；抒情之文，文字虽悱恻感人，但又失之于太注重词藻而缺乏实在的内容。韩愈力变华靡无实之文风，造成文章中兴，后世更效韩氏之文体来阐明性道。传到乾嘉以后，汉学家们以数千言文章说一字一事，烦琐而空疏，实不足称道。

曾氏晚年文章极简洁而老到，进入了一个很高的境界。末段点出湖湘文章的源头为屈原的《离骚》和周敦颐的《太极图说》《通书》，更见其学问慧眼。

□ 致澄弟沅弟　同治十年六月二十七日

澄、沅弟左右：

久未致书，想我弟悬望之至。屡接弟信，承寄健脾糕、茶叶、腊肉之类，谢谢不尽。又代寄南云茶叶、舫仙漆碗，深为感荷。

朱唐洲、欧阳仲诚先后到此，尚无位置。王上国已派先锋官。王瑞臣派宝应厘局，每月三十六金。曾澧楼管纱帽洲炮船五号，每月五十二千。在此间即算优差。鲁秋航已札令回湘，管陈陵矶花畹岗盐卡。此外皆无差可派。武员望泽者，尤多穷困饥疲。公既无事可委，私又无钱可赠，惟有抱愧而已。

余身体尚好。今年不甚酷热，眩晕、疝气等病未发。惟目光昏蒙如常，亦不吃药点药。内人脚肿已消，膝尚作疼，略可站立，不能行动。久病之后，此已算全愈矣。

纪鸿之次子（九年元旦生日）日内有疾，食物全不消化，夜不能寐，亦未服药。余满门平安。聂宅姻事，余已两次回信。余于八九月出外府阅操，请渠冬二月选择吉期，在宁招赘。新郎或八九月到宁，或稍迟再到，听渠裁夺。不知一峰近常与沅弟通信否？

冯树堂已抵家否？渠在此小住兼旬，又至上海访涂朗仙，又至六安州代吴竹如先生相择阳宅阴地，并为涂家择地数处，又言八九月间将至湘乡二十四都等处为我预卜葬地。若果至吾乡，请澄弟殷勤款接。渠昔在祁门，余与之口角失欢，至今悔之。今年渠至此间，余对之甚愧也。

余往年开罪之处，近日一一追悔，其于次青尤甚。昔与次青在营，曾有两家联姻之说。其时温弟、沅弟均尚有未定姻事者，系指同辈说媒言之，非指后辈言之也。顷闻次青欲与纪泽联姻，断无不允之理，特辈行不合，抱惭滋深耳。

长沙无《阅微草堂笔记》，当即以此间一部寄弟。纸板亦坏，较之金陵市店之小板犹略胜耳。

沅弟信中所称德一本家、虎远本家纵容凶恶，与善为仇，诚亦可虑。凡吏治之最忌者，在不分皂白，使贤者寒心，不肖者无忌惮。若犯此症，则百病丛生，不可救药。韫师近日天眷稍替，若更事事将就，则群辈益将恣肆。余近待属吏亦殊颟顸。顷派员至三省密查，求去其尤无良者而已。

澄弟索融峰匾，八月当寄去。梅煦庵顷已到此。待差者虽难位置，然煦庵、唐洲必当有以玉成之也。元六小恙，比已全愈否？至为系念。顺问近好。

兄国藩手具

评点　安置故旧追悔往日

咸丰七年之前，曾氏对前来投奔的家乡亲朋好友，待之较苛，许多人满怀希望而来，失望而去。咸丰八年复出之后，他于人事处置方面采取宽容的态度，不仅前来投奔的人尽量予以安置，不让他们抱怨，即便对待保举之事，也都大为放宽。到了晚年，于此更是有增无已。虽然如此，但他仍然有一个尺度，所以才有此信中“惟有抱愧而已”。试想，一个两江总督，所辖三省的绿营尽皆由他节制，再加上长江水师至今仍是他的嫡系部队，他真的要安排的话，几个武员算什么？随便下个札子便行了。之所以不委，这便是他心里仍有自己的原则。这一点，他的学生，眼下已与他平起平坐的李鸿章就大为不同了。

李对于凡来投奔的安徽人，不管识与不识，才与不才，均予以安置：亲者识者，委好缺；疏者不识者，委一般的缺；有才者委重缺，无才者做更夫火夫，再不济者，也挂个名，有碗饭吃。他常对手下人说：“我们两淮穷苦，自古以来许多人吃不饱饭，现在好不容易弟兄们拉起了一支子弟兵，两淮父老才有了盼头。他们跋山涉水千里迢迢来投靠，无非是求一碗饱饭吃，弟兄们能让他们失望而归吗？”

这几句话温暖了多少两淮穷苦人的心！故而成千上万安徽人走出家乡，投奔淮军出身的官员，来到李鸿章兄弟门下的更多。李这样做，固然让安徽人满意，却也从根本上毁了淮军。淮军官兵良莠不齐，腐败成风，其源便在此。

冯树堂是湖南长沙人，是曾氏青年时代的朋友。冯在京师考会试时，多得曾氏的照顾。咸丰年间也曾参过曾氏幕府。据欧阳晓岑《水窗春呓》一书记载，在幕府期间，曾氏为一件小事大训冯。冯极为生气，拂袖而归。朋友中对此颇有微词，认为曾有点仗势欺人。这些年来，曾对往日不当之事颇多追悔，尤觉对不起李元度。曾、李两家最后还是结了儿女亲家。曾的孙子广铨娶李的女儿为妻。此女颇有乃父之风，喜吟咏，刻有《筱吟斋诗集》四卷。

同治十三年，长沙城内所建的曾文正公祠堂落成，曾国潢邀集湘中高年耆宿负时望而有文名者九人，举行诗酒会。李元度作为九老之一赋诗：“缅怀文正师，干将懔锋锷。功成荷殊锡，彤弓纪縻弱。”他已捐弃前嫌，与大家一起，对死后的曾氏大唱颂歌了。

□致澄弟沅弟　同治十年七月二十六日

澄、沅弟左右：

久未寄函与弟，近日亦未接弟信，想各家皆清吉也。纪泽之子曰同儿者，于七月发慢惊风，二十三日酉刻便已殇亡。前此余不知其有病，直至二十二日始闻其腹泻已近二十日，痰涌已历七日（十七日起），因病状不甚要紧，未办医药。二十二日动风时，即已危险难治矣。此儿初生时，余观八字于五行中缺水缺火，与甲一儿之缺水缺木者相同，即已虑其难于长成，不料其如是之速。纪泽夫妇年逾三十，难免忧伤。然此等全凭天事，非人力所能主持，只得安命静听。余老年衰惫，亦畏闻此等事，强自排解，以惜余年，两弟尽可放心。

善长（即玉二）带一婢女来，云将为吾置篷，系昌期所办，而吾弟亦赞成之者。吾以精力太衰，理不久于人世，不欲误人子女，故不收纳，不久即当倩媒另行择配。

江境兵勇太少，缓急无可倚恃。现令章合才招湘勇三千东来，派朱唐洲、李健斋为营务处，梅煦庵为支应委员。薪水则朱六十金，李、梅各四十金，略为位置三人。此外谋差而无以位置者尚极多也。

余衰颓日甚，每日常思多卧多躺，公事不能细阅，抱愧之至。看书未甚间断，不看则此心愈觉不安。偶作古文，全无是处。研生兄处文二篇，兹有一信寄渠，请弟转交。伊辅先生文一篇，托弟交丁子开（骅）。前曾寄信，此次未写也。祖、考两处墓表皆已作就，皆不称意，下次再行寄回。如其可用，则请沅弟书就刊刻。

左帅疏荐沅弟及芗泉，此间亦闻是说。其萌退志，则未尝闻之。章合才言其精神百倍，多酒健饭，现派刘省三出关剿新疆伊黎之贼。左帅平定甘肃之后，恐下文尚长，亦由天生过人之精力，任此艰巨也。

余拟于八月初出省大阅，大约两月后乃可旋省。此间岁事丰稔。高田间有伤旱之处，而亦可望七八分。涂朗仙放湖南臬司，本属有德，近更优于才，湖南之福也。此问近好。

兄国藩手具

评点　精力太衰不再纳妾

曾纪泽正月间生的儿子，不幸夭折了。曾纪泽年已三十三岁，与刘氏夫人结婚十二三年，其间共育有一子三女，而今只存活两个女儿。在那个十分看重以儿子承继香火的年代，身为长房的曾纪泽，对此儿的夭折该是多么的痛心！老来纯系普通老人心思、十分盼望家中人丁兴旺的曾氏，面对此种打击，心情也很难受。所谓“强自排解”，正是无可奈何也。

关于买妾的事，在这里有了交代。这个妾终于没纳成。也幸而没纳成，为只剩半年生命期的曾氏免去了一桩遭人诟病的风流案。他当年所纳的陈氏妾，过门不久即患病，跟随他亦不过一年多时间，想必没有给他带来多少快乐，却为他的“圣贤”形象添了一道阴影；倘若当时忍耐一下，不纳陈氏妾的话，说不定在崇拜者的心中，他的形象还会更高大一点。

□ 谕纪泽纪鸿 同治十年九月二十八日

字谕纪泽、纪鸿儿：

迭接纪鸿二十二日、纪泽二十三四五日所发各禀，具悉一切。

余于二十二日未刻抵常州。二十三日看操。二十四五过无锡、常熟。二十六日在福山看操。二十七日季君梅、杨滨石及府县请游虞山二寺。二十八申刻抵苏州，将上岸小住三日。初二日计可离苏赴松。

二十五六七三日皆连夜行船，体尚平安。惟眼蒙较甚于在署时，到上海当一找张石谷，然内障总无治法也。吾望尔兄弟殚心竭力，以好学为第一义，而养生亦不宜置之第二。吾近日寄澄、沅两叔信甚稀，纪泽宜常寄禀，以十日一次为率。壬秋、星泉二十五果成行否？宝秀果全愈否？常常挂念。署中用度宜力行节俭。近询各衙门，无如吾家之靡费者，慎之。此谕。

涤生手示（阊门外）

评点　与王闿运相见于徐州

曾氏重返金陵任江督一年零三个月，并无多少建树，其间最重要的一次活动即出省大阅。这次以检阅徐、淮、常、镇、苏、松等郡军营为主要内容的大阅，起自同治十年八月十三日，结束于十月十五日，历时两个月。这是曾氏一生中的最后一次阅兵，也是他的最后一次大举措。

曾氏走的是水路。从金陵城出发后抵达扬州，然后从扬州改行京杭大运河北上至清江浦、徐州，再沿着运河南下扬州，在镇江再沿运河继续南下。从常州到苏州，再从苏州到松江到上海，最后从上海回到金陵城。

此信中问二子："壬秋、星泉二十五果成行否？"星泉即欧阳星泉，欧阳牧云子。欧阳牧云为欧阳夫人长兄，八月一日在家乡去世，在金陵城做事的星泉回家奔父丧。壬秋即王闿运，他亦回湖南，于是二十五日两人同舟。王闿运这次是会试再次不第，由京师取道山东、江苏回家。船过清江浦时，恰遇曾氏大阅至此。两人有七年未曾见面了，在此相逢，彼此都很高兴。

为便于深谈，王请求让他陪伴着一道到徐州，曾氏同意了。于是从九月初二起直到二十日，前后十九天，王陪着曾氏一路北上到徐州，然后又一同南下，直到镇江两人方才分手。这段时间，曾、王有过多次谈话。王送曾新著《桂阳州志》，曾在舟中抽空翻阅。镇江分别时，曾送王一首五言长诗，外加一笔路费。诗中写道："尘块正纷挐，邂逅扶英彦。乖离七易霜，天遣更相见。""尽抉诸经心，始知老儒贱。探箧出新编，照座光如电。说《易》烛大幽，笺《书》祛众眩。旁及庄生旨，抵巇发英眄……湖湘增景光，老怀亦忻汴。"

王比曾小二十多岁，功名不过一举人，社会地位仅一主讲。曾氏对他这等礼遇，固然是因为王的学问文章好，但更主要的是曾氏本人有一种礼贤下士的胸襟。

□ 谕纪泽 同治十年十月十一夜

字谕纪泽儿：

接尔十月初四、五、六、七等日来禀，具悉一一。澄叔及纪瑞、纪官各信亦均阅过。吾乡二十四都进学五名之多，洵为从来所未有。

吾自松江初七起行，申刻即至上海。应酬三日，毫无暇晷。

初十日，各官备音尊为余预祝，十一日又将备音尊正祝。余力辞之，而自备酒面款接各客。内厅抚、提、藩等二席，外厅文武印委等二十席。虽费钱稍多，而免得扰累僚属，此心难安。巳正席散，即登舟起行，傍夕抵吴淞口。十二日可看水陆操演。十三再看半日，即驾轮舟西还，计十四可达金陵。

彤云以轮船三号送我。如魁将军尚未起身，当以恬吉一号送之赴鄂。第冬令水涸，九江以上节节浅阻。彤云深恐轮舟能往而不能返，坚请到鄂不停留一日，即放该船回沪。尔可与将军订定。若将军十五后再行，则程仪可待余归再送。第此信到宁，恐余已先到耳。余不一一。

涤生手示（吴淞口舟中）

评点 视察江南机器局

十月初七日，曾氏由松江府来到上海，住江南机器制造局。第二天，在制造局负责人徐润等人陪同下视察该局，参观即将建成的第五号轮船。该局建造的前四号轮船，均由曾氏命名，分别为“恬吉”“威靖”“操江”“测海”，已成为外海水师的主力舰艇。初九日，曾氏在制造局会见一批外国公使，计有日本领事忠道、延长，英国护领事达文波、护副领事法礼士，奥斯马加国领事施利克，美国领事西华、副领事晏玛太，丹麦领事庄纯北，德国领事温策楞，西班牙领事班兰生。

十一日，曾氏大阅途中在上海迎来他的六十晋一的生日。按今天的算法，这才是他的六十大寿的日子。曾氏自己掏钱，以面席招待僚属。据他的日记记载，这一天前来拜访的客人极多，他只与一个人谈话最久，此人名叫孙家谷，“渠出使外洋诸国三年，故与谈询洋务”。

看制造局，接见外国领事，与出洋三年的孙家谷长谈，这些都鲜明地表示曾氏晚年对洋务的极端重视。就在这次大阅之前的一个月，曾氏还与李鸿章会衔给朝廷上了一道在中国近代史上堪称具有划时期意义的奏折，其折名《拟选聪颖子弟赴泰西各国肄业折》，即选派聪颖少年出国留学。

一年前，曾氏在天津办教案，江苏巡抚丁日昌向他提了一个建议：选派聪颖幼童去泰西各国学习军政、船政、步算、制造诸术，十余年后业成而归，使西人擅长之技中国皆能谙悉，然后可以渐图自强。曾氏欣然接受，在同治九年九月十六日、同治十年正月十二日的奏折中附带提到此事。这次又与李鸿章会衔单独专门谈这件事，并提出了具体方案：每年选拔十五岁左右聪颖少年三十名，分四年共一百二十名，在外国学习十五年，首尾二十年共需银一百二十万两。又为之制定章程十二条，以便朝廷切实考虑。

曾、李这道奏折得到朝廷的允准。同治十一年、同治十二年、同治十三年、光绪元年每年选派一批，四批共一百二十余人，全部赴美就读。此事开了近代中国官费留学生的先河，被誉为亘古未有之创举，对中国现代化进展的影响不可估量。

□ 致澄弟沅弟　同治十年十月二十三日

澄、沅两弟左右：

屡接弟信，并阅弟给纪泽等谕帖，具悉一切。兄以八月十三出省，十月十五日归署。在外匆匆，未得常寄函与弟，深以为歉。小澄生子，岳松（崧字与岳字重复，应写此松字）入学，是家中近日可庆之事。沅弟夫妇病而速痊，适朱氏侄女生子不育而不甚忧闷，亦属可慰。

吾见家中后辈体皆虚弱，读书不甚长进，曾以养生六事勖儿辈：一曰饭后千步，一曰将睡洗脚，一曰胸无恼怒，一曰静坐有常时，一曰习射有常时（射足以习威仪强筋力，子弟宜多习），一曰黎明吃白饭一碗不沾点菜。此皆闻诸老人，累试毫无流弊者，今亦望家中诸侄试行之。又曾以为学四字勖儿辈：一曰看生书宜求速，不多阅则太陋；一曰温旧书宜求熟，不背诵则易忘；一曰习字宜有恒，不善写则如身之无衣，山之无木；一曰作文宜苦思，不善作则如人之哑不能言，马之跛不能行。四者缺一不可。盖阅历一生，而深知之深悔之者，今亦望家中诸侄力行之。养生与力学，二者兼营并进，则志强而身亦不弱，或是家中振兴之象。两弟如以为然，望常以此教诫子侄为要。

兄在外两月有余，应酬极繁，眩晕、疝气等症幸未复发，脚肿亦因穿洋袜而愈。惟目蒙日甚，小便太频，衰老相逼，时势当然，无足异也。

聂一峰信来，言其子须明春乃来，又商及送女至粤成婚一层。余复信仍以招赘为定，但许迟至春间耳。

章合才果为庸才，其军断难得力。刘毅斋则无美不备，将来事业正未可量。其欠饷，余必竭力助之。王辅臣亦庸庸，颇难寻一相宜之差。

东台山为合邑之公地，众人属目，且距城太近，即系佳壤，余亦不愿求之己有，信复树堂矣。

茶叶、蛏虾、川笋、酱油均已领到，谢谢！阿兄尚未有一味之甘分与老弟，而弟频致珍鲜，愧甚愧甚。川笋似不及少年乡味，并不及沅六年所送，不知何故？

鸣原堂文，余竟忘所选之为何篇，请弟将目录抄来，兄当选足百篇，以践宿诺。祖父墓表即日必寄去，请沅弟大笔一挥，但求如张石卿壁上所悬之大楷屏（似沅七年所书）足矣，不必谦也。顺问近好。

国藩手具

评点　养生六事与为学四字

曾氏身体应属不强壮之列，同时代的“中兴”名流如左宗棠、彭玉麟、李鸿章等人都活了七十多岁，但曾氏却喜谈养生，也很注重养生。我们来看他所说的养生六事：饭后散步、临睡洗脚、不烦恼、静坐锻炼、早起吃白饭不吃菜，除最后一条较难理解外，其他五条都符合今天的养生科学。

曾氏三十岁时患肺病，几于不治。肺病在当时被视为绝症，他虽然死里逃生，但很可能此病对他的身体伤害极大。中年后患的癣疾伴他后半辈子，晚年患肾病、心血管病兼双目白内障。可谓终其生，他没有多少健康的岁月。曾氏以一病弱之躯，在短短的六十年里，读书、做官、写诗文、筹建军队、指挥打仗，一人做了两三人的事，而且样样都做得比别人好。之所以能坚持下去，除开过人的毅力外，说不定正是得力于他持之以恒的养生之道。

他的为学四字：一曰速。即博览群书，扩大知识面。二曰熟。即对经典之作反复读，并且能背诵。三曰恒。即坚持临帖习字，书法要好。四曰思。即做文章要有自己的见解、自己的思想。除第三字因电脑被广泛运用书法淡出外，其他三字均对今天的读者仍有启发。尤其是“熟”字，今天的读书郎往往不太重视。他们认为现在有了电脑，前人的东西，动一下鼠标就出现在荧屏上，还要记在脑子里做什么？其实，存在人脑里和存在电脑里是大不相同的。存在人脑里的知识是接受新知识的基础，也是产生新才智的源头。没有旧知作底，好比石板上没有土壤，任何新知的种子都不可能在此生根发芽。再说，人们在日常工作中处理事情、思索创造、著书立说等等，能时时从电脑里去找根据找启发找灵感吗？倘若脑子里一片空白，即便想找也无从着手。趁着年轻记忆力好的时候，必须在脑子里多储存前人已获取的宝贵知识，将它变为自己的精神财富，这是一切伟大创新的基础。不管科学技术发展到何等先进地步，人脑的记忆都是不可取代的。

□致澄弟沅弟 同治十年十一月初八日

澄、沅两弟左右：

近接澄弟一信、沅弟二信，具悉一切。兄自大阅归来，倏已兼旬。身体尚好，眩晕、疝气、脚肿诸症俱未复发。惟目蒙日甚，小便太密，无非以一衰字蔽之。

亲戚来此者龙三及从三之子俱已归去，仅有远房曰江福田者，留老湘营当勇。李健斋、曹镜初俱归，订明春复来。刘毅斋亦已告归。其欠饷五十余万，余已为之设法，约二年可以完清，渠甚以为感。盖寿卿固可敬，毅斋又极可爱，宜沅弟屡函思所以扶植之也。

王笛楼甥来祝寿，亦已返鄂。康侯拟于腊月旋归，因吾将以十一月二十二日迁新衙门，渠同移后始归也。历年有菲仪寄家乡族戚，今年亦稍为点缀。兹命彭芳四送去，乞弟即为分致。毫末之情，知无补于各家之万一。

纪鸿拟以一子出嗣纪泽。余自十月半由苏、沪归来始闻其说，力赞成之。本月拟即写约告祖，不作活动之语。中和公出嗣添梓坪，因活动而生讼端，不如李少荃抚幼泉之子作呆笔耳。

筱荃至湖南查案，必于韫帅有碍。夔石既署抚篆，藩席另放吴公，则中台开缺已无疑义。韫帅和平明慎，不知同乡京僚何以啧啧评贬？宦途信可畏哉！顺问近好。

兄国藩手具

评点　曾广铨出抚伯父

纪泽、纪鸿两兄弟在同治十年正月各生一子，给晚年为病患所苦的曾氏带来极大欣慰。两个婴儿分别取名广铭、广铨。不料广铭在七月间因惊风夭折。纪泽仅此一子而保不住，纪鸿已有两子而新生儿又健康活泼。天道真薄于泽而厚于鸿。于是有了出抚一说。关于此事，曾纪芬的《自订年谱》中有记载："是年正月十八伯兄嫂举一子，名广铭。二十六日仲兄嫂亦举第三子，名广铨。七月，广铭殇。仲兄嫂怜长兄嫂悲哀过度，愿听择一子暂为抚养，俟异日得子再行退还。伯嫂闻之甚喜，即倩余上禀父母。文正公有时寝于上房，则由余侍奉宽衣等事，闻禀欣然云：'即日过继，照李少荃家之办法，何必言日后退还语！'至十一月二十二日移入督署，广铨亦即抱归长房。"

出抚的参照物是李鸿章家的过继事。李鸿章初娶周夫人，生两个女儿而无儿子。李四十岁时仍无子，便从六弟昭庆家中将经方过继。所谓作呆笔，即不管日后生不生儿子，抚子均不再回到亲生父母处。后来继配赵夫人连生三子，经方依旧在李鸿章家。曾家亦是如此办理。同治十二年纪泽生子广銮，光绪五年生子广钿（此子九岁时夭殇），广铨依旧在长房不动。但据曾氏后人所说，这里面还是有些不愉快的事。

首先是曾纪泽去世后，其爵位并未给居于兄长位的抚子广铨，而是给他的亲生子广銮。其二，家中析产时，对广铨苛刻而偏心于广銮。纪鸿长子广钧的女儿曾宝荪的《回忆录》中写道：“我五叔（笔者注：即广铨）没有分祖父母的遗产，因为五叔出嗣惠敏公，应得大房遗产。我在这里要说我五叔的德行。他过继在惠敏公房下，后来惠敏夫人——刘蓉之女——自己生了我的六叔及八叔两人，所以我祖父要废抚，但惠敏公决计不肯，说是文正公所定，不能翻悔。惠敏公与刘侯夫人在世时，便将家产分成九份，计大、二姑母各一份，四、六、八叔各一份，惠敏公夫妇各一份，公记一份，五叔一份。当时大、二姑母都去世也无出，四、八叔均幼殇，所以他们的产业都是六叔的，惠敏公夫妇二份更是六叔的，只有公记一份或可对分。家族各处虽啧有烦言，尤其是忠襄公。但他亦无法更改，只好自己送我祖母几十亩田，弥补家用。五叔立志自食其力，不用分家之钱。”

从这段回忆中可以看出，曾纪泽夫妇在对待抚子和亲生子上，分心是何等的厉害露骨！也可知曾氏的家教尽管让两个儿子在大体上继承了家风，有所出息，但人性深处的自私，却并没有得到多少克服。同时，我们也于此看到表面上诗书簪缨、门庭鼎盛的曾氏大家族，其背后所隐藏的不为外人所知的自私、忌妒、争斗、怨尤等等，也许并不亚于别人家。

□谕纪泽纪鸿　同治十年十一月

一曰慎独则心安。自修之道，莫难于养心。心既知有善知有恶，而不能实用其力，以为善去恶，则谓之自欺。方寸之自欺与否，盖他人所不及知，而己独知之。故《大学》之“诚意”章，两言慎独。果能好善如好好色，恶恶如恶恶臭，力去人欲，以存天理，则《大学》

之所谓自慊，《中庸》之所谓戒慎恐惧，皆能切实行之。即曾子之所谓自反而缩，孟子之所谓仰不愧、俯不怍，所谓养心莫善于寡欲，皆不外乎是。故能慎独，则内省不疚，可以对天地质鬼神，断无行有不慊于心则馁之时。人无一内愧之事，则天君泰然，此心常快足宽平，是人生第一自强之道，第一寻乐之方，守身之先务也。

二曰主敬则身强。敬之一字，孔门持以教人，春秋士大夫亦常言之，至程朱则千言万语不离此旨。内而专静纯一，外而整齐严肃，敬之工夫也；出门如见大宾，使民如承大祭，敬之气象也；修己以安百姓，笃恭而天下平，敬之效验也。程子谓上下一于恭敬，则天地自位，万物自育，气无不和，四灵毕至。聪明睿智，皆由此出。以此事天飨帝，盖谓敬则无美不备也。吾谓敬字切近之效，尤在能固人肌肤之会筋骸之束。庄敬日强，安肆日偷，皆自然之征应，虽有衰年病躯，一遇坛庙祭献之时，战阵危急之际，亦不觉神为之悚，气为之振，斯足知敬能使人身强矣。若人无众寡，事无大小，一一恭敬，不敢懈慢，则身体之强健，又何疑乎？

三曰求仁则人悦。凡人之生，皆得天地之理以成性，得天地之气以成形，我与民物，其大本乃同出一源。若但知私己，而不知仁民爱物，是于大本一源之道已悖而失之矣。至于尊官厚禄，高居人上，则有拯民溺救民饥之责。读书学古，粗知大义，即有觉后知觉后觉之责。若但知自了，而不知教养庶汇，是于天之所以厚我者辜负甚大矣。

孔门教人，莫大于求仁，而其最切者，莫要于欲立立人、欲达达人数语。立者自立不惧，如富人百物有余，不假外求；达者四达不悖，如贵人登高一呼，群山四应。人孰不欲己立己达，若能推以立人达人，则与物同春矣。后世论求仁者，莫精于张子之《西铭》。彼其视民胞物与，宏济群伦，皆事天者性分当然之事。必如此，乃可谓之人，不如此，则曰悖德，曰贼。诚如其说，则虽尽立天下之人，尽达天下之人，而曾无善劳之足言，人有不悦而归之者乎？

四曰习劳则神钦。凡人之情，莫不好逸而恶劳，无论贵贱智愚老少，皆贪于逸而惮于劳，古今之所同也。人一日所着之衣所进之食，与一日所行之事所用之力相称，则旁人韪之，鬼神许之，以为彼自食其力也。若农夫织妇终岁勤动，以成数石之粟数尺之布，而富贵之家终岁逸乐，不营一业，而食必珍羞，衣必锦绣，酣豢高眠，一呼百诺，此天下最不平之事，鬼神所不许也，其能久乎？

古之圣君贤相，若汤之昧旦丕显，文王日昃不遑，周公夜以继日坐以待旦，盖无时不以勤劳自励。《无逸》一篇，推之于勤则寿考，逸则夭亡，历历不爽。为一身计，则必操习技艺，磨炼筋骨，困知勉行，操心危虑，而后可以增智慧而长才识。为天下计，则必己饥己溺，一夫不获，引为余辜。大禹之周乘四载，过门不入，墨子之摩顶放踵，以利天下，皆极俭以奉身，而极勤以救民。故荀子好称大禹、墨翟之行，以其勤劳也。

军兴以来，每见人有一材一技、能耐艰苦者，无不见用于人，见称于时。其绝无材技、不惯作劳者，皆唾弃于时，饥冻就毙。故勤则寿，逸则夭，勤则有材而见用，逸则无能而见弃，勤则博济斯民，而神祇钦仰，逸则无补于人，而神鬼不歆。是以君子欲为人神所凭依，莫大于习劳也。

余衰年多病，目疾日深，万难挽回，汝及诸侄辈身体强壮者少，古之君子修己治家，必能心安身强而后有振兴之象，必使人悦神钦而后有骈集之祥。今书此四条，老年用自儆惕，以补昔岁之愆；并令二子各自勖勉，每夜以此四条相课，每月终以此四条相稽，仍寄诸侄共守，以期有成焉。（同治十年金陵节署中日记）

评点　慎独主敬求仁习劳四课

这封信所说的四门日课，最早见于曾氏同治九年九月二十二日记。其时曾氏已奉调两江，天津教案的处理也告一段落，第二天一早即由儿子纪泽陪同进京陛见，然后再南下金陵。这天晚上，他在天津寓所写下一段日记："是日细思古人功夫，其效之尤著者约有四端：曰慎独则心泰，曰主敬则身强，曰求仁则人悦，曰思诚则神钦。慎独者，遏欲不忽隐微，循理不间须臾，内省不疚，故心泰。主敬者，外而整齐严肃，内而专静纯一，斋庄不懈，故身强。求仁者，体则存心养性，用则民胞物与，大公无我，故人悦。思诚者，心则忠贞不贰，言则笃实不欺，至诚相感，故神钦。四者之功夫果至，则四者之效验自臻。余老矣，亦尚思少致吾功，以求万一之效耳。"

与上段日记相比，有三个字不同。一是第一条的慎独则心泰，将"泰"易为"安"。虽换字，意思是一样的。二是第四条思诚则神钦，"思诚"易为"习劳"。这两字改得更好。此外，则是通过诠释文字而将内涵大为丰富拓展。

"慎独"一词见于《大学》："所谓诚其意者，毋自欺也。如恶恶臭，如好好色。此之谓自谦，故君子必慎其独也……此谓诚于中，形于外，故君子必慎其独也。"又见于《中庸》："莫见乎隐，莫显乎微，故君子慎独也。"

慎独，即谨慎独处：一个人在独处时，也能做到严格要求自己，不妄取不苟为。在儒家学说中，慎独，乃是修身的最高境界。宋明理学家最重视的也就是人在独处时的态度。曾氏道光年间在京师拜倭仁、唐鉴为师研习理学，其中最主要的一项内容也即为此。我们看到他那时的日记中，常常充满了对自己的指责，甚至辱骂，而其"错"往往是独处时的思想失落。试看道光二十二年十月初十日的一则日记："昨夜梦人得利，甚觉艳羡，醒后痛自惩责，谓好利之心至形诸梦寐，何以卑鄙若此！”

梦中的事，天地间唯有他一人知道，即便对于这种状况下所流露的一丝贪欲，他也要写在日记上，对自己痛自刻责，“慎独”到了何等自觉的地步！令人不由得想起曾被提倡的“灵魂深处爆发革命”。

前附的《君子慎独论》，就写在这个时期。文章开篇便说：“尝谓独也者，君子与小人共焉者也。小人以其为独而生一念之妄，积妄生肆，而欺人之事成。君子懔其为独而生一念之诚，积诚为慎，而自慊之功密。”他在分析君子与小人在独处时对“善”与“不善”的不同想法之后，概括道：“独知之地，慎之又慎。此圣经之要领，而后贤所切究者也。”一个人独处尚且能为善去恶，其心中自然无一内愧之事，什么时候都能坦然面对世界。

人们都知道，养生首在养心，最大的快乐在于心情的愉悦。慎独则是最好的养心，将可使人得到最大的快乐。

曾氏的第二条“主敬则身强”，实际上讲的是一个人的精神状态的重要性。我们在自己的周围常常可以看到两种不同的典型：一种人自强自信自立，对待工作对待生活庄敬严肃。这种人必定事业有成，生活充实。一种人做什么事都提不起精神，一副委靡不振的模样，事业上既无追求，生活上又毫无节制。这种人固然做不出成绩来，即便是身体也不会好。曾氏希望儿子以主敬来达到身强的目的，也就是说希望儿子做精神状态好的人。

曾氏的第三条，用今天的话说就是对人要有爱心。你关爱别人（欲立立人，欲达达人），别人也就欢迎你。儒家对这种关系，有一个说法叫作“民胞物与”。关于“民胞物与”，笔者在前面的评点中已说过。曾氏认为张载此说是对“仁”的最精当的阐述。

曾氏的第四条是说人应当用自己的劳作来换取生存和社会地位。圣君贤相，以自己的智慧给天下百姓带来福祉；升斗小民，则凭一己之才技为家庭谋食。无论智慧也好，才技也好，皆来自于勤劳艰苦，困知勉行。人付出的劳作与所得之酬赏若相一致，则不会招来忌妒怨恨；反之则难以长久。

曾氏说："若农夫织妇终岁勤动，以成数石之粟数尺之布，而富贵之家终岁逸乐，不营一业，而食必珍羞，衣必锦绣，酣豢高眠，一呼百诺，此天下最不平之事，鬼神所不许也，其能久乎？"

一百三十余年前，一个侯爵大学士，一个手握重权高高在上的总督，能够清醒地看到当时社会上所存在的这种最不平等的现象，能够对农夫织妇这些处于社会最底层的人们予以同情，对于不事生产却坐享奢豪的富贵之家能有如此谴责，这是多么的不容易！这固然与曾氏出身农家、亲历艰苦有关，但更主要的出于他建筑在学养和阅历上的智慧。作为一个对家族具有深厚责任心的家长，他对于子孙的长远关怀，更多的是形而上的智慧的传授，而不是形而下的财富的遗留。曾氏此刻已是百病缠身，自知不久于人世，他将多年的人生思考凝聚为慎独、主敬、求仁、习劳八个字，作为最后的家训传给二子，希望他们牢记于心，传之于后，长保曾氏家族的兴旺不衰。其用心真是良苦深远之极。

关于曾氏的死，其小女曾纪芬在《自述》中有较为详细的记载："是年（笔者注：同治十一年）正月二十三日，文正公会客，偶患脚筋上缩，移时而复。入内室时，语仲姊曰：'吾适以为大限将至，不自意又能复常也。'至二十六日出门拜客，忽欲语而不能，似将动风抽掣者，稍服药旋即愈矣。众以请假暂休为劝。公曰：'请假后宁尚有销假时耶？'又询欧阳太夫人以竹亭公逝时病状。盖竹亭公亦以二月初四日逝世也。语竟，公曰：'吾他日当俄然而逝，不至如此也。'至二月初四日，饭后在内室小坐。余姊妹剖橙以进，公少尝之，旋至署西花园中散步。花园甚大，而满园已走遍，尚欲登楼，以工程未毕而止。散步久之，忽足屡前蹶。惠敏在旁请曰：‘纳履未安耶？’公曰：‘吾觉足麻也。’惠敏亟与从行之戈什哈扶掖，渐不能行，即已抽搐，因呼椅至，掖坐椅中，舁以入花厅，家人环集，不复能语，端坐三刻遂薨。二姊于病亟时祷天割臂，亦无救矣。时二月初四日戌时也。”

从症状来看，曾氏当死于中风，正月的脚抽筋、失语等为其先兆。奇怪的是，他与乃父死于同月同日，只是晚了十五年。曾氏归葬于湖南善化，墓址在今日湖南望城县坪塘镇。墓穴为曾国荃选定。两年后欧阳夫人去世，享年五十九岁，与丈夫合墓。长沙市政府已将曾氏夫妇墓辟为旅游景点。

古人云，君子之泽，五世而斩。纵观古往今来，家族鼎盛的局面能传到五代以下的确是微乎其微，但曾氏家族则至少在五代之内代有英才，是海内极为少见的长盛之家。下面，笔者对这五代略作一点介绍：

第一代：曾氏兄弟。

第二代：曾纪泽，著名外交家，在收复伊犁地区的中俄谈判中维护了国家的主权和尊严。这是近代中国唯一一次获胜的外事活动。曾纪鸿，数学家，撰有《对数详解》《圆周率考真图解》等书。

第三代：曾氏长孙曾广钧，翰林，著名诗人，有《环天室诗集》行世。曾氏三孙曾广铨，外交家，三十三岁时即任出使韩国大臣。

第四代：曾氏曾孙女曾宝荪。民国五年获伦敦大学理科学士学位，为中国第一位在西方获得学位的女子。她是一位基督徒，终身未嫁，一生献与教育事业，创办长沙艺芳女子学校，并任过湖南省立第一女子师范学校校长，湖南省立第二中学校长，第二届、第三届太平洋国际讨论会中国代表，湖南省临时参议会参议员，国民政府参议会参议员。

曾氏曾孙曾约农，英国伦敦大学博士。他亦是基督徒，终身未娶，与堂姐宝荪一起终生致力于教育事业，曾任湖南克强学院院长、台湾东海大学校长等职。

曾国潢曾孙女曾昭燏，英国伦敦大学硕士，德国柏林大学研究员，曾任南京博物院院长等职。她是一位著名的考古学家，亦终身未嫁。

曾国潢曾孙曾昭抡，美国麻省理工学院博士，著名化学家，曾任过高教部副部长，中国科学院学部委员（即院士）。其夫人俞大姻的母亲曾广珊乃曾氏的孙女，他们的婚姻属姑表开亲。俞大姻为英国牛津大学文科学士，做过南京中央大学教授。

第五代：曾宪植。宪植为曾国荃的玄孙女。她是一位女革命家，曾参加过北伐战争、广州起义，一九三七年与叶剑英结婚。先后任过全国妇联书记处书记，党组副书记、副主席等职。

曾厚熙，亦为曾国荃的玄孙。早年毕业于华中大学，后长期定居香港，曾任过华南大学艺术学院院长，是誉满海外的画家，曾被联合国聘为文教委员。

难道曾氏家族中真有一种基因密码可以一代代传下去吗？难道上天刻意要在每代曾氏子孙中安置几个人才吗？显然都不是。曾氏家族之所以人才辈出，是因为有一种世代相传的浓郁的文化氛围的熏陶；而这种文化氛围的形成，则得力于后世子孙遵奉曾氏的家教。